Virginia Doyle

Der gestreifte Affe

Virginia

DOYLE

Der gestreifte Affe

Ein historischer Kriminalroman

HEYNE <

www.heyne.de
Printed in Germany 2005
Satz: Leingärtner, Nabburg
Herstellung: Ursula Maenner
Druck und Verarbeitung: GGP Media GmbH, Pößneck

ISBN 3-453-01205-4

Inhalt

Juni 1919
Belagerung *7*

September 1922
Im Hexenkessel *19*

ERSTES KAPITEL: *Der gestohlene Revolver* *21*

ZWEITES KAPITEL: *Die Leiche im Grenzgang* *45*

DRITTES KAPITEL: *Das Goldene Füllhorn* *71*

VIERTES KAPITEL: *Totenkammer* *99*

FÜNFTES KAPITEL: *Mordalarm* *127*

Anfang Oktober 1922
Irrlichter *155*

SECHSTES KAPITEL: *Riesengorilla* *157*

SIEBTES KAPITEL: *Freunde auf Abwegen* *183*

ACHTES KAPITEL: *Colt M 1917* *213*

NEUNTES KAPITEL: *Streik* 241

ZEHNTES KAPITEL: *Straßenkampf* 265

Ende Oktober 1922
Die Königin der Reeperbahn 287

ELFTES KAPITEL: *Wincklers Notizen* 289

ZWÖLFTES KAPITEL: *Attentat auf einen Engel* 313

DREIZEHNTES KAPITEL: *Haremsdamen* 333

VIERZEHNTES KAPITEL: *Großrazzia* 355

FÜNFZEHNTES KAPITEL: *Mahlos Geschenk* 383

Oktober 1923
Nach dem Aufstand 409

Juni 1919

Belagerung

»Haltet die Zeit an! Schießt auf die Uhr! Na, los doch!«, hörte Hansen eine Stimme aus der Masse.

So ein Unsinn, dachte der Kriminal-Oberwachtmeister, was kann denn die arme Uhr dafür? Seit fünf Jahren macht sie brav ihre Arbeit, nie geht sie falsch.

Erst an diesem Morgen war er ins Dachgeschoss der neuen St.-Pauli-Polizeiwache gestiegen, um den gut geölten Mechanismus aufzuziehen. Er vergaß nie, wenn es Zeit dazu war. Und nun hatte sich da unten auf dem Spielbudenplatz der Mob versammelt und wollte die Zeit anhalten.

Ein Schuss ertönte. Ein Fenster im Erdgeschoss ging splitternd zu Bruch.

Um Gottes willen, die wollen uns wirklich an den Kragen!

Hansen schaute sich um. Knapp zwanzig Männer, teils uniformiert, teils in Zivil, hatten sich im ersten Stock der Davidwache versammelt, weitere zehn harrten im Erdgeschoss aus. Manche hielten Karabiner in den Händen, andere hatten ihre Pistolen gezogen. Mitten unter ihnen stand der neue Revierleiter Kommissar Ramming, die Mauser in der Hand. Kaum hatte er den Schuss und das Zerbersten des Fensters vernommen, stieg ihm die Zornesröte ins Gesicht. »Dieses Pack!«, rief Ramming, während er seine Pistole durchlud. »Verdammtes Gesindel! Ungeziefer! Ausmerzen sollte man die ganze Bagage!«

Die haben doch nur Hunger, dachte Hansen.

Ramming setzte sich ans Telefon und gab eine Meldung an die Polizeizentrale im Stadthaus durch, forderte Panzerwagen an. Die Verbindung brach ab. Leise vor sich hin schimpfend hängte er ein.

Hansen warf einen Blick durch das geöffnete Fenster. Die Menge wuchs stetig an. Es hatte eine Versammlung gegeben, drüben auf dem Heiligengeistfeld. Das hatten die Informanten der Polizeibehörde frühzeitig mitgeteilt. Auch dass die Spartakisten ihre Agitatoren dort hinschicken würden. Natürlich hatten sich die Beamten auf der Wache darauf eingestellt, ebenso wie ihre Kollegen von der Bezirkswache an der Eimsbütteler Straße. Nach solchen Versammlungen ging es immer hoch her auf der Reeperbahn, dem Spielbudenplatz und den Seitenstraßen von St. Pauli. Das kannte man schon. Seit einem halben Jahr war Revolution, da gewöhnte man sich an Menschenaufläufe. Aber an diesem Tag schien die Sache aus dem Ruder zu laufen.

»Was wollen die denn von uns?«, rief ein junger Schutzmann aus. »Wieso schießen sie auf die Uhr?«

Hansen schaute wieder durch das Fenster: Ob sie das selbst so genau wissen, die da draußen?, fragte er sich. Vielleicht denken die in ihrer Wut ja, eine Uhr an der Fassade einer Polizeiwache sei ein Symbol der Unterdrückung.

Ein Wachtmeister mit einem Notizzettel in der Hand kam ins Zimmer gestürmt. »Tumulte auf dem Rathausmarkt, Zusammenrottung vor dem Stadthaus, Übergriffe im Hafen, Aufruhr vor dem Untersuchungsgefängnis!«, las er hastig vor. »Mehrere Polizeiwachen in Eimsbüttel, St. Georg und in der Altstadt vom Mob belagert. Wache 17 in der Karolinenstraße gestürmt.«

Kommissar Ramming riss dem Beamten den Zettel aus der Hand und zerknüllte ihn. »Das haben sie ja fein eingefädelt«, sagte er grimmig. »Aber nicht mit uns, Männer! Wir verbarrikadieren uns!«

Das große Möbelrücken begann. Schränke wurden vor die Fenster geschoben, Tische und Schreibpulte hochkant gestellt, Matratzen aus den Unterkunftsräumen geholt, bis die meisten Fenster verstellt waren und nur noch spaltbreite Schießscharten übrig blieben.

Der Spielbudenplatz war nun voller Menschen, auch die Davidstraße füllte sich. Noch immer kamen Leute von rechts und links die Reeperbahn entlanggelaufen oder strömten aus den Seitenstraßen herbei. Wütendes Gebrüll aus Männer- und Frauenkehlen schallte zu ihnen herauf, sogar Kindergeschrei war zu hören. Schritt für Schritt schob sich die wogende Menschenmasse näher an die Wache heran.

Hansen schaute immer wieder hinaus. Drei Polizisten mit Karabinern vor der Brust standen unten vor dem Tor. Aber was vermochten die schon gegen diesen Auflauf auszurichten?

Ein Steinregen prasselte gegen die Mauern der Wache, einige Wurfgeschosse durchschlugen die Fensterscheiben.

Hansen drehte sich um. »Wir sollten die Posten am Tor abziehen und unten alles dichtmachen!«, rief er Ramming zu.

»So? Sollten wir das?«, fragte der Kommissar.

»Es hat keinen Sinn, die Männer zu opfern, wir können sie hier drinnen besser gebrauchen.«

Wieder ertönte ein Schuss, wieder splitterte Glas. Ein Polizist, dem die Scherben ins Gesicht geflogen waren, fluchte laut, stellte das Gewehr beiseite, zog ein Taschentuch aus der Hosentasche und tupfte Blutstropfen von Stirn und Wangen.

»Auch die Karabiner sollten wir retten«, gab Hansen zu bedenken.

»Sicher, sicher«, murmelte Ramming unentschlossen.

»Gewehre haben die genug da unten!«, meldete sich ein Schutzmann zu Wort, der unter einem Tischbein hindurch nach draußen spähte.

Na klar, dachte Hansen bitter, nach einem verlorenen Krieg bringen die Soldaten die Waffen mit nach Hause, ist ja das Einzige, was ihnen bleibt. Und dann passiert so was.

»Da ist ein Wagen gekommen. Mit Kisten drauf. Und Gewehren drin!«, rief der Uniformierte.

»Was?«, rief Hansen ungläubig und drängte den Kollegen beiseite. »Hat mal jemand einen Feldstecher?«

Von irgendwoher wurde ein Fernglas gereicht. Hansen spähte hindurch.

Tatsächlich, dort drüben auf der anderen Seite der Reeperbahn, vor dem vernagelten Eingang des Bierpalastes, stand ein Lieferwagen mit offener Ladefläche. Ein Mann war hinaufgeklettert und verteilte Karabiner an herbeieilende Kämpfer. Neben dem Wagen stand ein Herr in eleganter Kleidung – Anzug, Weste, Krawatte, Hut – und sah zu. Kenne ich den etwa? Hansen kniff erst das eine, dann das andere Auge zusammen, war sich aber dennoch nicht sicher.

Endlich gab Kommissar Ramming den Befehl, die Männer vor dem Tor wegzuholen und den Eingang der Wache zu verrammeln. Zwei Schutzmänner stürmten ins Treppenhaus.

»Und das alles nur wegen dieser vermaledeiten Sülze!«, rief Oberwachtmeister Breitenbach zornig aus. »Da schreien sie es schon wieder.«

Tatsächlich, draußen hörte man wieder die Rufe: »Ratten in der Sülze! Ratten in der Sülze!« Damit hatte alles angefangen. Schon als die Menge drüben am Millerntor wie eine drohende menschliche Gewitterwolke aufgetaucht war, hatten die Polizisten diese Rufe gehört.

»Ratten in der Sülze!«, entrüstete sich Inspektor Ramming. »Unsinn! Propaganda! Verdammte Spartakisten! Man sollte einfach hineinschießen in diesen menschlichen Unrat.«

»Aber da sind doch Kinder dazwischen, und Frauen auch«, gab ein junger Beamter zu bedenken.

»Na klar, das ist doch die größte Gemeinheit! Kalte Berechnung, um uns zu übertölpeln. Aber nicht mit mir, meine Herren Sozialisten!«

Draußen ertönte wieder ein Schuss. Die Menge johlte.

»Nicht mit mir!«, wiederholte Ramming. »Alle Mann an die Fenster! Karabiner in Stellung bringen!«

Hansen lehnte sich auf die Fensterbank, das Gewehr im Anschlag. Ich schieße über die Köpfe hinweg, überlegte er, egal was passiert. Ich kenne doch die meisten da unten.

So was ungeheuer Dummes!, dachte er. Sülze! Wann habe ich denn das letzte Mal Sülze gegessen? Frau Schmidt, seine Wirtin, mochte keine Sülze. Nicht mal in diesen Hungerzeiten rührte sie so etwas an. Wenn Hansen gelegentlich einen Heißhunger auf Sülze mit Bratkartoffeln verspürte, ging er in eine Kneipe. Aber das letzte Mal war schon lange her. Die Rattensülze hab' ich jedenfalls nicht gefuttert.

Ramming war ja sowieso der Meinung, das sei alles nur Propaganda der Spartakisten: »Die schrecken vor Mord nicht zurück. Was die mit dem Heil gemacht haben, das zeigt doch deutlich, wes Geistes Kind sie sind!«

Der Fleischfabrikant Jakob Heil war vor drei Tagen von einer blindwütigen Menschenmenge beinahe gelyncht worden. Irgendjemand, nach Rammings Meinung natürlich ein widerrechtlich eingedrungener Berufsrevoluzzer, hatte in der Fabrik verdorbene Sülze entdeckt, verfaulte Fleischreste, verweste Tierkadaver und angeblich auch tote Ratten, die in Töpfen auf ihre Weiterverarbeitung warteten.

Die Neuigkeit hatte sich rasch verbreitet. Revolutionäre, die nach der Absetzung des Arbeiter- und Soldatenrates neue Betätigungsfelder suchten, hatten sofort Demonstrationen organisiert. Wer hungert, wird schnell wütend, vor allem auf jene, die versuchen mit verdorbenen Lebensmitteln Profit zu machen. Der Mob schleppte den Unternehmer zum Rathausmarkt, verprügelte ihn und warf ihn in die Alster. Wenn ein mutiger Polizist nicht trotz der johlenden und gewaltbereiten Menge ins Wasser gesprungen wäre, um den Mann zu retten, wäre er jämmerlich ertrunken.

Der verbrecherische Heil wurde in den folgenden Tagen zur Symbolfigur des gewissenlosen Profiteurs und die Parole »Ratten in der Sülze!« zum Kriegsruf der hungernden Masse. Natürlich nutzten die Revolutionäre, die mit dem Ergebnis der Bürgerschaftswahl nicht zufrieden waren, die Situation aus, da hatte Ramming Recht. Aber Hansen wunderte sich nicht im Geringsten darüber, dass die Menschen ihnen folgten. Sie waren gezwungen, mit allen Mitteln ums Überleben zu kämpfen.

Aber was war mit den Leuten, die aus solchen Situationen Kapital schlagen wollten? Hansen griff erneut nach dem Feldstecher. Der Mann im Anzug, der das Verteilen der Gewehre überwacht hatte, stieg jetzt in den Lieferwagen und ließ sich hinterm Steuer nieder. Das Gefährt setzte sich langsam in Bewegung. Hupend fuhr es einen Kreis durch die Menge und kam dabei näher.

Tatsächlich, er war es! Am Steuer des Wagens saß ein Mann, den er sehr gut kannte. Einer, der immer auftauchte, wenn es darum ging, aus brenzligen Situationen Profit zu ziehen.

»Friedrich«, murmelte Hansen. »Dieser verdammte Hund!«

»Was?« Oberwachtmeister Breitenbach sah ihn fragend an.

»Der Mann, der die Gewehre verteilt. Friedrich von Schluthen.«

»Ein Adeliger verteilt Waffen an die Spartakisten?«

»Er ist ein falscher Von. Wir haben ihn seit zwanzig Jahren in der Kartei. Eigentlich heißt er Schüler mit Nachnamen.«

»Ich erinnere mich.« Breitenbach strich sich über den grauen Schnurrbart. »Haben wir den nicht mal festgenommen?«

»Einmal hatten wir ihn hier in der Zelle«, sagte Hansen bitter. »Aber er ist uns entwischt. Danach haben wir ihn nicht mehr zu fassen gekriegt.«

Eine heftige Detonation erschütterte die Wache. Putz rieselte von der Decke. Erschrocken gingen die Männer in Deckung.

»Was war das?«, rief einer.

»Handgranate«, stellte jemand nüchtern fest, »das Geräusch kenn' ich gut.«

»Nur keine Panik«, meldete sich Hansen mit ruhiger Stimme zu Wort. »Unsere Wache ist wie eine Festung gebaut.« Aber er merkte, dass seine Kollegen die Stabilität der dicken Backsteinmauern in Zweifel zogen. Handgranaten hatte die Wache noch nie aushalten müssen.

Draußen knallten Schüsse. Querschläger jaulten die Fassade entlang. Einige der Terrakottafliesen des Erkers explodierten unter der Wucht der Geschosse.

»Es wird ernst!«, rief Ramming. »Los, auf mit euch! Alle Mann zurück an die Fenster. Macht euch zum Feuern bereit!«

Eine weitere Gewehrsalve ertönte. Gefolgt von einer zweiten ohrenbetäubenden Detonation direkt unten vor dem Tor.

Ein Uniformierter stürzte aus dem Treppenhaus ins Zimmer. »Man versucht, den Eingang aufzubrechen!«

»Gewehre in Anschlag bringen!«, kommandierte Ramming.

Um Himmels willen, dachte Hansen, wir können doch nicht auf die Leute da draußen schießen. Er überlegte fieberhaft, was man zur Entschärfung der Situation tun könnte.

Rammings Diensttelefon klingelte. Der Revierleiter hob den Hörer ans Ohr. Hansen bemerkte, wie er blass wurde. Er nickte mehrmals und hängte wieder ein.

»Keine Panzerwagen«, sagte er mit ausdruckslosem Gesicht. »Die sind schon zu anderen Wachen unterwegs.«

»Vielleicht sollten wir mit jemandem da unten reden«, gab Hansen zu bedenken.

»Mit diesem aufgepeitschten Mob? Niemals!« Ramming schlug mit der Faust auf den Tisch. »Und wo bitte sollen denn da Anführer sein? Das ist doch nur eine blindwütige Masse.«

Ein Widerspruch, dachte Hansen. Erst sind die Spartakisten an allem schuld, dann heißt es, es sei eine blindwütige Masse.

Unten vor dem Eingang hörte man das »Hau ruck! Hau ruck!« der Männer, die versuchten, das schwere Holztor einzudrücken.

»Zurück, zurück!«, brüllte jemand. »Wir sprengen es auf!«

»Es ist genug!«, rief Ramming und sprang auf. »Gewehre in Position. Zielt nur auf die Männer!«

»Halt!«, rief Hansen. »Zuerst nur Warnschüsse über die Köpfe. Das sind Menschen aus dem Viertel. Wir müssen sie zur Vernunft bringen.«

»Vernunft? Bah!«, schnaubte Ramming. »Also los! Gewehre in Position. Warnschüsse über die Köpfe auf mein Kommando!«

Hansen atmete erleichtert aus.

Gut zwanzig Gewehrläufe schoben sich durch die Schießscharten.

»Achtung, fertig, feuern!«, kommandierte Ramming.

Das Knattern der Salve wurde von johlendem Wutgeheul beantwortet.

»Die weichen aber nicht zurück«, stellte Breitenbach fest.

»Abwarten«, sagte Hansen. Er warf dem anderen Kollegen neben sich einen Blick zu. Der junge Mann zitterte. Auf seiner Stirn hatten sich Schweißtropfen gebildet. Armer Kerl, dachte Hansen. Da ertönte ein einzelner Schuss. Die Schirmmütze des jungen Beamten flog nach hinten und fiel zu Boden. Der Mann ging in die Knie.

»Zweite Warnsalve! Auf Kommando! Fertig? Feuern!«, schrie Ramming.

Hansen hob den Karabiner an die Schulter und zielte auf einen Baum. Die Schüsse knatterten abgehackt. Es klang kläglich, aber die Menge duckte sich und wich tatsächlich zurück.

Nach etwa vierzig Metern blieben die Angreifer stehen und reckten drohend die Arme. Ein paar Steine flogen.

»Da ist wieder der Lieferwagen«, sagte Breitenbach. »Verdammte Kriegsgewinnler!«

Sind wir denn im Krieg?, fragte sich Hansen. Der Lieferwagen schob sich im Schritttempo durch die Menschenmenge und hielt an der gleichen Stelle wie vorher. Die Menschen auf der Straße machten dem Fahrzeug Platz, als wäre es ein Heiligtum, das sie nicht berühren durften. Der Herr im eleganten Anzug stieg aus, lief um den Wagen herum und öffnete die Beifahrertür. Eine Frau in hellem Sommerkleid stieg aus dem Auto und spannte einen Sonnenschirm auf. Zwei Männer in grober Kleidung, Schirmmützen auf dem Kopf und mit roten Armbinden traten zu ihnen hin. Man unterhielt sich gestikulierend. Dann tauchten die beiden Männer wieder in der Masse unter.

Das elegante Paar lehnte sich gegen den Wagen und betrachtete das Geschehen.

»Schönes Wetter heute, was?«, kommentierte Breitenbach sarkastisch.

»Die sind wohl von allen guten Geistern verlassen«, brummte Hansen. »Das ist doch keine Silvesterknallerei hier.«

»Wer ist die Dame dort?«

»Lilo Koester.« Ein leicht verächtlicher Ton schwang in Hansens Stimme mit.

»Ach die, natürlich. Soll sie doch ihre Mädchen mitbringen und diese Irren da unten zum Tanzen bringen.« Breitenbach lachte hämisch.

»Verdammte Bande!«, schrie Ramming. »Jetzt seht euch das an!«

Die Beamten starrten gebannt nach draußen. Ungläubig beobachteten sie, wie in der ersten Reihe der Menge Männer in Position gingen. Sie knieten sich hin und brachten ihre Gewehre in Anschlag. Ein Mann mit roter Armbinde hob die Arme, um das Kommando zum Schießen zu geben.

»Jetzt wird scharf geschossen!«, schrie Ramming. »Zielt auf die Bewaffneten! Hansen und Breitenbach, ihr nehmt euch den Rädelsführer vor!«

Hansen nickte. Was zu viel war, war zu viel.

»Achtung, fertig …«, kommandierte der Revierleiter.

Hansen zuckte zusammen. Erst im letzten Moment erkannte er den Mann mit der Armbinde und riss das Gewehr hoch.

»Feuer!« rief Ramming.

»Herrgottsakrament!«, fluchte Hansen.

»Ruhig Blut«, murmelte Breitenbach.

Rammings Schießbefehl kam eine Sekunde zu spät. Die Salve der Aufständischen knatterte zuerst los. Die Kugeln ließen die letzten Scheiben im ersten Stock zerbersten, bohrten sich in Matratzen, Tische und Schränke, Holz splitterte, dann ein Schmerzensschrei, als der Kommissar nach hinten taumelte, das Gleichgewicht verlor und auf den Rücken fiel.

Breitenbach sprang auf und kniete sich neben ihn. Hansen behielt das Gewehr im Anschlag. Die Schüsse aus der Wache hatten ihre Wirkung nicht verfehlt. Die Menschenmenge wich zurück. Nur die Bewaffneten blieben, wo sie waren. Hinter der Doppelreihe der Schützen lagen drei Personen auf dem Boden. Zwei der Revolutionäre hatte es ebenfalls erwischt. Blutpfützen bildeten sich neben ihnen auf dem Asphalt. Der Mann mit der roten Armbinde war ebenfalls zusammengebrochen. Zwei Männer eilten zu ihm, hoben ihn auf und trugen ihn fort. Ein zweiter Anführer mit roter Binde nahm seinen Platz ein. Wieder gingen die Schützen in Stellung.

Hansens Blick folgte dem Verletzten. Hoffentlich habe ich ihn nicht versehentlich getroffen, dachte er. Ich kann doch meinen alten Kumpel Pit nicht einfach abknallen, ob er nun Spartakist ist oder nicht. Wie hatte es nur so weit kommen können, dass Freunde aufeinander schossen, ausgerechnet in dem Viertel, in dem sie gemeinsam aufgewachsen waren? Wer hatte diesen Wahnsinn entfesselt?

Hansen bemerkte zwei Männer, die aus der Reihe der Bewaffneten vortraten, offenbar mit Wurfgeschossen in der Hand.

Wenn das jetzt wieder Handgranaten sind, dann ist es um uns geschehen, dachte er.

Da kam heftige Bewegung in die zurückgewichene Menge. Lautes Geschrei ertönte. Man deutete Richtung Millerntor. Die Leute liefen auseinander.

Erstaunt wandten sich die Aufständischen um. Zwei Panzerwagen der Schutzmannschaft näherten sich. Auf die Dächer der Führerhäuser waren Maschinengewehre montiert. Eine Salve peitschte über den Spielbudenplatz. Hinter den Panzerwagen tauchten Soldaten auf mit Gewehren im Anschlag, und Pferde, die Haubitzen zogen. Die Revolutionäre sprangen auf und waren in Windeseile in den Seitenstraßen verschwunden.

Vereinzelt ertönte ein klägliches Hurra. Hansen drehte sich um und schaute Breitenbach an. Der Oberwachtmeister deutete auf den neuen Revierleiter und schüttelte den Kopf.

Wirklich erstaunlich, dachte Hansen, dass so eine ungezielte Kugel einen Menschen ganz einfach mitten ins Herz treffen kann. Jemand hatte auf die Uhr gezielt und daneben getroffen. Für Ramming war die Zeit abgelaufen.

September 1922

Im Hexenkessel

ERSTES KAPITEL

Der gestohlene Revolver

1

Wie ein Dieb in der Nacht schlich Heinrich Hansen die Treppe des Wohnhauses in der Seilerstraße hinauf. Im zweiten Stock blieb er stehen und horchte. Kein Laut drang durch die gläserne Tür, kein Lufthauch bewegte die Gardinen, die den Blick ins Innere verwehrten. Hansen bückte sich, um die Bänder seiner Stiefel aufzuschnüren. Ein schwieriges Unterfangen. Er schwankte hin und her. Dann stand er in Socken da, die Schuhe in der linken Hand, und fischte mit der rechten in der Jackentasche nach dem Schlüssel.

»Kriminalkommissar«, flüsterte er vor sich hin. Er kicherte ganz leise.

Was zum Teufel war mit diesem Schlüssel los? Das blöde Ding verhedderte sich im Innenfutter. Hansen zerrte am Schlüsselring. Der Stoff zerriss mit einem lauten Ratsch. Hansen schüttelte grinsend den Kopf. Was soll's, wird alles ausgebessert. Wenn nicht gar neu gekauft. Jawohl, wir kleiden uns neu ein! Das ist jetzt ohnehin vonnöten.

Auch das Öffnen der Tür gestaltete sich schwierig. Der Schlüssel wollte partout nicht ins Schloss passen. Hansen musste sich nach vorn beugen und genau zielen. Endlich bewegte sich etwas, und die Tür ging auf. Auf Socken lief er mit unsicheren Schritten über den Dielenboden.

Es knarrte leise. Früher hatte hier ein dicker Teppich gelegen. Aber seit man in der Pension Schmidt mit der Wirtschaftskrise zu kämpfen hatte, waren manche Einrichtungsgegenstände verschwunden. Und eben auch der Teppich. Nur noch drei Schritte bis zu seiner Tür. Der Schlüsselbund glitt ihm durch die Finger und fiel klirrend zu Boden. Verflixt und zugenäht!

Eine Tür wurde aufgestoßen. »Herr Hansen?«

Ertappt. Schuldbewusst drehte er sich um.

»Heinrich!«

Ach du Schreck. Er blinzelte in den grellen Lichtschein, der ihm entgegenstrahlte. Er kniff zuerst das eine, dann das andere Auge zu, aber kein Zweifel, das standen sie wirklich, zu zweit.

»Hilda? Du? Äh, guten Abend Frau Schmidt.«

Die beiden Frauen starrten ihn kopfschüttelnd an. Was machte denn seine Hilda bei Frau Schmidt? Um diese Zeit? Hansen zog den Kopf ein.

»Heinrich! Wo um Himmels willen hast du dich herumgetrieben?«

»Herr Hansen, seit Stunden warten wir auf Sie.«

Der Ertappte verzog gequält das Gesicht. Zwei gegen einen zu so später Stunde, das war wirklich unfair. Die Stiefel in seiner Hand wogen schwer. Hansens Blick glitt suchend über den Fußboden. Wo war denn nur dieser gottverdammte Schlüsselbund abgeblieben? Er stieß mit dem Fuß dagegen, ging in die Knie, um ihn aufzuheben. Das gab ihnen die Gelegenheit, ihm auf die Pelle zu rücken.

Hansen richtete sich mühsam wieder auf.

»Heinrich, ich habe mir Sorgen gemacht«, rief Hilda, die auf ihrem Lockenkopf einen Hut trug, der ihn an einen umgestülpten Blumentopf erinnerte. »Wir wollten doch zusammen feiern«, fügte sie leiser hinzu.

»Wie können Sie Ihrer Verlobten nur einen solchen Schrecken einjagen!«, entrüstete sich Frau Schmidt, deren mächtige Silhouette den schmalen Schattenriss der Besucherin überragte.

Hansen war ratlos. Auf eine derartige Situation war er nicht vorbereitet. Seit wann war denn hier in der Pension Schmidt Damenbesuch erlaubt?

»Ich … ich musste doch noch mit den Kollegen …«

»Bis in die Nacht hinein?«, stellte Hilda anklagend fest. »Wo wir doch verabredet waren.«

»Sie haben Frau Kerner wirklich einen furchtbaren Schrecken eingejagt«, ergänzte Frau Schmidt.

Herrgott, die beiden da kannten sich doch gar nicht. Wie hatte es nur so weit kommen können, dass sie sich gegen ihn verbündeten? Mit der matronenhaften Zimmerwirtin wäre Hansen schon klargekommen, und seiner Verlobten gegenüber hatte es ihm bisher noch nie an Ausreden gefehlt. Aber was nun?

Glücklicherweise besann sich Frau Schmidt auf eine Tugend, die im Allgemeinen nicht zu ihren hervorragendsten Eigenschaften gehörte: Sie zog sich diskret zurück, nachdem sie das Nachtlicht auf der Flurkommode angeknipst hatte.

»Na los doch!«, verlangte Hilda. »Mach endlich die Tür auf.«

»Da rein?«, fragte er.

»Jawohl. Frau Schmidt wird kaum noch Gelegenheit haben, dir den Kopf abzureißen, wenn wir miteinander fertig sind, weil ich es nämlich tun werde.«

Hansen schloss die Tür auf. Hilda drängte sich hinter ihm ins Zimmer und schob die Tür zu.

»Soso, hier lebst du also«, stellte sie fest, nachdem Hansen den Lichtschalter gefunden hatte.

»Seit neunzehn Jahren«, murmelte Hansen.

Sie stemmte die Hände in die Hüften. »Das sieht man.«

Tatsächlich hatte sich die Einrichtung seit seinem Einzug im Jahr 1903 kaum verändert. Außerhalb seines Zimmers hatte sich vieles gewandelt. Aus dem Hôtel Schmidt, in dem damals Künstler aus ganz Europa abgestiegen waren und auf drei Etagen gewohnt hatten, war eine Privatpension mit vier Zimmern geworden, von denen meist nur dieses eine belegt war. Hansen hatte es immer als bequem empfunden, bei Frau Schmidt zu wohnen. An den Sonntagen, an denen er keinen Dienst hatte, lud sie ihn zum Mittagessen ein. Außerdem schmeichelte es ihr wohl, einen stattlichen Polizisten von der Davidwache an sich gebunden zu haben, wenn auch nur rein geschäftlich.

Mit Hilda Kerner war Hansen seit eineinhalb Jahren bekannt und seit sechs Monaten verlobt. Sie war nicht seine erste Verlobte, aber die erste, die sein Zimmer betreten durfte. An diesem Abend zum ersten Mal.

Hansen schaute sich um. Natürlich befand sich alles in schönster Ordnung, dafür sorgte Frau Schmidt hingebungsvoll. Aber das große Gemälde über dem Bett kam ihm jetzt, als Hilda einen abschätzigen Blick darauf warf, lächerlich vor. Es zeigte einen deutschen Offizier mit einem braun gebrannten Südseemädchen unter einem Mangobaum auf Tahiti oder wie immer die Insel hieß. Im Hintergrund stieß ein Kriegsschiff eine schwarze Rauchwolke in den blassblauen Himmel, und über der Idylle flatterte die Flagge der kaiserlichen Marine.

Hildas Blick wanderte vom Bild über das Bett zum geöffneten Fenster. Aus dem Hinterhof schallte der Lärm eines häuslichen Streits herauf. Irgendwo ging lautstark ein Porzellanteil zu Bruch. Sie seufzte schwer.

»Und darauf also kannst du nicht verzichten?«, fragte sie.

Es klang kläglich. Sie schien es zu bemerken und fügte mit scharfem Unterton hinzu: »Dieses winzige Zimmerchen in der Wohnung einer alten Frau ziehst du dem gemeinsamen Glück vor?«

Hansen räusperte sich verlegen. Auf eine derartige Auseinandersetzung war er nicht vorbereitet. Er war gar nicht in der Stimmung zu streiten. Aber natürlich musste er ihr Paroli bieten, sonst würde sie ihm die halbe Nacht auf der Nase herumtanzen. Das war neulich schon einmal vorgekommen, als er sich auf einen gemütlichen Abend in ihrem Lehnsessel eingerichtet hatte.

Er versuchte, sich um das eigentliche Thema zu drücken, und sagte: »Dies ist keine Wohnung, sondern eine Pension. Und so alt ist Frau Schmidt nun auch wieder nicht.«

»Umso schlimmer«, stellte Hilda anklagend fest.

Auf die Frage, was daran nun wieder schlimm sei, bekam er keine Antwort.

»Außerdem ...«

»Darf ich mich setzen?«

»Aber ja, natürlich, sicherlich.« Hansen rückte ungeschickt den kleinen Sessel vor dem Sekretär zurecht.

Sie ließ sich seufzend darauf nieder, setzte den Hut ab und legte sich ihn auf den Schoß. Hansen blieb unschlüssig vor ihr stehen.

»Heinrich, bitte!«

»Was denn?«

»Sei doch nicht so unhöflich. Willst du dich denn nicht zu mir setzen?«

»Doch, doch«, sagte er eilfertig und ärgerte sich über seinen Kleinmut.

Sie deutete auf den Stuhl, der neben dem Tischchen in der Mitte des Zimmers stand. Er schob ihn ein Stück in ihre Richtung und nahm unbeholfen Platz. Sie lächelte nachsichtig.

Herrgott, dachte er, man weiß wirklich nicht, wie man sich in so einer Situation verhalten soll. Da hatte er tagaus, tagein mit den merkwürdigsten Frauenzimmern zu tun und nahm im Allgemeinen kein Blatt vor den Mund, aber auf das hier war er nicht vorbereitet. Hilda war ja noch nie hier gewesen. In ihrer kleinen Wohnung über dem Hutgeschäft, das sie in der Gustavstraße betrieb, war es einfacher. Dort bediente sie ihn, stets bemüht, ihm alles recht zu machen. Hier in seinem Junggesellenzimmer kam ihm das Zusammensein mit ihr eher befremdlich vor.

»Außerdem?«, sagte sie schnippisch.

»Wie bitte?«

»Du wolltest mir vorhin etwas mitteilen. Der Satz fing mit dem Wort ›außerdem‹ an.«

Er dachte nach. Was hatte das für ein Satz werden sollen, der mit ›außerdem‹ begonnen hatte? Er blickte sie ratlos an. Sie ist doch wirklich hübsch, dachte er. Mit ihren schwarzen Locken, dem eleganten schwarzen Kostüm und dem grünen Mantel mit den weiten Ärmeln. Hab ich so eine hübsche Frau überhaupt verdient? Sein Blick blieb an ihrem übergeschlagenen, seidenbestrumpften Bein hängen. Es fehlte nicht viel, und der Rock würde das Knie freigeben. Er kniff ein Auge zu und versuchte zu lächeln.

»Nicht jetzt, Heinrich. Ich weiß ganz genau, dass du mir etwas Wichtiges mitteilen wolltest. Also spiel' jetzt nicht den Charmeur, sondern rede!«

Na ja, wenn sie es unbedingt gleich erfahren wollte.

»Ich stellte gerade fest, dass es für einen Mann in deinem Alter recht ungewöhnlich ist, in einem Zimmer zur Untermiete zu wohnen, woraufhin du sagtest, es sei eine Pension und Frau Schmidt gar nicht so alt, wie ich meine, und ich sagte ›umso schlimmer‹.«

»Ja.« Wo hatte diese Frau nur diese unerbittliche Verhörtechnik gelernt?

»Woraufhin du sagtest: ›Außerdem …‹«

»Ich … wollte sagen … und außerdem ziehe ich hier sowieso aus, und zwar bald.« Nun war es endlich gesagt.

Hilda sprang auf und kam lächelnd auf ihn zu. »Wirklich? Ach, Heinrich, wie schön.«

Er blieb sitzen, ihm wurde heiß.

»Aber warum machst du so ein verdrießliches Gesicht? Wir werden es uns schön machen, ich werde es uns schön machen!«

Hansen verzog gequält das Gesicht. »Ich ziehe auf die Wache.«

»Wie bitte?« Sie wich einen Schritt zurück.

»Man hat mich zum Kommissar befördert.«

»Ich weiß.«

»Zum Revierleiter.«

»Das sagtest du am Telefon.«

»Der Revierleiter wohnt im dritten Stock, oben unterm Dach.«

»Aber … ich kann doch unmöglich auf der Davidwache … Wie hast du dir das denn vorgestellt?«

Hansen schüttelte den Kopf. Da er müde war und betrunken, wurde es ein heftiges Kopfschütteln, das sehr unwirsch wirkte. »Es ist nicht möglich, dort gemeinsam zu wohnen«, sagte er. »Man müsste verheiratet sein.«

»Nun ja ...« Sie schaute ihn erwartungsvoll an.

»Das sind wir ja nicht«, stellte er fest.

»Das heißt, du meinst, wir könnten oder sollten?«

Wieder schüttelte Hansen den Kopf. Wieder etwas zu heftig. »Nein, nein, das ist nichts für eine Dame.«

»Was ist nichts für eine Dame?«, fragte sie streng.

Er zögerte. »Das ... das Leben da, mit mir. Es ist einfach zu ... Dort geht es manchmal sehr ruppig zu, weißt du.«

Sie war blass geworden, und es stand ihr sehr gut. »Ja, aber musst du denn dort hinziehen?«

»Muss nicht.«

»Na also.«

»Will aber.«

»Warum?«

»Für Kriminalkommissar Hansen kommt nichts anderes in Frage, als dass er dort auf der Wache wohnt, im dritten Stock, direkt über dem Geschehen ... Es ist jetzt mein Revier, meine Verantwortung, nachdem Breitenbach in Pension gegangen ist ... mein Revier.«

»Du willst dich von mir lossagen?«, fragte sie tonlos.

»Aber nein. Der Dienstplan des Revierleiters erlaubt es durchaus ...«

»Der Dienstplan? Erlaubt es? So siehst du unser ... unser Verhältnis?«

Hansen hob die Schultern.

»Feigling!«, rief sie, machte kehrt und lief mit großen Schritten zur Tür.

»Was?« Hansen wandte sich um. »He! Warte doch!«

Mit hoch erhobenem Haupt verließ sie das Zimmer.

Hansen war gleichzeitig nach Lachen und Weinen zumute. Aber er versprürte keinen Drang, ihr nachzulaufen. Nun war es heraus, und das war gut so. Viel schwieriger würde es werden, Frau Schmidt diese Neuigkeit mitzuteilen.

Sein Blick fiel auf den Sekretär vor dem Fenster. War da in der rechten Schublade nicht noch eine kleine Flasche Korn versteckt?

2

Am nächsten Morgen war Heinrich Hansen ganz und gar nicht in der Stimmung, große Konflikte auszutragen. Mit schwerem Kopf saß er im zweiten Stock der Davidwache im Amtszimmer des Revierleiters und fühlte sich an dem großen Schreibtisch fehl am Platz. Hinter ihm hing eine große Hamburg-Karte an der Wand, auf dem das kleinste Polizeirevier der Stadt rot umrandet eingezeichnet war – knapp ein halber Quadratkilometer, für den er jetzt die Verantwortung trug. Vor ihm stand eine große Blechkanne mit heißem Kaffee. Er trank ihn schwarz und hoffte, er würde seinem Kopf gut tun, ohne ihm auf den Magen zu schlagen. Er hatte es nicht übers Herz gebracht, die große, geblümte Porzellankanne seines Vorgängers zu benutzen.

Nachdem er sich den zweiten Becher eingeschenkt hatte, zog er nacheinander alle Schubladen des Schreibtischs auf. Die oberen waren leer, in den anderen fand er Notizblöcke, Papierbögen und Schreibgeräte. Im Aktenschrank neben dem Schreibtisch drängten sich Ordner mit abgehefteten amtlichen Bekanntmachungen, Handbücher, Gesetzestexte und zwei dicke Ringbücher mit Fahndungsblättern sowie Kästen mit zahllosen Karteikarten und ein Schnellhefter mit maschinengeschriebenen Blättern, auf denen sein Vorgänger Kommissar Breitenbach ihm alles aufgeschrieben hatte, was er als Reviervorsteher beachten musste. Hansen blätterte die Papiere lustlos durch, merkte, dass er nicht die Kraft hatte, sich auf all diese Richtlinien, Hinweise, Vorschriften und Ratschläge zu konzentrieren.

Breitenbach war ein Pedant gewesen und einer, der es liebte, seine Untergebenen mit militärischem Gehabe zu imponieren. Nachdem der Revierleiter Ramming während des Hungeraufstands vor drei Jahren ums Leben gekommen war, hatte man den altgedienten Breitenbach auf diesen Posten gesetzt. Wieso man nun ausgerechnet ihn als Breitenbachs Nachfolger auserkoren hatte, war Hansen schleierhaft. Vielleicht hatte Bezirksinspektor Paulsen seine Hände im Spiel gehabt und ihn in der Polizeizentrale im Stadthaus empfohlen. Paulsen hatte immer große Stücke auf ihn gehalten, obwohl er Hansen ständig wegen seines Eigensinns getadelt hatte.

Da hab' ich mir ja was Feines eingehandelt, dachte Hansen. Seine Euphorie vom Vorabend war verflogen. In diesen unruhigen Zeiten Leiter des Kriminalreviers von St. Pauli zu sein, war mehr als eine Herausforderung. Hier kam alles zusammen: Armut und Verschwendungssucht, Lebenslust und Todestrieb, Sehnsucht nach dem schnellen Glück, Lug und Betrug, Verzweiflung und Wahn – moralische Abgründe jedweder Art. Von banalen Delikten wie Körperverletzung, Diebstahl, Prostitution, Spielsucht und Rauschgifthandel gar nicht zu reden.

Die meisten Menschen dort draußen hatten kein Geld fürs tägliche Brot, andere wiederum besaßen so viel, dass sie sich die absonderlichsten Vergnügungen ausdachten, um ihren Reichtum zu verschwenden. Und die Hamburger Polizei war in diesen Zeiten genauso arm dran wie der Großteil der Bevölkerung, der unter der Inflation litt: Die Beamten der Hansestadt warteten seit Monaten auf ihren Sold. Unter den sonst so geduldigen Staatsdienern gärte es, Unzufriedenheit machte sich breit. Hoffentlich laufen sie mir nicht davon, dachte Hansen, jetzt, wo ich mit alledem klarkommen muss.

Hansen hob den Kopf, der ihm während des Grübelns ganz langsam auf die Brust gesunken war. Draußen im Treppenhaus hörte man genagelte Stiefelsohlen heraufkommen. Jemand klopfte gegen die Tür des Revierleiters.

»Immer reinspaziert, die Tür ist offen!«, rief Hansen mit müder Stimme, aber laut genug, dass man es draußen hören konnte.

»Melde gehorsamst, eine bekannte Person verlangt den Revierleiter zu sprechen!« Der junge Schutzmann knallte die Hacken seiner Stiefel zusammen.

Hansen richtete sich auf, warf dem Uniformierten einen strengen Blick zu und sagte: »›Melde gehorsamst‹ gibt es hier nicht. Erstens sind wir nicht beim Militär, und zweitens ist das hier die

Kripo. Wir verrichten unsere Arbeit in Zivil. Schreiben Sie sich das hinter die Ohren, für den Fall, dass Sie hier wieder einmal hereinschneien, Wachtmeister.«

»Jawohl.«

»Abgesehen davon sollten Sie zunächst einmal ihren eigenen Chef bemühen. Dies hier ist die Kriminalbteilung. Wenn's darum geht, Ordnung zu halten, seid erst mal ihr da unten zuständig.«

»Melde ge... Verzeihung, ich wollte sagen, die Person verlangt ausdrücklich nach Ihnen, Herr Kommissar.«

»So?«

»Es handelt sich um eine ältere Frau. Eine Frau Wittling.«

»Erna Wittling? Ach Gott, Kelling, Sie sind noch nicht lange bei uns, stimmt's?«

Das Gesicht des jungen Beamten verfärbte sich leicht rosig. »Seit zwei Wochen.«

»Na gut, das entschuldigt Sie. Wie dem auch sei, die Dame, von der Sie da sprechen, heißt bei uns ›die Erna vom Suezkanal‹.«

Wachtmeister Kelling blickte verblüfft drein.

»Seit zwei Wochen hier und noch nicht im Suezkanal gewesen?«, fragte Hansen gnadenlos.

»Äh, nein.«

»Macht ihr denn keine Revierbegehung, bevor ihr hier anfangt?«

»Verzeihung?«

»Der Suezkanal ist ein schmaler Durchgang neben dem Salon Tingeltangel an der Reeperbahn. Er führt zu einem Hinterhaus, in dem die Frauen hausen, die sie aus der Herbertstraße rausgeschmissen haben.«

»Aha«, sagte Kelling begriffsstutzig.

»Macht einen leicht schlampigen Eindruck, die Dame?«

»Hat ein bisschen viel Farbe im Gesicht, und der Mantel riecht nach Mottenpulver.«

»Haben Sie sich ihre rechte Hand angesehen?«

»Die rechte Hand?«

»Dann wüssten Sie, warum die Dame auch Drei-Finger-Erna genannt wird.«

Der Wachtmeister blickte Hansen ungläubig an.

»Als Polizist sollten Sie Ihren Blick schulen, Wachtmeister.«

»Jawohl.«

»Na, dann schick sie mal rauf, die Erna.«

»Wirklich?« Der Wachtmeister sah Hansen erstaunt an.

»Ist eine alte Freundin von mir, also los!«

»Jawohl!«

»Und versuchen Sie, in Zukunft ohne dieses Hackenschlagen auszukommen, Kelling.«

Warum erzähle ich dem arme Kerl so einen Unsinn, fragte sich Hansen, nachdem Kelling nach draußen verschwunden war. Alte Freundin? Quatsch! Die Erna aus dem Suezkanal war eine Informantin. Deshalb wurde sie bevorzugt behandelt, obwohl es kaum jemand länger als fünf Minuten mit ihr aushielt.

Aber an diesem Tag war Erna ganz kleinlaut. Unterwürfig schlurfte sie in Hansens Büro, nahm den formlosen Hut ab und setzte sich auf den Besucherstuhl vor dem Schreibtisch. Mit ungewohnt leiser Stimme wünschte sie einen guten Morgen.

»Na, Erna, wo drückt der Schuh?«, fragte Hansen.

Sie schlug die Beine übereinander. Unter dem Saum ihres verwaschenen rosafarbenen Kleids kam ein himmelblauer Unterrock zum Vorschein. »Herr Kommissar, ich hätte sie eigentlich nicht so früh schon belästigt, wenn es nicht wirklich unerträglich wäre.«

»Nichts für ungut, bin ja im Dienst.«

»Sie haben so viel Verständnis für Damen in meiner Situation …«

»Das gehört zu meinem Beruf.«

»Es ist nämlich so, dass ich belästigt werde.«

»Belästigt? Von einem Mann?«

»Ja, nein, doch …« Erna zupfte an ihrem Kleid, versuchte vergebens, den Saum über den Unterrock zu ziehen.

»Wie denn nun? Ein Mann oder kein Mann?«

»Ein Junge, ein frecher Bengel!«

»Nanu, du bist doch sonst nicht zimperlich. Hast ihm nicht den Marsch geblasen?«

»Schon, aber es hat nichts genützt, Herr Kommissar.«

»Das wundert mich nun aber doch.«

»Mich ja auch, aber es ist ein ganz schlimmer Bengel, dieser ...«

»Wie alt ist er denn?«

»Na so sechzehn, würde ich mal schätzen.«

»Und wie heißt er?«

»Das weiß ich doch nicht.«

»Aus der Nachbarschaft?«

»Eben nicht. Die kenn' ich ja alle.«

»So? Und was hat er sich zu Schulden kommen lassen?«

Erna beugte sich nach vorn. »Das bleibt jetzt aber unter uns, Herr Kommissar.«

Hansen nickte.

»Wäre nämlich nicht gut fürs Geschäft, wenn's sich herumsprechen würde.«

»Na los doch.«

»Er klopft ans Fenster. Manchmal schmeißt er auch mit Steinen.«

»Hm.«

»Das ist doch keine Art! Er versetzt uns in Angst und Schrecken.«

»Tja, was soll ich da machen. Ich darf doch gar nicht wissen, wie es bei euch so zugeht.«

»Aber Herr Kommissar! Ich muss doch mein Auskommen finden. In diesen Zeiten!«

»Hm.«

»Ist es etwa erlaubt, mitten in der Nacht an fremde Fenster zu klopfen?«

»Das fällt unter den Tatbestand der Ruhestörung.«

»Ja eben. Da muss doch etwas unternommen werden!«

»Was will er denn?«

»Wie, was will er?«

»Er muss doch etwas beabsichtigen.«

»Böse ist er, das ist seine Absicht!«

»Wird schwierig, Erna. Ich kann doch keinen Schutzmann vor dein Fenster stellen.«

»Gott bewahre!«

»Na bitte.«

»Ein Herumtreiber ist das. Der gehört zu niemandem. Dürfen solche Bengels denn einfach herumlungern? Wer weiß, wo der herkommt und was der sonst noch im Schilde führt.«

»Viel kann ich da nicht tun.«

Erna sackte mutlos in sich zusammen.

»Aber ich komme mal vorbei und schau' mir die Sache selbst an.«

Erna lächelte ein breites Lächeln und entblöste einige Zahnlücken. »Das ist aber nett, Herr Kommissar. Wollen Sie nicht gleich mitkommen?«

»Später, Erna, jetzt hab' ich zu tun.«

Erna rappelte sich auf und trat einen Schritt auf den Schreibtisch zu. »Sie sind ein Ehrenmann, Herr Kommissar.« Sie hielt ihm die rechte Hand hin.

Hansen blickte auf die Hand mit den fehlenden zwei Fingern. »Gib mir mal lieber die andere.«

»Verzeihung.« Sie deutete einen Knicks an und hielt ihm die linke hin. Hansen schüttelte sie vorsichtig.

»Sie sind der Einzige, der mich anständig behandelt, Herr Kommissar.«

Hansen tat so, als würde er in einem Stapel Papiere nach etwas suchen. Schließlich blickte er auf und sagte: »Und dann bekomme ich noch fünfhundert Mark von dir.«

Erna wich einen Schritt zurück. »Was?«

Hansen warf einen kurzen Blick auf ein Blatt Papier. »Wir haben mal wieder eine Anzeige reinbekommen. Immer das gleiche alte Spiel, Erna. Du hast einen Freier bei dir, und wenn du den armen Hund endlich auf dein Bett bugsiert hast, legst du seine Klamotten beiseite und drückst ihm ein paar aufregende Bilder in die Hand. Und während der sich diesen Schmuddelkram anguckt, gehst du an seine Brieftasche und nimmst dir raus, was du ihm noch nicht abgeluchst hast. Das ist Diebstahl der niedersten Art, Erna.«

»Och, Herr Kommissar, das hab' ich nun doch schon lang nicht mehr …«

»Vorgestern, am helllichten Tag. Hast gehofft, der Dummkopf würde sich nicht trauen, Anzeige zu erstatten. Hat er aber doch gemacht. Dieser Matrose, du weißt schon, der vom Kohlenfrachter. Einer von denen, die selbst kaum was haben. Du hast es ihm nett gemacht. Aber danach war er auf doppelte Weise erleichtert.«

Erna legte den Kopf schief und schürzte die Lippen. »Können Sie nicht mal ein Auge zudrücken für mich, in diesen schlechten Zeiten?«

»Heute nicht, Erna.« Hansen schüttelte den Kopf.

Erna sank in sich zusammen, dann kramte sie in ihrer Schürzentasche und brachte fünf verkrumpelte Hundertmarkscheine zum Vorschein. Sie legte das Geld auf den Schreibtisch.

»Danke«, sagte Hansen. »Du kannst jetzt gehen. Ich komm' dann später mal vorbei.«

Erna brachte ein halbherziges »Danke« hervor, dann trottete sie zur Tür und verließ grußlos das Büro.

Hansen schaute die Scheine an. Bis der Matrose wieder zurück ist, wird dieses Geld kaum noch was wert sein, überlegte er. Sie hätte es genauso gut behalten können.

Er stand auf, öffnete das Fenster und atmete tief durch. Draußen rumpelte die Straßenbahn der Linie 23 durch die Davidstraße Richtung Landungsbrücken.

3

Hansen verbrachte den Rest des Vormittags damit, sich in seinem neuen Büro einzurichten, Breitenbachs Hinterlassenschaft zu ordnen und Glückwünsche der Kollegen entgegenzunehmen.

Es war ein ruhiger Tag. Die Arrestzellen im Keller blieben leer. Die kriminellen Elemente der Stadt gönnten sich eine Pause und ließen dem frisch gebackenen Revierleiter Zeit, sich in seine neue Aufgabe hineinzufinden. Die Dienstbesprechung um elf war reine Routine. In der Nacht von Montag auf Dienstag waren nur wenige Delikte gemeldet worden, und am Morgen ging es auf St. Pauli nicht wesentlich aufregender zu als in anderen Teilen der Stadt. Die Schutzmannschaft kümmerte sich vorwiegend um die Belange des Verkehrs, und die Kriminalbeamten beugten sich über ihre Fahndungslisten. Ein Teil der Streifenbeamten zeigte Präsenz und ließ es damit gut sein, die anderen gingen die Berichte der letzten Tage durch oder studierten die neue Ausgabe des polizeilichen Mitteilungsblatts aus der Zentrale.

Gegen Mittag ließ Hansen sich einen Bohneneintopf aus Dickmanns Speiselokal kommen und schaufelte gierig den Teller leer. Danach stieg er durch das breite Treppenhaus in den dritten Stock und betrat seine neue Dienstwohnung. Mit einem leichten Gefühl der Beklemmung schritt er durch die drei Zimmer, die nun sein privates Reich werden sollten. Im Schlafzimmer standen ein Bett und ein Schrank, im Wohnzimmer ein ovaler Tisch mit vier Stühlen und ein leerer Bücherschrank mit Glasvitrine, im Studierzimmer ein Schreibtisch mit Drehsessel. Wie viele Schreibtische braucht der Mensch?, fragte er sich. Und wo nehme ich all die Sachen her, die ich wirklich brauche, um aus diesen kahlen Zimmern ein bewohnbares Zuhause zu machen?

Zuhause? Seit dem vernichtenden Brand im Haus seiner Eltern hatte er kein Heim mehr gehabt. Zwei Jahre Waisenhaus, sechs Jahre bei der Marine und danach fast zwanzig Jahre als Untermieter bei Frau Schmidt, dazwischen immer wieder Versuche, sich auf die Häuslichkeit einer »guten Freundin« oder »Verlobten« einzulassen, die stets nach gewisser Zeit gescheitert waren. Die meisten seiner Kollegen waren verheiratet. Nicht unbedingt glücklich, denn der Polizeidienst vertrug sich nur eingeschränkt mit der Rolle des Familienvaters. Aber das wurde als normal empfunden. Nur mit ihm schien etwas nicht zu stimmen. Solange er jung gewesen war, hatte ihn dieses wurzellose Dasein nicht gestört, im Gegenteil. Er hatte seine Unabhängigkeit genossen. Jede neue Damenbekanntschaft hatte verheißungsvoll begonnen, und wenn es bei diesen Zweisamkeiten zum Bruch gekommen war, hatte er es jedes Mal als Befreiung empfunden. Im Laufe der Jahre waren die Phasen, in denen er allein war, immer länger geworden. Lag es an seinem Alter? Mit zweiundvierzig Jahren ließ man sich nicht mehr von jedem süßen Lächeln zu Dummheiten hinreißen.

Hier oben im dritten Stock mit den schrägen Wänden und den großzügig bemessenen Räumlichkeiten – es gab noch zwei Zimmer, die gänzlich leer standen – hätte er bequem eine ganze Familie unterbringen können. Aber in diese Verlegenheit würde er wohl kaum mehr kommen. Wer wollte in diesen von Inflation, Arbeitslosigkeit und moralischem Verfall geprägten Zeiten schon einen Grundstein für eine ungewisse Zukunft legen?

Die leeren Räume machten ihn nervös. Hansen schritt durch den langen Flur in den vorderen Raum, öffnete die Tür zum Erker und begann, das gut geölte, präzise vor sich hintickende Uhrwerk mit den großen eisernen Zahnrädern aufzuziehen.

Hansen schloss die Tür zum Erker. Der Entschluss war gefasst. Er stieg die Treppe hinunter in den ersten Stock und kommandierte den jungen Kelling dazu ab, in die Seilerstraße zu gehen. Ein Handwagen zum Transport des bereitgestellten Gepäcks würde genügen. Nein, er selbst würde nicht mitkommen, der Wachtmeister möge doch bitte Frau Schmidt ausrichten, dass er später vorbeischauen würde, um sich zu verabschieden. Kelling setzte sich den Tschako auf den Kopf und verabschiedete sich.

Zwei Koffer und vier Kisten hatte Hansen in der letzten Nacht gepackt, nachdem er aus unruhigen Träumen hochgefahren war und nicht mehr schlafen konnte. Zwei Koffer und vier Kisten waren sein ganzes Hab und Gut. Ich werde mir bei Gelegenheit vom Trödler in der Erichstraße einige Möbelstücke kommen lassen, entschied er. Dann stieg er wieder in den zweiten Stock hinauf und begann, sein Dienstzimmer umzuräumen.

Die Koffer und Kisten, die Wachtmeister Kelling wenig später im Flur seiner neuen Unterkunft abstellte, waren nach Dienstschluss schnell ausgepackt. Nachdem er damit fertig war, verspürte Hansen Tatendrang. Er entschloss sich, sein Versprechen einzulösen und Erna Wittling einen Besuch abzustatten.

4

Der Suezkanal war schmal und schmutzig. Man stieg durch eine dunkle Toröffnung direkt neben der bunt leuchtenden Fassade des Varietés und gelangte in einen Durchgang, der von einer funzeligen Gaslaterne schwach erleuchtet wurde. Passage konnte man diesen modrigen Pfad zwischen hohen Häuserwänden nicht nennen, wo es nach Urin roch. Trocken wurde es hier selbst im heißesten Sommer nicht, und jetzt Ende September hatten sich nach mehreren Regenschauern schon einige hartnäckige Pfützen gebildet. Am Ende des Pfads gelangte man auf eine unebene, holprig gepflasterte Terrasse mit einer Reihe windschiefer, zweigeschossiger Häuschen, in denen jene Frauen ihrem Gewerbe nachgingen, die den Absprung nicht geschafft hatten und für immer an St. Pauli gefesselt waren.

Erna Wittling lebte im mittleren Haus. Im Gegensatz zu ihren Kolleginnen in den anderen beiden Häusern konnte sie es sich leisten, Parterre und ersten Stock zu bewohnen. Das verdankte sie einem Freier mit speziellen Neigungen, der ihr im Keller ein Kabinett eingerichtet hatte, dort aber bereits während der ersten Sitzung einen Herzinfarkt erlitten hatte. Dank dieses Kabinetts war der Name Drei-Finger-Erna in einschlägigen Kreisen ein Begriff. Im Vergleich zu ihren Nachbarinnen verdiente Erna noch ganz passabel. Übermäßig viel war es dennoch nicht, denn nur wenige Kunden im Suezkanal zahlten in harten Währungen.

Hansen betätigte einen drehbaren Klingelknopf, wandte sich um und warf einen Blick in den von hohen Wänden eingeschlossenen Hinterhof. Würde man sich im Gefängnis nicht freier fühlen als hier? Eine Mauer trennte die Terrasse von der hinteren Seite des Salons Tingeltangel ab, einem berühmten Etablissement, in dem allabendlich aufwändige Schauprogramme aufgeführt wurden. Der Champagner floss in Strömen– manchmal sogar in gläserne Wannen, in denen Nixen in glitzernden Badekostümen fröhlich herumplantschten, während sich Engel an Trapezen über die Bühne schwangen und über einer traumhaft bunt schillernden Kulisse halsbrecherische Kunststücke aufführten.

Ernas Welt war eine andere. Sie öffnete die Tür in einem fadenscheinigen Bademantel, dessen Seiten auseinander klafften und Strapse über wulstigen Schenkeln sehen ließen. Erna führte den Kommissar in ein Wohnzimmer, dessen Einrichtung einen genauso verlebten Eindruck machte wie die Bewohnerin.

Hansen durfte in einem abgesessenen Sessel Platz nehmen. Erna schob einen Stapel zerlesener Groschenhefte beiseite und stellte eine Flasche Schnaps auf den schief stehenden Wohnzimmertisch. Sie füllte zwei Likörgläser voll, legte sich auf eine Chaiselongue und zog sich eine Wolldecke über die Beine.

»Es ist kalt, Herr Kommissar. Und Sie sind ja nicht gekommen, um mich anzuglotzen so wie die andern.«

Hansen nickte zustimmend. Ihre vom Korsett hochgeschobene schlaffe Brust bedeckte Erna nicht. Hansen schaute darüber hinweg auf den Gobelin, der an einem langen Bambusstab die von feuchten Flecken übersäte Wand bedeckte. Das gewebte Bild zeigte eine waldige Gebirgslandschaft mit einem einsamen röhrenden Hirschen. Über dem Gobelin hing ein Heiligenbildchen. Abgebildet war die Büßerin Maria Magdalena, die Schutzheilige der Prostituierten, auf dem Golgatha-Hügel am Fuß des Kreuzes sitzend mit einem Totenschädel in der Hand.

»Wie gehen die Geschäfte, Erna?«, fragte Hansen.

Erna schüttelte traurig den Kopf. »Schlecht, Herr Kommissar. Von dem bisschen Geld, das die Kundschaft ins Haus bringt, bleibt ja nicht viel. Gerade mal, dass man sich einen Laib Brot kaufen kann und ein Stück Käse, einen Kohlkopf und ein paar Knochen. Mir geht's ja noch leidlich, aber manche hier haben seit Tagen nichts Warmes mehr in den Magen bekommen.«

»Immerhin reicht's bei dir noch für den Schnaps.«

Erna griff seufzend nach dem Glas. »Es gibt ja treue Kunden, die darauf achten, mir gelegentlich eine kleine Freude zu machen.«

Sie prosteten sich zu. Der Kümmel schmeckte gar nicht übel. Hansen kippte ihn in einem Zug hinunter.

Erna nippte kurz an ihrem Glas und lächelte verschämt. »Sie trinken auf ex, Herr Kommissar, unsereins muss haushalten.«

Hansen stellte das Glas zurück auf den Tisch. »Ich hoffe nur, ich störe die Geschäfte nicht allzu sehr.«

»Ach was, Anfang der Woche ist doch gar nichts mehr los bei uns hier.« Sie seufzte. »Und nun auch noch die Sache mit den Belästigungen. Am liebsten würde ich hier raus, Herr Kommissar, einfach weg und nie mehr wiederkommen. Wenn ich mir noch vorstelle, wovon ich alles geträumt hatte. Als junges Ding macht man sich solche Illusionen. Es ging mir ja mal ganz gut, wissen Sie.« Sie besah sich nachdenklich ihr Schnapsglas und trank es dann hastig aus.

Hansen nickte. Er kannte Ernas Klagen und wusste, dass man sie nicht ernst nehmen musste.

»Ich war jung und hübsch. Bin ganz schön rumgekommen, das können Sie mir glauben. Manchmal denke ich mir, was wäre, wenn ich jung hierher gekommen wäre, nach Hamburg, meine ich. Oder nie alt geworden. Warum werden die Menschen alt, Herr Kommissar?«

»Wer nicht älter wird, ist tot.«

»Die Welt ist auch alt geworden, aber das ist auch kein Trost. Wie alt sind Sie, Herr Kommissar?«

»Zweiundvierzig.«

»Das ist kein Alter für einen Mann.« Sie schenkte sich einen zweiten Schnaps ein. »Auch noch einen, Herr Kommissar?«

Hansen lehnte ab, und Erna stellte die Flasche erleichtert unter den Tisch.

»Wissen Sie, als ich noch in England war, da musste ich nur mit dem Finger schnippen, und die Herren sind vor mir auf dem Boden gekrochen, Champagner haben sie aus meinem Stiefel getrunken… Aber das wollen Sie alles gar nicht hören, stimmt's?«

»Ach, Erna, wir kennen uns jetzt schon so lange.«

Sie lachte freudlos vor sich hin. »Wie oft hab' ich Ihnen meine Lebensgeschichte schon erzählt?«

»Spielt doch keine Rolle, Erna.«

Sie machte eine wegwerfende Handbewegung. »Das eigene Leben wird langweiliger, je öfter man es sich selbst erzählt.«

»Also reden wir lieber von der Gegenwart.«

»Ja.« Erna blickte düster vor sich hin. Dann gab sie sich einen Ruck und sprach weiter. »Herr, Kommissar, da war gestern Nacht einer hier, das war merkwürdig.«

»Ein Kunde?«

»Na, sagen wir mal ein guter Freund aus der Nachbarschaft. Der stand plötzlich vor der Tür, im Nachthemd, Morgenmantel drüber. Wollte unbedingt rein.«

»Na, du erlebst doch bestimmt die seltsamsten Dinge hier, Erna.«

»Aber dass einer im Nachthemd kommt? Er hat mir Geld gegeben. Dafür, dass er eine Weile bleiben durfte. Dollarscheine hatte der in seiner Manteltasche. Da hab' ich gesagt, für das Geld kann er meinetwegen die ganze Nacht bleiben. Da hat er gesagt, gut, und auf dem Sofa hier geschlafen.« Sie deutete auf die Chaiselongue, auf der sie lag. »Eine Decke hab ich ihm gegeben, wird ja nachts recht kühl inzwischen. Dann hab' ich die Tür abgeschlossen, weil ihm das so wichtig war, und alle Lichter ausgemacht und bin schlafen gegangen. Mitten in der Nacht hat es dann gepoltert, und als ich runterkam, war er verschwunden. Aber das, was so gepoltert hat, das hat er vergessen.«

»Was war das?«

»Ich hab' es drüben in die Kommode gelegt. Oberste Schublade. Bin abergläubisch, will es nicht mehr anfassen.«

Hansen stand auf und trat zur Kommode. In der obersten Schublade, unter einigen sauber zusammengelegten, vergilbten und angegrauten Handtüchern, lag ein Revolver.

»Er hatte eine Waffe dabei?«

»Wissen Sie, Herr Kommissar, ich möchte das Ding gern wieder loswerden. Ich hab so ein Gefühl, dass er nicht wiederkommt, um sich das da zurückzuholen. Und ich möchte keine Pistole im Haus haben. Wenn so was erst mal herumliegt, dann wird es irgendwann auch benutzt. Das macht mir bloß Angst.«

»Ich muss diese Waffe sowieso konfiszieren.« Hansen griff nach dem Revolver.

»Tun Sie das, Herr Kommissar.«

Ein kurzer Blick, und Hansen hatte die Waffe identifiziert. Es handelte sich um einen Colt M 1917, eine amerikanische Armeewaffe, die eigens für den letzten Krieg angefertigt worden war.

»Es wäre auch ganz gut zu wissen, wem sie gehört. Vielleicht hat er einen Waffenschein und könnte sie deshalb rechtmäßig zurückbekommen.«

Erna schloss die Augen. »Er hat mir doch Geld gegeben, Herr Kommissar. Also gilt meine Schweigepflicht. Das ist Berufsehre.«

Hansen steckte die Waffe in die Tasche seines Regenmantels.

»Na gut. Aber falls dir doch noch ein Grund einfallen sollte, warum es nützlich wäre, den Namen zu nennen, wäre ich dir sehr dankbar.«

Erna schüttelte träge den Kopf. »Bestimmt nicht.«

Hansen stand unschlüssig im Zimmer. Es war Zeit zu gehen. Oder wollte sie noch etwas von ihm?

Sie schreckte hoch. »Da! Haben Sie das gehört?«

Hansen horchte. »Nein.«

Erna sprang vom Sofa auf und zog ihn an der Hand aus dem Wohnzimmer und durch einen dunklen Flur ins Schlafzimmer.

Ein Steinregen prasselte gegen das Fenster. Kleine Kieselsteine, immer wieder.

»Das ist er!«, flüsterte Erna und schob Hansen in Richtung Fenster.

»Halt! Gibt es eine Hintertür?«

Während einer neuer Kieselregen gegen die Scheibe prasselte, zog die Alte ihn aus dem Zimmer und führte ihn durch den dunklen Flur zu einer schmalen niedrigen Tür.

»Ich muss erst aufschließen«, flüsterte sie und nahm einen klimpernden Schlüsselbund von einem Nagel an der Wand.

Das Schloss quietschte, die Tür ging knarrend auf. Wenn der Unruhesstifter da draußen jetzt noch nicht die Flucht ergriffen hat, ist er selbst schuld, dachte Hansen.

»Da drüben sitzt er! Auf der Mauer!«, zischte Erna ihm ins Ohr. Sie gab ihm einen Schubs, und Hansen stolperte auf den dunklen Hinterhof. Schemenhaft bemerkte er eine Gestalt auf einer schulterhohen Mauer, die den Hinterhof vom Nachbargrundstück abtrennte. Die Gestalt erhob sich und holte mit einem Arm aus. Hinter Hansen klirrte es.

»Mein Fenster!«, kreischte Erna.

»Stehen bleiben! Polizei!«, rief Hansen unwillkürlich und griff nach dem Revolver in seiner Manteltasche.

Er sah den Stein nicht kommen, der ihn direkt am Kopf traf. Er stolperte und fiel zur Seite in den Morast.

Hinter ihm schrie Erna laut auf. Vor ihm hörte er ein hämisches Lachen. Er rappelte sich auf die Knie und bemerkte vor sich den Schatten des Jungen, der von der Mauer heruntersprang, um nach seinem Opfer zu sehen. Der Junge rannte auf ihn zu, aber Hansen war schon auf den Beinen. Der Junge schwang einen Knüppel, Hansen wehrte den Schlag mit dem linken Arm ab. Dann packte er ihn mit einem gut geübten Jiu-Jiutsu-Griff und warf ihn zu Boden. Der Junge stieß einen Schmerzensschrei aus. Hansen warf sich über ihn und hielt ihn fest.

In diesem Moment ging hinter ihm im ersten Stock des Hauses ein Licht an, und Hansen blickte in das freche Gesicht eines fünfzehnjährigen Jungen mit verstrubbelten Haaren. Er wand sich wie ein Aal unter dem festen Griff seines Widersachers.

»Bleib ruhig, Junge!« Hansen wollte ihn an den Haaren packen, aber dieser Mistkerl biss ihn in die Hand. Hansen schrie auf und holte mit der anderen Faust zum Schlag aus. Da rollte der Junge wieselflink zur Seite, sprang auf und verpasste seinem Gegner einen heftigen Tritt gegen die Schläfe. Hansens Kopf wurde zur Seite geschleudert. Benommen sah er noch, wie der Bengel sich bückte, etwas aufhob, triumphierend lachte und davonrannte.

Als Hansen wieder zu sich kam, saß er im Dreck und tastete vergebens nach dem verlorenen Revolver.

Neben ihm stand händeringend Erna und jammerte. »Herr Kommissar, schnell! Er ist über die Mauer!« Sie fasste ihn unter den Achseln und versuchte, ihn aufzurichten. »Los auf, schnell!«

Fluchend riss Hansen sich los. »Halt den Mund, Alte!«

Erna wich zurück und schwieg.

ZWEITES KAPITEL

Die Leiche im Grenzgang

1

»Ich hab keine Zeit, ich bin jetzt Revierleiter!«, schrie Hansen, als sie den Versammlungsraum nach der Frühbesprechung verließen.

»Ach was!« Ehrhardt klopfte ihm auf die Schulter und brüllte ihm ins Ohr: »Ich kenne ein nettes neues Lokal um die Ecke.«

Kaum hatten die Handwerker im Stadthaus bemerkt, dass die Inspektoren und Kommissare den Saal verließen, fingen sie wieder an, mit ihren Werkzeugen einen Höllenlärm zu veranstalten.

»Ich frage mich, ob die mit diesem Umbau jemals fertig werden«, hatte Inspektor Ehrhardt, der Chef der Abteilung für Daktyloskopie, vor der Besprechung genörgelt, als die leitenden Beamten der Zentraldienststellen, Bezirke und Spezialabteilungen vor verschlossener Tür gestanden hatten. »Jetzt verwehrt man uns schon den Zugang zu unseren eigenen Diensträumen. Eines Tages werden sie uns da drin einsperren, zusammen mit unserem Präsidenten, und die Bolschewisten lachen sich ins Fäustchen.«

Auch jetzt, auf dem Weg durch den lang gestreckten staubbedeckten Korridor zum Paternoster klagte Ehrhardt weiter: »Seit acht Jahren bauen sie unser einstmals so schönes und ruhiges Stadthaus um – wenn sie nicht gerade streiken oder pausieren, um in den Krieg zu ziehen. Und wozu das Ganze? Damit wir vom Regen geschützt in die neuen Gebäude wandern können. Eine überdachte Brücke über den Fleet! Was ist denn so schlimm daran, ab und zu an die frische Luft zu kommen? Wir könnten doch genauso gut den Weg über die Straße benutzen.«

Hansen sprang neben ihn in die Paternosterkabine. »Du willst dir nur ein paar günstige Gelegenheiten erhalten, um vom rechten Weg abzukommen.«

»Vom rechten Weg abkommen, wenn man ab und zu die Lebensgeister mit einer Tasse Kaffee weckt? Das kommt schließlich der Arbeitsmoral zugute.«

»Auch das, was du in den Kaffee hineingibst?« Hansen hatte oft genug beobachtet, wie sein Freund einen Cognac zum Kaffee bestellte.

»Sei still, sonst musst du durch den Keller fahren!« Ehrhardt schwang sich aus der Fahrstuhlkabine. Hansen folgte ihm.

Wenig später bogen sie in die Düsternstraße ein.

»Jetzt hat die Polizeibehörde schon drei Gebäude. Und aus was bestehen die Häuser zum größten Teil? Aus Korridoren! Endlosen Fluren! Wenn du schließlich und endlich in der Dienststelle angekommen bist, in die du wolltest, bist du ganz aus der Puste, und natürlich haben die Kollegen gerade Pause oder sind durch den anderen Flur auf dem Weg zu dir.«

»Oder ins Kaffeehaus.«

»Ja, da trifft man sich dann. Man sollte die ganze Verbrecherkartei ins Kaffeehaus expedieren und dort Dienst schieben«, brummte Ehrhardt. »Das wäre mir nur recht.«

»Wir haben ständig in Gaststätten jedweder Art zu tun. Das macht einen auch müde.«

»Trotzdem beneide ich euch von der Exekutive. Das Leben als Bürohengst ist öde.«

»Du kommst doch auch dann und wann raus.«

»Soll ich ja nicht. Wäre eigentlich die Aufgabe meiner Assistenten. Aber ab und zu juckt's mich in den Fingern, und ich mach' mich selbst mit dem Köfferchen auf den Weg.«

Sie bogen in den Rademachergang und gelangten um drei Ecken herum zu einem Kellerlokal. Ehrhardt legte eine Hand auf Hansens Unterarm. »Sie haben da eine Kellnerin …« Er schnalzte mit der Zunge. »Dass du mir nicht herausposaunst, dass du Junggeselle bist!«

»Nun geh' schon!«, drängte Hansen lachend. »Ich hab' wirklich nicht den ganzen Tag Zeit.«

Sie stiegen in das Lokal hinab und setzten sich in eine Nische unterhalb des Fensters. Ehrhardt deutete zum Fenster hinauf, durch das man das Geschehen auf der Gasse verfolgen konnte, jedenfalls bis auf die Höhe der Kniekehlen der Passanten. Frauenbeine trippelten vorbei. »Das ist auch so ein Grund, weshalb ich hier gern sitze.«

Hansen schüttelte den Kopf. »Du bist unverbesserlich, Franz!«

»Mein Alltag im Büro verläuft grau in grau, da freut man sich über jede Abwechslung.« Ehrhardt strahlte, als eine dunkelhaarige Schönheit in einem altmodisch weit geschnittenen Kleid und mit Schürze an den Tisch trat.

»Was darf's denn sein, die Herren?«

»Das, was es sein soll, darf es leider nicht«, sagte Ehrhardt.

Die Kellnerin blickte ihn streng an.

»Also bringen Sie uns zwei Bier«, fügte er schnell hinzu.

Hansen runzelte die Stirn. Für Bier war es ihm eigentlich zu früh, aber er sagte nichts.

Kaum war die Kellnerin verschwunden, sagte Ehrhardt: »Hast du gesehen, wie sie die Fäustchen in die Hüften gestemmt hat? Zigeunerblut, würde ich sagen. Aber Spaß beiseite, du siehst bedrückt aus, mein Lieber.«

»Ich bin umgezogen.«

»Bravo! Wie heißt denn die Glückliche?«

»Was?«

»Na, wenn du umgezogen bist, kann das doch nur bedeuten, dass es endlich eine geschafft hat, dich in den Hafen der Ehe zu bugsieren. Wie hieß sie doch noch, deine letzte unheimliche Liebe? Hilda?«

»Ich bin auf die Wache gezogen.«

»Auweia. Das wird eng. Na, zu Anfang rückt man noch gern zusammen, stimmt's?«

»Platz ist da genug. Aber ich bin allein umgezogen.«

Ehrhardt schüttelte den Kopf. »Du bist ein rastloser Mensch, Heinrich.«

»Zwei Koffer und vier Kisten, mehr musste ich nicht packen.«

»Und deine Zimmerwirtin, die arme Frau Schmidt?«

»Hat ein bisschen geheult.«

»Na ja, zu erben war da sowieso nichts mehr.«

»Du bist wirklich herzlos, Franz.«

Die Kellnerin brachte zwei große überschäumende Gläser. Ehrhardt zwinkerte ihr zu. »Das liegt nur daran, dass ich mein Herz ständig verliere.« Die Kellnerin verzog keine Miene, sondern sagte nur »Zum Wohl« und wandte sich eilig ab.

Ehrhardt sah ihr bewundernd nach. »Da geht sie hin«, murmelte er mit leichtem Bedauern in der Stimme.

Sie prosteten sich zu und tranken. Ehrhardt lugte wieder durch das Oberlicht. »Die Frauenmode kommt mir wirklich entgegen«, stellte er fest. »Man glaubt ja gar nicht, was für schöne Waden es gibt.«

»Beim Auspacken hab' ich den Brief wieder gefunden.«

»Brief? Welchen Brief?« Ehrhardt runzelte die Stirn. »Ach so. Ist es mal wieder so weit? Kaum naht der Herbst, wirst du melancholisch, mein Lieber. Alle Jahre wieder fällt dir dieser Brief in die Hände. Lass mich überlegen, wann war es das letzte Mal? Da siehst du es, ich bin ungerecht. Es muss wenigstens vier Jahre her sein. Wir saßen bei Eier-Cohrs unten am Fischmarkt, im Dezember. Nach dem dritten Grog hast du damit angefangen. Na gut, nach dem dritten Grog ist daran auch nichts Ehrenrühriges mehr. Aber heute Morgen, in nüchternem Zustand?« Ehrhardt wiegte den Kopf zweifelnd hin und her. »Entschuldige bitte, aber du hast es so oft hergebetet, dass ich den Inhalt dieses ominösen Briefes schon auswendig kann, obwohl ich ihn nie zu Gesicht bekommen habe: ›Sehr geehrter Herr Hansen, haben Sie sich eigentlich nie gefragt, wer Ihre Familie auf dem Gewissen hat?‹«, zitierte er theatralisch.

»Der Brief wird nicht unechter, wenn man sich darüber lustig macht«, sagte Hansen verstimmt.

»Die Frage ist doch, ob sich da nicht jemand über dich lustig gemacht hat. Ist jemals ein anderer Brief gekommen?«

»Nein.«

»Hat sich sonst irgendjemand in dieser Sache geäußert?«

»Nein.«

»Was willst du also, Heinrich? Du musst die Sache auf sich beruhen lassen.«

»Aber ich kann nicht!«, rief Hansen zornig aus. »Ich krieg' das nicht aus meinem Kopf! Ich träume davon. Seit zwanzig Jahren träume ich von diesem Brand, von brennenden Menschen, verkohlten Leichen, die sich aufrichten und mit mir sprechen wollen.«

»Um Gottes willen, Heinrich!« Ehrhardt sah ihn entgeistert an.

»Und seit zwanzig Jahren versuche ich herauszufinden, was damals passiert ist, als das Haus meiner Eltern abgebrannt ist.«

»Ich kann ja verstehen, dass es für dich eine Tragödie ist. Aber Herrgott noch mal! Das ist doch alles so entsetzlich lange her.«

»Für mich ist es so, als wäre es erst gestern passiert. »

»Es wäre klüger gewesen, du hättest dir ein anderes Revier ausgesucht. Dieses ewige Stochern in der Vergangenheit, das ist nicht gesund, glaub' es mir.«

»Aber das war doch der Grund, weshalb ich zur Kripo bin: um herauszufinden, wer das Haus angezündet hat.«

»Unsinn, du bist der geborene Kriminalist. Deshalb bist du Polizist geworden. Diese alte Geschichte ... Du musst dich davon verabschieden. Tot und begraben. Asche zu Asche. Prost!« Ehrhardt stieß seinen Krug gegen Hansens.

Sie tranken.

»Ich würde ja, wenn ich könnte«, sagte Hansen, nachdem er sich den Schaum vom Mund gewischt hatte. »Aber ...« Er starrte vor sich hin.

»Kein Aber, mein Lieber.«

»Doch«, sagte Hansen störrisch. »In all den Jahren bin ich keinen Schritt weitergekommen«, sagte er. »Aber nun ...« Er sah auf und spähte unsicher durch das Fenster nach draußen. »Nun doch. Ich glaube, ich hab' sie gesehen, obwohl es ja gar nicht sein kann.«

Ehrhardt folgte seinem Blick. »Wen?«

»Elsa.«

»Elsa, welche Elsa?«

»Meine Schwester.«

»Wie bitte? Nun mach aber mal halblang! Sie ist seit einem Vierteljahrhundert tot. Begreif das doch endlich!«

»Wissen wir das wirklich so genau?« Hansen flüsterte es beinahe. »Ihre Leiche wurde nie identifiziert. Sie kann genauso gut noch leben.«

»Heinrich! Was ist denn mit dir los? Du siehst ja Gespenster!« Ehrhardt wandte sich um, hob den Arm und winkte der Kellnerin zu. »Liebes Fräulein, seien Sie so gut und bringen Sie uns ganz schnell zwei doppelte Korn!«

»Hör zu«, fuhr Ehrhardt fort, »du hast mir doch immer erzählt, dass du der festen Überzeugung bist, dieser Hochstapler Friedrich von Schluthen, oder wie er sich nennt, habe den Brand gelegt.«

»Friedrich!«, schnaubte Hansen verächtlich. »Der ist mir immer wieder durch die Lappen gegangen.«

»Immerhin war es eine konkrete Spur. Man hat ihn mit einem Benzinkanister in der Nähe des Hauses gesehen. Du warst ihm auf den Fersen.«

Hansen schob unwirsch das leere Bierglas beiseite. »Er ist mir immer wieder entwischt. Zuletzt vor drei Jahren. Während der Belagerung der Wache hat er Gewehre an die Aufständischen verkauft. Er hat frech zugesehen, wie mit den Waffen geschossen wurde. Ich kam nicht an ihn ran, wir waren ja eingeschlossen. Und danach war er verschwunden.«

»Nun gut, aber die Tatsache, dass du seine Spur verloren hast, muss dich doch nicht dazu bringen, dich jetzt in irgendwelchen Fantastereien zu ergehen«, mahnte Ehrhardt.

»Das sind keine Fantastereien!« rief Hansen verärgert.

Ehrhardt sah ihn bestürzt an. »Heinrich, so kenn' ich dich gar nicht.«

»Ich bin doch nicht verrückt! Ich weiß, was ich sehe!«

Die Kellnerin brachte die Schnäpse. Ehrhardt schob seinem Freund ein Glas hin und sagte: »Trink! Aber schnell! Und dann erzähl' meinetwegen weiter. Aber bleibt auf dem Teppich, ja?«

Widerwillig kippte Hansen den Korn. Dann begann er mit seinem Bericht: »Es war gestern, bei Käppen Haase.«

»Auch das noch«, brummte Ehrhardt.

2

Mein Reich?, hatte Hansen sich gefragt, als er am Vortag die Reeperbahn entlanggegangen war. So hatte Bezirksinspektor Paulsen sich ausgedrückt, nachdem er ihm offiziell seine Ernennung zum Revierleiter mitgeteilt und ihn händeschüttelnd beglückwünscht hatte: »Das ist nun ihr Reich, Kommissar Hansen. Groß ist es nicht. Aber sie herrschen über das aufregendste Revier in der ganzen Stadt. Na ja, viel muss ich Ihnen nicht mehr dazu sagen, Sie kennen ja das Milieu nur zu gut.«

Natürlich kannte er »das Milieu« gut, er war hier aufgewachsen, und seit fast zwanzig Jahren tat er hier Dienst. Aber darüber herrschen? Was für eine abwegige Bezeichnung. Hier herrschten ganz andere und mit ganz anderen Methoden, als sie ihm zur Verfügung standen. Seit dem Ende des Kriegs hatte sich einiges verändert. Man sprach von Chicagoer Verhältnissen. Hinter den glitzernden Fassaden der Vergnügungstempel ging es härter zu als jemals zuvor. Natürlich hatten Bordellbesitzer auch früher schon ihre Mädchen ausgebeutet. Natürlich hatten auch früher illegale Spielhöhlen existiert. Natürlich hatte es auch vor zwanzig Jahren schon Rauschgiftsüchtige gegeben, und jede Menge Ganoven, vom Taschendieb bis zum Einbrecher, hatten im Grenzbereich von Hamburg und Altona Schutz vor ihren polizeilichen Verfolgern gesucht. Aber mit der Rückkehr demoralisierter Soldaten, dem Anstieg der Arbeitslosigkeit, der Geldentwertung und den unsicheren Zukunftsaussichten war aus dem bunt gemischten kleinen Babylon ein Sodom und Gomorrha geworden, in dem der Stärkere und Skrupellosere die Oberhand hatte. Auch wenn sich das niemand im Polizeiapparat eingestand, in diesen Zeiten kämpften sie auf verlorenem Posten.

Und doch ist mein St. Pauli ein schöner Ort, wenn auch nicht mehr so fröhlich wie früher, entschied Hansen. Noch immer feierten die Hamburger, die es sich leisten konnten, in Hornhardt's Trichter und Ludwig's Concerthaus, den palastähnlichen Ballhäusern am Millerntor, noch immer zogen Opernhaus, Panoptikum, Umlauff's Weltmuseum, Knopf's Lichtspieltheater und das Ernst-Drucker-Theater am Spielbudenplatz ein buntes Publikum an, waren die Bierhallen, Kaffeehäuser und Varietés an der Reeperbahn gut gefüllt. Aber wer sich auskannte, wusste, dass die Kriminellen nicht mehr nur in den Seitenstraßen ihren Geschäften nachgingen, sondern ihre gierigen Hände nach den angesehenen Etablissements ausgesteckt hatten.

Mein Arm reicht nicht so weit, dieses Übel an der Wurzel zu packen. Dennoch müssen wir alles daran setzen, Recht und Ordnung am Leben zu erhalten. Hansen lächelte bitter: So weit ist es also gekommen, man ist schon froh, wenn Gesetz und Anstand nicht völlig den Bach runtergehen.

In derlei Gedanken versunken, lief der Kommissar den breiten Bürgersteig entlang, im trüben Licht eines grauen Septembernachmittags, das die Fassaden der Vergnügungstempel blass und karg ausssehen ließ.

Der »kleine Gang«, wie Hansen seinen kurzen Streifzug nannte, führte ihn von der Reeperbahn in die Lincolnstraße und über den Paulsplatz in die Erichstraße. Und hier war es dann passiert: Aus dem Haus mit der Nummer 46, an dem in großen Buchstaben »Museum für Kolonie und Heimat« stand, taumelte ein Herr in kariertem Mantel und mit elegantem Filzhut auf dem Kopf und schimpfte vor sich hin.

Hinter ihm tauchte ein bärbeißiger alter Mann mit langem, weißem Bart und Glatze auf, in Hemdsärmeln, die Fäuste drohend erhoben. »Salonratten! Pestilenz! Verlasst mein Schiff, sonst werde ich euch eigenhändig kielholen! Piratenbande!«, rief er mit dröhnender Bassstimme.

Der Herr im karierten Mantel schwang verzweifelt seinen Spazierstock mit Silberknauf, drehte sich um und holte damit aus, als Hansen ihm in den Arm fiel und ihm die Schlagwaffe mit einer geübten Handbewegung entwand.

»Was!«, schrie der Mann. »Erlauben Sie mal, zum Donnerwetter, wer sind Sie denn eigentlich?«

»Beruhigen Sie sich«, sagte Hansen und ließ den Stock fallen, um den Mann zu stützen.

»Fassen Sie mich nicht an!«

»Meuterei! Sabotage!«, rief der Weißbärtige, der mit seinem stattlichen Bauch nun den Eingang blockierte.

Hansen hatte den eleganten Herrn bei den Mantelaufschlägen gepackt und versuchte, ihn weiter wegzuschieben. Sein Gegner ballte die Fäuste und wollte auf ihn einschlagen.

»Hilfe! Polizei!«, brüllte der Herr.

»Beruhigen Sie sich«, wiederholte Hansen. »Ich bin die Polizei.«

»Was?«

»Kriminalkommissar Hansen, Revierwache 13.« Hansen ließ von ihm ab, fasste in die Manteltasche und zog seine Dienstmarke hervor.

Der Empörte beruhigte sich. »Sie hat der Himmel geschickt, Herr Wachtmeister. Verhaften Sie diesen Mann.« Er deutete auf den Bärtigen, den alle im Viertel als Käppen Haase kannten.

»Habe die Ehre, Herr Admiral.« Käppen Haase salutierte lässig.

»Was ist denn passiert, Kapitän?«, fragte Hansen.

»Der Hilfsmatrose wollte unter vollen Segeln um Kap Horn schippern, ohne dabei nass zu werden.«

Hansen nickte nur, auch wenn er aus dieser Bemerkung nicht schlau wurde. Käppen Haase war dafür bekannt, dass er in maritimen Rätseln sprach.

»Betrug! Diebstahl!«, rief der elegante Herr. Hansen schlug eine Alkoholfahne entgegen.

»Zechpreller in die Kombüse zum Kartoffelschälen mit anschließender Äquatortaufe im Abwaschwasser!«, dröhnte Haase ungnädig.

Allmählich ahnte Hansen, was die Ursache dieses Konflikts war.

Einige Passanten blieben amüsiert stehen. Auf der gegenüberliegenden Straßenseite wurden zwei Fenster von neugierigen, halb bekleideten Damen aufgestoßen.

»Lassen Sie uns mal reingehen und die Angelegenheit friedlich regeln«, sagte Hansen.

»Niemals! Keine zehn Pferde!«, protestierte der Angesprochene. »Er hat mich tätlich angegriffen.«

Der Käpten tätschelte mit der Hand den Kopf einer afrikanische Götzenstatue, die den Eingang zu seiner Kneipe bewachte: »Der Schutzengel der Verleumdeten ist mein Zeuge, ich hab' diesen ollen Heinrich nicht behumst! Das Gegenteil ist der Fall!«

»Käpten, gehen Sie bitte vor. Wir bringen das schon in Ordnung.«

Haase verbeugte sich. »Wenn Sie es sagen, Herr Admiral, soll es mir eine Ehre und ein Segelreffen sein, Sie in meiner Kajüte begrüßen zu dürfen.« Dann drehte er sich um und stolzierte in sein Lokal mit dem Schlachtruf: »Lasst die Musketen fallen, ihr rammdösigen Klabautermänner! Scheuert die Decks! Flottenadmiral Hansen gibt sich die Ehre!«

Der angeblich Geschädigte sah Hansen unsicher an. »Ihre Verantwortung, Herr Wachtmeister. Sollte mir etwas geschehen, werde ich mich ganz oben beschweren.«

»Kriminalkommissar«, korrigierte Hansen. »Wenn Sie sich beschweren wollen, sind Sie bei mir an der richtigen Stelle. Ich bin der Revierleiter.«

Die Augenbrauen des Betrunkenen zuckten nach oben. »Ach so? Ja dann, also bitte.«

Käppen Haases Gastwirtschaft trug nicht von ungefähr den Namen »Museum für Kolonie und Heimat«. Es war nicht nur eine Kneipe, sondern das Raritäten- und Kuriositätenkabinett des Viertels, vielleicht sogar die originellste Naturalienhandlung der ganzen Stadt. Hinter der schlichten Fassade des eher trist wirkenden zweistöckigen Hauses, dessen Eingang von den Kieferknochen eines Wals eingerahmt wurde, eröffnete sich eine Wunderwelt aus Tausenden maritimer Mitbringsel. Der Wirt behauptete, er habe all diese Schätze auf seinen zahlreichen Weltumsegelungen eigenhändig eingesammelt. Das meiste stammte allerdings von seinen seemännischen Stammgästen, denen es eine Freude und Ehre war, dem selbsternannten »Professor für unentdeckte Wissenschaften« Studienmaterial zu überlassen.

Käppen Haases Museum war bis in die letzte Ecke und bis unter die Decke voll gestellt und voll gehängt mit den eigenartigsten Objekten: ausgestopften Tieren aller Kontinente, präparierten Haifischen, Waffen vergangener Jahrhunderte, alten Möbeln, Buddhafiguren, hinduistischen Göttern, Götzen der Südsee, Schiffsmodellen vom Ewer bis zum Viermaster, Gemälden in jedem Format, Buddelschiffen in allen Größen, diversen Ankern, Urnen, Amphoren, Schrumpfköpfen und sonstigen Trophäen, Fellen wilder Tiere, edlen und unedlen Steinen und sogar einen Taucheranzug. Bei näherem Hinsehen bemerkte man noch einen ausgestopften Elefantenfuß, den »Papageienfisch« – eine Art maritimer Wolpertinger –, in Schnüre geknüpftes Südseegeld, Glasschmuck neben echten Perlen, ausgestopfte Schlangen, exotische Schmetterlinge, Muscheln aus allen sieben Meeren und tausenderlei mehr.

Käppen Haase bezog seinen Posten hinter dem Tresen. Über ihm baumelten diverse Seespinnen und Krebse.

Währenddessen dirigierte Hansen den empörten Gast in eine Nische am Fenster. Dem Mann standen Schweißperlen auf der Stirn. Stöhnend ließ er sich auf die Bank fallen und warf dem Wirt einen nervösen Blick zu.

Hansen winkte Haase zu und bestellte zwei Kaffee. Dann setzte er sich und blickte sein Gegenüber aufmunternd an.

»Hören Sie«, begann dieser, »ich hatte das als Scherz aufgefasst. Man ist ja kein Kind von Traurigkeit, aber ...«

»Sagen Sie mir erst mal Ihren Namen«, unterbrach Hansen ihn mit ruhiger Stimme.

Der Mann stutzte. »Ist das unbedingt nötig?«

»Sie wollen doch eine Anzeige aufgeben. Gegen Unbekannt ist ja möglich, aber von Unbekannt: Wie soll das funktionieren?«

Der Mann seufzte und legte den Filzhut neben sich auf die Bank. »Reiner, Tobias, wenn Sie erlauben. Auf der Durchreise, geschäftlich.«

»Wo kommen Sie her, Herr Reiner?«

»Mannheim, aber das tut nichts zur Sache.«

»Gut. Dann erzählen Sie mal.«

»Ich hatte zu tun in der Gegend, na ja, eigentlich drüben in Altona. Aber man hört ja so allerhand von Kollegen, die sich hier auskennen. Also wollte ich mir auch mal St. Pauli ansehen. Zumal ... obwohl ... das tut auch nichts zur Sache ... Jedenfalls war der heutige Tag nicht besonders erfolgreich. Genauer gesagt, ist die ganze Reise ein Reinfall. Ich brauchte Ablenkung. Man hat mir da einige Adressen genannt, falls ich mich mal amüsieren möchte. Und weil es noch früh am Tag ist ... hier beginnt das Leben doch wohl erst am Abend ... hab ich mir gedacht, ich suche mal dieses berühmte Lokal auf, von dem mir neulich jemand erzählt hat, zumal es ja auch hieß, man könne hier wohl Kuriositäten erstehen ...«

»Nur en bloc, der Herr, nur en bloc!«, fiel ihm der dröhnende Bass des Wirts ins Wort, der zwei Tassen Kaffee auf den Tisch stellte. »Mein lieber Heinrich, du glaubst doch nicht, dass ich mich mit dem Handel en detail abquäle. Es handelt sich hierbei um ein Gesamtkunstwerk, das muss doch mal gesagt werden!«

»Jetzt lass erst mal den Herrn hier zu Ende erzählen, Käpten«, sagte Hansen streng.

»Jawohl, Herr Admiral. Verziehe mich also in die Kombüse und klopf' die Maden aus den Stockfischköpfen.« Haase marschierte durch eine Tür hinter dem Tresen.

»Damit fing es an«, fuhr der Handelsvertreter jammernd fort, »dass er mich Heinrich nannte und duzte.«

»Das macht er mit allen so. Männer nennt er Heinrich, Frauen Mariechen. Ist so seine Art. Muss man sich nichts bei denken.«

»Aber dass er sich zu jedem Grog, den ich bestellt habe, selbst einen genehmigt hat ...«

»Ist auch seine Art. Auf St. Pauli wissen das alle.«

»Und nachher sollte ich sie alle vier bezahlen!«

»Sie haben zwei getrunken und er auch?«

»Vier! Ich sagte vier. Und er auch. Billig sind die nicht, seine Grogs.«

»Sie haben vier Grogs getrunken?«

»Ja, und jedes Mal, wenn ich einen bestellt habe, sagte er: ›Einen Grog, also zwei!‹. Ich hielt das für einen Scherz. Aber dann sollte ich alle acht bezahlen. Also, ich muss sagen, nach den geschäftlichen Schwierigkeiten, die ich hatte, war mir das ganz und gar unmöglich.«

»Und dann hat er sie rausgeworfen?«

»Zuerst hat er mich beschimpft. Querulant, Ludenbengel, Defraudant, Meuterer, Deserteur, um nur die harmlosesten Bezeichnungen zu nennen.«

»Das ist so seine Art, mit den Leuten zu reden. Da müssen Sie sich nichts bei denken. Käppen Haase ist ein Exzentriker, jeder hier weiß, dass er es nicht so meint, wie er es sagt.«

Reiner blickte bekümmert drein. »Aber davon weiß ich doch nichts.«

»Jetzt wissen Sie's. Haben Sie die Rechnung bezahlt?«

»Nachdem er mich beschimpft hat, bin ich gegangen. Und er hinterher. Ich bekam es mit der Angst zu tun und war froh, rauszukommen. Und da waren Sie dann.«

»Das heißt, Sie haben nicht mal Ihre vier Grogs bezahlt.«

»Natürlich nicht.«

»Zechprellerei ist eine strafbare Handlung.«

»Nun fangen Sie auch noch an, Herr Kommissar.«

»Sie müssen sich mit ihm einigen. Ich werde Ihnen ein bisschen helfen.« Hansen stand auf und rief in Richtung Küche: »Professor! Kommst du mal, bitte!«

Mit umgebundener Schürze, in der Hand einen getrockneten Kabeljau von gut einem Meter Länge, bahnte sich der Wirt den Weg zwischen seinen Ausstellungsstücken hindurch. Am Tisch angekommen, hielt er den Fisch hoch und sagte: »An dem hat sich schon Sir Francis Drake die Zähne ausgebissen ...«

»Lass mal gut sein, Käpten, und hör mir mal zu.«

»Jawohl, Majestät!«

»Der Herr hier behauptet, er hätte vier Grog getrunken.«

Haase kniff die Auge zusammen. »Acht sind es gewesen.«

»Vier davon hast du getrunken.«

»Er hat sie ja für mich bestellt, da musste ich sie doch trinken. Wäre unhöflich gewesen, das abzulehnen.«

»Lüge!«, rief Reiner. »Er hat sie sich selbst genehmigt. Einen Grog – ›also zwei‹. Noch einen Grog – ›also noch zwei‹, so hat er immer geredet.«

»Hat man Worte!«, schimpfte Käppen Haase. »Hab' ich es etwa nötig, anderer Leute Grog zu trinken? Hab' wohl Fässer genug davon im Keller stehen. Aber wenn man aus Höflichkeit einen mitschnasselt, weil der Herr sonst ganz allein ist und ohne Gesellschaft und noch dazu mit vier Grogs, da muss ihm doch beigestande werden. Das ist alter Väter Sitte. Soll mich doch der Klabautermann holen, wenn ich nicht höflich bin!«

»Pass mal auf, Käptn«, sagte Hansen mit ruhiger Stimme. »Du hast dem Mann vier Grogs serviert, also acht, davon hast du vier getrunken, also vier. Davon die Hälfte aus Mitleid und die andere Hälfte aus Geselligkeit, macht noch zwei für ihn und zwei für dich, also zwei, die fallen weg, bleiben noch sechs übrig, die ihr euch teilen müsst, also drei, die nimmst du auf deine Kappe, und drei muss der Herr hier noch nachzahlen, weil er im Eifer des Gefechts vergessen hat, das Geld auf den Tisch zu legen, also drei für ihn.«

Der Wirt und sein Gast starrten den Kommissar verblüfft an. Nach vier Grogs waren ihre grauen Zellen nur noch begrenzt einsatzfähig.

»Also drei?«, sagten sie wie aus einem Mund.

Hansen nickte bestimmt. »Also drei, bar auf die Hand und zwar gleich.« Er sah Reiner auffordernd an. Der kramte sofort in seiner Manteltasche nach der Geldbörse und legte ein paar Scheine hin.

»Und jetzt gehen Sie in Ihr Hotel und schlafen sich aus.«

Reiner stammelte ein Dankeschön und schwankte aus dem Lokal.

Kaum war er draußen, warf Käppen Haase den Stockfisch auf den Tisch. »Moment mal, Herr Admiral«, protestierte er empört. »Er zahlt nur drei, also waren es sechs, aber tatsächlich vier, also acht!«

Hansen hob drohend die Hand. »Schluss jetzt, Käpten, sonst lass ich ein Kanonenboot beidrehen.«

Haase blinzelte nervös, dann breitete sich ein schelmisches Grinsen auf seinem Gesicht aus. »Panzerkreuzer Weißenburg, was?«

Das war eine Anspielung auf Hansens Vergangenheit als Bootsmann bei der kaiserlichen Marine. Hansen wollte gerade darauf eingehen, doch die Andeutung eines Lächelns auf seinem Gesicht erstarb, als sein Blick in eine Ecke des Lokals fiel, wo ein großformatiges Ölgemälde hing. Im Vordergrund war eine halb bekleidete Frau mit entblößten Brüsten zu sehen, die eine Hand hob, als wollte sie jemandem Einhalt gebieten. Hinter ihr stand ein maskierter Mann mit einer Fackel in der Hand. Auf dem Boden lag eine zerbrochene Porzellanfigur, aus deren Inneren ein kleiner Junge kroch. Trotz der grellen expressionistischen Farbgebung konnte man die Gesichtszüge der Frau sehr gut erkennen, da sie ihr Haar streng zurückgekämmt trug.

Hansen starrte das Bild gebannt an. Die Frau hatte eine frappierende Ähnlichkeit mit seiner verstorbenen Schwester Elsa. Er trat näher. Als er direkt davorstand, war er nicht mehr sicher, glaubte, sich getäuscht zu haben, zu sehr kam jetzt die Oberflächenstruktur der Ölfarbe ins Spiel. Aber nachdem er sich wieder einige Schritte entfernt hatte, war die Ähnlichkeit wieder da.

»Wo kommt denn dieses Bild her?«, murmelte Hansen.

»Das ist ein Selbstporträt von Nofretete, die der Geburt des kleinen Moses beiwohnt, der von König Zarathustra aus dem Paradies der Schwarzbrenner vertrieben wird.« Derartigen Blödsinn gab Käppen Haase immer zum Besten, wenn er nach seinen Ausstellungsstücken gefragt wurde.

»Unsinn«, sagte Hansen. »Wer hat das gemalt?

»Eine bedeutende Künstlerin, die anschließend beim Bau der Pyramiden verschüttet wurde. Das Schätzchen des Priamos, heißt es, sei sie gewesen. Ich bin mir da nicht sicher ...«

»Schluss jetzt, Käptn. Ich will einfach nur wissen, wer es hierher gebracht hat.«

»Das war sie selbst. Sie kam auf einem Schimmel geritten. Und als das Pferd Durst bekam und ihr das nötige Kleingeld fehlte, hat sie das Bild als Pfand hier gelassen. Ich hab' ihr dann beide Reitstiefel mit Bier gefüllt, und das tapfere Ross hat sie bis auf den Grund leer getrunken. Der Dame genügte ein Strohhalm davon.«

Hansen seufzte. Er wäre der Erste, der aus Käppen Haase eine brauchbare Information herausgeholt hätte. Hansen trat wieder ganz dicht an das Bild heran und suchte nach einer Signatur. In der linken unteren Ecke entzifferte er mühsam: E. H. II. Könnte das nicht Elsa Hansen bedeuten? Aber wofür standen die zwei Striche dahinter: Sollten sie »zwei« bedeuten oder »elf« oder etwas ganz anderes?

»Was kostet das Bild?«, fragte Hansen.

»Nur en bloc, Herr Admiral. Das Bild gehört zur Sammlung.«

»Also wird es nicht verkauft?«

»Wenn der Schimmel wieder Durst hat und die Amazone dreißig Silberlinge bringt, um es auszulösen ...«

»Sag mir Bescheid, wenn sie kommt.«

»Aber gewiss doch, mein lieber Heinrich.«

3

»Und nun glaubst du, deine Schwester hat dieses Bild gemalt, was also bedeuten würde, dass sie noch lebt?«, fragte Ehrhardt.

Hansen sah seinen Freund unglücklich an. »Ja.« Er zögerte, ehe er weitersprach: »Hinzu kommt, dass mir neuerdings meine Narben wieder wehtun.«

»Narben?«

»Ich habe doch damals Brandverletzungen davongetragen. Sie sind gut verheilt, aber Narben sind zurückgeblieben. Hier an den Armen und auch am Oberkörper.«

»Und geträumt hast du auch davon?«

»Na ja, neulich nachts… In der Dienstwohnung schlafe ich nicht sehr gut. Wahrscheinlich liegt es daran, dass sie kaum möbliert ist. Es ist ein bisschen ungemütlich.«

Ehrhardt legte eine Hand auf Hansens Unterarm. »Mein lieber Freund, mir scheint beinahe, du bist ein Fall für Doktor Freud.«

»Wer soll das denn sein?«

»Ein Psychologe in Wien. Befasst sich mit Traumdeutung und mit dem Unbewussten. Er meint, dass man quälende Erlebnisse der Jugend ins Unbewusste verdrängt. Irgendwann kommen diese Geschichten dann wieder zum Vorschein.«

»Das sagt mir nichts«, brummte Hansen.

»Nein, natürlich nicht.«

Hansen stand auf. »Ich muss jetzt los. Ich vernachlässige meine Arbeit.«

»Das solltest du nicht tun. Geh nur, du bist eingeladen. Ich will doch mal sehen, ob ich der Kellnerin ein Lächeln entlocken kann, wenn ich ihr ein kleines Trinkgeld gebe.«

Hansen bedankte sich und verließ das Lokal. Es war immer das Gleiche mit Ehrhardt. Er hatte ein Faible für hübsche Kellnerinnen.

Hansen nahm die Straßenbahn zurück nach St. Pauli und stieg an der Haltestelle Bierpalast aus. Auf dem Spielbudenplatz hatte ein fliegender Händler einen Stand zum Verkauf von Küchenmessern aufgestellt. Hansen, der ihn noch nicht kannte, kontrollierte den Gewerbeschein. Der Mann beklagte sich zuerst über die Schikane, doch als er merkte, dass er es mit dem Revierleiter zu tun hatte, wurde er unterwürfig. Hansen machte ihn darauf aufmerksam, dass er seine Verkaufstische zu dicht an der Straße aufgebaut hatte, und ging weiter zwischen den Bäumen hindurch, deren Laub sich bereits herbstlich zu verfärben begann. Sein Blick fiel auf die oben am Erker angebrachte Uhr der Davidwache. Es war Viertel vor elf. Er hatte viel zu viel Zeit vertrödelt.

Im Wachraum wurde er schon erwartet. Wachtmeister Kelling sprang auf, kaum dass Hansen eingetreten war, und eilte an den Besuchertresen.

»Ein junger Mann wurde aufgegriffen«, berichtete er. »Völlig verwahrlost. Wir haben ihn nach oben zu Doktor Wolgast gebracht.«

Hansen nickte. »Ich werde ihn mir mal ansehen. Sonst noch irgendwelche Vorkommnisse?«

Kelling zuckte mit den Schultern. »Der Herr in Zelle drei ist aus seinem Rausch aufgewacht und hat herumkrakeelt. Er will uns alle vor Gericht zerren. Prahlt mit seinen Beziehungen zum Polizeipräsidenten. Der Matrose in Zelle vier bittet um Entschuldigung für sein schlechtes Benehmen und möchte den angerichteten Schaden wieder gutmachen.«

Hansen seufzte. Es war immer das Gleiche. Die Proleten zeigten Reue, die Bürger aus der Vorstadt glaubten, sie könnten sich alles erlauben. »Personalien aufgenommen und überprüft? Lassen Sie den Herrn noch eine Weile schmoren. Der andere kann gehen. Er hat nur zwei Stühle und ein Tischbein auf dem Gewissen und musste dafür den Rest seiner Heuer abgeben.«

»Jawohl, Herr Kommissar!« Kelling salutierte scherzhaft. Er wurde schon keck, der junge Kollege.

Hansen stieg die Treppe nach oben in den zweiten Stock. Hier, auf demselben Flur, an dem die Dienstzimmer der Kriminalpolizei lagen, war auch die Amtsstube des Bezirksarztes untergebracht. Dr. Wolgast kümmerte sich um Notfälle, betreute Patienten, wenn abends oder am Wochenende die Arztpraxen geschlossen waren, und hatte im Bezirk die Funktion des Amtsarztes. Darüber hinaus wurde er bei Gewaltverbrechen als Polizeiarzt hinzugezogen und am Strafgericht gelegentlich als forensischer Sachverständiger.

Der medizinische Untersuchungsraum befand sich am Ende des lang gestreckten Korridors und war groß genug, um einen Schreibtisch, einen Labortisch, eine Untersuchungsliege, den Medikamentenschrank und einen Verbandstisch zu fassen. Die Fenster waren schmal und so hoch angebracht worden, dass lebensmüde Patienten keine Chance hatten hinauszuspringen.

Hansen klopfte an und trat ein. Dr. Wolgast, ein knochiger, großer Mann Ende vierzig, saß gebeugt hinter seinem Schreibtisch. Er lugte über seine Lesebrille hinweg und nickte Hansen zu. »Einen wunderschönen guten Morgen, Herr Kommissar. Was machen die Schnapsleichen im Keller?«

»Denen geht's so weit ganz gut.«

»Sonst irgendwelche Personenschäden zu beklagen?«

»Bis jetzt noch nicht, der Tag hat ja gerade erst angefangen.«

»Wohl wahr. Aber …«, Wolgast deutete auf den Patienten, der zusammengesunken auf einem Lehnstuhl saß und zu Boden stierte, »… da haben wir einen interessanten Fall von fortgeschrittener Bockigkeit und beginnender Verwahrlosung.«

Hansen hatte die Person, die Kelling als »jungen Mann« bezeichnete, schon bemerkt. Eine Fehleinschätzung – wie ihm gleich aufgefallen war. Es war ein Junge von fünfzehn, sechzehn Jahren, fast noch ein Kind, in schmutziger Hose, zerschlissenem Pullover und löchrigen Schnürstiefeln mit aufgeplatzten Sohlen. Lange, strähnige, blonde Haare fielen ihm ins schmutzige Gesicht: Es war zweifelsohne der Bengel, der neulich nachts im Suezkanal Steine gegen das Fenster von Drei-Finger-Erna geworfen hatte.

»Das ist kein Schmutz da an seinen Händen.« Dr. Wolgast deutete mit dem Bleistift auf den Delinquenten. »Ebenso wenig wie die Schlieren im Gesicht. Es handelt sich um Blut. Nicht um sein eigenes, würde ich sagen, jedenfalls habe ich keine Verletzung bei ihm feststellen können. Könnte höchstens Nasenbluten gewesen sein, aber auch dafür gibt es keine Anzeichen.«

Der Junge atmete schwer.

»Was ist mit ihm?«, fragte Hansen.

»Musste ihm ein Beruhigungsmittel spritzen. Hat sich gewehrt. Zwei Männer mussten ihn halten. Dabei zitterte er wie Espenlaub, und das ist noch untertrieben. Er konnte kaum aufrecht stehen oder gehen. Schwerer Schock, würde ich sagen. Kenne ich noch aus dem Krieg. Draußen an der Front hatten wir hunderte solcher Fälle. Die hielten es nicht aus. Heulen und Zähneklappern kann man das auch nennen.«

»Hat er was gesagt?«

»Redet nicht. Kann noch nicht, würde ich sagen. Vielleicht bald, das Mittel scheint ja zu wirken. Will aber nichts versprechen. Scheint ihn vor allem müde zu machen. Mehr soll man auch nicht erwarten. Bin schon zufrieden, wenn es so ausgeht.«

»Wie heißt er denn?«

»Sagte doch, er redet nicht. Hat keinen Namen genannt. Vorhin ist er kurz eingenickt. Da hat er vor sich hingejammert, dann kurz aufgeschrien. Ging aber rasch vorbei.«

»Vielleicht verdrängt er was«, murmelte Hansen.

Dr. Wolgast lachte hämisch auf. »Wollen Sie ihn analysieren? Sind Sie etwa ein Freudianer, Kommissar?«

Hansen spürte, wie ihm das Blut in den Kopf stieg. »Unsinn!«, beeilte er sich zu versichern. »Wann kann ich ihn verhören?«

Dr. Wolgast zuckte mit den Schultern. »Sollte sich erst mal ausschlafen. Stecken Sie ihn in eine Zelle. Aber seien Sie so freundlich und geben Sie ihm eine Decke mit. Ich rufe dann die Fürsorgerin an. Irgendjemand muss ja entscheiden, wo er unterkommen soll.«

»Aber er verlässt die Wache nicht, bevor ich mit ihm gesprochen habe! Und er soll sich nicht waschen.«

Dr. Wolgast warf Hansen einen amüsierten Blick über den Brillenrand zu. »Sie sind doch ein Freudianer, Kommissar. Sollte dieser Psycho-Bazillus jetzt etwa auch schon unter Kriminalisten grassieren?«

»Sie haben doch gesagt, dass es nicht sein Blut sein kann«, sagte Hansen barsch.

»Ganz recht.«

»Na also. Und was meine Ermittlungsmethoden betrifft, mischen Sie sich da bitte nicht ein.«

Wolgast breitete entschuldigend die Arme aus. »Wie Sie befehlen, Herr Revierleiter.«

Grußlos verließ Hansen das Untersuchungszimmer. Er war verärgert. Wolgast war Leutnant gewesen. Alle Beamten, die ihren Dienst während des Kriegs in der Heimat abgeleistet hatten, waren für ihn Feiglinge.

Hansen stieg in den ersten Stock hinab, betrat das Dienstzimmer der Wachmannschaft, wünschte knapp einen guten Tag und rief: »Wer hat den verwahrlosten Jungen aufgegriffen?«

Oberwachtmeister Schenk, ein dicker Beamter mit altmodischem Backenbart, meldete sich.

»Kommen Sie mit.«

Wieder im zweiten Stock angelangt, betrat Hansen zum ersten Mal an diesem Tag sein Büro. Neue Aktenordner und zahlreiche Zettel, Karteikarten und Briefe hatten sich bereits auf seinem Schreibtisch angesammelt. Hansen schob den Papierstapel beiseite, setzte sich, deutete auf den Besucherstuhl und forderte Schenk auf, Bericht zu erstatten.

Der Oberwachtmeister schien sich über diesen Aufwand zu wundern, schließlich ging es hier nur um einen aufgegriffenen Herumtreiber. Er habe den Jungen in einem Holzverschlag auf einem Brachstück am Grenzgang zu Altona entdeckt, berichtete er. Er sei dort auf Streife gewesen, und ein Nachbar habe ihn auf einen Jungen hingewiesen, der sich in der Gegend herumtreibt.

Schließlich habe er den Burschen zusammengekauert und bibbernd zwischen allerlei Unrat gefunden. Er sei aus der Situation nicht schlau geworden. Da es sich aber ganz offensichtlich um eine hilflose Person und darüber hinaus einen Minderjährigen gehandelt habe, nahm er ihn unverzüglich mit. Er habe den Jungen jedoch nicht tragen können, und dieser sei auch kaum in der Lage gewesen, selbstständig zu gehen, also habe er von einem Lokal aus die Wache angerufen und einen Motorwagen kommen lassen. Er hoffe nun, dass dies kein übertriebener Aufwand gewesen sei.

Hansen winkte ab. Ob dem Oberwachtmeister etwas Ungewöhnliches in dem Verschlag aufgefallen sei? Nein? Keine Gegenstände, die dort vielleicht nicht hingehörten? Eine besondere Art der Unordnung? Könnte dort ein Kampf stattgefunden haben? Auch nicht? Und eine Waffe habe der Junge nicht bei sich getragen? Nur ein Klappmesser, das er ihm unverzüglich abgenommen habe, erklärte Schenk. Sonst nichts. Und andere Personen, die in irgendeiner Verbindung zu dem Jungen hätte stehen können, habe er auch nicht bemerkt.

Hansen bedankte sich und schickte Schenk fort mit der Aufforderung, einen ausführlichen Bericht zu schreiben. Darüber schien der Oberwachtmeister sich nun allerdings sehr zu wundern.

4

Was hatte diesen Bengel nur derartig verschreckt, dass er einen so heftigen Schock davongetragen hatte? Hansen ging die Sache mit dem Jungen nicht aus dem Kopf. Nicht zuletzt deshalb, weil ihm die peinliche Sache mit dem Revolver passiert war. Ab und zu stieg er in den Keller, um nach dem Jungen zu sehen. Er schlief tief und fest, atmete regelmäßig. Kein Grund zur Sorge also. Wenn er aufwachte, würde man vielleicht mit ihm reden können.

Am frühen Nachmittag ließ ihm die Angelegenheit keine Ruhe mehr. Ohnehin ging ihm der ganze Papierkram auf die Nerven. Er verließ seinen Schreibtisch und machte sich auf den Weg zur Altonaer Grenze, um die Stelle zu suchen, wo Schenk den Jungen gefunden hatte. Der Grenzgang, jener kleine Brachstreifen, der sich zwischen den Grundstücken, Gärten und Fabrikhöfen hindurchzog, teilte die Stadt Hamburg vom preußischen Altona ab. Hier endete Hansens Zuständigkeitsbereich. Besonders logisch war das nicht, denn das Vergnügungsviertel, über das er die polizeiliche Aufsicht hatte, setzte sich auf Altonaer Gebiet fort, wo dann die königlich-preußische Gendarmerie für Recht und Ordnung sorgte. Immer wieder gab es deshalb Probleme bei der Jagd auf Verbrecher, denn erst mussten umständliche Assistenzersuchen beantragt werden, bevor ein Hamburger Polizist jenseits der Grenze tätig werden durfte.

Hansen kletterte über eine halb eingestürzte Mauer und stand mit einem Mal vor einem kleinen Fachwerkhaus, dessen Anblick Erinnerungen in ihm weckte. In diesem verwilderten Garten, um den herum sich die Schornsteine mehrerer Fischräuchereien erhoben, hatte er sich als Junge oft herumgetrieben. Hier hatte er mit seinen Freunden Jan, Klaas und Pit ein Baumhaus gehabt, hier hatte sich das »Hauptquartier« der »Kaperfahrer« befunden, wie sie sich damals genannt hatten. Von ihrer Bretterbude war nichts mehr zu sehen. Das Fachwerkhaus, eine ehemalige Schmiede, war im Laufe der Jahre langsam verfallen und notdürftig mit Brettern vernagelt worden. Die Stelle, wo sie damals ihre »Schätze« vergraben hatten, fand er gar nicht mehr, zu hoch waren Gras und Gestrüpp gewuchert.

Zwei Grundstücke weiter entdeckte er den Holzverschlag, von dem Oberwachtmeister Schenk gesprochen hatte. Die Hütte, in der er den Jungen aufgestöbert hatte, befand sich auf dem Grundstück einer Dosenfabrik. Eine Menge Schrott lag herum, Reste eines rostigen, schiefen Zauns lehnten vor einer Gebäudewand, ein paar Sträucher begrenzten den Hof zur Altonaer Seite hin.

Was hatte der Junge hier gemacht? Hansen öffnete die Tür des Verschlags, eines ehemaligen Stalls für Kaninchen und Hühner. Auf dem Boden lag ein Strohsack. Aus Steinen war notdürftig eine Art Tisch zusammengebaut worden, darauf standen eine Kerze und eine leere Flasche, daneben lag ein halb vertrockneter Brotkanten. Ein größerer Stein hatte offenbar als Sitzplatz gedient. In einer Ecke stapelten sich auf einer Sprottenkiste ein paar leere Konservendosen, es roch nach verdorbenem Fisch. Unter einem mit Heu ausgestopften Leinensäckchen am Kopfende des Strohlagers fand Hansen ein Buch mit zerfleddertem Einband: »Robinson Crusoe – für die Jugend neu erzählt«, auf dem Titelblatt der Stempel einer Altonaer Leihbücherei.

Nachdem er den Verschlag durchsucht hatte, war ihm klar, dass der Junge hier schon seit einiger Zeit gehaust hatte. Neben einem Wassereimer fanden sich eine Blechtasse zum Trinken, unter dem Tisch ein verkratzter Napf, aus dem er gegessen hatte, sowie eine rostige Gabel und ein alter Silberlöffel. Hinter dem Verschlag hatte der Junge ein Loch für den Müll gegraben und ein zweites für seine Notdurft. Auch ein Beet schien er angelegt zu haben, allerdings waren jetzt im Herbst keine sprießenden Pflanzen zu sehen.

Hansen entdeckte eine Stelle, wo das hohe Gras niedergetrampelt worden war. Asche, halb verkokeltes Holz und ein Kreis aus Backsteinen kennzeichneten eine Feuerstelle. Im Gras bemerkte er eine graubraune Masse, die ihn stutzig machte. Außerdem Spuren getrockneten Bluts, das in mehrere Richtungen verspritzt worden war. Fliegen schwirrten darüber. Auf dem Boden lag ein blutbeschmierter weißer Stofffetzen. Daneben Erbrochenes. Hansen hob das Stück Stoff auf, es sah aus wie ein Herrenbinder.

Eine Schleifspur führte in das Gestrüpp aus Sträuchern und Unkraut. Kein Pfad, nur wirres Unterholz. Hansen bückte sich und bahnte sich einen Weg. Zwischen abgebrochenen Zweigen hindurch führte die Spur weiter zu einer Kuhle. Noch mehr Fliegengesumme. Es roch modrig. Ein leichter Verwesungsgeruch hing in der Luft. Hansen prallte zurück.

Er hatte schon viele Leichen gesehen. An den Anblick von friedlich daliegenden Toten gewöhnte man sich mit der Zeit. Wenn man nur das aushalten müsste – die Polizeiarbeit wäre halb so schlimm. War der Mensch noch vollständig erhalten, ging man schnell zur Tagesordnung über, begann, Spuren zu sichern und den Tathergang zu rekonstruieren. Aber leider hatte man es immer wieder mit den Auswirkungen brutaler Gewalteinwirkung zu tun. Fehlten Gliedmaßen, musste man sich überwinden und sie suchen. War der Körper verstümmelt, wurde die Analyse des Geschehens zur Qual.

Am schlimmsten war es, wenn das Gesicht zerfetzt war, und um eine solche Verletzung handelte es sich hier: Offenbar hatte jemand versucht, den Mann mit dem Gesicht nach unten hinzulegen, war aber gescheitert. Die Leiche war nur halb umgedreht worden und lag seltsam verdreht da. Weiter wäre ich damit auch nicht gekommen, dachte Hansen. Bestimmt hätte ich ebenfalls kotzen müssen, wie der, der hier Hand angelegt hat. Den Anblick des zerstörten offenen Schädels, dem die gesamte Gesichtspartie und der größte Teil des Gehirns weggesprengt worden war, hielt kein normaler Mensch aus. Die Fliegen machten es nur noch schlimmer. Hinzu kam der seltsame Kontrast, den die Kleidung zum Zustand des Toten bildete. Er war mit einem Frack bekleidet. Das Hemd und die weiße Weste waren blutbesudelt, die Handschuhe hingegen blütenweiß geblieben. Der Binder, den Hansen im Gras gefunden hatte, gehörte zur festlichen Kleidung des Ermordeten.

Nun kam der unangenehmste Teil: Hansen kniete sich neben die Leiche und durchsuchte die Taschen. In der Innentasche der Frackjacke fand er eine prall mit Dollarnoten gefüllte Brieftasche. Dazwischen steckten drei Visitenkarten, die auf verschiedene Namen lauteten: »Dr. Gregor Schmidt, Justiziar, Berlin«, »Prof. Paul Wieland, Historische Studien, Leipzig« und »Georg Stein, Privatgelehrter, Braunschweig«. Hansen warf einen kurzen Blick darauf und tat sie wieder zurück. Die Hosentasche barg einen verkrumpelten Zettel, auf dem lange Zahlenreihen untereinander und nebeneinander geschrieben waren. In der anderen Tasche fand Hansen eine kleine weiße Kugel von etwa einem halben Zentimeter Durchmesser. Das war alles.

Der Geruch nach getrocknetem Blut, beginnender Verwesung und nach Erbrochenem überwältigte Hansen. Er würgte. Hastig kroch er zurück, richtete sich auf, atmete tief durch und betrachtete kurz die Schleifspur. War der Junge der Mörder? Aber wo hatte er die Mordwaffe gelassen? Es handelte sich um eine Schussverletzung, so viel war klar. Nur eine großkalibrige Waffe konnte eine derartige Kopfwunde anrichten. Der Colt, den der Junge ihm abgenommen hatte, war ein 45er gewesen. Wenn er seinem Opfer damit in den Hinterkopf geschossen hatte, dann konnte das Ergebnis genau so aussehen.

Aber was hatte dieser Mann in der feinen Abendgarderobe auf diesem verlassenen Grundstück zwischen den kleinen Fabriken zu suchen gehabt? Sollte der Junge ihn hierher gelockt haben? Um ihn auszurauben?

Hansens Blick fiel auf die Stelle mit dem niedergetrampelten Gras. Da hatte ein Kampf stattgefunden. Aber wieso hatte es der Mörder mit einem Revolver in der Hand auf eine riskante handgreifliche Auseinandersetzung ankommen lassen?

Hansen zwang sich, seinen Gedanken Einhalt zu gebieten. Eine genauere Untersuchung des Ortes und der Leiche würde manche seiner Fragen beantworten. Der Junge musste zum Sprechen gebracht werden.

An einer Straßenecke betrat der Kriminalkommissar eine Gaststätte. Er wies sich aus und wurde zu einem Telefonapparat im Hinterzimmer geführt. Dort wählte er die Nummer der Davidwache und gab den Einsatzbefehl.

DRITTES KAPITEL

Das Goldene Füllhorn

1

Inspektor Winckler brachte sämtliche verfügbaren Fachleute aus dem Stadthaus mit. Immer wenn Winckler, der Experte für Tötungsdelikte aus der Zentrale, hinzukam, wurde die Angelegenheit aufwändig. Er rückte mit zwei Motorwagen an und brachte einen Fotografen samt Assistenten, vier Experten für Spurensicherung, zwei Dakyloskopie-Fachmänner, einen Gerichtsmediziner und einen Assistenten mit, der die Funktion hatte, die Erkenntnisse des Inspektors auf einem Stenoblock festzuhalten.

Der korpulente, kurzbeinige Winckler, der in seinem altmodischen Gehrock wie ein Oberlehrer wirkte, hatte in den letzten Jahren einige spektakuläre Fälle aufgeklärt und genoss deshalb das besondere Vertrauen des Polizeipräsidenten. Auch in der Öffentlichkeit war sein Name bekannt und wurde mit Hochachtung ausgesprochen. Die Revierbeamten hingegen schätzten den berühmten Kollegen, der sogar schon in überregionalen Zeitungen lobend erwähnt worden war, nicht sonderlich. Solche Spezialbeamten, hieß es, pickten sich die Rosinen aus dem Kuchen, heimsten Ruhm und Ehre ein und waren sich für die schäbige Alltagsarbeit zu schade.

Hinzu kam, dass Winckler offensichtlich glaubte, alle außer ihm seien Dummköpfe, und dies auch jeden gern spüren ließ.

»Tja, Hansen, da hat sich ja mal wieder was Großes ereignet in eurem idyllischen Viertel. Sonst nur Schnapsleichen, nun mal eine große Sache? Na, machen Sie sich mal keinen Kopf, das werde ich schon in den Griff bekommen.«

Hansen schwieg und schaute dem Fotografen zu, der eine hohe Leiter aufbaute und mit der schweren Kamera in der Hand hinaufkletterte. Sein Assistent musste die Zweige der Büsche zur Seite biegen, damit der Fotograf freies Schussfeld hatte. Die Leichen sollten, wenn möglich, stets von oben fotografiert werden, das war Vorschrift.

Die Männer von der Spurensicherung kämmten das ganze Gelände durch, machten Gipsabdrücke von Fußspuren und suchten nach der Tatwaffe. Auch Ehrhardt war als Daktyloskopie-Experte mitgekommen. Er gesellte sich zu Hansen und Winckler und seufzte: »Es hat nicht viel Zweck, auf jedem Grashalm nach Fingerabdrücken zu suchen.«

»Dann suchen Sie auf Steinen und Holzstücken, mein Guter, und dort drüben ist ein Holzschuppen, den Sie sich auch mal vorknöpfen sollten!«, forderte Winckler ihn auf.

Ehrhardt warf Hansen einen amüsierten Blick zu. »Ist schon erledigt!«

Und als Winckler ihn finster anstierte, fasste er zusammen: »Heye meint, die Spuren wiesen eindeutig darauf hin, dass der Ermordete gerannt ist. Er ist da drüben über die Mauer geklettert, dann quer über die Wiese gelaufen und schließlich dort am Zaun stehen geblieben. Da kam er wohl nicht weiter. Sein Verfolger erreicht ihn dort an der Stelle, wo die Kampfspuren zu sehen sind. Ein Schuss aus einem großkalibrigen Revolver fiel, und die Kugel zerschmetterte den Schädel des Toten. Hirn- und Knochenspuren sprechen eine deutliche Sprache. Aber das Seltsame ist, sagt Heye, dass abgesehen von den Fußspuren des Täters und des Opfers auch andere zu sehen sind. Da war noch jemand, der sich an der tätlichen Auseinandersetzung nicht beteiligt hat. Und diese Person hat dann die Leiche dort ins Gestrüpp gezogen. Alles weist darauf hin, dass derjenige dort in dem Schuppen gehaust hat.«

Ehrhardt schaute Hansen auffordernd an, als wollte er sagen: Und was meinst du dazu?

Hansen überlegte noch. Seine Gedanken schienen sich an diesem Tag nur sehr schwer in Gang zu setzen. Ein Mann im Frack wurde verfolgt und von jemandem umgebracht, der die Tatwaffe nicht bei sich trug, sondern von einem Jungen bekam, der sie zufällig eines Abends erbeutet hatte. Das klang alles sehr vage und unglaubwürdig. Wenn der Junge nur reden würde, dachte Hansen, dann könnte ich die Sache aufklären und diesen Idioten Winckler in seine Schranken weisen. Dennoch durfte er dem ungeliebten Kollegen gegenüber nichts verschweigen.

»Wir haben einen Jungen aufgegriffen«, sagte er. »Er hat sich in dem Schuppen da ein Lager eingerichtet. Er ist völlig verwirrt, steht unter Schock, redet nicht. Vielleicht, weil er die Mordtat beobachtet hat.«

»Sehr schön, Hansen«, lobte Winckler herablassend. »Den Burschen führen Sie mir dann bitte mal vor!«

Hansen nickte und wollte schon weiterreden, doch dann hielt er inne. Nichts verschweigen, schön und gut, aber wie sollte er diesem Winckler die Sache mit dem Revolver erklären? Die Entscheidung wurde ihm abgenommen. Ehrhardt schaute auf seine Taschenuhr und erklärte: »So, das war's dann wohl.« Er setzte sich auf den Boden.

Kommissar und Inspektor sahen ihn erstaunt an. Dann merkten sie, dass auch die anderen Beamten sich demonstrativ hingesetzt hatten. Der Fotograf legte die Kamera beiseite, sein Assistent hockte sich neben die Leiter, die vier Experten für Spurensicherung nahmen auf einem Mäuerchen Platz, Ehrhardts Kollege aus der Daktyloskopie suchte sich einen Baumstumpf als Sitzgelegenheit, Wincklers Assistent legte seinen Notizblock weg und blieb unschlüssig stehen, sogar der Gerichtsmediziner hörte mit seiner Arbeit auf.

»Was ist denn jetzt los?«, wunderte sich Winckler.

Ehrhardt deutete neben sich auf einen Stein und zwinkerte Hansen zu: »Setz dich, Heinrich, wir streiken.« Er hielt ihm seine Taschenuhr hin. Es war genau siebzehn Uhr. Hansen erinnerte sich verschwommen, dass die Hamburger Kriminalpolizisten sich neulich auf einer Versammlung abgesprochen hatten. Er war nicht dabei gewesen, weil er mit seinem Umzug beschäftigt war.

Nun also war es so weit. Der erste Warnstreik aus Protest gegen die seit Monaten ausbleibenden Gehaltszahlungen hatte begonnen.

»Darius! Was tun Sie da?«, rief Winckler aus.

Der Assistent sah seinen Chef erschrocken an. »Nichts, Herr Inspektor«, stotterte er und fügte zögernd hinzu: »Es ist so beschlossen worden.«

»Streik?«, empörte sich der Inspektor. »Haben wir das denn nötig, uns so gemein zu machen?«

»Ich muss eine Familie ernähren, Herr Inspektor.«

»Durch Streik werden Ihre Kinder auch nicht satt!«

Darius blickte betreten zu Boden und schwieg.

»Es geht ums Prinzip, Herr Inspektor«, erklärte Ehrhardt. »Sie sollten sich uns anschließen.«

»Warum sollte ich das wohl tun?«

»Wann wurde Ihnen denn das letzte Mal Ihr Gehalt ausgezahlt, Herr Inspektor?«

»Das tut hier nichts zur Sache.«

»Wann haben Sie zuletzt ihre Spesen zurückerstattet bekommen?«

»Das wird alles geregelt. Im Übrigen geht es Sie gar nichts an!«

»Ist Ihnen schon mal aufgefallen, dass die Exekutivbeamten durchweg schlechter gekleidet sind als der einfache Passant dort draußen? Euch Kriminalpolizisten erkennt man schon auf zwanzig Meter: zerschlissene Kleidung, alte Joppen, feldgraue Röcke, derbe Stiefel; manche laufen sogar in Stutzen oder mit Gamaschen herum. Der kleinste Ganove ist besser angezogen als der gemeine Polizist. Und nun stellen Sie sich mal vor, was das für ein Hallo gibt, wenn so ein armselig ausgestatteter Kriminaler in einem Amüsierbetrieb der höheren Klasse inkognito Untersuchungen anstellen will!«

»Und wenn schon! Was reden Sie da überhaupt? Sie als Büroangestellter müssen mir doch nichts erzählen. Ich bin meiner Arbeit bislang noch immer nachgekommen.«

»Aber bezahlt wurden Sie schon lange nicht mehr.«

»Genug von alledem!« Inspektor Winckler nahm seine Mitarbeiter der Reihe nach ins Visier und verlangte streng: »Sie werden mir Ihre Berichte unverzüglich vorlegen, sobald Sie wieder bereit sind, Ihren Pflichten nachzukommen! Und seien Sie sich sicher, dass Ihre Behinderung meiner Arbeit noch Folgen haben wird!«

Damit drehte er sich um und verließ das Grundstück.

Hansen stand immer noch unschlüssig da.

»Nun setz dich endlich, Heinrich«, sagte Ehrhardt und deutete auf den Stein neben sich. »Oder willst du auch den Streikbrecher spielen?«

Hansen ließ sich auf dem Stein nieder.

»Und? Was meinst du dazu?«, fragte Ehrhardt.

»Zum Streik? Ob das etwas nützt, wo doch sowieso kein Geld da ist?«

»Ich meine diesen Mordfall hier.«

»Dürfen wir denn jetzt darüber reden?«

»Na ja, wir wollen es mal nicht übertreiben, hm?«

»Wir haben den Jungen, der hier gehaust hat, in der Arrestzelle. Er wurde völlig verwirrt aufgegriffen. Hat einen schweren Schock. Konnte leider noch nicht mit ihm reden. Einen Revolver hatte er nicht bei sich«, fügte Hansen vorsichtig hinzu.

»Was ist hier wohl passiert?«

»Keine Ahnung, ich muss den Jungen fragen.«

»Es gibt eine dritte Person, derjenige, der den Ermordeten verfolgt und dann in voller Absicht getötet hat.«

»So sieht es aus.«

»Und diese dritte Person hatte wahrscheinlich den Revolver.«

Hansen schwieg.

»Was wirst du als Nächstes tun?«, fragte Ehrhardt.

»Die Identität des Toten ermitteln. Dabei könnt ihr mir helfen ... wenn ihr wieder arbeitet.«

Ehrhardt nickte seinem Kollegen zu. »Wie lange müssen wir uns hier noch dem Nichtstun ergeben?«

»Zehn Minuten. Dann ist die halbe Stunde rum.«

»Na, ein Glück.«

2

Der Tote hatte schon eine Weile im Gras gelegen, bevor er im Morgengrauen fortgeschleift worden war. Das hatten die Experten der Spurensicherung noch herausgefunden. Und der Mediziner hatte auf Grund der Körpertemperatur der Leiche, der Totenflecken und des Grads der Leichenstarre festgestellt, dass der Tod wahrscheinlich schon vor vierundzwanzig Uhr in der vorangegangenen Nacht eingetreten war.

Möglicherweise, so überlegte Hansen auf seinem Weg zurück zur Wache, hatte der Junge die ganze Nacht neben dem Toten gesessen und ihn dann bei Tagesanbruch, als er den Anblick nicht mehr ertragen konnte, ins Gestrüpp gezogen. Aber was war unmittelbar nach der Tat geschehen? Wie hatten sich der Mörder und der Tatzeuge zueinander verhalten? Kannten sie sich? Warum hatte der Mörder den Zeugen nicht beseitigt? War er sofort geflüchtet? Oder ging er davon aus, dass der Junge ihm nicht gefährlich werden konnte? War es doch keine geplante Tat gewesen, sondern das Ergebnis einer zufälligen Auseinandersetzung? Immerhin stand eines fest: Um Raubmord handelte es sich nicht. Die Brieftasche des Opfers war gut gefüllt gewesen.

Im Dienstzimmer auf der Wache saß der junge Kelling jenseits der Absperrung an einem Schreibtisch und hantierte mit einer Schere.

Hansen wunderte sich. »Was machen Sie denn da?«

Kelling blickte auf. »Einige der Dienstvorschriften haben sich geändert. Die habe ich abgeschrieben, und nun klebe ich sie in mein Handbuch. So oft, wie die sich ändern, können sie ja nicht jedes Mal neu gedruckt werden. Zuerst habe ich versucht, die Korrekturen mit Bleistift reinzuschreiben, aber der Platz ist einfach nicht ausreichend. Außerdem sieht es nicht gut aus, und ...«

Hansen winkte ab. Dieser Diensteifer war ihm doch zu viel. »Ist Schenk noch da?«

»Kleidet sich gerade um.«

»Soll noch mal zu mir kommen.«

»Jawohl.«

Hansen stieg in den zweiten Stock und betrat sein Büro. Auf dem Besucherstuhl saß eine zerbrechlich wirkende ältliche Dame in Schwarz.

Sie sprang auf und hielt ihm eine schmale Hand hin. »Herr Hansen?«

»Ja?«

»Wenner mein Name. Ich bin wegen des Jungen hier.«

»Gut.« Hansen nahm hinter seinem Schreibtisch Platz.

»Ich habe schon mit ihm gebetet.«

»Wie bitte?« Hansen starrte sie verwirrt an.

»Ich war schon bei ihm.«

»Aber wieso gebetet, geht es ihm jetzt schlechter?«

»Ich weiß nicht, wie es ihm geht. Er spricht ja nicht.«

»Wie konnten Sie dann mit ihm ...« Hansen stutzte. »Sind Sie uns aus dem Stadthaus geschickt worden?«

»Ja, aber nicht direkt.«

»Das heißt?«

»Wie ich hörte, geht dort manches drunter und drüber in diesen schweren Zeiten. Die Angestellten kommen kaum dazu, ihren Pflichten nachzukommen. Ich bekam einen Anfruf von einer Bekannten. Dort ist momentan niemand abkömmlich, ich solle mich doch kümmern.«

Hansen seufzte. Bei den Fürsorgerinnen gab es ein paar sentimentale Gänse, die meinten, sie könnten mit der Bibel für Ordnung sorgen.

»Und da sind Sie gleich losgegangen?«

»Natürlich, wenn eine arme Seele ruft. Er wird bei uns gut aufgehoben sein.«

»Sie wollen ihn mitnehmen? Wohin?«

»Ins Heim der Barmherzigen Schwestern – Dienerinnen Jesu. Wir kümmern uns besonders um junge Menschen.«

Hansen schüttelte den Kopf. »Ich kann Ihnen den Jungen nicht mitgeben.«

»Nein? Aber das ist ... sehr traurig.«

»Er ist Tatzeuge, vielleicht sogar Mittäter.«

»Dennoch, ein unschuldiger junger Mensch …«

»Ein Mann wurde ermordet, gnädiges Fräulein, und zwar mit einem Revolver, den der Junge neulich gestohlen hat.«

»Ich bin mir sicher, dass er nichts Böses im Schilde führte. Und wenn, so steckt doch auch in ihm ein guter Kern. Wir müssen ihn nur freilegen.«

Jetzt reicht's aber, dachte Hansen. Wieso krallen sich diese Frömmler immer so hartnäckig an anderen fest?

»Der Junge bleibt hier.« Hansen stand auf.

»Das ist nicht recht, Herr Hansen. In dieser kahlen Zelle? In seinem Zustand? Dort wird der Junge zugrunde gehen.«

Hansen fasste die Dame behutsam am Arm und half ihr beim Aufstehen.

»Er wird nicht lange dort bleiben. Und Sie können ja morgen wieder kommen und mit ihm sprechen.« Wer weiß, dachte er, vielleicht bringt sie ihn zum Reden.

Es klopfte, und Oberwachtmeister Schenk trat ein. Hansen schob die barmherzige Schwester nach draußen und schloss hastig die Tür.

»Sagen Sie mal, Schenk, wie sind Sie auf den Jungen aufmerksam geworden?«

»Ein Nachbar in der Talstraße hat ihn bemerkt, wie er immer wieder aus seinem Versteck auf die Straße herauskam, dort ziellos herumschlich und dann wieder zurückging, um sich auf dem Grundstück zu verstecken. Als ich auf meinem Patrouillengang vorbeikam, machte mich der Mann darauf aufmerksam. Ich habe den Jungen eine Weile beobachtet und bin zu dem Schluss gekommen, dass er nicht mehr bei Sinnen ist. Er lief immer wieder auf die Straße, sah sich nach allen Seiten um, als erwartete er jemanden, und rannte dann wie von Panik erfüllt zurück auf diesen Hof und versteckte sich unter einem Strauch.«

»Hat der Nachbar sonst noch etwas Ungewöhnliches bemerkt?«

»Er hatte den Jungen schon einige Tage zuvor in der Straße gesehen. Er strich dort immer herum, hat wohl auch mal den einen oder anderen Apfel beim Grünhöker gestohlen. Ein ganz normaler Herumtreiber, frech, aber nicht verwirrt. Ich fragte den Nachbarn, ob vielleicht etwas geschehen sei, was das seltsame Verhalten des Jungen erklären könnte. Dem Mann war nichts dergleichen bekannt.«

»Von einem Schuss mitten in der Nacht hat er nichts erzählt?«

»Nein, ich fragte auch nicht danach, weil ich das von der Leiche ja noch nicht wusste. Aber Schüsse fallen beinahe jede Nacht irgendwo hier im Viertel. Und dann war da auch noch dieses Feuerwerk von dem Ludenverein, der neulich im Trichter gefeiert hat, das hat auch ganz ordentlich geknallt.«

»Gut, danke, mehr wollte ich nicht wissen.«

Schenk verabschiedete sich.

Muss mich doch alles nicht interessieren, dachte Hansen. Darum kümmert sich der Kollege aus dem Stadthaus. Inspektor Winckler war ja der Meinung, dass die Revierbeamten ihm grundsätzlich nur im Weg standen. Dann sollte er doch selbst sehen, wie er klarkam. Im Übrigen haben wir genug Verbrechen, die wir selbst bearbeiten müssen. Da soll man sich besser nicht vordrängeln, sondern um jede Entlastung aus dem Stadthaus dankbar sein.

Andererseits lief da draußen in seinem Revier ein Mörder mit einem Revolver herum, den Hansen durch eigene Dusseligkeit in Umlauf gebracht hatte. Das wurmte ihn natürlich. Nicht dass er sich schuldig am Tod eines Menschen fühlte. Aber dass er sich derart amateurhaft verhalten und über seinen Fehler geschwiegen hatte, das bereitete ihm gehörig Kopfzerbrechen.

Hansen setzte sich an den Schreibtisch, griff zum Telefonhörer und ließ sich mit Inspektor Ehrhardt verbinden. Der war tatsächlich noch da und auch gern bereit, die Kollegen vom Erkennungsdienst nach ihren Fortschritten bei der Identifizierung des Toten zu fragen.

»In meiner Kartei ist der Bursche nicht. Die Fingerabdrücke habe ich überprüft. Aber inzwischen sind die anthropometrischen Daten auch nach Berlin und Leipzig telegrafiert worden. Ich schau mal nach.«

Zehn Minuten später meldete sich Ehrhardt zurück.

»Kaum zu glauben, wie schnell so was geht, hm? Die Kollegen aus der Telegrafenzentrale haben ein so schlechtes Gewissen, weil sie heute eine halbe Stunde gestreikt haben, dass sie dreimal so schnell arbeiten wie sonst. Also: Berlin Fehlanzeige, Leipzig Fehlanzeige, aber die Daten sind auch nach München gegangen, und dort ist man fündig geworden. Unser Mann heißt Ferdinand Eislinger, geboren 1891 in Wien, also ein Österreicher. Erstmals registriert in München als gewerbsmäßiger Glücksspieler. Trat unter wechselnden Namen auf. Wurde mehrfach in einschlägigen Etablissements angetroffen, keine Anklage, keine Verurteilung. Werde gleich mal den echten und die falschen Namen nach Berlin und an alle anderen Großstädte telegrafieren lassen. Vielleicht werden die dann auch noch fündig.«

Hansen bedankte sich und legte auf. Also ein Spieler. Von der Sorte gab es viele in diesen Zeiten, in denen das Geld immer wertloser wurde. Kein Wunder, dass manche kaum noch einen Sinn darin sahen, es auf anständige Art zu verdienen. Ein Spieler bewegte sich naturgemäß am Rande des kriminellen Milieus. Das konnte bedeuten, dass es sich um den Racheakt eines betrogenen Glücksspielpartners handeln konnte. Aber warum hatte er ihm dann das Geld nicht abgenommen? Darum wäre es doch in allererster Linie gegangen. Oder war der Mord ein Unfall, und der Täter hatte sein Opfer nur bedrohen wollen, um es zur Herausgabe des verspielten Geldes zu zwingen? Aber wie kam dann der Revolver des Jungen ins Spiel? Der Fall blieb weiterhin rätselhaft.

Hansen stieg in den Keller und warf einen Blick durch das Guckloch in die Zelle des Jungen. Er schlief, eingewickelt in eine Wolldecke, bleich und schwer atmend. Bemitleidenswert klein sah er aus, wie er da mit angezogenen Beinen auf der nackten Holzpritsche lag. Die barmherzige Schwester hatte schon Recht gehabt, dies war kein Ort für einen jungen Menschen. Aber solange er schlief, würde er nicht unter seiner Umgebung leiden.

Ich werde später noch mal nach ihm sehen, nahm Hansen sich vor, und stieg die Treppe nach oben in sein Büro.

Die nächsten Stunden vergingen wie im Flug. Zwei Diebstähle wurden gemeldet, ein Betrug angezeigt; ein Spitzel rief an und berichtete von Konflikten zwischen zwei Ludenvereinigungen, die sich nicht über ihre Reviergrenzen einigen konnten; Zivilbeamte meldeten, dass demnächst größere Lieferungen von Kokain erwartet würden, und Hansen überlegte, ob es nicht mal wieder an der Zeit wäre, mit den Kollegen aus Altona eine Großrazzia in den einschlägigen Lokalen im Grenzbereich durchzuführen.

Und so kann man immer weitermachen und weitermachen, den ganzen Abend lang, die ganze Nacht durch und dann am nächsten Morgen gleich wieder weiter, dachte er missmutig, und war erleichtert, als er mit einem Mal einen unbändigen Hunger verspürte. Er schloss die Akten, schob die Berichte beiseite, legte die Karteikarten weg und ging runter zu Dickmann's Speiselocal, um sich Eisbein mit Sauerkraut und ein großes Bier zu genehmigen.

3

Ein energisches Klopfen riss Hansen aus dem Schlaf. Er schlug die Augen auf. Durch das gardinenverhangene Fenster seines Schlafzimmers drang der rötlich orange Schein von Leuchtreklamen, deren Farben sich zu einem diffusen Nebel vermischten. Gelegentlich legten sich blauer Schimmer und grüner Glanz darüber, kam violettes Flimmern dazu oder zuckten gelbe Blitze hindurch. Das waren die Lichter von St. Pauli, die nach Einbruch der Dunkelheit dafür sorgten, dass der Himmel zwischen Millerntor und Großer Freiheit wie eine Kuppel wirkte, die sich wie ein Zelt über die Straßen spannte und an Regentagen oder bei Nebel einem das Gefühl vermittelte, das Viertel sei ein riesiger Dom, errichtet zu Ehren des Lasters und des Vergnügens.

Das Klopfen wurde energischer. Eine Stimme rief fordernd seinen Namen: »Hansen! Machen Sie auf! Na los doch, Mann!«

Da hat man extra einen Telefonanschluss in der Wohnung, aber dieser lästige Herr musste sich unbedingt selbst die Treppe hinaufbemühen. Stöhnend schwang sich Hansen aus dem Bett, zog sich einen Morgenmantel über und ging zur Tür.

Beim Anblick von Inspektor Winckler in Frack und Zylinder hätte er beinahe laut aufgelacht. In diesem Aufzug kamen seine O-Beine und seine kleinen Füße, die in zierlichen Lackschuhen steckten, hervorragend zur Geltung.

»Glotzen Sie nicht, Hansen! Kleiden Sie sich an! Wir müssen ermitteln!«

»Jetzt? Mitten in der Nacht?«

»Wann denn sonst? Glauben Sie, die Spielhöllen werden für uns extra ihre Öffnungszeiten ändern?«

Hansen spürte, wie ihm das Eisbein schwer im Magen lag.

»Hab Ihnen was zum Anziehen mitgebracht.« Winckler deutete auf einen Pappkoffer, den er neben sich abgestellt hatte. »Weiß doch, wie das ist. Der gemeine Polizist kann sich keine Abendgarderobe leisten. Und macht sich zum Gespött der so genannten vornehmen Gesellschaft. Aber nun sollen die sich auch mal wundern. Inspektor Winckler ist aus anderem Holz geschnitzt!«

Hansen konnte nicht anders – er kniff das linke Auge zu, machte es wieder auf, kniff das rechte zu.

»Was soll das, Hansen? Wollen Sie im Stehen weiterschlafen?«

»Versuche mir nur ein Bild von Ihnen zu machen, Herr Inspektor.«

»Unsinn! Jetzt fackeln Sie mal nicht lange, sondern ziehen sich um! Auf geht's!«

Winckler griff nach dem Koffer und drängte Hansen in die Wohnung zurück. Notgedrungen ließ Hansen das elektrische Licht aufflammen.

»Bitte!« Winckler hielt ihm den Koffer hin. »Wissen Sie, wie man aus einem Binder eine Schleife macht? Ich hatte da so meine Probleme.«

Hansen nahm wortlos den Koffer, ging ins Schlafzimmer, legte ihn aufs Bett und schaute sich den Smoking an. Immerhin war dieser Anzug etwas bequemer zu tragen als ein Frack.

»Dachte mir, da Sie jünger sind, wollen Sie vielleicht mehr mit der Mode gehen!«, rief Winckler ihm zu. Dann lachte er meckernd. Dieses Lachen machte ihn nicht sympathischer, dachte Hansen.

Wenigstens hatte er daran gedacht, einen Regenmantel mit dazuzupacken. Hansen beeilte sich beim Anziehen, dann setzte er den Homburg auf und stopfte die Handschuhe in die Manteltaschen.

»Bewaffnen können wir uns so nicht«, sagte er, als er wieder in den Flur trat.

»Fassen Sie mal in Ihre Hosentasche.«

Hansen fühlte etwas Ähnliches wie ein Etui und zog es hervor. Als er aufblickte, sah er in die Mündung einer Taschenpistole. Genau das gleiche Modell hielt er in der Hand.

»Ich war schneller als Sie!«, sagte Winckler grinsend.

Hansen schüttelte den Kopf. »Ist die geladen?«

»Zwei Schuss. Nachladen ist umständlich. Also Vorsicht!« Winckler fasste ihn am Arm. »Los! Machen wir uns auf den Weg!«

Hansen schüttelte die Hand ab. »Wohin soll's denn gehen?«

Winckler blieb stehen. »Na, das müssen Sie doch wissen, Hansen. Sie sind doch der Platzhirsch. Oder sind Sie nicht informiert? Seit wann liegen Sie denn in der Falle? Ihr habt mir ja eine herrliche Dienstauffassung hier im Revier! Haben Sie die Telegrafenmeldungen nicht gelesen? Wird schon wieder gestreikt? Mein lieber Kollege, wir ermitteln in einem Mordfall. Da gibt es kein Pardon!«

»Das Opfer war gewerbsmäßiger Spieler, in München unter dem Namen Ferdinand Eislinger gemeldet, geboren in Wien. Trug Visitenkarten mit den Namen Dr. Gregor Schmidt, Prof. Paul Wieland und Georg Stein bei sich. Trat also möglicherweise unter falschen Namen auf.«

Winckler nickte zufrieden. »Na bitte, Hansen, man muss Sie nur wachrütteln, dann funktioniert das Oberstübchen wie geschmiert.«

»Ich vermute, Sie wollen jetzt die Spielsalons inspizieren.«

»Fast richtig geraten, mein Guter. Aber warum wende ich mich zu diesem Zweck nicht an die Kollegen vom Spielhöllenkommando?«

»Das frage ich mich auch. Die kennen alle legalen Salons und Kasinos und haben eine Liste von sämtlichen polizeibekannten illegalen Klubs.«

»Die hab' ich ja bereits auf die Sache angesetzt. Sind auch schon ausgeschwärmt und machen sich nützlich. Aber ich hab' da so was läuten hören, von einem Klub hier auf St. Pauli. Ganz neu, sehr schick, geradezu mondän soll der sein. Wurde mir so zugeflüstert. Dachte mir, dass Sie bestimmt davon wissen.«

»Wie soll der Klub denn heißen?«

»Ach kommen Sie, Hansen. Heute heißt er so, morgen heißt er so. Namen sind Schall und Rauch. Erzählen Sie mir nicht, dass Sie nichts davon wissen.«

»Sie haben ja großes Vertrauen zu mir gefasst.«

»Ich seh' auf den ersten Blick, mit wem ich es zu tun habe. Keine falsche Bescheidenheit, Hansen! Strengen Sie sich ruhig ein bisschen an beim Denken.«

Hansen zögerte. »Ich glaube schon, dass ich weiß, wovon Sie sprechen«, gab er schließlich zu. »Das Füllhorn.«

»Bravo, Hansen! Das goldene Füllhorn. Eben das meine ich! Dann also los!«

Unglaublich, dachte Hansen. Dieser merkwürdige Inspektor kannte den Namen des bestversteckten Spielklubs der Stadt. Nicht einmal das Spielhöllendezernat hatte jemals einen Fuß dort hineingesetzt. Nur zwei Herren vom Bauamt wussten Bescheid. Sie waren zufällig hineingeraten, als sie Mängel an der Fassade des seit einem Jahr geschlossenen Kaffeehauses neben dem Salon Tingeltangel bemerkt hatten. Da sie keinen Besitzer ausfindig machen konnten, waren sie durch eine Seitentür eingedrungen, um die Bausubstanz zu prüfen. Als sie sich noch wunderten, was goldene Lüster, samtene Sessel und Sofas, ausladende und reich verzierte Spiel- und Billardtische aus exotischen Hölzern sowie Seidentapeten und Brokatvorhänge in einem zum Abbruch gemeldeten Haus zu suchen hatten, klappte hinter ihnen die Tür zu, und der Inhaber des Füllhorns machte ihnen ein Angebot.

Hansen hatte diese Informationen aus erster Hand erhalten, vom Besitzer des Lokals, seinem Jugendfreund Jan Heinicke, dem Betreiber des Salons Tingeltangel.

»Hand aufs Herz, Hansen«, sagte Winckler, als sie die Wache verlassen hatten und mit dem Strom der Passanten die Davidstraße überquerten. »Warum lasst ihr den Klub nicht schließen? Das muss doch einen Grund haben.«

Ein leichter Nieselregen sprühte ihnen entgegen. Hansen stellte den Mantelkragen hoch.

»Es ist so eine Art Reservat. Wir nennen es auch das Aquarium. Immer wieder tauchen große Fische dort auf, die wir dann ohne viel Brimborium herausholen. Manchmal können ganze Schwärme abgefischt werden. Dabei gehen wir behutsam vor, um das biologische Gleichgewicht nicht zu stören.«

»Für so schlau habe ich Sie nun wieder nicht gehalten«, brummte Winckler.

»Da drüben.« Hansen deutete über die Reeperbahn hinweg auf die großen Neonbuchstaben, die den Haupteingang des Varietés rot leuchtend flankierten: SALON TINGELTANGEL. Die Buchstaben neigten sich fröhlich nach links und rechts und wurden oben von einem bunten Muster aus Leuchtröhren miteinander verbunden.

Rechts neben dem Varieté ragte ein unbeleuchtetes mehrstöckiges Gebäude in den schwarzen Himmel. Es wirkte unwirtlich und baufällig. Die Schaufenster und Balkone waren verrammelt, die Türen vernagelt, der Putz blätterte ab, Bretter und Wände waren mit zahlreichen Plakaten zugeklebt.

»Wir müssen rechts vorbei. Von der Heinestraße aus führt ein Durchgang in einen Hinterhof«, sagte Hansen.

Sie ließen eine Straßenbahn und zwei Automobile passieren und überquerten die Reeperbahn.

4

Die Einfahrt wurde von einem Holztor versperrt, in dessen Mitte sich eine schmale Tür befand. Sie war offen. Im Durchgang stand eine Friedhofslaterne mit einer brennenden Kerze darin. Etwas weiter im dunklen Innenhof flackerte ein zweites Licht, ein drittes vor einer Treppe, die in einen Keller führte.

Hansen ärgerte sich über die Lichter. Es war abgesprochen worden, dass nichts, aber auch gar nichts außerhalb des Lokals auf seine Existenz hinweisen durfte. Er klopfte an die Kellertür. Sofort öffnete sich ein Guckfenster, und hinter einem Fliegengitter flüsterte eine Stimme barsch: »Was ist?«

»Sesam öffne dich und zeige Scheherezade deine Schätze«, sagte Hansen.

»Welche?«

»Das weiß nur sie allein.«

Die Tür ging lautlos auf. Hansen spürte, wie er von hinten geschoben wurde. Winckler war allzu neugierig.

Rechts und links hinter der Tür standen zwei schwergewichtige Männer mit Mützen. Der eine machte die Tür zu, dann traten sie beiseite, und ein diffuses Licht flammte auf, gerade hell genug, damit die Neuankömmlinge sich orientieren konnten, ohne sie zu blenden. Wie aus dem Nichts erschien eine Dame. Sie trug einen dunklen Samtmantel mit Pelzkragen, der bis knapp über die Knie reichte, einen haubenartigen Hut und Handschuhe. Sie bedeutete den beiden Herren, ihr zu folgen.

Hansens Blick fiel auf ihre flachen Schuhe, die vollkommen geräuschlos waren. Die Dame ging auf Gummisohlen. Der Korridor war sauber, die Wände kahl. Schließlich wies sie auf eine Treppe, die nach oben führte.

Gedrängt von Winckler, stieg Hansen die Steintreppe hinauf. Gerade als er die Hand hob, um gegen die Tür zu klopfen, die ihnen den Weg versperrte, sprang sie auf, und elektrisches Licht strömte ihnen entgegen, blendete sie. Sie stolperten in einen großen Raum, die Tür hinter ihnen klappte lautlos zu. Ein Herr in Frack, mit grauem Zylinder und rotem Binder, begleitet von einer Dame in silbrig glänzender Abendrobe mit Kristallpailletten, trat auf sie zu.

Der Empfangschef deutete eine Verbeugung an. »Guten Abend die Herren! Ohne Damenbegleitung unterwegs?«

»Ganz recht«, brummte Winckler und ließ sich von der Frau den Mantel abnehmen. Er blickte sich ungeniert um.

Bis auf die Seite, wo sich der Garderobentresen befand, war der Raum mit hohen Spiegeln in barocken Goldrahmen behängt. Dazwischen Lampen mit grell strahlenden Glühbirnen, in der Mitte des Raums hing ein mächtiger Kristalllüster von der Decke. Entschieden zu viel Licht, überlegte Hansen, aber eine kluge Idee, wenn man seine Gäste genau in Augenschein nehmen will, bevor man sie ganz einlässt.

Hansen übergab dem Empfangschef Hut und Mantel, der beides an die Garderobiere weiterreichte.

»Sollten Sie Bedarf an Gesellschaft haben«, sagte der Zylinderträger mit gedämpfter Stimme, »lassen Sie es mich wissen.«

»Nein, danke«, stieß Winckler etwas zu laut hervor.

»Wir haben andere Interessen«, erklärte Hansen.

»Wie es beliebt.« Der Empfangschef verbeugte sich, zog an einem Klingelband und deutete auf einen Spiegel. »Bitte sehr.«

Der Spiegel schwang auf und gab den Weg frei in einen weniger hell beleuchteten Flur, der zu einer gläsernen Flügeltür führte. Hinter der mit Blumenmuster dekorierten Glastür funkelten bunte Lichter. Hansen öffnete sie und ließ seinem Kollegen den Vortritt.

Sie betraten das »Aquarium«, das unter seinen Gästen als »Goldenes Füllhorn« bekannt war.

Der ovale Saal gliederte sich in zwei Bereiche: Rechts standen die Spieltische, in deren Zentrum sich ein großes Roulette drehte, auf der linken Seite war der Restaurationsbereich mit Tischen und Stühlen, die der Bühne zugewandt waren. Davor befand sich eine Tanzfläche. Jenseits der Spieltische erstreckte sich ein langer

Bartresen. Von der hohen Decke hingen mächtige Leuchter mit bunten Kugellampen herab. Es gab eine Galerie und Logen, die als Séparées benutzt werden konnten. Auf der Bühne sang eine spärlich bekleidete Französin »Je suis nature« und wurde von einer kleinen Kapelle begleitet. Sowohl Musiker als auch Kellner und Barkeeper trugen weiße Jacketts.

Winckler schien sichtlich beeindruckt. »Wie kommen die alle unbemerkt hier herein?«

»Es gibt mehrere Zugänge. Auch vom benachbarten Varieté führt ein Kellergang herüber.«

Ein Mädchen in Matrosenuniform kam mit ihrem Bauchladen heranstolziert. »Rauchwaren die Herren?«

Hansen schüttelte den Kopf.

»Spezialitäten?«, fragte der Lockenkopf und beugte sich nach vorn.

»Haben Sie Teekse?«, fragte Winckler unbeholfen.

Sie wich einen Schritt zurück. »Herrjeh, was haben Sie denn für eine Ausdrucksweise.« Sie drehte sich um.

»Ich dachte, das meinte sie«, brummte Winckler.

»Das meinte sie auch«, sagte Hansen. »Aber sie drückt sich gewählter aus. Wenn sie Kokain meint, sagt sie nicht Teekse wie die Ganoven draußen auf der Straße, sondern ›Weiße Dame‹. Statt Haschisch sagt sie ›Marokkaner‹.«

»Und was ist mit Etsch?«, fragte Winckler missgelaunt, weil er sich blamiert hatte.

»Heroin und Morphium gibt es hier nicht. Das lockt die falsche Kundschaft an.«

»Opium?«

»Da müssen Sie rüber nach Altona in die Große Freiheit oder die Schmuckstraße. Außerdem gibt es eine chinesische Wäscherei in der Bernhardstraße.«

»Soso.«

Ein Kellner in Livree mit einem Silbertablett, auf dem zwei Champagnerkelche standen, trat auf sie zu und hielt eine Flasche hoch. »Darf ich die Herren zu einem Gläschen einladen?«

Winckler zog die Augenbrauen zusammen. Hansen nickte. Nachdem er das Glas in Empfang genommen hatte, ließ er seinen Blick über die Galerie und die Logen schweifen.

»Wo wünschen die Herren sich zu platzieren?«, fragte der Kellner, nachdem er die Flasche auf das Tablett gestellt hatte. »Darf es ein Tisch nahe der Musik sein? Möchten Sie Ihr Glück versuchen?« Er deutete auf die Spieltische. »Oder eine Nische, eine Loge, ein Séparée? Sind Sie auf der Suche nach Gesellschaft? Unsere Damen haben ausgezeichnete Manieren und sind hochwohlgebildet.«

»Jetzt lassen Sie uns aber mal mit Ihren Damen zufrieden!«, rief Winckler.

Der Kellner trat eine halben Schritt zurück und machte einen Diener. »Bitte vielmals um Entschuldigung! Hätte ich das geahnt, natürlich keine Damen! Die Herren sind sich selbst genug. Ein Vierer-Séparée demnach, richtig? Hilfsmatrosen, Leichtmatrosen, Vollmatrosen?«

Hansen schüttelte amüsiert den Kopf.

»Heizer?«

»Nein, danke.«

Der Kellner seufzte. Winckler blickte ihn ratlos an.

»Lass man, mein Guter«, sagte Hansen. »Wir sind schon auf Damenbekanntschaft aus, aber eine ganz bestimmte. Sie können uns gern mal die Geschäftsführerin schicken.«

Der Kellner stutzte. Dann schüttelte er den Kopf. »Das ist leider nicht möglich. Wir haben keine Geschäftsführerin.«

Jetzt war es an Hansen, verdutzt dreinzublicken. »Wieso denn das?«

»Einen Geschäftsführer, das haben wir jetzt.«

»Tatsächlich?«

»Ausdrücklich und ganz bestimmt. Tatsächlich sowieso.«

»Dann schicken Sie uns doch gleich den Inhaber.«

»Einen Inhaber haben wir nun wieder nicht … mehr.«

»Nein?«

»Nein.«

»Wieso das denn nun?«

»Es hängt ursächlich an der Geschäftsführung.«

»Ich verstehe nicht«, mischte sich Winckler ein. »Wem gehört denn dieses Etablissement nun eigentlich?«

»Da nicht sein darf, was nicht sein soll und auch nicht kann, weil es nicht erlaubt ist, natürlich niemandem.«

»Was zum Teufel soll denn dieses Geschwätz!«, rief Winckler.

Hansen legte dem Kellner eine Hand schwer auf die Schulter. »Genug jetzt mit diesem Theater. Schicken Sie uns den Geschäftsführer. Er wird uns ohnehin längst bemerkt haben. Inzwischen gehen wir ...« Er sah sich um und blickte Winckler fragend an.

»Nur möglichst weit weg von diesem welschen Gejaule«, sagte der Inspektor und deutete auf die Bühne, wo die Französin jetzt »Je chante dans mon bain« anstimmte.

»Wir setzen uns an die Bar, die ist am weitesten von der Musik entfernt.«

Unterhalb der Galerie konnte man einmal um den ganzen Saal gehen. Verliebte Paare flanierten dort entlang, Ganoven wickelten flüsternd Geschäfte ab, Männer suchten Damenbekanntschaften, Frauen tuschelten in Ecken, verzweifelte Spieler klaubten letzte Münzen aus den Taschen, Systemspieler schrieben Zahlenkolonnen auf Zettel, Taxigirls suchten nach Tanzpartnern, Kellner und clevere Zigarettenverkäuferinnen hielten die Augen auf, liebeshungrige Herren zogen aufreizend gekleidete Damen in Nischen, und immer wieder hörte man das Wort »Dollar«.

Hansen und Winckler erreichten die Bar, nachdem sie einige Damen und Herren abgewiesen hatten. Sie stellten ihre Champagnerkelche auf den Tresen und nahmen auf den Hockern Platz.

5

»Cocktail, die Herren?«, fragte der Mann hinterm Tresen, dem man an der Nase ansah, dass er mal Boxer gewesen war.

Winckler hob ablehnend die Hand.

»Aber wenn Sie hier sitzen wollen, müssen Sie trinken«, beharrte der Barkeeper.

»Sie werden mich kaum dazu zwingen können«, erklärte Winckler mit säuerlichem Lächeln.

»Dann muss ich Meldung machen.«

»Lass gut sein, Hugo«, sagte Hansen. »Meldung ist längst gemacht. Der Chef ist im Anrollen, und du bist aus dem Schneider.«

Der Angesprochene stutzte. »Herr Hansen, Entschuldigung, Herr Kommissar, Sie sind's. Hab' Sie gar nicht erkannt in dem schmucken Aufzug.«

»Verbeugen musst du dich vor dem Herrn Inspektor, der ist ranghöher.«

Hugo senkte nur leicht den Kopf.

»Du hast sicher von dem Toten gehört«, sagte Hansen.

Hugo griff nach einem Lappen und machte sich geschäftig daran, den blitzblanken Tresen zu polieren.

»Von Toten höre ich viel«, sagte er. »Meine Mutter ist tot, mein Vater ist tot, neulich ist auch ein Onkel von mir gestorben ...«

»... und ein Vetter von dir, das war der, den sie beim Banküberfall auf der Flucht erschossen haben.«

»Traurige Sache, Herr Kommissar.«

»Ich meine aber den Toten, dem das Gesicht weggeschossen wurde und den wir in Abendgarderobe in einem Hof am Grenzgang gefunden haben.«

»Mit dem war ich nicht verwandt, Herr Kommissar«, sagte Hugo, ohne aufzublicken.

»Hat auch keiner behauptet«, schaltete sich Winckler mit barscher Stimme ein. »Er gehörte lediglich zu der großen Familie der Spieler und Glücksritter, deren heiliger Tempel ja wohl diese Spielhölle hier ist.«

»Ich spiele nicht«, versicherte Hugo. »Höchstens, dass ich mal einen über den Durst trinke und ein paar Schläge austeile, aber sonst ... Sie kennen mich doch, Herr Kommissar.«

»Ja, und ich weiß, dass du immer loyal zu deinem Arbeitgeber bist.«

»Das gehört doch zum guten Ton«, sagte Hugo und senkte wieder unterwürfig den Kopf.

»Na, wenn die hier alle so gesprächig sind«, brummte Winckler.

Ein kleiner dicker Mann in knapp sitzendem Frack mit weißer Fliege, leicht gerötetem Gesicht und noch röteren, aber schon recht schütteren Haaren näherte sich mit großen Schritten. Aus der Nähe konnte man erkennen, dass er Sommersprossen hatte.

»Da kommt jemand, der reden möchte«, sagte Hansen.

Jedes Mal, wenn er seinem alten Jugendfreund Jan Heinicke begegnete, suchte er hinter den aufgedunsenen Wangen, dem Doppelkinn und der Nickelbrille nach dem kleinen Jungen, mit dem er einst im Baumhaus gesessen hatte. Jan Heinicke, der Schlachtersohn, hatte mit fünfzehn Jahren davon geträumt, Verbrecherkeller zu besuchen. Und ehrgeizig war er gewesen, er wollte hoch hinaus. Wenn er schon rein körperlich keinen großen Eindruck machte, so wollte er wenigstens als erfolgreicher Unternehmer bewundert werden. Schon im Alter von dreiundzwanzig Jahren war er Inhaber des Salons Tingeltangel geworden, später hatte er ein Kaffeehaus, eine Bierhalle und ein Kino an der Reeperbahn sowie eine Bar in der Großen Freiheit übernommen. Inzwischen war sein Imperium wieder geschrumpft.

Es wurde gemunkelt, er habe einiges Geld verloren, als er in diverse Bordelle investierte. Als Außenstehender hatte er keine Erfahrung im Umgang mit Ludenbanden und hatte sich verängstigt aus diesem Geschäftszweig zurückgezogen. Das Goldene Füllhorn war sein Rettungsanker. Mit ihm, das wusste Hansen, finanzierte er den Salon Tingeltangel, dessen groß angelegte Varieté-Inszenierungen Unmengen von Geld verschlangen. Und Geld, das man heute verdiente, war schon bald nur noch halb so viel wert. Wie sollte man in diesen Zeiten seriös wirtschaften – dieses Lamento hatte Hansen schon oft gehört. Denn obwohl er als Geschäftsmann durchaus skrupellos sein konnte, hatte Heinicke Angst davor, als Krimineller abgestempelt zu werden. Und auf kriminelles Terrain hatte er sich mit dem Goldenen Füllhorn begeben. Wahrscheinlich hatte er inzwischen Angst, eines Tages tatsächlich als Wirt eines Verbrecherkellers oder einer Kaschemme zu enden.

»Heinrich!«, rief Heinicke vorwurfsvoll. »Warum hast du denn nicht angerufen, dass du kommst? Ich hätte dich doch persönlich …« Sein Blick blieb irritiert an Winckler hängen, der so gar nicht wie ein vergnügungssüchtiger Nachtschwärmer aussah.

»Ich wollte auch gar nicht kommen. Lag schon im Bett. Es war die Idee meines Kollegen, mich hierher zu schleppen. Darf ich vorstellen, Inspektor Winckler aus dem Stadthaus.«

»Inspektor? Stadthaus?« Heinickes Augen hinter den Brillengläsern blinzelten heftig. Er schluckte mehrere Male.

Winckler schien die Situation zu genießen. Er rutschte von seinem Barhocker und baute sich vor Heinicke auf: »Kriminalinspektion 1 – Falschgeld, Diebstahl, Raub, Erpressung …«

Heinicke blickte hilfesuchend zu seinem Freund.

»… und Verbrechen gegen das Leben, und damit meine ich auch und vor allem Mord!«

Hansen musste lächeln, als er die beiden etwa gleich großen und gleich dicken Herren einander gegenüberstehen sah. Der eine kleinlaut, der andere auftrumpfend.

»In Ihrem Etablissement, falls dieses Wort überhaupt zutreffen sollte, hat ein Mann verkehrt, dessen Leiche heute Nachmittag von Herrn Kriminalkommissar Hansen aufgefunden wurde. Der Mann wurde ermordet. Es handelt sich um einen gewerbsmäßigen Spieler namens Ferdinand Eislinger, einen Österreicher, zweifellos sprach er mit Akzent. Er hat in diesem … Lokal verkehrt. Erinnern Sie sich an diesen Mann?«

»Woher wollen Sie wissen, dass er hier gewesen ist?«, stotterte Heinicke. »Es gibt eine Menge Spielsalons in der Stadt. Die meisten befinden sich in anderen Stadtteilen.«

Winckler fasste in seine Hosentasche und holte etwas heraus, das wie eine Münze aussah. »Sehen Sie sich diesen Jeton mal an.« Er hielt ihn Heinicke hin. Der nahm ihn, schaute darauf und zuckte mit den Schultern.

»Da am Rand«, sagte Winckler. »Ein G und ein F. Sie leisten sich den Luxus, ihre Jetons zu markieren. GF für ›Goldenes Füllhorn‹. Diese Spielmarke haben wir in der Brusttasche des Ermordeten gefunden. Also muss er hier gewesen sein.«

Heinicke warf beunruhigte Blicke um sich. Hansen wusste, was in ihm vorging: Abgesehen davon, dass er in seinem illegalen Spiellokal Besuch von der Kripo hatte und in Verbrechensermittlungen hineingezogen wurde, hatte er natürlich große Angst, seine Gäste könnten etwas von der Angelegenheit mitbekommen. Wenn sich herumsprach, dass die Polizei hier ein und aus ging, konnte er den Laden gleich schließen.

Hansen entschloss sich, seinem Jugendfreund zu Hilfe zu kommen. Er spang vom Barhocker, stellte sich neben die beiden Dicken und sagte an Winckler gewandt: »Wäre es nicht sinnvoll, wir setzten unsere Befragungen an einem ruhigen Ort fort?«

»Vernünftige Idee«, sagte Winckler mit einem Nicken. »Ein ruhiges Zimmer, in dem wir uns nacheinander alle Angestellten vornehmen können.«

Heinicke war wie vom Donner gerührt. »Was wollen Sie?«

»Mit Ihren Angestellten sprechen«, erklärte Winckler. »Falls es Angestellte sind, ich weiß ja nicht, welche Arbeitsverhältnisse in einer Spielhölle zum Tragen kommen. Um die Sache abzukürzen, schlage ich vor, die Damen und Herrn in Fünfergruppen vorzuführen.«

»Aber das ist Wahnsinn! Das fällt doch auf. Was sollen die Gäste denken?«

»Herr Heinicke!« Winckler sprach übertrieben deutlich, betonte jedes Wort. »Sie wollen doch nicht riskieren, dass wir diesen – ich will mich mal vorsichtig ausdrücken –, diesen Privatklub stante pede schließen und Ihre ganze Bagage verhaften?«

Heinicke wischte sich den Schweiß von der blassen Stirn und sagte: »Folgen Sie mir bitte!«

Er bahnte sich einen Weg zwischen den Spieltischen hindurch, nickte hier einem Gast zu, flüsterte da einem Angestellten etwas zu, schüttelte den Kopf, wenn ihn jemand ansprechen wollte, und betrat schließlich den Rundgang unterhalb der Galerie.

Während sie ihm durch die Menge der Spieler an den Rouletttischen folgten, spürte Hansen, wie Winckler ihn am Ärmel zupfte. »Hansen, Hansen«, flüsterte er. »Wie können Sie so etwas nur dulden?«

»Machen Sie sich mal keine Sorgen, Winckler, das ist alles von ganz oben abgesegnet.«

Wincklers Augen blitzten, als Hansen ihn ohne Dienstgradbezeichnung ansprach. Doch er war zu überrascht, um ihn deswegen zu tadeln. »Von ganz oben?«

»Ich sagte doch bereits, es hat alles seine guten Gründe.«

Winckler blickte ihn zweifelnd an.

Heinicke war ihnen ein ganzes Stück vorausgeeilt. Der Inspektor beschleunigte seine Schritte, Hansen folgte etwas langsamer.

Als er an einem Séparée am Ende des Gangs vorbeikam, teilte sich der dunkelrote Samtvorhang, und eine Frauenhand fasste nach seinem Arm.

»Heinrich«, sagte eine leicht rauchige Stimme, »willst du mir nicht guten Tag sagen?«

Sie zog ihn herein und schlug die Vorhänge zurück. »Setz dich.«

Hansen verzog das Gesicht. »Ich bin gerade beschäftigt.«

»Zu beschäftigt, um eine alte Freundin zu begrüßen und sie zu beglückwünschen?«

Das war typisch für Lilo. Sie nagelte einen fest, ob man wollte oder nicht. Wie schaffte sie es nur, ihn immer wieder um den Finger zu wickeln? Im Gegensatz zu früher war er ihr nicht mehr besonders zugetan. Nein, inzwischen wollte er rein gar nichts mit ihr zu tun haben. Sie stand auf der falschen Seite, wesentlich deutlicher noch als der angsterfüllte Jan Heinicke, der sich ja bloß durchschlug und dabei versuchte, möglichst viel abzusahnen. Lilo war aus anderem Holz geschnitzt. Edles Holz, gewiss, und ganz bestimmt sehr hartes.

Mit Anfang vierzig war Lilo Koester noch immer eine atemberaubende Schönheit, ihr neuerdings kurz geschnittenes glattes Haar noch immer flachsblond leuchtend, ihre halb nordisch, halb asiatisch anmutenden Gesichtszüge mit der spitzen, leicht nach oben gebogenen Nase, der hohen Stirn und der ungewöhnlich hellen Haut noch immer verstörend und geheimnisvoll.

Sie trug ein gerade geschnittenes, eng anliegendes wadenlanges Kleid, dessen leuchtend grüner Stoff von einem bunten Muster durchwirkt war. Dazu einen langen schwarzen Mantel mit hochgestelltem Pelzkragen.

Sehr elegant, stellte Hansen fest, sie wirkt tatsächlich wie eine Dame.

»Nun setz dich doch, Heinrich!« Lilo deutete auf eine der samtbezogenen Bänke, zwischen denen ein schmaler Tisch stand. Vor dem Tisch hing in einem Drahtgestell ein Sektkübel mit Eiswasser und einer geöffneten Flasche.

»Du siehst schon wieder so grüblerisch aus. Du darfst gleich wieder gehen. Ich will nur mit dir anstoßen.«

»Keine Zeit, bin mit einem Kollegen gekommen. Müssen Verhöre führen.«

Lilo lachte. »Du solltest dich mal hören. Wie eine Maschine redest du daher. Drück doch mal zur Abwechslung ein Auge bei dir selbst zu.«

Hansen musste lächeln.

»Das grüne«, sagte sie. »Ich will nur das blaue sehen, das hat mir schon immer besser gefallen.«

Hansen kniff das grüne Auge zu. Jetzt sah sie noch schöner aus. Dann kniff er das blaue zu und öffnete das grüne. Nun stimmte irgendwas nicht mit ihr. Da war ein kalter Zug um ihren Mund, und die Augen wirkten nicht mehr so fröhlich wie eben noch. War schon komisch, das mit seinen Augen.

»Das blaue«, sagte Lilo, »bitte das blaue.«

Hansen hatte keine Lust mehr zu zwinkern. »Du musst mit beiden Augen vorlieb nehmen, Lilo.«

Sie reichte ihm ein lang gestrecktes Sektglas. »Du darfst mir gratulieren.«

Hansen nahm das Glas entgegen und schaute es neugierig an. Es wirkte mindestens genauso elegant wie die Dame, die es gefüllt hatte. »Tu ich das nicht seit unserer Kindheit. Jahraus, jahrein?«

Lilo lachte. Es war ein kühles Lachen, und es klang leicht gekünstelt. »Ich sagte, gratulieren, nicht Komplimente machen.«

»Was gibt es zu feiern?«

»Geschäftliche Erfolge.«

»Bist du neuerdings an Jans Erfolgen mitbeteiligt?«

»Zum Glück nicht, das wäre ja fatal.«

»Aber als Geschäftsführerin geht es dir nicht eben schlecht.«

»Inhaberin, Heinrich.« Sie hob das Glas.

»Was?«

Sie stieß ihr Glas gegen seines. Aber wie das so ist mit Sektgläsern, selbst wenn Champagner in ihnen perlt, wollen sie nicht klingen.

»Ich habe das Goldene Füllhorn übernommen.« Sie schob den Vorhang auseinander. »Das Paradies der Vergnügungssüchtigen, Glücksritter und Abenteurer. Nun gehört es mir!«

»Du willst mich auf den Arm nehmen.«

»Nein, wie ich schon sagte, hatte Jan einige Probleme, nicht zuletzt mit dem Tingeltangel. Er hatte Glück, dass ich ihm aushelfen konnte. Wenn du ihn fragst, wird er natürlich sagen, ich sei nur eine stille Teilhaberin.« Sie zwinkerte ihm zu.

»Woher hast du denn so viel Geld?«

»Wenn du welches hast, vermehrt es sich von ganz allein«, sagte sie betont unschuldig.

Hansen schüttelte zweifelnd den Kopf.

»Ich hoffe, du drückst auch in Zukunft ein Auge zu, wenn es um das Goldene Füllhorn geht.«

»Das liegt nicht unbedingt in meiner Macht.«

Lilo legte ihre Hand auf Hansens Arm. »Du bist der mächtigste Mann von St. Pauli.«

»Ach was!«

»Und ich bin die mächtigste Frau.« Sie stieß ihr Glas gegen seines, und diesmal erklang ein ganz leiser Akkord aus zwei dicht beieinander liegenden Tönen.

»Wenn wir das Gefühl haben, mächtig zu sein, dann ist das eine gefährliche Illusion.«

»Sei kein Spielverderber, Heinrich. Es wäre längst mal wieder an der Zeit, dass wir unsere Freundschaft erneuern.«

»Ich glaube nicht, dass das eine gute Idee wäre. Lass die alten Zeiten ruhen, Lilo. Das, was nie gewesen ist, kommt auch nicht zurück.«

Sie hob empört den Kopf. Und sah mit einem Mal herrisch aus. »Nun gut, wie du willst! Bleiben wir sachlich. Trink aus! Und das nächste Mal, wenn du Fragen hast, kommst du besser zu mir. Du hast meinen Geschäftsführer aus dem Gleichgewicht gebracht. Ich mag es nicht, wenn er schwitzt.«

Damit ließ sie ihn allein in dem Séparée. Hansen stellte das Sektglas auf den Tisch. Was hatte sie da gesagt? Jan war jetzt ihr Geschäftsführer? So hatte sich das Blatt gewendet?

Er packte die Sektflasche am Hals und rüttelte sie unwirsch. Die Eiswürfel in dem Kübel klackerten. Es klang kalt und leblos. Er ließ die Flasche ins Wasser zurückgleiten und verließ das Séparée.

Winckler und Heinicke erwarteten ihn ungeduldig im Billardzimmer. Der Inspektor ließ nicht locker. Er wollte, dass ihm alle Mitarbeiter, die vergangene Nacht anwesend gewesen waren, vorgeführt wurden. Heinicke bat um Diskretion. Sie wurde ihm gewährt. Die Verhöre dauerten zweieinhalb Stunden und brachten rein gar nichts. Niemand hatte Streit mit einem berufsmäßigen Spieler namens Ferdinand Eislinger gehabt. Überhaupt keinen Streit hatte es gegeben, keiner erinnerte sich an irgendeinen besonderen Zwischenfall.

»Alles eitel Sonnenschein!«, stöhnte Winckler. »Diese Spielhölle scheint ein Ort vollkommener Harmonie und Glückseligkeit zu sein.«

VIERTES KAPITEL

Totenkammer

1

Hansen schreckte hoch. Er hatte die Feuerglocke gehört! Ganz deutlich und laut und drängend hatte sie Alarm geläutet. Er war durch einen unbekannten Hauseingang auf die Straße gesprungen. Jan, Klaas und Pit kamen ihm entgegengerannt und lachten aus vollem Hals. Hinter ihnen rollte die Feuerspritze, gezogen von zwei Pferden, die von einem dicken Kutscher mit einer Peitsche angetrieben wurden. Eine unförmige Menschenmasse walzte durch die dunkle Straße, zog ihn mit, bis sie alle zusammen vor dem Haus standen, aus dem Flammen loderten. Jan stieß ihm den Ellbogen in die Seite: Da! Sieh nur, wie sie brennt! Es war Elsa. Sie stand am Fenster und blickte ruhig hinaus. Ihr Kleid brannte, ihre Haare fingen Feuer, aber sie schien es nicht zu merken. Los! Du musst sie holen!, rief Pit. Ich habe das Feuer nicht gelegt, jammerte Klaas, Friedrich ist es gewesen. Elsa stand stumm und still am Fenster und loderte, bis nur noch eine ausgebrannte Hülle übrig blieb. Die Mumie zerfiel, das Haus brach zusammen, und Lilo fasste ihn an der Schulter, zog ihn zu sich und lachte ihm ins Gesicht. Die Feuerwehrleute brachten eine Spritze nach der andere in Stellung, kamen mit immer neuen Schläuchen, bis der ganze Hinterhof voll von sich windenden dicken Wasserschlangen war. Jan, Klaas und Pit kletterten auf die Feuerspritzen und läuteten lachend die Glocken. Auch Lilo erklomm einen Wagen. Ihre Alarmglocke schrillte am lautesten.

Idiotisch, dachte Hansen, als er keuchend aufgewacht war. Immer wieder dieser Traum. Ich kenne ihn doch, wieso kriege ich noch immer Herzklopfen davon? Es muss an diesem gottverdammten Schichtdienst liegen. Man kommt ja nie wirklich zur Ruhe, arbeitet Nächte durch, kann am Tag nicht schlafen, geht zu früh ins Bett und liegt wach, geht zu spät ins Bett und findet trotzdem keine Ruhe. Wenn es doch mal klappt, steigt jemand die Treppe hoch und klopft an die Tür, weil ein Schwerverbrechen passiert ist.

Doktor Wolgast hatte ihm ein Schlafmittel gegeben, kleine braune Pillen, die aber zusammen mit Alkohol zu Schweißausbrüchen und erhöhter Unruhe führten. Mit den Ärzten und den Polizisten war es ähnlich: Sie dokterten herum, die einen am Individuum, die anderen an der Gesellschaft, aber die Krankheiten blieben.

Hansen stand auf und versuchte, die Hitzewallungen am Waschbecken mit kaltem Wasser zu lindern. Sein Blick fiel in den Spiegel: Nun schau dir den hässlichen Menschen da an, dachte er. Der Hein ist alt geworden. Hier und da sieht man, wie die Haut schlaff wird, ebenso wie die Muskeln erschlaffen. Nur diese gottverdammten Narben scheint das nicht zu betreffen. Das Netz aus weißen und rötlichen Striemen auf Brust und Bauch wollte nicht verschwinden. Tja, manche Frau hatte das als aufregend empfunden, war mit den schlanken Fingern dem Netz des verhärteten Gewebes gefolgt. Andere waren davor zurückgeschreckt. Hilda hatte sich sogar etwas geekelt. Aber sie war ohnehin der Meinung gewesen, man solle nicht unbekleidet im Bett liegen, schon gar nicht zu zweit. Hansen lächelte bitter. Diese Frauen konnten einen schon auf eigenartige Ideen bringen, und man machte alles Mögliche mit, bis es dann eines Tages einen schalen Geschmack bekam und man sich wunderte, dass diese lästige Routine einmal aufregend gewesen war.

Er dachte an Elsa. Eine Schwester zu haben, das war etwas ganz anderes gewesen. Da war mehr Achtung und Hingabe im Spiel. Eine Schwester war jemand, den man bewundern konnte. Die wollte nicht beherrscht werden und auch nicht herrschen, und schon gar nicht beides zusammen. Mit ihr war man gleich.

Und es genügte, mit ihr am Tisch zu sitzen, was zu essen oder zu trinken oder Karten zu spielen oder nichts zu tun oder … ein Bild zu malen.

Das hatte Elsa immer getan, gemalt. Besser gesagt, gezeichnet. Mit Bleistift oder Kohle. Oftmals Selbstporträts. Eigenartig, dass sie sich selbst so gern abgebildet hatte. Ganz selten mal hatte sie ihn als Modell genommen. Niemals ihre Eltern. Merkwürdig. Amtlich war Elsa tot. Umgekommen beim Brand von Hansens Elternhaus in der Jägerstraße. Der Brand war gelegt worden, aber der Täter wurde nie gefunden. Man hatte Hansen verdächtigt und ins Waisenhaus gebracht. Eine schwere Zeit. Sein Dienst bei der Marine war dagegen das reine Zuckerschlecken gewesen.

Mit dem Tod seiner Eltern hatte Hansen sich abgefunden. Aber Elsa musste noch am Leben sein. Zum einen hatte Klaas Blunke sie kurz nach dem Brand in seinem Laden gesehen, zum anderen war da dieser Brief, den er eines Tages überraschend ausgehändigt bekommen hatte. Der einzige Brief während seiner ganzen Militärzeit. Als er die wenigen Kisten und Koffer ausgepackt hatte, um sich in seiner Dienstwohnung mehr schlecht als recht einzurichten, war ihm dieser Brief wieder in die Finger geraten, adressiert an »Gefr. Heinrich Hansen, zur See, Kanonenboot ›Iltis‹, Ostasien-Geschwader«. Eine Frauenschrift, das hatten ihm Freundinnen immer wieder bestätigt. Der Briefbogen war inzwischen vergilbt und verknittert, leicht eingerissen vom vielen Auseinanderfalten, die Schrift verblichen. Aber noch immer stand auf dem Papier mit schwarzer Tinte geschrieben:

»Sehr geehrter Herr Hansen,

haben Sie sich eigentlich nie gefragt, wer Ihre Familie auf dem Gewissen hat? Hat es Sie denn nie interessiert, was aus Ihrer Schwester geworden ist? Sie sind geflüchtet, das kann man verstehen, Sie waren jung, vielleicht hatten Sie Angst. Aber nun sind Sie erwachsen. Sie sind Soldat, Sie wissen, was Pflicht bedeutet.

Wenn Sie nicht selbst schuld sind an dieser Tragödie, warum bringen Sie dann nicht Licht in das Dunkel eines Verbrechens, das Ihnen und den Ihren so viel Leid brachte?

Hochachtungsvoll,
X. (ein Freund)«

Längst schon stand für ihn fest, dass Elsa diesen Brief geschrieben hatte, irgendwann, einige Jahre nach dem schrecklichen Geschehen. Sie hatte sich erkundigt, was aus ihm geworden war, und hatte ihm diese Ermahnung zukommen lassen. Daraufhin hatte er alles darangesetzt, die Marine zu verlassen, um Polizist auf St. Pauli zu werden. Vor neunzehn Jahren war er in seine alte Heimat zurückgekehrt, mit dem festen Vorsatz, das Verbrechen, dem seine Eltern zum Opfer gefallen waren, aufzuklären. Und was hatte er in dieser unendlich langen Zeit erreicht? Nichts. Er war ein guter Polizist geworden, kein Zweifel. Er war befördert worden und aufgestiegen. Er hatte zahllose große und kleine Vergehen aufgeklärt, für Ruhe und Ordnung gesorgt, so weit es in seiner Macht stand. Nur seine eigene Geschichte hatte er nicht zum Abschluss gebracht. Neuerdings machte ihm das wieder sehr zu schaffen.

Aber wo anfangen? Der einzige Verdächtige, Friedrich Schüler, ein notorischer Hochstapler und skrupelloser Waffenhändler, der sich einstmals wie ein böser Geist in sein Leben geschlichen hatte, war ihm immer wieder durch die Lappen gegangen. Zuletzt hatte er ihn während der Sülze-Unruhen gesehen und war nicht an ihn herangekommen. Er ahnte, dass Lilo über seinen Aufenthaltsort Bescheid wusste, aber sie brauchte er nicht zu fragen. Was Friedrich betraf, konnte sie schweigen wie ein Grab.

Und überhaupt, was hatte er für Beweise? Klaas hatte behauptet, sein kranker Vater habe einem Jungen in Manchesterhosen kurz vor dem Brand einen Kanister mit Petroleum verkauft. Wahrscheinlich war es Friedrich gewesen. Das Haus war mit Petroleum angezündet worden. Aber warum hätte ausgerechnet er das tun sollen? Aus reiner Bosheit doch wohl kaum. Warum sonst? Hatte Hansen als Kriminalist inzwischen nicht gelernt, dass ein Tatmotiv der Schlüssel zur Aufklärung eines Verbrechens war? Ein Motiv hatte er in all den Jahren nicht gefunden.

Auf Hansens Schreibtisch lag ganz unten im Stapel mit den Fahndungskarten ein Karteiblatt aus dem Jahr 1902, das er immer wieder akribisch ergänzt hatte:

»Schüler, Friedrich Karl Ernst, geboren am 3. 2. 1879 in Stettin, Stand: ~~Bürogehilfe~~ Berufsverbrecher, Pers.-Akte 3527/8, Anthrop. Registr. Kasten No. 17; Beschreibung: Körperhöhe: 1,76; Augenfarbe: grün; Haar: braun, auch gefärbt (ergraut?), Länge und Frisur wechselnd; Bart: ~~Schnurrbart, braun~~/kein od. wechselnd; Auffallende Merkmale: Langer Hals, ~~Sommersprossen~~?; Besondere Kennzeichen: Linke Hand:/; Rechte Hand:/; Gesicht und Hals: Nase spitz, langer Hals; Sonstiges: Gibt sich als Friedrich von Schluthen aus, obwohl ohne Adel, Spitzname: Von; notorischer Hochstapler, Waffenhändler, andere Verbrechen jeder Art möglich, geltungssüchtig, krankhafter Lügner, ~~Frauenheld;~~«

Auf der aufklappbaren Innenseite der Fahndungskarte klebten zwei Fotos aus dem Jahr 1902, die dem heutigen Aussehen des Gesuchten kaum noch ähneln dürften, zumal er, wie Hansen bekannt war, sein Äußeres regelmäßig änderte.

Eines Tages würde er diesen großspurigen Taugenichts festnehmen und dem Richter vorführen. Ob er nun Brandstifter war oder nicht, spielte keine Rolle mehr. Es gab genug Gründe, nicht zuletzt den, dass dieser lächerliche Kerl es geschafft hatte, ihm Lilo abspenstig zu machen. Nun ja, zugegeben, das war ein unlauteres Motiv, und dass es ihn antrieb, räumte er vor sich selbst auch nur in solchen schlaflosen Nächten ein. Hansen schüttelte den Kopf und schnitt eine Grimasse. »Du bist ein Narr«, sagte er zu seinem Spiegelbild.

2

»Der Junge braucht was Anständiges zu essen«, sagte Dr. Wolgast. Also schickte Hansen einen Beamten zu Dickmann rüber.

»Und stecken Sie ihn nicht wieder in die Zelle, dort verschimmelt er Ihnen noch«, fügte Wolgast hinzu.

Sie saßen im ärztlichen Untersuchungsraum an einem kleinen Tisch, der Junge zusammengesunken, apathisch mit einem feindseligen Funkeln in den Augen, wenn sich ihre Blicke trafen. Dr. Wolgast ging seine Patientenakten durch, verfasste Berichte über Untersuchungen und rauchte dabei.

Oberwachtmeister Schenk trat ein und brachte einen großen dampfenden Teller. »Bratkartoffeln mit Spiegelei«, sagte er vorwurfsvoll. »Ein Napf Grütze hätte es wohl auch getan. Und so wie der guckt, hätte er zuallererst eine Tracht Prügel verdient.« Er stellte den Teller auf den Tisch und zog sich hastig zurück, nachdem Hansen ihn mit einer eindeutigen Kopfbewegung dazu aufgefordert hatte.

»Das sind Salzgurken«, sagte Hansen. »Bei Dickmann gibt es zu Bratkartoffeln und Spiegelei immer Salzgurken. Zu Labskaus auch. Da legt er einen Salzhering drauf, keinen sauren. Nur bei Sülze und Sauerfleisch gibt's saure Gurken. Scheint genau festgelegt zu sein. Und versuch mal bloß nicht, den dicken Dickmann von seinen Prinzipien abzubringen!«

Der Junge verzog keine Miene und rührte sich nicht.

»Warst du mal da? Vielleicht kennst du ja den dicken Dickmann. Wo der hinhaut, wächst kein Gras mehr. Der Witz ist nur, er ist zwar dick, wie sein Name sagt, aber kein Mann. Sieht man bloß nicht gleich, bei den Hosen und den Stiefeln und dem Fischerhemd. Wenn man weiß, wie man ihr schmeicheln kann, hat man einen Stein im Brett. Wir hier von der Wache stehen ganz gut mit der Dickmadame – nenn Sie bloß nicht so, wenn du dort bist – du siehst ja: morgens um zehn schon Bratkartoffeln außer Haus. Aber vielleicht kennst du die Kneipe, und ich sag dir nichts Neues?«

Der Junge schwieg. Immerhin hörte er zu. Aber soll ich ihm jetzt den lieben langen Tag Seemannsgarn vorspinnen?, fragte sich Hansen. Das Problem mit diesem Bengel war nicht nur, dass er nicht redete. Sie wussten noch nicht einmal seinen Namen. Beim Erkennungsdienst und in der Vermisstenabteilung, im Grunde im ganzen Stadthaus, wurde kaum noch gearbeitet. Die Stimmung unter den Polizisten wurde von Tag zu Tag schlechter. Die Beamten im Außendienst machten tapfer weiter, obwohl sie den Versicherungen der Vorgesetzten, bald würde ihnen ihr Lohn ausgezahlt, nicht mehr glaubten. Wenn sie einfach aufhörten, würden sich Chaos und Anarchie in der Stadt ausbreiten, das wussten sie. Wohin das führte, hatte man ja 1918/19 erlebt. Aber jeder Tag, der verstrich, ohne dass Geld ausgezahlt wurde, ließ es wertloser werden, das war ebenso gewiss. Die meisten Beamten der Davidwache standen inzwischen bei Dickmann gewaltig in der Kreide und fürchteten, ihre Schulden nie bezahlen zu können.

Nicht einmal seinen Vornamen wollte der Junge sagen. Ein Beamte hatte bereits vorgeschlagen, ihn doch einfach bei Wasser und Brot in der dunklen Zelle so lange schmoren zu lassen, bis sein störrischer Wille gebrochen war. Es war schon seltsam, dass erwachsene Männer ausgerechnet bei Halbwüchsigen auf solche Ideen kamen. Für Hansen war dergleichen ausgeschlossen. Sie waren hier auf einer Polizeiwache, nicht bei der Armee oder in einem Waisenhaus, wo andere Sitten herrschten.

Waisenhaus … Hansen überlegte, ob er nicht von seiner eigenen Zeit in der Aufbewahrungsanstalt für Jungen am Holstenwall erzählen sollte. Er hatte sich sehr überwinden müssen, dort anzurufen und nachzufragen, so groß war sein Widerwille gegen diese Institution, in der er einst zwei Jahre gefangen gehalten wurde. Prügel, Arreststrafen und Essensentzug waren dort an der Tagesordnung gewesen. Schließlich hatte Hansen dann doch mit dem Leiter der Aufbewahrungsanstalt telefoniert, aber erst nachdem er es bei allen anderen Waisenhäusern der Stadt versucht hatte. In keinem der Waisenhäuser wurde ein Junge, auf den die

Beschreibung zutraf, vermisst. Das bedeutete, er kam von außerhalb. Es konnte ewig dauern, bis man herausfand, von wo.

Der Junge richtete sich auf, warf einen Blick auf den Teller mit den Bratkartoffeln, schluckte und griff nach der Gabel.

Es klopfte, die Tür ging auf, und zwei Streifenbeamte schleppten einen blutüberströmten Mann herein, der vor sich hinstöhnte. »Messerstecherei in der Silbersackstraße«, sagte der eine. Dann hievten sie den Mann auf die Untersuchungsliege. Dr. Wolgast erhob sich von seinem Schreibtisch, strich sich den Kittel glatt und steckte sich die gerade angezündete Zigarette in den Mundwinkel.

Die Gabel fiel zu Boden. Der Junge krümmte sich, würgte und presste die Hände gegen den Magen. Hansen hob die Gabel auf, packte den Jungen am Arm und zog ihn hoch. »Komm, wir gehen raus!« Er schob den Jungen durch die Tür, drehte sich um, schnappte sich den Teller mit dem Essen und wies den taumelnden Jungen an, die Treppe hinauf in den dritten Stock zu steigen.

Oben angekommen, öffnete er die Tür zu seinem Wohnzimmer, das noch immer unwohnlich wirkte. »Setz dich da an den Tisch!« Er zog sich einen zweiten Stuhl heran, stellte den Teller hin, setzte sich und sagte: »Iss! Ich erzähl dir so lange was. Und dann redest du.«

Hansen erzählte die Geschichte der Kaperfahrer, von Jan und Hein und Klaas und Pit, die keine Bärte gehabt hatten, aber ein Baumhaus drüben am Grenzgang zu Altona. Er berichtete von allerlei Streichen, die sie ausgeheckt hatten, und sogar von dem Einbruch in ein Schnapslager. Dann schilderte er den Brand seines Elternhauses und beschrieb genau, wie sie ihn kurz darauf geholt hatten, ein Polizist und eine Frau von der Fürsorge. Als er auf das Waisenhaus zu sprechen kam, konnte er sich nicht mehr bremsen: Er erzählte von seinen Fluchtversuchen – zwei waren missglückt, der dritte gelang. Man hatte ihn erst Tage später auf einem Flussschiff elbaufwärts zu fassen bekommen. Es folgte Einzelhaft bei Wasser und Brot. Danach hatte er die Zähne zusammengebissen und sich vorbildlich als Rädchen in den Mechanismus der Anstalt eingefügt. Nach zwei Jahren Hölle durfte er zur Marine. Auf dem Weg zum Hafen hatte er in einer Spelunke am Schaarmarkt Halt gemacht und sich von dem bisschen Geld, das man ihm gegeben hatte, einen Teller Bratkartoffeln mit Spiegelei gegönnt. Es war das schönste Essen seines Lebens gewesen, wenngleich mit Essiggurke.

»Ich finde Bratkartoffeln mit saurer Gurke eigentlich besser«, sagte der Junge.

Er hatte zu Ende gegessen.

»Wie heißt du?«, fragte Hansen.

»Karl. Aber alle sagen natürlich Kalle.«

»Und weiter?«

»Ist doch egal.«

»Und wo kommst du her?«

»Ist doch egal.«

»Waisenhaus?«

»Sag ich nicht.«

So wie er redet, kommt er aus dem Süden, dachte Hansen. Aber er konnte den Akzent nicht genau identifizieren. Er war ja noch nicht sehr weit in Deutschland herumgekommen. Einer der Unteroffiziere auf der ›Weißensee‹ hatte so ähnlich gesprochen. Aber wo war der hergekommen, Karlsruhe? Frankfurt?

»Wieso bist du nach Hamburg gekommen?«

»Ist weit weg von zu Hause, und außerdem will ich zur See.«

»Du hast also ein Zuhause?«

»Nein.«

»Wie lange treibst du dich schon hier auf St. Pauli herum?«

»Weiß nicht. Ich hab keinen Kalender dabei.«

»Warum hast du Drei-Finger-Erna belästigt?«

»Wen?«

»Die alte Hure, bei der du Steine gegen das Fenster geworfen hast.«

»Ach, das olle Luder.«

»Was hast du gegen sie?«

»Dreckstück!«

»Wie hast du sie kennen gelernt?«

»Sie hat mich eingeladen. Mir was zu essen gegeben.«

»Warum denn das?«

»Weiß ich doch nicht. Schlafen durfte ich auch dort. Aber ich bin dann bald wieder weg.«

»Warum?«

»Ich lag auf dem Sofa. Mitten in der Nacht ist sie mit diesem Mann gekommen. Der Mann zog sich aus und ich sollte mich auch ausziehen. Und die Erna auch. Ich hab gesagt, ich will schlafen. Sie sollen mich in Ruhe lassen. Der Kerl war völlig plemplem, der hat sich an mich rangemacht. Ich hab ihm eine verpasst, da hat sie mich rausgeschmissen, in den Regen! Ich hatte nicht mal meine Jacke an – die hat sie behalten. Und da drin ist was, das ich wiederhaben will.«

»Deshalb hast du die Steine gegen ihr Fenster geschmissen.«

»Ja, aber sie hat nicht aufgemacht.«

»Bis ich dann kam. Wieso bist du auf mich losgegangen?«

»Sie waren das? Ich dachte, es war wieder dieser Kerl, der wollte, dass ich mich ausziehe.«

»Was hast du mit dem Revolver gemacht?«

»Der ist weg.«

»Hast du damit geschossen?«

Der Junge schwieg und schaute aus dem Fenster.

»Du hast den Revolver mitgenommen. Du hattest ihn in deinem Versteck in diesem Garten, in dem Schuppen, in dem du gehaust hat. Und dann kam dieser Mann. Du hast Angst bekommen und auf ihn geschossen. Am nächsten Tag hast du den Mann im Gebüsch versteckt und bist weggegangen.«

Der Junge blickte weiter angestrengt aus dem Fenster.

»Vielleicht ist es nicht Mord, sondern nur Totschlag. Aber es bedeutet nicht Waisenhaus, sondern Zuchthaus. Viele Jahre lang, vielleicht für immer, Kalle.«

»Sie hätten mir ja diese blöde Pistole nicht geben müssen.«

»Du hast sie mir gestohlen. Und dann hast du einen Mann erschossen. Vielleicht sogar, um ihn zu berauben. Das heißt dann lebenslänglich, das kannst du mir glauben.«

»Ich war's nicht. Es war dieser … andere. Der hat mir das Ding weggenommen … und damit geschossen.«

»Wer?«

»Der Affe. Er sah aus wie ein Affe. Er machte auch komische Geräusche. So ein Riesenkerl. Wie ein Gorilla. Und er hatte lauter Streifen hier oben rum.« Kalle strich sich mit dem Zeigefinger über den Oberkörper.

»Ein Affe?« Hansen starrte den Jungen ungläubig an.

Der Telefonapparat, den Hansen auf einer der Umzugskisten abgestellt hatte, klingelte. Er nahm den Hörer ab. Es war Ehrhardt.

»Hör zu, Heinrich«, sagte er, »nur ganz kurz, bevor die hier noch denken, ich bin Streikbrecher oder sonst was. Hab gerade den Gerichtsmediziner getroffen. Hatte seine ganze Familie im Schlepptau. Sahen wirklich armselig aus. Haben wohl extra für den Besuch beim Direktor die letzten Lumpen hervorgekramt, um zu zeigen, wie schlecht es ihnen geht. Glaube kaum, dass sie Erfolg haben, der Alte kann das Geld ja nicht selbst drucken. Jedenfalls habe ich kurz mit ihm gesprochen, dem Arzt, meine ich. Er fand es erstaunlich, dass der tote Spieler vom Grenzgang nicht nur erschossen worden ist, sondern ihm darüber hinaus auch noch das Genick gebrochen wurde.«

»Danke.«

»Keine Ursache. Die Frühbesprechung fällt mal wieder aus. Du musst dich also nicht herbemühen. Ihr arbeitet wohl noch?«

»Ja, natürlich.«

»Ich auch. Was soll ich zu Hause herumlungern? Hier ist es interessanter. Falls du also Fragen hast, ruf an. Bin ich nicht da, dann deshalb, weil ich meine Mittagspause etwas verlängere. Das sieht dann nach Streik aus, und ich kann mir in aller Ruhe noch ein Bier genehmigen.«

»Und dir anschließend von der Kellnerin eine ausführliche Rechnung schreiben lassen.«

Ehrhardt lachte und legte auf.

Hansen stellte den Apparat weg und trat an den Tisch. Der Junge schaute wieder zum Fenster hinaus.

»Wie hast du es denn geschafft, dem Spieler das Genick zu brechen?«, fragte Hansen.

Kalle schwieg.

3

Die Polizisten kehrten von ihren morgendlichen Streifen zurück und brachten alarmierende Nachrichten über die Zunahme des Rauschgifthandels. Am helllichten Tag wurden nun schon an zahlreichen Straßenecken Kokainbriefchen, »Teekse« genannt, verkauft. Spitzel wussten zu berichten, dass »Etsch« in rauen Mengen in den einschlägigen Kellerkneipen gehandelt wurde, nachdem neue Lieferungen aus dem Hafen auf den Hamburger Berg geschmuggelt worden waren. Der Konsum von »Maroquana« gehörte in den halbseidenen Varietés praktisch zum guten Ton. Nicht wenige abenteuerlustige Bürger genossen die kalten Schauer, die ihnen den Rücken hinunterliefen, wenn sie in Foyers oder Logengängen den exotischen Duft des Haschischs einatmeten.

Die Hafenpolizei, die tatsächlich noch mit voller Kraft arbeitete, hatte zwei Lastwagen gestoppt, die in Kisten verpackte Steinplatten aus dem Freihafen nach Hamburg transportieren wollten. In den ausgehöhlten Platten fanden die Polizisten Heroin. Die Gangster sprangen in die Führerhäuser und versuchten zu entkommen. Nach einer Verfolgungsjagd und einem Feuergefecht wurden die Laster gestoppt, und Rauschgift im Straßenhandelswert von einer Viertelmillion wurde sichergestellt.

Das war nur ein Tropfen auf den heißen Stein. Bei einem Unfall zwischen einer Straßenbahn und einem Motorrad mit Beiwagen in der Wilhelminenstraße ergoss sich aus einer Kiste eine Flut von Teeksen auf das Pflaster. Sie sollten an die Straßenhändler in St. Pauli verteilt werden. Inzwischen wurden die Koksbriefchen ja nicht mehr nur in dunklen Gassen, Hinterzimmern und den Gasträumen zwielichtiger Spelunken gehandelt.

Auch an Würstchenbuden, Häuschen, an denen Kartoffelpuffer verkauft wurden, und Brauseständen, von Bauchladenhändlern und Nachtportiers vieler Hotels wurde die illegale Ware angeboten. Toilettenfrauen und Kaffeehauskellner hatten sich damit einen Nebenverdienst geschaffen, von den Huren, die ihre Freier ganz besonders verwöhnen wollten, ganz zu schweigen.

Hansen rief die höheren Dienstgrade in den Versammlungsraum zur Besprechung. Ein »Pfeifer«, wie die Spitzel im Milieu genannt wurden, hatte berichtet, dass in den nächsten Tagen eine Ladung Morphium, in chinesischen Vasen versteckt, nach St. Pauli eingeschleust werden sollte. Was konnte man tun, um zu verhindern, dass diese Menge Rauschgift auf den Markt gelangte? Hansen ließ bei der Hafenpolizei anrufen. Dort wusste man von nichts. Beim Zoll jedoch erinnerte sich jemand, dass ein Lastwagen mit »asiatischen Urnen« am frühen Morgen die Grenze des Freihafens passiert hatte. Das Zeug war also schon in der Stadt!

Hansen entschied, dass alle einschlägigen Lokale inkognito besucht werden sollten. »Wenn wir dann wissen, wer das Zeug hat und wo, machen wir eine Razzia!« Auch er selbst würde am Abend losgehen, um Informationen einzuholen. Zaghafte Fragen einiger Kollegen nach den Überstunden, die nun schon wieder fällig würden, wehrte Hansen achselzuckend ab. Auf die Anmerkung, das alles sei doch eigentlich sinnlos, zumal ja die Polizeikräfte der Stadt sowieso nur eingeschränkt arbeiten würden, man also kaum auf Unterstützug aus anderen Revieren rechnen konnte, wenn eine Großrazzia nötig wäre, reagierte Hansen zornig: »Und sollte ganz Hamburg in Anarchie und Willkür versinken, wir hier auf St. Pauli tun unsere Arbeit! Was glaubt ihr wohl, was passiert, wenn wir hier die Zügel lockern? Dann haben wir Bandenkriege, und die Toten liegen an jeder Straßenecke!«

»Wir werden unsere Pflicht tun«, brummte Rugalski, ein altgedienter Kriminaloberwachtmeister. Die anderen nickten zustimmend.

»Gut.« Hansen teilte seine Männer in Zweiertrupps ein und schärfte den Kollegen ein: »Keine übereilten Festnahmen. Wir werfen das Netz aus und lassen die Fische weiterschwimmen. Und wenn die großen mit drin sind, ziehen wir es zu!«

»Dein Wort in Gottes Ohr«, bemerkte Wachtmeister Schmidt, der nicht gerade als einer der Eifrigsten unter den Kriminalisten galt. Hansen warf ihm einen finsteren Blick zu und teilte ihn Rugalski zu.

Nach Einbruch der Dunkelheit suchte Hansen für sich selbst in der Asservatenkammer ein paar schäbige Klamotten aus – verbeulter, etwas zu großer Anzug, Pullover darunter, Schiebermütze auf dem Kopf – und machte sich allein auf den Weg.

Er wollte sich selbst einige Lokale vornehmen und hoffte, seinen Hauptinformanten in Sachen Rauschgifthandel, Max Bremer, genannt Karpfenschnauze, zu finden. In Lampes Guter Stube traf er auf jede Menge Herren, denen man den Kokaingenuss an der Nasenspitze ansah. Bremer befand sich nicht unter ihnen, obwohl er sich in dem Lokal, das vornehmlich von älteren Herren mit gleichgeschlechtlichen Neigungen und jungen Männern in Damentoilette besucht wurde, besonders wohl fühlte.

Im Fuchsbau hatte Hansen Mühe, die jungen Dirnen abzuwehren, die ihren Zuhältern zeigen wollten, wie schnell sie es schafften, einen Mann in eine der kojenartigen Nischen zu zerren. Das Lokal war eine Brutstätte des Lasters. Selbst die intimsten Handlungen fanden öffentlich statt, und wenn sich jemand genierte, wurde er ausgelacht oder verprügelt.

Unter Einsatz der Ellbogen und Fäuste bahnte Hansen sich den Weg zur Toonbank. Am Ende des Tresens, direkt neben einer Telefonbox, hatte er Ludwig Allaut, genannt Zungenathlet, bemerkt. Im Gegensatz zu sonst wirkte er schweigsam. Vor ihm stand ein Glas Grog, das nicht mehr dampfte. Hansen zwängte sich neben einen massigen Kerl, knuffte Allaut in die Seite und sagte: »Na, Ludwig, Pech im Spiel, Glück in der Liebe?«

Der Mann starrte ihn entgeistert an.

»Seit wann fehlen dir die Worte, alter Freund?«, fragte Hansen. Er fasste nach dem Grogglas. »Das ist ja kalt! Bist du pleite, Ludwig? Wie lange stehst du denn schon hier?«

Allaut stierte ihn mit leerem Blick an, dann prüfte er selbst den Wärmegrad des Glases, zuckte mit den Schultern und fasste mit beiden Händen nach dem Jackenkragen, den er hochgestellt hatte, als ob ihm kalt wäre. Das Lokal war eher überheizt.

Hansen beugte sich zu ihm und raunte ihm ins Ohr: »Karpfenschnauze gesehen?«

Allaut schüttelte den Kopf.

»Bin auf der Suche nach chinesischem Porzellan, Vasen genauer gesagt. Mit Inhalt! Was davon gehört?«

Allaut zog die Schultern hoch und schwieg. Hansen merkte, dass er zitterte.

Hansen winkte dem Wirt hinterm Tresen zu. »Bring meinem Freund hier mal 'nen heißen Grog, der hier ist schon eingefroren.« Und zu Allaut sagte er: »Mensch, Junge, du bibberst ja richtig, hast Fieber, hm? Solltest man besser ins Bett gehen und dich auskurieren.«

Allaut reagierte nicht. Hansen packte ihn am Kinn und drehte sein Gesicht zu sich hin. Allauts Augen waren blutunterlaufen, die Lippen bläulich verfärbt und blutverkrustet; er hatte sich wohl auf die Unterlippe gebissen. An der rechten Schläfe bemerkte Hansen frisch verkrustetes Blut.

»Mensch Ludwig, wer hat dich denn in die Mangel genommen?«

Allaut versuchte zu antworten, aber seine Stimme versagte. Der Wirt stellte ein dampfendes Grogglas auf den Tresen. Allaut griff danach, aber seine Hände zitterten derart, dass er es nicht halten konnte, ohne das meiste zu verschütten. Hansen nahm ihm den Grog aus der Hand und flößte ihm das Getränk ein. Sein Blick fiel auf Allauts Hals. Er stellte das Glas weg und klappte mit einer raschen Handbewegung den Jackenkragen des Mannes hinunter. Er entdeckte frische, ziemlich üble Würgemale und Blutergüsse.

»Mensch, Ludwig, das muss doch wehtun! Was stehst du denn hier rum. Du musst zum Arzt.«

Allaut zuckte nur mit den Schultern. Spieler und Schieber hatten im Allgemeinen keine Krankenversicherung. Außerdem schien er pleite zu sein.

»Hör zu«, sagte Hansen, »ich ruf auf der Wache an und sag Bescheid. Du gehst zu Dr. Wolgast. Falls du eine Aussage zu machen hast, tust du das, wenn nicht, lässt du es bleiben. In Ordnung?« Hansen gab ihm einen Klaps auf die Schulter. Allaut nickte.

Hansen telefonierte und schob dann den Verletzten nach draußen. Die paar Schritte bis zur Wache musste der Bursche aber allein bewältigen.

Hansen ging die Reeperbahn entlang Richtung Nobistor. In der Kneipe Zum Leuchtturm ging es ähnlich zu wie in der Lampe. Ungehobelte Luden und freche Mädchen schwangen große Reden und belästigten alle, die nicht als Stammgäste bekannt waren. Hansen bemerkte überdies einige Gesichter aus dem Verbrecheralbum: Taschendiebe, Einbrecher und Falschspieler. Nichts deutete jedoch auf stattfindende Rauschgiftgeschäfte hin. Max Bremer war nicht unter den Gästen.

Karpfenschnauze, der Gesuchte, lungerte im Grenzfass herum, zusammen mit drei anderen Angehörigen des Schattenreichs der Tiere: Quallenmaul, Blindschleiche und Hunde-Fiede. Natürlich spielten sie um Geld, auch wenn man das nicht auf den ersten Blick sehen konnte. Karpfenschnauze ließ diskret einen Block mit aufgeschriebenen Zahlen in der Jackentasche verschwinden, als er in dem Neuankömmling, der sich ungefragt zu ihnen an den Tisch setzte, den Kommissar erkannte.

»Na, wie wär's mit einem Spielchen, die Herren? Meine Tante, deine Tante?«

Quallenmaul, der eine noch wulstigere Visage hatte als Karpfenschnauze, schüttelte den Kopf. Blindschleiche, er hatte die dicksten Brillengläser des Viertels, sagte: »Schafskopf oder Doppelkopf spielen wir.« Und Hunde-Fiede, der jeden Wachhund, und sei er auch noch so scharf, zum Winseln bringen konnte, fügte hinzu: »Das hier ist nämlich ein anständiges Lokal.« Dann bellte er und alle lachten.

Hansen stand auf. »Dann will ich mal ein paar Hausnummern weitergehen.« Er stieg über einen zwischenzeitlich bewusstlos zusammengebrochenen Trinker und verließ die Spelunke. Nach einigen Schritten stellte er sich unter eine Laterne und wartete. Als er sah, dass ein Mann ihm aus dem Grenzfass folgte, tauchte er in den Schatten einer Hauswand ab.

Max Bremer kam näher und wies Hansen den Weg durch einen Bretterzaun in einen verlassenen Hof. Er war ziemlich groß und hatte einen krummen Rücken, weil er sich immer hinunterbeugen musste, wenn er mit jemandem sprach.

»Mensch, Herr Kommissar, Sie machen mir Spaß! Einfach so da reinzuspazieren. Hätten Sie nicht anrufen können?«

»Musste dich ja erst mal finden, Max. Würde, glaube ich, keinen guten Eindruck machen, wenn auf dem ganzen Kiez die Telefone klingeln und nach dir gefragt wird, meinst du nicht auch?«

»Kann schon sein. Haben Sie mal eine Zigarette?«

Hansen schüttelte den Kopf. »Lange nichts beschlagnahmt, Max.«

»Was gibt's denn nun?«, fragte Karpfenschnauze.

»Chinesische Vasen. Mit Inhalt.«

»Mit Porzellan kenn' ich mich nicht aus.«

»Es geht um das, was drin ist. Uns ist bekannt, dass das Zeug schon unterwegs ist. Wir wollen wissen, wo es gelagert wird, wer es geholt hat und wer es unter die Leute bringt.«

»Bisschen viel verlangt. Bezahlt werde ich natürlich auch nicht, hm?«

»Dafür hast du weiter Narrenfreiheit beim Spielen, Max.«

»Ist auch bloß schäbige Arbeit. Und jetzt, wo das Geld nichts mehr taugt, hat man keinen Spaß mehr am Gewinnen, Herr Kommissar.«

»Na, wenn's wirklich mal drauf ankommt, spielst du doch um Dollar, Max.«

»Dollar sind nicht verboten.«

»Und dann könntest du noch was für mich tun.«

»Nur zu! Nutzen Sie mich ruhig aus.«

»Dafür würde ich mich auch erkenntlich zeigen.«

»So?«, stieß Max überrascht hervor.

»Da hängt ein Bild bei Käppen Haase, ein Gemälde. Soll von einer Künstlerin sein, die es selbst dort verkauft oder eingetauscht hat. Auf dem Bild ist eine Frau zu sehen und neben ihr ein maskierter Mann mit Fackel. Die Künstlerin hat es mit E. H. signiert. Ich will wissen, wo der Käpten das Bild her hat. Und ich würde gern wissen, wo die Künstlerin wohnt.«

»Ist es irgendwo gestohlen worden?«, fragte Karpfenschnauze interessiert.

»Keine Ahnung.« Darüber hatte Hansen noch gar nicht nachgedacht. »Vielleicht.«

»Ich hör mich um.«

»Aber erst das Porzellan, Max. Und zwar schnell!«

»Haben Sie wirklich keine Zigarette, Herr Kommissar?«

»Tut mir Leid.«

Schimpfend drehte Karpfenmaul sich um und stapfte davon.

4

Am Morgen ließ sich Hansen den Jungen vorführen. So langsam müsste er doch weich gekocht sein, hoffte er. Die Zellen im Keller der Davidwache waren kein Ort zum längeren Verweilen. Da gab es nicht mal ein winziges Fenster, nur einen Luftschacht. Und kein Mobiliar außer der Pritsche. Zur Abwechslung nur die eingeritzten, größtenteils obszönen Sprüche an den Wänden. Wer da eine Nacht verbrachte, war demoralisiert. Wer noch einen Tag bleiben musste, gab klein bei. Manchmal dauerte es länger, aber immer kam der Punkt, wo jemand anfing zu reden, weil er den unerbittlichen Drang dazu verspürte. Der Mensch will unter Menschen sein, und selbst einem Verbrecher ist die Gesellschaft von Polizisten lieber als die Einsamkeit. Das hatte Hansen immer wieder erlebt. Normalerweise wurden Verdächtige rasch ins Untersuchungsgefängnis abtransportiert. Aber zurzeit waren die üblichen Abläufe ständig unterbrochen, und alles dauerte länger, als es sollte.

Kalle war eine harte Nuss. Auch nach dieser Nacht blieb er verstockt. Hansen hatte einen Wachmann losgeschickt, um dem Jungen ein gutes Frühstück zu besorgen. Nun stand ein Teller mit Pfannkuchen auf dem Schreibtisch des Kommissars, und der Junge saß mit finsterer Miene davor.

»Ich mag keine Pfannkuchen.«

»Dickmann meinte, das sei gerade das Richtige für einen hungrigen Bengel.«

»Ich bin kein Bengel. Mag sein, dass ich Hunger habe, aber das macht mich noch lange nicht geschwätzig.«

»Immerhin weißt du dich gewählt auszudrücken.«

»Wie bitte?«

»Da! Schon wieder! ›Mag sein, dass ich Hunger habe‹, ›Wie bitte‹ statt einfach nur ›Was‹. Ein Prolet bist du jedenfalls nicht.«

»Was hat denn das mit den Pfannkuchen zu tun?«

»Vielleicht fehlen dir die seidenen Serviettentücher. Vielleicht sollte ein Diener neben dir stehen, der dir nach jedem Bissen den Mund abwischt.«

Kalle starrte Hansen feindselig an. »So einer bin ich nicht.« Dann blieb sein Blick an den Pfannkuchen hängen.

Der hat Hunger, dachte Hansen, ganz bestimmt. »Vielleicht etwas Marmelade dazu?« Er hob ein Einmachglas hoch. »Erdbeermarmelade. Auch von Dickmann. Der Wirt, der eigentlich eine Wirtin ist, hat sie selbst gekocht. Wenn er Marmelade macht, schließt er die Kneipe für zwei Tage. Ist so eine Leidenschaft von ihm. Genau wie die Pfannkuchen.«

»Wieso sagen Sie er zu ihm, wenn er doch eine Frau ist?«

»Alle tun das. Aber alle, die Bescheid wissen, bemühen sich, sehr höflich zu ihm zu sein, um zu zeigen, dass man ihn auch als Dame schätzt.«

»Das ist ja völliger Unfug.«

Hansen öffnete die Seitentür des Schreibtischs, holte ein Glas Marmelade heraus und stellte es dem Jungen hin.

»Sowieso leben hier in der Stadt lauter seltsame Menschen.«

»In diesem Viertel. Der Rest der Stadt ist so normal wie überall. Aber auf St. Pauli treffen alle zusammen, die sonst nirgendwohin passen.«

Kalle griff nach dem Glas, öffnete es, nahm den Löffel und strich sich dick Erdbeermarmelade auf den obersten Pfannkuchen. Dann legte er den Löffel auf den Tellerrand und griff nach Messer und Gabel.

»Ich passe auch nirgendwohin«, sagte er und begann zu essen.

Ich habe Recht, dachte Hansen. So wie er mit Besteck umgeht, so wie er kaut und sich bewegt, hat er eine bürgerliche Erziehung genossen.

»Wo kommst du denn her?«

Kalle wartete mit der Antwort, bis er seinen Bissen heruntergeschluckt hatte. »Das wollen Sie nur wissen, um mich zurückschicken zu können.«

»Aus Süddeutschland jedenfalls.«

Kalle gab einen Klacks Marmelade auf den nächsten Pfannkuchen. »Das Land ist groß.«

»Weißt du, wir haben schon manche harten Burschen hier gehabt, die schweigen wollten. Aber irgendwann, wenn ihnen klar geworden ist, dass eine Mordanklage kein Spaß ist, haben sie alle angefangen zu reden.«

Kalle hörte auf zu kauen und blickte auf den Teller.

Das war falsch, ärgerte sich Hansen. Das war zu heftig, jetzt will er nicht mehr. »Erzähl mir noch mal, wie das passiert ist mit diesem Mann im Frack, hinter dem ein Affe her war, und warum er zweimal umgebracht wurde, und was du dabei getan hast.«

Kalle spuckte den letzten Bissen Pfannkuchen auf den Teller und legte Messer und Gabel hin. Eine Weile verharrte er regungslos, dann sagte er: »Warum haben Sie mir eigentlich mein Buch weggenommen?«

Hansen schaute ihn verblüfft an.

Es klopfte.

»Was …?«

»Robinson Crusoe. Ich hatte es noch nicht zu Ende gelesen.«

Ein Mann in einem Arbeitsanzug trat ein. Hinter ihm drängte sich die ältliche Dame von der Fürsorge herein, die nicht so zerbrechlich wie das letzte Mal, sondern energisch wirkte.

»Moin«, sagte der Handwerker und hob grüßend die Hand.

»Herr Kommissar!«, sagte die Fürsorgerin.

Der Junge schob den Teller von sich.

Hinter den Eindringlingen bemerkte Hansen das verlegene Gesicht von Wachtmeister Kelling.

»Was ist denn los hier?«, rief Hansen ärgerlich.

»Ich komme wegen der Funkanlage«, sagte der Handwerker.

Die Dame von der Fürsorge schob sich an ihm vorbei und hielt Hansen einen Zettel hin. »Herr Kommissar, ich habe eine Verfügung. Der Junge muss hier raus.«

Sie legte eine Hand auf Kalles Schulter, der sofort versuchte, sie wieder abzuschütteln.

Der Handwerker ging um Hansens Schreibtisch herum, faltete einen Plan auseinander und legte ihn hin.

»Kelling!«, rief Hansen.

Der Wachtmeister trat ein. »Jawohl?«

»Sind Sie von allen guten Geistern verlassen? Warum scheuchen Sie diese ganzen Leute hier herein?«

»Entschuldigen Sie, Herr Kommissar, aber die sind einfach ...« Kelling machte einige fahrige Handbewegungen und wusste nicht mehr weiter.

Hansen seufzte. Und so was wollte Polizist sein, der konnte nicht mal auf der eigenen Wache für Ordnung sorgen.

»Komm, mein Junge, du hast genug gelitten.« Die Dame zog den Jungen vom Stuhl hoch.

»Halt!«, rief Hansen. »Was bilden Sie sich ein?«

Die Fürsorgerin beugte sich über den Tisch und tippte auf den Zettel, den sie hingelegt hatte. »Das ist von Kriminalrat Schramm persönlich unterschrieben! Der Junge ist jetzt in meiner Obhut.«

Hansen starrte das Dokument an. Da stand tatsächlich, dass der »aufgegriffene Waisenjunge Karl, Nachname unbekannt« der Obhut der Fürsorgerin Helene Wenner unterstellt wurde.

»Moment, so geht das nicht!« protestierte Hansen. »Der Junge steht unter Mordverdacht und muss hier bleiben.«

Frau Wenner stemmte die Fäuste in die Hüfte und holte tief Luft. »Wenn es so wäre, Herr Kommissar, müsste er ins Untersuchungsgefängnis, statt auf dieser Wache inmitten des Sündenpfuhls St. Pauli zu bleiben. Allerdings nur, wenn er älter wäre, vorläufig steht er unter meiner Obhut, das ist hiermit …«, sie tippte wieder auf die Verfügung des Kriminalrats, »… festgestellt.«

»Er ist alt genug …«, versuchte Hansen zu widersprechen.

»Sie müssen schon eine neue Verfügung vorlegen können, Herr Kommissar, schriftlich.« Sie zog den Jungen an sich und schob ihn aus dem Zimmer.

Hansen rief Kelling zu: »Lassen Sie sie nicht weg!«, griff zum Telefon und wählte die Nummer der Zentrale im Stadthaus. Niemand ging ran. Er hängte ein und nahm erneut den Hörer zur Hand und wählte Ehrhardts Nummer. Der meldete sich.

»Schramm, eine neue Verfügung, schriftlich, sofort losschicken? Na, du machst mir Spaß, Heinrich. Die müsste Schramm ja persönlich abfassen, seine Schreiber sind alle auf und davon. Die Lage spitzt sich zu. Womöglich besetzen die noch ihre eigene Polizeizentrale. Aber gut, ich gehe mal hin, hab' sowieso nichts zu tun. Wissen das eigentlich die Ganoven da draußen? Die können doch jetzt machen, was sie wollen. Ja, ja, ich geh' schon los, aber ich glaube nicht, dass Schramm Schreibmaschine kann … Soll ich ihm …? Wenn du es diktierst. Warte mal, wo ist ein Stift?«

Hansen gab den Wortlaut durch, den er haben wollte, Ehrhardt schrieb mit. Währenddessen machte sich der Handwerker an den Schränken zu schaffen, verschob sie.

Hansen hängte den Hörer ein und sprang auf.

»Wo wollen Sie das Funkgerät denn haben, Herr Kommissar?«, fragte der Handwerker. »Man könnte von hier eine Verbindung in den Funkraum legen. Strom ist da schon, und der Weg ist der kürzeste. Dann haben Sie die Möglichkeit mitzuhören.«

»Kelling!«, rief Hansen durch die offene Tür. Der Wachtmeister war verschwunden.

»Was soll der Unsinn!«, schnauzte Hansen den Handwerker an. »Das Geklapper dieses Geräts will ich hier nicht hören. Außerdem beherrsche ich das Morse-Alphabet nicht. Also raus hier!«

Während der Handwerker murrend seine Utensilien zusammenpackte, lief Hansen durchs Treppenhaus nach unten. Kalle und die Fürsorgerin waren schon weg.

»Die hat mit dem Papier aus dem Stadthaus herumgewedelt, da musste ich sie ja wohl gehen lassen«, sagte Oberwachtmeister Schenk. »Haben Sie übrigens schon gehört, dass wir eine Funkanlage bekommen sollen?«

Dr. Wolgast betrat den Wachraum. »Guten Morgen allerseits! Herr Kommissar, gut, dass ich Sie gleich treffe. Sie haben mir doch diesen Kerl mit den Würgemalen geschickt. Ziemlich üble Sache, Kehlkopfverletzung. Den hat jemand ganz schön heftig in den Schwitzkasten genommen. Hab' ihn ins Hafenkrankenhaus überstellt. Mir kam da ein Gedanke. Da war doch die Sache mit dem Toten vom Grenzgang. Dem wurde doch das Genick gebrochen.«

Hansen blickte ihn erstaunt an.

Der Handwerker kam angeschlurft. »Wenn Sie nichts dagegen haben, fangen wir dann morgen an, die Antenne aufzubauen, Herr Kommissar.«

Hansen packte Dr. Wolgast am Arm. »Kommen Sie, wir schauen uns das mal gemeinsam an.«

»Vorsicht!«, warnte der Polizeiarzt. »Sie sind kurz davor, eine schwere Körperverletzung zu verursachen.«

Hansen ließ seinen Arm los. Sie stiegen in den zweiten Stock und nahmen sich im Behandlungsraum die medizinischen Berichte vor.

»Ziemlich ähnliche Beschreibungen, wenn Sie mich fragen«, sagte der Arzt. »Ungewöhnlich. Da hat jemand einen geübten Griff und viel Kraft in den Händen.«

»Der Junge sagte was von einem Affen.«

Wolgast lachte. »Affen haben kleinere Hände als Menschen.«

5

In der Finkenbude, so hatte Karpfenschnauze in einem kurzen Telefonat mitgeteilt, wolle er den Kommissar treffen. Hansen seufzte, als ihm das gemeldet wurde. Ausgerechnet in der übelsten Absteige, drüben auf Altonaer Gebiet gelegen. Dort konnte man sich schon Läuse, Krätze und sonst was holen, wenn man in zehn Metern Entfernung vorbeiging.

Also hieß es mal wieder, die löchrigsten und schmutzigsten Klamotten hervorzuholen, und an einen gemütlichen Feierabend mit Labskaus bei Dickmann's war auch nicht zu denken.

Nach Einbruch der Dunkelheit machte Hansen sich auf den Weg. Dienstpistole, Taschenlampe und Handschellen nahm er mit, in den tiefen Taschen seiner ausgebeulten, weiten Hose fielen diese Utensilien nicht weiter auf. Bevor er sie einsteckte, vergewisserte er sich, ob das Magazin der Mauser auch gut gefüllt war.

Das Schild über dem Eingang war das Einzige, das an dem einstöckigen Haus in der Finkenstraße 13 noch einigermaßen intakt war. Die Fensterscheiben waren zersplittert oder fehlten ganz und waren teilweise durch Pappe ersetzt worden. Hansen trat durch die Klapptür in einen kahlen Schankraum. Trotz der Verbotshinweise, die an den Wänden angebracht waren, lagen einige zerlumpte Gestalten auf den Bänken. Ein anderes Plakat warnte vor Taschendieben. Vergeblich, wie Hansen wusste, denn jeder unschuldige Nachtschwärmer, der versehentlich oder aus Neugierde in der Finkenbude landete, wurde mit ziemlicher Sicherheit ein Opfer der herumlungernden »Taschenkrebse«. Oder er ließ sich von einer »Spinne«, wie die Luden ihre Mädchen nannten, verführen, ein Stundenhotel um die Ecke aufzusuchen, und wurde auf dem Weg dorthin in einen dunklen Winkel gezerrt und ausgeraubt.

Der Wirt saß, durch ein Gitter geschützt, jenseits des zinkbeschlagenen Tresens neben einer Geldkassette und beäugte misstrauisch seine zwielichtigen Gäste. Hinter ihm erhob sich ein uraltes Schankregal mit eingebauten Fässern. Getränke gab es nur gegen Vorkasse. Sie wurden durch die Luke im Gitter geschoben. Die meisten Gäste tranken Schnaps. Alle Arten von Kleinganoven und Gestrandeten gaben sich hier ein Stelldichein, angefangen beim Bettler bis hin zu den Klingelfahrern, die tagsüber Mietshäuser abgingen und schnell mit dem Dietrich bei der Hand waren, wenn niemand zu Hause war. Hansen erkannte einige Gesichter aus der Verbrecherkartei. Auch Matten-Willi war wieder da. Im letzten Jahr war er der König der Finkenbude gewesen, der jeden Abend Runde um Runde schmiss, doch nach acht Monaten Knast war er nur noch ein Schatten seiner selbst. Seine Spezialität, in Treppenhäusern nach gut erhaltenen Fußmatten zu suchen, sie mitzunehmen und an Nachbarn zu verscheuern, war eine genial einfache Erwerbsmethode gewesen – bis man ihn erwischt hatte.

Hansen ging zum Tresen und fragte nuschelnd nach einer Bleibe für die Nacht. Der Wirt sah ihn gar nicht an, sondern schrieb weiter kleine Zahlen in eine große Kladde und brummte unwirsch, alles sei belegt. Er habe sich aber mit einem Kumpel verabredet, murmelte Hansen, ob Karpfenschnauze denn schon da sei. Der Wirt schaute auf, kniff die Augen zusammen und brummte, er solle doch selbst nachsehen, aber vorher bitte zahlen!

Hansen schob ihm ein paar Münzen hin und betrat einen dunklen Korridor. Er stolperte über einen am Boden liegenden Betrunkenen und spähte in das von einer funzeligen Glühbirne kaum erhellte Hinterzimmer. In einer Ecke lag ein Pärchen übereinander und stöhnte, zwei Penner stritten sich um eine Schnapsflasche, und ein Mann schnarchte unter seinem Mantel. Die Einrichtung bestand aus Holzbänken und nackten Pritschen zum Schlafen. Den Fensterflügeln fehlten einige Scheiben, und ein kühler Wind strömte herein. Zum Glück, dachte Hansen, sonst wäre die Geruchsmischung aus Bierdunst, verschüttetem Schnaps, Schweiß, Rauch, Erbrochenem und sonstigen menschlichen Ausdünstungen unerträglich gewesen.

Ein paar Schritte weiter war die »Totenkammer«, die preiswerteste Nachtunterkunft der Stadt: In dem fensterlosen Raum konnte man auf dem Boden lagern. Hier brannte kein Licht. Nur im diffusen Schein der Flurlampe konnte Hansen ein paar Umrisse erkennen. Es stank nach Exkrementen. In einer Ecke lag ein bärtiger Mann und schlief laut schnarchend seinen Rausch aus. Matratzen, Decken oder Kopfkissen gab es nicht. Wer Glück hatte, ergatterte ein Holzrollenkissen. Das war der Gipfel an Bequemlichkeit. Für den Fall, dass es eng wurde, hatte der Wirt vorgesorgt. Dann wurden die Schnapsleichen wie Säcke über eine Leine gelegt, die quer durch den Raum gespannt war. Halb stehend, halb hängend konnten sie in dieser unbequemen Position ihren Rausch ausschlafen.

Trotz der frühen Stunde hing bereits ein Mann über dem Seil. Der Gestank nach Kot und Urin schien von ihm zu kommen. Hansen holte seine Taschenlampe hervor. Er leuchtete zunächst auf den Boden, um zu vermeiden, dass er in die Exkremente trat. Um die Schuhe des Mannes hatte sich eine Pfütze gebildet. Hansen ließ den Lichtkegel nach oben gleiten. Die eine Jackentasche war zerrissen, die Arme baumelten kraftlos in der Luft. Der Kopf hing unnatürlich zur Seite, das Gesicht war verzerrt, die Augen weit aufgerissen, die dunkle Zunge quoll aus dem Mund: Max Bremer, von seinen Kumpanen aus gutem Grund Karpfenschnauze genannt, sah noch hässlicher aus als sonst. Er war tot.

Hansen trat zwei Schritte zurück und leuchtete mit der Lampe durch den Raum. Er trat zu dem Schlafenden, musterte ihn im Schein der Lampe und versuchte, ihn wachzurütteln. Es gelang ihm erst, als er ihm unsanft die Holzrolle unter dem Kopf wegzog. Als sein Hinterkopf auf den Boden fiel, schlug der Mann die Augen auf, kraulte sich den Bart und stöhnte ausgiebig.

»Setzt dich hin!«, befahl Hansen.

»Was?«

»Aufsetzen!« Hansen zerrte ihn hoch. »Wie heißt du?«

»Ich?«, fragte der Mann benommen.

»Los, deinen Name, heraus damit!« Hansen packte ihn unsanft an der Schulter, hielt ihn fest und leuchtete ihm direkt ins Gesicht.

»Na, Mensch, ich bin Paul, Paul Fichte, lass mich doch los!« Er versuchte, Hansens Hand abzuschütteln, jedoch vergeblich. »Mensch, nimm die Lampe weg, ich seh' nichts.«

»Gut, Paul Fichte also«, sagte Hansen und richtete die Lampe auf den über dem Seil hängenden Toten. »Und wer ist das?«

»Was soll das? Woher soll ich wissen, wer das ist? Ein Besoffener, was sonst.«

»Kennst du ihn?«

»Nee, muss ich denn?«

»Hast du ihn umgebracht?«

»Was hab' ich?«

»Er ist tot, siehst du das nicht?«

»Ja, doch, er sieht ziemlich tot aus. Na und?«

Hansen zog seine Dienstmarke hervor und hielt sie ins Licht.

»Scheiße, gottverdammte!«

»Du bist allein mit dem Toten in einem Raum und schläfst deinen Rausch aus. Was glaubst du wohl, was ich jetzt mit dir mache?«

Fichte schaute sich um. »Allein? Was heißt allein, wo ist denn der andere?«

»Welcher andere?«

»Da war doch noch einer. Gerade eben war da noch einer. Bevor ich eingeschlafen bin, war da einer.«

»Hier ist aber niemand.«

»Aber ich schwöre, Herr Wachtmeister ...«

»Kommissar.«

»... Herr Kommissar, ich schwöre, da war noch einer. Wie lange hab ich denn gepennt?«

»Das weiß ich nicht.«

»Da war noch einer, Herr Kommissar, ganz bestimmt. Fragen Sie den Wirt. Da war einer, der ging vor mir rein. Den konnte man gar nicht übersehen. Der war riesengroß. Der ist einfach am Tresen vorbeimarschiert. Der Wirt hat hinter ihm hergebrüllt: He, du Affe, erst wird bezahlt! Aber der ist einfach weitergegangen. Als ich dann hier reinkam ... ich hab' ja bezahlt, selbst wenn ich einen gehoben habe, zahle ich immer, das können Sie mir glauben, Herr Kommissar … als ich also hier reinkam, da lagen zwei da drüben in der Ecke. Ich dachte mir, die werden schon wissen, was sie miteinander machen … wenn ich mich jedes Mal aufregen würde, wenn jemand rumstöhnt, oder? Außerdem war ich todmüde. Da hab ich mich hingelegt. Konnte doch nicht ahnen, dass der den da abmurkst, so dunkel wie das war.«

Was nun?, fragte sich Hansen. Stehst in der Totenkammer der Finkenbude, und da hängt eine Leiche überm Seil. Und vor dir hockt ein Tatverdächtiger, der sofort wegrennt, wenn du losgehst, um Verstärkung zu holen. Telefon gibt es in dieser verlausten Kaschemme natürlich nicht, dazu ist der Wirt zu geizig.

Hansens Blick fiel auf die Tür. Sie hatte keine Klinke, sondern einen fest montierten Griff. »Steh mal auf«, sagte er zu Fichte. Er schob ihn zur Tür, zog die Handschellen aus der Hosentasche und kettete den Mann fest. Dann verließ er die Kaschemme, rannte Richtung Nobistor, fand eine Fernsprechzelle und telefonierte mit der Wache.

Als er in die Absteige zurückkam, waren alle Gäste verschwunden. Nur der Wirt saß hinter dem Tresen und zählte seelenruhig sein Geld. Paul Fichte war im Stehen eingeschlafen, und die Leiche von Max Bremer alias Karpfenschnauze hing noch immer über der Leine. Hansen bemerkte eine Rolle, die in der Jackentasche des Toten steckte. Er nahm sie heraus, kniete sich hin, zog sie auf dem Boden auseinander und leuchtete mit der Taschenlampe darauf: Es war das gleiche Bild wie das, das er bei Käppen Haase gesehen hatte. Nein, nicht das gleiche, ein ähnliches Motiv mit Abwandlungen. Die junge Frau mit den entblößten Brüsten, das brennende Haus, im Hintergrund ein Maskierter, der eine Fackel gegen einen Polizisten in wilhelminischer Uniform schleudert. Unten in der Ecke wieder die Initialen E. H. II. Hansen rollte das Bild zusammen und steckte es in seine Jackentasche.

Fünf Minuten später trafen die Kollegen aus Altona ein. Die Finkenbude wurde vorerst geschlossen, der Wirt festgenommen.

FÜNFTES KAPITEL

Mordalarm

1

Oberwachtmeister Schenk hatte mehr Glück mit seinem Pfeifer. Stolz berichtete er seinem Vorgesetzten, wie er in der Gaststätte Hamann in der Lincolnstraße seinen »Freund« Esser getroffen habe, besser bekannt als »Kurt mit dem angenähten Knopp«. Kurts Antwort auf die Frage nach dem Verbleib der Wagenladung mit dem chinesischen Porzellan war knapp. Er deutete mit dem Zeigefinger nach unten und sagte: »Hier! Aber nicht mehr lange.« Schenk wunderte sich nicht. Im Hamann ging es oberflächlich betrachtet ganz bürgerlich zu. In Nischen saßen verliebte Paare, in der Mitte des Gastraums wurde Billard gespielt. Doch während der Wirt brav Gläser mit Bier und Grog auf die Toonbank stellte, wurde im Hinterzimmer mit Rauschgift gehandelt. Das war der Polizei kürzlich zu Ohren gekommen.

Schenk verließ das Lokal und traf den Spitzel am Paulsplatz wieder, wo der ihm mitteilte, das Rauschgift solle noch in dieser Nacht aus den Vasen in handliche Tüten umgepackt und anschließend an die Zwischenhändler verteilt werden.

Im Laufschritt eilte der Oberwachtmeister zur Davidwache und stellte fest, dass Hansen nicht anwesend war. Er rief in Altona an. Als die Beamten von der Altonaer Wache Hansen in der Finkenbude antrafen, richteten sie ihm aus, er müsse so schnell wie möglich in sein Revier zurück. Hansen ließ sich im Auto hinbringen und gab unverzüglich den Einsatzbefehl. Schenk hatte ihn davon unterrichtet, dass mit großer Wahrscheinlichkeit auch die Hintermänner der Rauschgiftbande im Keller des verdächtigen Lokals anwesend waren.

In Windeseile legten die Beamten der Bereitschaft Zivilkleidung an und rüsteten sich mit Taschenlampen, Polizeistäben, Fesseln und Dienstpistolen aus. Eine Gruppe wurde in die Herrenweide beordert. Dort sollten sie verhindern, dass Flüchtige aus der Gaststätte nach Altona entwichen. Zwei weitere Gruppen machten sich auf, um die beiden Zugänge der Lincolnstraße unauffällig abzuriegeln. Die restlichen Beamten bezogen Posten vor und hinter dem Lokal und warteten ab, bis ihnen durch einen Pfiff der Trillerpfeife das Signal zur Erstürmung der Kaschemme gegeben wurde.

Oberwachtmeister Schenk betrat ein zweites Mal das Lokal. Er hatte sich mit Kurt, der sich inzwischen kundig machen sollte, verabredet: Bestellte Kurt eine Tulpe, bedeutete das, es geht um ein Uhr los; bestellte er ein Barmbeker, hieß das zwei Uhr; ein Grog bedeutete drei Uhr, ein Köm vier Uhr.

Kurt hatte schon eine Tulpe in der Hand. Das hieß, die Sache war bereits in vollem Gang. Schenk verließ das Lokal und erstattete Hansen Bericht, der im Schatten einer Hauswand auf ihn wartete. Hansen gab den Befehl zur Erstürmung in zwei Minuten und ging los, um sich der Gruppe hinter dem Haus anzuschließen.

Kaum war er mit den dort wartenden Polizisten durch einen schmalen Durchgang zwischen zwei Häusern geschlüpft, ertönte das schrille Signal der Trillerpfeife. Die Männer zogen ihre Pistolen und rannten los. Mit einem Eisen wurde die Hintertür im Souterrain aufgebrochen, während vorn die Beamten eintraten und die Gäste aufforderten, die Hände hochzunehmen.

Die Kellertür sprang auf, und mehrere Schüsse peitschten nach draußen. Die Männer gingen in Deckung und erwiderten das Feuer. Hansen ließ das Signal geben, dass Verstärkung anrücken solle. Fensterscheiben wurden zerschlagen, Warnschüsse abgegeben, dann wurde scharf geschossen. Pulverdampf zog den Polizisten in die Nasen, das Knallen der Pistolen betäubte die Ohren.

Der Spuk dauerte nur wenige Minuten, dann hörte man von innen Wehgeschrei und Rufe. Die Ganoven ergaben sich. Hansen ließ seine Leute mit den Taschenlampen in den Keller leuchten. »Licht an da drinnen!«, kommandierte er.

»Birne kaputt«, antwortete eine heisere Stimme.

»Habt ihr keine andere Funzel?«

»Augenblick, Chef!«

Kurz darauf sah man den diffusen Schein einer Petroleumlampe aufleuchten. Die Flamme wurde höher gedreht, aber viel war trotzdem nicht zu sehen. Ein Tisch, darauf Päckchen und Vasen, teilweise zerbrochen, auf dem Fußboden Scherben, im Halbdunkel Männer.

»Wir gehen da nicht rein, die müssen rauskommen«, entschied Hansen. Seine Männer richteten ihre Taschenlampen auf den Kellereingang und befahlen den Insassen, einzeln herauszutreten.

Mit erhobenen Händen, die einen mit schuldbewussten Mienen, die anderen mit trotzig verkniffenen Mündern, wieder andere höhnisch grinsend, kamen die Ganoven heraus. Rasch wurden sie in Handschellen gelegt und zu den Gefangenentransportern geführt.

Schließlich kam von einem der mittlerweile eingedrungenen Polizisten die Meldung: »Es ist nur noch einer da, und der weigert sich rauszukommen.«

»Wer ist das?«, rief Hansen zurück.

»Sieht ziemlich schnieke aus«, tönte es von innen. »Schätze, es ist der Anführer der Bande.«

»Wie heißt er?«

»Redet nicht.«

»Also gut, ich komme rein.«

Hansen stieg die Stufen ins Souterrain hinab. Wachtmeister Kelling stand vor einem Mann, der seelenruhig am Tisch saß. Er trug Anzug mit Krawatte und Hut. Sein Gesicht lag im Schatten.

Kelling deutete auf ein Regal: »Da sind Glühbirnen!« Er drehte eine davon in die von der niedrigen Decke an einem Kabel herabhängende Fassung. Das Licht flammte auf und blendete die Männer. Der Rauschgifthändler drehte sich um und lächelte Hansen an. »Guten Abend, Heinrich! Lange nicht gesehen.«

Verwirrt erwiderte Hansen den Gruß und stellte dann mit nicht wenig Erstaunen in der Stimme fest: »Friedrich?«

Der Angesprochene stand auf, deutete eine Verbeugung an. »Gestatten Sie? Friedrich von Schluthen, Baron von Schluthen!«

»Stehen bleiben! Hände hoch!« Kelling richtete die Mauser auf den Gefangenen.

»Durchsuchen Sie ihn«, forderte Hansen den Oberwachtmeister auf. »Und keinen unangebrachten Respekt. Das ist kein Baron, sondern ein Schwindler. Er heißt Friedrich Schüler.«

Kelling tastete den falschen Baron von oben bis unten ab. Der ließ diese Behandlung mit spöttischem Grinsen über sich ergehen.

»Misstrauisch, alter Freund?«, fragte Schüler und griff in die Brusttasche seines Jacketts. Kelling sprang hinzu und packte ihn am Arm. Schüler zog ein silbernes Zigarettenetui hervor. »Auch eine, Heinrich? Ach nein, du rauchst ja nicht. Hast in der Jugend genug Rauch geschluckt. Reicht fürs ganze Leben, was?«

»Halt die Klappe, Friedrich!«

Schüler zog genüsslich an seiner Zigarette. Der süßlich-säuerliche Geruch von ägyptischem Tabak breitete sich im Kellerraum aus.

»Fesseln und abführen!«, kommandierte Hansen.

Wachtmeister Kelling griff in die Hosentasche. »Meine Handschellen hat schon ein anderer …«

Hansen hatte seine auch schon anderweitig eingesetzt. »Dann holen Sie neue!«, sagte er barsch.

»Jawohl!« Kelling verließ den Raum.

Schüler grinste weiter selbstgefällig vor sich hin. Hansen spürte einen unvernünftigen Zorn in sich aufsteigen. Um ihn zu bekämpfen, sagte er: »Dir ist wohl kein Geschäft zu schäbig, um mitzumachen?«

»Geld stinkt nicht. Und wenn du mich fragst, Dollars riechen sogar gut.«

»Diesen Geruch wirst du nun lange Zeit entbehren müssen, Friedrich.«

»Das glaube ich nicht.«

Friedrichs Selbstsicherheit in Situationen, die für ihn brenzlig waren, hatte Hansen schon immer wütend gemacht.

»Das Zuchthaus wartet auf dich, Friedrich.«

»Ach was!« Schüler machte eine abwehrende Handbewegung und schnippte die brennende Zigarette in Hansens Gesicht. Der spürte die heiße Glut an seiner Wange und sprang panisch zur Seite. Als er sich wieder gefasst hatte, bemerkte er die kleine Pistole in Friedrichs Hand. »Hübsch, nicht?« Friedrich zielte direkt auf seinen Kopf. »Hat mir eine gute Freundin geschenkt. Ich glaube, du kennst sie auch noch. Aber wir wollen keine Namen nennen und eine Dame in diese unappetitliche Affäre ziehen, oder? Wir gehen jetzt ruhig und gesittet nach draußen«, sagte Schüler. »Und wenn dein eifriger junger Kollege ankommt, dann befiehlst du ihm, aus dem Weg zu gehen, sonst erschieße ich ihn. Und wenn dann noch jemand Schwierigkeiten macht, sind vier Kugeln übrig. Und die letzte ist für dich reserviert. Verstanden, Hein?«

Hansen nickte. Sie stiegen die Treppe nach oben in den Hof.

Kelling verstand sofort, als er im Lichtkegel seiner Lampe die Westentaschenpistole sah. Er trat den beiden Männern aus dem Weg.

»Geh mal schön vorneweg!«, sagte Schüler.

Na, großartig, stellte Hansen fest, als er seinen Blick durch den leeren Hof schweifen ließ, alle Männer sind fort. Dachten wohl, wir werden zu zweit mit so einem gestriegelten Kerl fertig.

Sie erreichten den Durchgang, der zur Straße führte.

»Auf den Boden, ihr beiden Clowns! Los, hinlegen!«

Kommissar und Wachtmeister taten wohl oder übel, was Schüler ihnen befahl.

Friedrich Schüler verschwand im Durchgang. Sofort sprangen die Polizisten auf und rannten hinterher.

Als sie die Straße erreicht hatten, hielt Kelling seine Pistole in der Hand. Rechts hörten sie schnelle Schritte sich entfernen. Ein Schatten. Dann ein Schuss und das Splittern von Glas. Eine Laterne ging aus. Dann ein zweiter Schuss, und wieder erlosch ein Straßenlicht. Nur die Polizisten standen noch im Licht. Kelling feuerte auf den Schatten, der Schatten verlor sich im Dunkel der Nacht. Kelling schoss, bis sein ganzes Magazin leer war.

»Aufhören!«, brüllte Hansen, riss ihm die Pistole aus der Hand und warf sie zu Boden.

Erstaunt blickte der junge Wachtmeister in das wutverzerrte Gesicht seines Vorgesetzten und stammelte eine Entschuldigung.

2

Am Morgen nach der Razzia fand wieder eine Frühbesprechung in der Polizeizentrale statt. Die Bezirksleiter waren alle anwesend, und viele Revierchefs waren gekommen. Zunächst sah es nicht so aus, als würde es zu dem befürchteten Ausstand aller Hamburger Polizisten komme. Aber dann stellte sich heraus, dass nicht wenige Beamte die Gelegenheit nutzen wollten, um sich mit ihren Kollegen aus den anderen Stadtteilen zu beraten.

Heinrich Hansen hatte kein Ohr für die Streikpläne. Ihn beschäftigten die Vorgänge in seinem Revier. Er hatte das Gefühl, in einem Meer von Vorfällen, Hinweisen, neuen Rätseln und alten Intrigen unterzugehen. Aus allen Richtungen stürzten die Probleme auf ihn ein. In flüchtigen Momenten von Selbstironie sah er sich als Fels in der Brandung des Verbrechens. Aber was nützte ein Fels in diesem Meer der moralisch Schiffbrüchigen? Einen Hafen bräuchten diese Menschen, wo sie Aufnahme fänden. Doch dazu war die Polizeiwache 13 an der Davidstraße nicht gebaut worden. Zwar wirkte sie wie eine Festung. Aber die

Männer dort arbeiteten nicht an der Wiederbelebung der Moral, ihre Aufgabe war es auch nicht, den Entgleisten den Weg zurück zu zeigen, schon gar nicht waren sie ein Institut zur Rettung verlorener Seelen, und als Hafen für Bedürftige taugten sie auch nicht.

Wir sind nur der Reinigungsdienst, der sozialen Schmutz und Schutt beseitigt, menschliche Überreste inklusive, erkannte Hansen in manchen Stunden des Zweifelns. Wer wirklich Halt in der Brandung suchte, musste in die St.-Joseph-Kirche in der Großen Freiheit gehen, in der Davidwache wurde keine Beichte abgenommen, hier wurden Geständnisse abgetippt, mit Durchschriften zur Weiterleitung ans Präsidium und die Staatsanwaltschaft.

Ein Ergebnis der Razzia war, dass Hansen den Kollegen ein paar Prachtexemplare aus der Unterwelt zeigen konnte. Die Vorführung frisch Festgenommener war ein wichtiger Bestandteil der morgendlichen Zusammenkünfte im Stadthaus. Eine kleine Demonstration der eigenen Erfolge. Leider musste Hansen in diesem Fall auch ein peinliches Missgeschick einräumen: Friedrich Schüler, der Kopf der Rauschgiftbande, war ihm durch die Lappen gegangen. Das wurmte ihn so sehr, dass er auf kritische Nachfragen der Kollegen unwirsch reagierte.

Die vorgeführten Bandenmitglieder ließen die Prozedur stoisch über sich ergehen. Die verächtlichen Blicke der Kriminalisten ließen sie kalt. Sie hatten sich längst damit abgefunden, dass sie zur städtischen Unterwelt gehörten, sie lebten nach dem Ehrenkodex einer Parallelgesellschaft. Das Bürgerliche Gesetzbuch kümmerte sie wenig, für Strafgesetze hatten sie nur ein hochmütiges Grinsen übrig. Dass sie in die Kategorie der unverbesserlichen Berufsverbrecher eingeordnet und mit diesem Makel behaftet in die Kartei aufgenommen wurden, empfanden sie als Auszeichnung.

Hansen fiel wieder einmal auf, dass die höheren Dienstgrade der Polizei einen besonderen Hass gegen die Angehörigen dieser Kaste hegten. Kleinkriminelle waren für sie wie fehlgeleitete

Kinder, die es nicht besser wussten. Aber die so genannten Berufsverbrecher, diese unverbesserlichen Angehörigen einer verschworenen Gemeinschaft ohne Moral, empfanden die Kriminalisten als echte Feinde, gegen die sie am liebsten einen Vernichtungskrieg geführt hätten. Hansen sah das alles viel nüchterner. Auf St. Pauli konnte man gut beobachten, wie Not und Elend die Menschen ins gesellschaftliche Abseits und von dort in kriminelle Bahnen führten. Nur selten kam es vor, dass Hansen das Gefühl hatte, einem geborenen Verbrecher gegenüberzustehen. In seinem Revier fanden sich tausende Gründe für das Abgleiten in gesetzlose Gefilde.

»Immerhin ist dir ein beachtlicher Schlag gegen den Rauschgifthandel geglückt, Heinrich.« Ehrhardt klopfte ihm beim Verlassen des Versammlungsraums auf die Schulter. »Schau nicht so missmutig drein. Wir sind stolz auf dich.«

Hansen machte eine wegwerfende Geste. »Wieder nur ein Tropfen auf den heißen Stein, mehr nicht.«

»Für mich jedenfalls ein paar neue Fingerabdrücke für die Kartei. Bekommt ihr übrigens auch diese Funkgeräte? Oder geltet ihr nicht als besonders gefährdeter Außenbezirk? Die in Barmbek sollen wohl eins bekommen. Da rechnet man ja täglich mit einem Aufstand. Und wenn die Spartakisten die Telefonleitungen kappen, funktioniert der Morseapparat trotzdem noch.«

Hansen dachte an seinen Dienstbeginn. Der Funktechniker war wiedergekommen, und es hatte große Diskussionen gegeben, wo das Gerät aufgestellt werden sollte. Die Beamten der Wachmannschaft waren der Meinung, es gehöre in ihren Dienstraum. Dort hätte es allerdings den Publikumsverkehr gestört und an einem zu öffentlichen Ort gestanden. Hansen entschied, dass eine Nische im hinteren Teil des Erdgeschosses eingerichtet werden solle. Zugang würde nur der verantwortliche Beamte haben. Der Techniker tröstete die Kriminalisten mit den Worten: »In ein paar Jahren habt ihr jeder ein Funkgerät im Dienstwagen!« Daraufhin hatten alle gelacht: Sie erledigten ihre Arbeit doch zu Fuß! Bestenfalls benutzten sie mal die Straßenbahn oder bekamen, wenn sie Glück hatten, ein Fahrrad zugeteilt.

Am frühen Abend trat Wachtmeister Kelling in Hansens Büro und meldete, unten sei »eine Horde wild gewordener Arbeiterfrauen eingedrungen«.

»Hauptsache, sie sind nicht bewaffnet«, murmelte Hansen und stand von seinem Schreibtisch auf.

»Sollen wir sie durchsuchen?«, fragte Kelling. Ein altgedienter Beamter hatte ihm neulich die Geschichte der Belagerung der Wache im Juli 1919 erzählt. Seitdem rechnete Kelling täglich mit dem Schlimmsten.

Hansen wehrte ab: »Solange sie nicht handgreiflich werden, sind wir höflich, wie es sich gehört.«

Schon im Treppenhaus hörten sie das Stimmengewirr aus dem Erdgeschoss.

Im Wachraum war der Bereich jenseits der Absperrung völlig überfüllt. Frauen im Alter von zwanzig bis fünfzig Jahren drängten sich dort, redeten und schrien durcheinander. Zwei Uniformierte versuchten, sie in Schach zu halten und zu verhindern, dass sie über die Absperrung kletterten.

Als Hansen an die Barriere trat, wurde das Geschrei noch lauter. »Das ist Hansen, der Revierleiter, der Chef von den Krimschen!«, wurde gerufen.

Hansen schrie dem einen Wachmann ins Ohr: »Was wollen die denn?«

»Keine Ahnung. Bei diesem Gekeife versteht doch keiner ein Wort.«

Hansen versuchte, eine Frau anzusprechen, aber sofort redeten fünf auf ihn ein, und andere brüllten von hinten dazwischen. Er stieg auf einen Stuhl und breitete die Arme aus: »Ruhe bitte!«

Das Stimmengewirr ebbte ab.

»Was wollt ihr hier?«, fragte er, und schon ging das Stimmengewirr von vorn los.

Hansen schrie erneut »Ruhe bitte«, aber es funktionierte nicht. Die Wachmänner versuchten es mit »Schsch« und entsprechenden Gesten, ohne Erfolg. Erst als Oberwachtmeister Schenk mit einer Flüstertüte ankam und überlaut das Kommando gab: »Achtung! Sofortige Ruhe! Sonst lassen wir den Wachraum räumen!«, erstarb das Gekreische. Schenk reichte Hansen das Megafon, und der rief so laut, dass er selbst darüber erschrak: »Herhören! Zwei Frauen dürfen als Sprecherinnen für die anderen hereinkommen. Die übrigen verlassen das Dienstzimmer und warten draußen vor dem Gebäude. Wir werden uns um Ihr Anliegen kümmern. Aber auch andere Menschen müssen Zugang zur Wache haben.«

Die Frauen berieten miteinander. Schließlich wurden zwei von ihnen nach vorn zur Barriere geschoben. Hansen hob die Klappe und ließ sie durch. Dann gab er noch mal mit donnernder Stimme den Befehl zur Räumung der Wache, und die Gruppe verschwand nach draußen.

Hansen führte die Frauen in den hinteren Bereich. Schenk rückte ihnen zwei Stühle zurecht, und Hansen setzte sich zu ihnen an den Tisch.

»Jetzt sagen Sie mir erst mal Ihre Namen und dann …« Er stockte. Die ältere der beiden Frauen kam ihm bekannt vor, aber er konnte sie nicht einordnen. Die jüngere war hübsch, sie hatte Sommersprossen und trug das Haar offen. Die andere hatte ein Kopftuch umgebunden und wirkte verhärmt.

»Ich bin Martha Kirchner, geborene Schmidt«, sagte die Junge, »und das …«

»Johanna Funke, geborene Lehmann«, sagte die zweite widerstrebend, wobei sie Hansen finster musterte.

»Johanna Lehmann, die Tochter von Alfred Lehmann?«, fragte Hansen zögernd.

Sie nickte und ergänzte: »Kriminalwachtmeister Alfred Lehmann.«

Um Himmels willen, dachte Hansen. Das ist die Situation, die du schon immer gefürchtet hast: Ihr wieder einmal gegenüberzustehen! Wenn auch Jahre vergangen waren, es blieb ein schmerzhaftes Gefühl von Schuld. Und gleichzeitig dachte er: Das ist also aus dem Mädchen geworden, mit dem mein Kollege mich vor neunzehn Jahren verkuppeln wollte. »Als Vater darf ich kuppeln, so viel ich will«, hatte Lehmann damals scherzhaft gesagt. Und Hansen hatte versucht, diesen plumpen Versuch, ihn zum Schwiegersohn zu machen, abzuwehren. Lehmann hatte Hansen angelernt, als er als Kriminalschutzmann-Anwärter auf der Davidwache begonnen hatte. Wenig später war er in eine Korruptionsaffäre geschlittert, die ihm das Leben gekostet hatte. Hansen ahnte, dass Johanna ihn für den Tod ihres Vaters mitverantwortlich machte. »Ein hübsches Ding und sehr patent«, hatte Lehmann seine Tochter damals angepriesen. Nun saß sie hier am Tisch, und man sah die Spuren des anstrengenden Lebens einer Arbeiterin in ihrem gar nicht mehr jungen Gesicht.

»Wir sind nicht hier, um über Vergangenes zu reden«, sagte Johanna.

Hansen atmete auf.

»Es geht um unsere Männer«, ergänzte Martha Kirchner mit ernstem Gesichtsausdruck.

Also hat Johanna es geschafft, sich selbst zu verkuppeln, schoss es Hansen durch den Kopf, und er ärgerte sich augenblicklich über diesen dummen, hässlichen Gedanken.

»Sie werden bestohlen«, sagte Johanna.

»Ausgenommen wie die Weihnachtsgänse«, fügte Martha Kirchner hinzu.

»An jedem Zahltag das Gleiche«, klagte Johanna. »Sie kommen nicht nach Hause, sondern werden von diesen Betrügern abgefangen, die sie in die Lokale locken, um ihnen das Geld abzuluchsen.«

»Betrüger oder Diebe?«, fragte Hansen.

»Ist doch dasselbe!«, rief Martha Kirchner. »Manche stehen schon in der Hafenstraße herum und reden auf sie ein. Andere sitzen in diesen Kneipen am Pinnasberg und warten in aller Ruhe, bis unsere Männer zum Biertrinken reinkommen. Dann spendieren sie ihnen einen Grog oder einen Schnaps und laden sie zum Mitspielen ein. Und ein paar Stunden später kommen sie dann wie geprügelte Hunde nach Hause und heulen sich aus, weil sie ihr ganzes Geld verloren haben.«

»Glücksspiel ist doch verboten, Herr … Kommissar?«, fragte Johanna.

»Es ist nur an speziellen Orten erlaubt.«

»Pah, Glücksspiel«, sagte Martha Kirchner. »Mit Glück oder Unglück hat das alles nichts zu tun. Das sind Betrüger!«

»Falschspieler«, fügte Johanna hinzu.

Hansen hatte schon vor einiger Zeit Hinweise erhalten, dass sich in bestimmten Lokalen Falschspieler herumtrieben, die den ahnungslosen Arbeitern das Geld aus der Tasche zogen. In manchen Kneipen war der Wirt am Gewinn beteiligt und stellte ein Hinterzimmer zur Verfügung. Der Glücksspiel-Bazillus hatte auch die unteren Schichten verseucht, sogar die Arbeiter, die im Allgemeinen viel zu stolz waren, um sich mit irgendwelchen Ganoven gemein zu machen. Aber in Zeiten, in denen der Geldwert schwand, suchte jeder für sich nach neuen Möglichkeiten den kargen Verdienst zu mehren – und gab sich gern gefährlichen Illusionen hin.

»Ich brauche Namen. Von den Lokalen, von den Wirten, sofern sie mitmachen, und von den Spielern. Je mehr desto besser.«

»Wir haben unsere Männer ausgefragt. Manchmal reden sie ja doch, vor allem, wenn das heulende Elend sie überkommt. Wir haben alles aufgeschrieben, was wir wissen.« Johanna faltete einen Zettel auseinander und reichte ihn Hansen.

»Wenn wir diese Leute festnehmen«, sagte Hansen, »brauchen wir Aussagen.«

»Wir werden unsere Männer herbringen, und sie werden aussagen!«

»Wirklich?«

»Darauf können Sie sich verlassen, Herr Kommissar«, sagte Martha Kirchner bestimmt.

»Gut, ich will sehen, was sich da machen lässt.«

»Hoffentlich bald«, sagte Johanna zweifelnd.

»Wenn nichts passiert, werden wir wiederkommen«, sagte Martha Kirchner. »Mit unseren Kindern. Wir hungern jetzt schon. Wenn es schlimmer wird, werden wir hier aufmarschieren, uns hinsetzen und nicht mehr von der Stelle weichen.«

Johanna nickte. »Das sollten wir Ihnen noch ausrichten.«

»Von wem?«

»Von den Frauen dort draußen. Sie haben genug davon, unter der Dummheit ihrer Männer zu leiden.«

»Wenn die Polizei nichts tut, sind sie zu allem entschlossen.«

»Wir werden etwas tun«, versicherte Hansen.

»Heute ist Zahltag«, fügte Johanna hinzu.

»Ich weiß.«

Er begleitete die beiden Frauen zum Ausgang. Dann rief er die leitenden Beamten zu sich ins Büro und besprach mit ihnen den Einsatzplan.

Wieder eine Razzia, diesmal mit Großaufgebot in verschiedenen Lokalen. Mehrere Straßenzüge mussten dafür abgeriegelt werden. Man würde sich mal wieder unbeliebt machen, weil man die Geschäfte der braven und weniger braven Bürger störte. Wieder nur ein Tropfen auf den heißen Stein? Für Hansen stellte sich die Frage gar nicht. Er selbst nahm nicht an der Razzia teil. Für ihn hieß es mal wieder: Mordalarm!

3

Der Anruf kam aus dem Café Minerva, das sich an der Reeperbahn Ecke Sophienstraße befand. Die Ehefrau des Pächters klagte über Lärm und Belästigung durch Betrunkene im Nebenhaus – eine oft gehörte Klage. Dort befand sich ein Lokal namens Sophienburg, in dem größtenteils rüpelhafte Gäste verkehrten, die keine Rücksicht auf das bürgerliche Publikum des Kaffeehauses nahmen. Sie lungerten auf der Straße vor den Lokalen herum, belästigten Passanten, und wenn sie in der Stimmung waren, begannen sie mitten in der Nacht lautstark zu singen. Dazu hätten sie jedes Recht, meinten sie, denn extra zu diesem Zweck hatten sie ihren Männergesangsverein »Bruderliebe« gegründet.

Der wahre Grund für ihre Vereinsmeierei war ein anderer. »Bruderliebe« war eine Bande von Luden, die in dieser Ecke von St. Pauli ihre Spinnen laufen ließ und ihr Revier gegen konkurrierende Zuhälterbanden verteidigte. Sie spielte sich als Herrscher der umliegenden Straßen auf und verdarb den seriösen Wirten das Geschäft.

Hansens Männer hatten diese und ähnliche Vereinigungen seit einiger Zeit im Visier, aber man konnte ja niemandem verbieten, einen Gesangsverein zu gründen oder einen »Spar-Klub« oder eine »Gesellschaft der Freunde des Boxsports« oder einen Vergnügungsverein namens »Fidelio«.

Der Anruf wegen Ruhestörung und Lärmbelästigung klang nach Routine. Der wachhabende Beamte schickte einen Kollegen los, um nach dem Rechten zu sehen, und beiden war klar, dass es nicht viel nützen würde. Wie konnte man ernsthaft versuchen, auf St. Pauli eine nächtliche Ruhestörung zu unterbinden? Am Tag wäre das eher möglich gewesen. Dennoch ging Wachtmeister Nehls los, um sein Pflicht zu tun.

Eine Viertelstunde später rief er aufgeregt in der Wache an und verlangte, unverzüglich den Kriminalkommissar zu sprechen. Dem erklärte er, er habe im Hof hinter dem Kaffeehaus eine Leiche entdeckt. Offenbar war sie vom Nachbargrundstück aus über die Mauer geworfen worden.

Hansen gab eine Meldung an das Stadthaus durch, holte Dr. Wolgast von seinem Schreibtisch weg und machte sich eilig mit ihm auf den Weg.

In der Sophienstraße lungerten einige Gestalten herum, manche palaverten, manche taumelten ziellos umher, manche sangen vor sich hin. Ein paar Kegel waren auf dem Bürgersteig aufgebaut, und einige Männer hielten Bowlingkugeln in der Hand. Ein Kerl in Knickerbockern tanzte mit einem betrunkenen Flittchen. Sie schienen zu riechen, dass Polizei im Anmarsch war. Jedenfalls verkrümelten sie sich in ihre Kneipe, als Hansen und Wolgast im Licht der Straßenlaternen auftauchten.

Das Café Minerva war gähnend leer. Na großartig, dachte Hansen, alle Zeugen sind mal wieder auf und davon. Dass diese Wachtmeister aber auch nie daran dachten, die Anwesenden festzuhalten. Das Wirtsehepaar stand mit betroffenen Mienen und blassen Gesichtern hinter dem üppigen Jugendstiltresen. Zwischen den zahlreichen Spiegeln, reichhaltig verzierten Vitrinen und verspielt dekorierten Säulen wirkten sie leblos wie Wachsfiguren.

»Wo ist der Wachtmeister?«, fragte Hansen, nachdem er gegrüßt und keine Antwort bekommen hatte.

Die Gesichter der Pächter wandten sich einer Tür zu, die nach hinten führte.

Hansen und Wolgast gelangten durch einen Flur in den dunklen Hinterhof. Als sie nach draußen traten, knipste Wachtmeister Nehls seine Taschenlampe an und richtete sie dabei aus Versehen auf sich selbst. Es sah befremdlich aus, sein rundes angestrahltes Gesicht wirkte wie ein Lampion.

Der Lichtkegel wanderte nach unten und breitete sich über einer leblosen Gestalt aus. Der Mann trug einen sportlichen Anzug mit Karomuster, darunter einen Pullover, einen Krawattenschal. Sein Gesicht war bläulich verfärbt, der Hals wirkte seltsam abgewinkelt. Er lag auf dem Rücken und starrte mit leeren Augen in den schwarzen Himmel. Aus seiner Nase war ein Schwall Blut geronnen, das Gesicht war teilweise damit verkrustet.

»Haben Sie ihn bewegt?«, fragte Hansen den Wachtmeister.

»Nein, er lag genauso da, als ich kam.«

»Doktor?«

Wolgast kniete sich neben die Leiche.

»Gebrochenes Genick«, sagte Nehls, der sich während des Wartens auf seinen Vorgesetzten offenbar ein paar Gedanken gemacht hatte. »Wurde wohl über die Mauer geworfen und war dann schlagartig tot.«

»Nein«, sagte Dr. Wolgast. »Dem wurde schon vorher das Genick gebrochen.«

Hansen knipste seine eigene Lampe an und leuchtete die Mauer ab. »Ziemlich hoch, um jemanden einfach so rüberzuwerfen.«

»Kommt wohl ganz drauf an, wie es auf der anderen Seite aussieht«, meinte Wolgast.

»Da ist die Sophienburg«, stellte Hansen fest. »Da müssen wir jetzt rein.«

»Na dann viel Spaß«, sagte Wolgast. »Ich warte hier auf die Spurensicherung.«

»Kommen Sie«, wandte sich Hansen an den Wachtmeister.

Bis auf die Kegel war der Gehsteig vor der Sophienburg leer gefegt. Eine Bowlingkugel lag im Rinnstein. Hansen hob sie auf. Wachtmeister Nehls griff pflichtbewusst nach den drei übrig gebliebenen Kegeln.

Sie betraten die Kneipe, die wie ein ganz normales Vereinslokal aussah. Ein Billardtisch in der Mitte des Gastraums und ein mit grünem Filz beklebter Spieltisch waren unbesetzt. Männer hockten an Tischen und rauchten, tranken Bier oder Grog. Frauen saßen in Ecken und tuschelten, zwei oder drei hatten es sich auf einem Männerschoß bequem gemacht. Am Tresen standen zwei amüsiert dreinblickende Kerle, einer davon mit tief ins Gesicht gezogener Schiebermütze. Der kleine drahtige Wirt tat so, als würde er die Neuankömmlinge nicht bemerken. Auf dem Tresen saß Klimper-Karl mit seinem Akkordeon und begann zu spielen.

Hansen trat zu ihm und legte eine Hand auf die Tastatur. Der Mann hörte auf zu musizieren.

»Mögen Sie keine Musik?«

»Jetzt nicht«, sagte Hansen und legte die Bowlingkugel auf die Theke. Sie rollte langsam auf den Rand zu, bis der Wirt sich genötigt sah, sie aufzuhalten, weil sie sonst in die frisch gespülten Gläser gefallen wäre. Wachtmeister Nehls stellte die drei Kegel ordentlich nebeneinander auf die Toonbank.

»Dann sind Sie hier ganz falsch, Herr Greif, denn wir hier sind Musikliebhaber erster Güte. Mit gesalbten Kehlen, wenn Sie verstehen, Meister Lampe. Dies hier ist das Vereinslokal eines Männergesangsvereins. Da muss gesungen werden!«

»So? Und die Damen spielen wohl Trompete?«, entgegnete Hansen.

»Im Gegenteil, mein lieber Graf Stubbe, sie lauschen und applaudieren, und sonntags zwitschern sie im Kirchenchor.«

»Genauso hab ich mir das vorgestellt. Und zwischendurch heben sie den Rock für das geneigte Publikum.«

»Das ist in unserer Vereinssatzung nicht vorgesehen.«

»Red kein Blech, sondern sag mir mal lieber, wo eure Obermakrele ist.«

»Na, Sie drücken sich ja ungehobelt aus, Herr Kneister.« Klimper-Karl ließ sein Instrument aufstöhnen. Dann beugte er sich nach vorn und grinste frech. »Meinen Sie etwa unseren Vereinsvorsitzenden?«

»Genau den, du Ohrfeigengesicht.«

»Oho, jetzt werden Sie aber ausfallend!«

»Wo ist er?«

Klimper-Karl sah sich um. »Tja wo? Ist doch sonst allzeit bereit, sich mit den Hochwohlgeborenen zu unterhalten.« Er wandte sich an den Wirt. »Hast du den Frankfurter-Ede gesehen, Brausezapfer?«

»Vorhin war er noch da«, sagte der Wirt vorsichtig.

»Na sehen Sie, Herr Kibitz, das ist doch schon mal ein deutlicher Hinweis auf seine Existenz.«

»Ein bisschen deutlicher wäre mir lieber.«

»Ich kann Ihnen da nicht weiterhelfen. Ich war ganz in mein Musizieren vertieft.« Klimper-Karl hob den Kopf und rief laut genug, dass alle im Lokal es hören konnten: »Hat jemand den Frankfurter-Ede gesehen?«

Keiner meldete sich.

»Wie wäre es also mit einem unserer zahlreichen stellvertretenden Vorsitzenden?«, sagte Klimper-Karl. »Mützen-Schorsch vielleicht.« Er deutete auf den Betreffenden. »Er ist besonders stellvertretend.«

Mützen-Schorsch ließ eine Kippe auf den Boden fallen und drehte den Polizisten den Rücken zu.

»Jemand hat einen Mann über die Mauer geworfen«, sagte Hansen. »Im Hinterhof, rüber auf die Seite vom Minerva. Kam tot unten an.«

Mit einem Mal fiel Klimper-Karl kein flotter Spruch mehr ein. Er glotzte nur. Auch alle anderen Augen richteten sich jetzt auf die Polizisten.

»Der Tote trägt einen karierten Anzug, feines Tuch, Krawattenschal, ordentlich gebunden. Sah mir doch arg nach eurem Vorsitzenden aus, wenn ihr mich fragt. Warum habt ihr ihn nicht einfach abgewählt, statt ihn über die Mauer zu werfen?«

Ein paar Männer standen auf und gingen langsam zur Tür. Auch einige der Mädchen fühlten sich bemüßigt, das Lokal zu verlassen. Aber als der Erste die Schwingtür aufstoßen wollte, öffnete sie sich von selbst. Draußen stand ein Trupp Uniformierter. Die eben noch Fluchtwilligen kehrten um und hockten sich wieder an ihre Tische.

Schön, freute sich Hansen, da hat ja mal jemand mitgedacht. Er machte eine Armbewegung und dirigierte zwei Beamte zur Hintertür.

Klimper-Karl schnallte sein Akkordeon ab und stellte es neben sich auf den Tresen. Dann rutschte er herunter. Er war jetzt nicht mehr hochnäsig, sondern ziemlich aufgeregt.

»Ist ihm was passiert, dem Frankfurter?«

Hansen lachte. »Wie fühlt sich wohl einer, dem das Genick gebrochen wurde?«

»Ist er wirklich tot?«, fragte der Musiker verblüfft.

Hansen nickte. »Und jetzt bleibt ihr mal brav alle da, wo ihr seid, und streckt eure Hände aus, damit ich sie mir ansehen kann.«

Klimper-Karl tat wie verlangt, aber der Mann mit der Schiebermütze hielt es nicht für angebracht, die Hände aus den Hosentaschen zu nehmen.

»Na, los!« verlangte Hansen.

Mützen-Schorsch spuckte ihm vor die Füße, und Hansen verpasste ihm blitzschnell eine Ohrfeige. Als er die Hände aus den Taschen zog, packte Hansen sie und drehte ihm den Arm um. Er zwang Schorsch, sich nach vorn zu beugen, bis sein Kopf auf der Theke lag. In dieser Position besah Hansen sich seine Hände. Er ließ ihn wieder los und ging von einem zum anderen. Auch die Hände der Mädchen ließ er nicht aus. An keiner klebte Blut.

Als er alle kontrolliert hatte, baute sich Hansen wieder vor der Toonbank auf und forderte die Anwesenden auf: »Hat noch jemand was zu sagen? Hat jemand was gesehen oder gehört?«

Niemand rührte sich.

»Verstockte Bande!«, brummte Hansen. Dann kommandierte er laut: »Alle Mann mit auf die Wache!«

Ein blasses Mädchen mit großen blauen Augen, zerzauster Frisur und viel zu grell geschminkten Lippen rief mit klagender Stimme: »Und was ist mit uns?«

Hansen blickte sie überrascht an und sagte nach kurzem Zögern freundlich: »Aber natürlich, entschuldigen Sie bitte, meine Dame.« Und lauter: »Die Frauenzimmer zuerst! Und jetzt los!«

4

»Lächerlich, Hansen!« Winckler war unzufrieden. »So kann man doch keine Ermittlungen in einer Mordsache durchführen.«

»Was hätten Sie denn getan?«, rief Hansen ärgerlich. Jetzt, nachdem alles vorbei war, tauchte der hochnäsige Inspektor auf der Wache auf und wollte alles besser wissen. Aber am Abend zuvor, als die Leiche gefunden worden war, hatte er sich in feineren Gegenden herumgetrieben.

»Was ich getan hätte? Jedenfalls nicht das halbe Viertel auf die Wache geschleppt. Und die Leute erst mal im Wachraum rumstehen lassen, damit sich alle absprechen können, und dann in die Zellen pferchen, damit sie ihren Aussagen den letzten Schliff geben können.«

Vielleicht war es ja doch keine so gute Idee gewesen, ärgerte sich Hansen. Aber bei einem Mord sollte man alle Tatverdächtigen unverzüglich arretieren. Und im Zuhältermilieu waren nun mal alle verdächtig.

»Mag ja sein, dass es in anderen Stadtteilen anders gehandhabt wird«, verteidigte Hansen trotzig seine Anweisungen. »Aber hier sind wir auf St. Pauli.«

»Soso«, sagte Winckler. »Und was hat Ihr Vorgehen für Ergebnisse gebracht?«

»Keine wesentlichen Erkenntnisse«, musste Hansen zugeben. »Nichts, was über die Untersuchungsergebnisse des Gerichtsmediziners hinausgeht. Niemand hat etwas gesehen oder gehört: Plötzlich war Frankfurter-Ede verschwunden und tauchte nicht mehr auf.«

»Wundert mich nicht. Diese Leute sehen nie etwas. Die reinen Unschuldslämmer.«

»Es gibt keine Anzeichen auf einen Konflikt unter den Zuhältern. Darüber hätten wir etwas von unseren Zuträgern erfahren.«

»Nun sagen Sie bloß, Sie haben in der Sophienburg einen Spitzel.«

»Selbstverständlich haben wir dort Vertrauenspersonen. Mit denen habe ich auch gesprochen. Sie haben eben dies bestätigt.«

»Das Wort Vertrauen kommt Ihnen ja erstaunlich leicht über die Lippen, Hansen, wenn man mal bedenkt, mit welchem Abschaum wir es hier zu tun haben. Ich gebe nichts auf solche Erkenntnisse!«

»Das überlasse ich Ihnen, Inspektor.«

»Diese Leute haben tausend Gründe, jederzeit über sich herzufallen.«

»Da irren Sie sich aber gewaltig. Das ist eine verschworene Gemeinschaft mit einer eigenen, festgeschriebenen Ordnung.«

»Harmlose Vereinsmeierei, was?«, warf Winckler hämisch ein.

»Nein, natürlich nicht«, sagte Hansen geduldig, obwohl er sich kaum noch beherrschen konnte. »Es handelt sich natürlich um Gesetzesbrecher. Aber sie sorgen für Ordnung in ihrem Geschäftsbereich ...«

»Sie drücken sich ja gewählt aus, Hansen!«

»Die Straßen sind in Reviere aufgeteilt, in jedem Revier hat eine Zuhälterorganisation geherrscht. Seit einiger Zeit waren die Grabenkämpfe vorbei und es blieb größtenteils ruhig.«

»Was Sie so Ruhe nennen, Hansen.«

»Ich gehe von den Realitäten aus. Ein kriminalitätsfreies St. Pauli ist eine Illusion.«

»Das werden wir noch sehen!«

Was sollte das nun wieder heißen? Hansen zögerte, fuhr dann aber fort: »Ich bin schon zufrieden, wenn die Banden sich an ihre eigenen Regeln halten und Quertreiber rausdrängen. Ich habe auch nichts dagegen, dass sie Unterstützungskassen für kranke oder verhaftete Vereinsmitglieder anlegen.«

»Womöglich halten Sie es auch für eine lässliche Sünde, wenn diese Verbrecher sich gegenseitig Alibis verschaffen und ihre Leute mit falschen Aussagen aus der Untersuchungshaft holen.«

»Nein, aber damit rechne ich, und kann dagegen vorgehen.«

»Über den Niedergang von Moral und Sitte, den diese Ludenbande vorantreibt, regen Sie sich wohl gar nicht auf?«

»Wer Gewalt ausübt, wird zur Rechenschaft gezogen. Auch den Frauen versuchen wir zu helfen, so weit es geht.«

»Wie wollen Sie denn diesen verlotterten Dirnen helfen? Da ist doch Hopfen und Malz verloren.«

»Wer sie nicht wie Menschen behandelt, bekommt es mit mir zu tun.«

»Pah, Menschen!«, schnaubte Winckler verächtlich.

Wie kann jemand mit einer derartigen Einstellung Polizist sein?, wunderte sich Hansen. Wir dienen der Gemeinschaft. Wir haben es mit fehlbaren Individuen zu tun. Wenn alle sich an die Regeln halten würden, wären wir überflüssig. Aber einen Menschen, der nur gut ist, habe ich noch nie getroffen.

»Sie nehmen mir den Fall jetzt also ab?«, fragte er knapp, um dieses unerfreuliche Gespräch zu beenden.

Winckler strich sich über den Schnurrbart. »So wie es aussieht, kann ich Ihnen den Gefallen nicht tun.«

Hansen blickte ihn erstaunt an. »Nein?«

»Wir haben noch einige ungelöste Fälle in anderen Vierteln. Harvestehude, Eppendorf, auf der Uhlenhorst. Höhere Priorität, wie Sie sich denken können. Bürgerliche Milieus, heikle Geschichten. Sie kennen ja die Lage. Uns fehlen Leute, vor allem in der Zentrale.«

»Also sind wir hier auf uns allein gestellt.«

»Ich stehe Ihnen beratend zur Seite, Hansen. Aber machen wir uns nichts vor: So sehr drängt das hier nicht. Was haben wir denn für erlauchte Tote? Einen Berufsspieler, einen Kleinkriminellen, einen Zuhälter.« Er machte eine wegwerfende Handbewegung und erhob sich von seinem Stuhl. »Irgendwann werden wir hier aufräumen, aber es eilt ja nicht. Versuchen Sie einstweilen, Ordnung zu halten, Hansen. Und wenn Sie nebenbei noch diesen Mörder aufstöbern, umso besser. Ich empfehle mich. Wie komme ich am schnellsten nach Hoheluft?«

»Straßenbahn Nummer 9.«

»Na, schönen Dank auch, dass Sie mir die Arbeit abnehmen.«

»Da nich für«, sagte Hansen.

Kaum hatte Winckler die Tür von Hansens Büro aufgezogen, drängte sich auch schon die ältliche Dame von der Fürsorge an ihm vorbei ins Büro.

»Herr Hansen! Herr Kommissar!«, rief sie.

»Fräulein Wenner, was ist denn mit Ihnen passiert?«

Sie sah derrangiert aus. Der Hut saß schief, ihr Mantel war falsch geknöpft, sie hatte Nasenbluten gehabt, und über ihre linke Wange lief ein roter Striemen; das eine Augenlid war leicht geschwollen, bald würde sie ein Veilchen haben. Sie zitterte vor Aufregung.

»Hören Sie, hören Sie!«, japste sie.

»Setzen Sie sich doch! Beruhigen Sie sich!« Hansen stand auf und zog den Stuhl für sie vor. Er hatte Angst, sie könnte in Ohnmacht fallen. »Was ist passiert? Haben Sie einen Unfall gehabt?«

»Nein, ja, nein«, stieß sie hervor.

»Was denn nun?«

»Ich, ich, er … und …« Fräulein Wenner rang nach Worten und schnappte nach Luft. Dann wurde sie ganz ruhig, senkte den Kopf und wimmerte ganz leise vor sich hin.

»Hat Ihnen jemand etwas angetan?«, fragte Hansen und dachte dabei: Um Himmels willen, jetzt brauchen wir auch noch eine Fürsorgerin für die Fürsorgerin. Er wartete geduldig ab.

Das Wimmern wurde zu einem leisen Schluchzen. Die ältliche Dame fasste sich wieder und begann zu berichten: »Er ist auf und davon, Herr Hansen. O Gott, wie kann ich das je wieder gutmachen?«

»Wer ist auf und davon?«

»Ach, wie konnte er mir das nur antun. Ich hatte doch Vertrauen!«

»Um wen geht es denn?«

»Der Junge. Er war doch wieder ganz gefestigt. Und dann das.«

»Von wem sprechen Sie?«

»Karl. Er war doch so vernünftig, aber nun sehe ich, er hat meine Gutmütigkeit nur ausgenutzt. Jetzt ist er weg.«

»Ich denke, er ist im Waisenhaus?«

Fräulein Wenner schwieg, ehe sie ganz leise weitersprach: »Da ist er nicht. Es gab, es gab … Komplikationen. Da hab' ich ihn dann mit zu mir genommen.«

»Was haben Sie? Den Jungen zu sich genommen? Nach Hause?«

Sie nickte. »Er war doch so allein und hilflos.«

»Hilflos? Der?«

»Und ein guter Kern steckt doch in jedem.«

»Er ist Ihnen also weggelaufen«, stellte Hansen nüchtern fest.

Sie nickte.

»Und hat Sie so schlimm misshandelt?« Da siehst du, was man davon hat, wenn man es zu gut meint, fügte er in Gedanken hinzu.

Fräulein Wenner richtete sich auf. »Nein! Das war er nicht!«

Ach Gott, nun will sie ihn auch noch schützen, dachte Hansen.

»Wer denn sonst?«, fragte er.

»Ein, ein Mann, riesengroß ...« Sie hob die eine Hand, um anzudeuten, dass er viel größer als sie gewesen war. »Er hat die Tür eingetreten. Ich war gerade am Fenster, weil ich bemerkt hatte, dass Karl hinausgeklettert war. Aus dem zweiten Stock! Ich fürchtete schon, er sei gestürzt, aber da war nichts, und dann krachte es an der Tür, und ich dachte, da kommt er wieder, aber es war dieser schreckliche Kerl ...« Sie fing wieder an zu schluchzen.

»Sie hatten den Jungen in Ihre Wohnung gesperrt, und er ist durch das Fenster geklettert und weggelaufen?«

Fräulein Wenner nickte.

»Und dann hat jemand Ihre Wohnungstür eingetreten?«

»Ja«, hauchte sie mit letzter Kraft. Sie sank in sich zusammen und glitt vom Stuhl.

Hansen hob sie auf und trug sie kopfschüttelnd zu Doktor Wolgast.

Als er zurückkam, stand ein Mann in gestreiftem Zweireiher mit grauem Filzhut in der Hand vor seinem Büro.

»Herr Kommissar?«

»Ja, bitte?«

»Gestatten Sie, Paul Mahlo.« Er deutete eine Verbeugung an. »Hätte gern ein Wort mit Ihnen gewechselt.«

»Um was geht es denn?«

»Ich bin stellvertretender Vorsitzender des Vereins Bruderliebe.«

»Und?«

»Wir möchten Ihnen unsere vollste Unterstützung zusichern.«

»Das ist nett von Ihnen.«

»Der Verlust unseres Vorsitzenden ist uns sehr nahe gegangen.«

»Tja, das ehrt Sie.«

»Ich hoffe doch, dass Sie alles Nötige veranlassen, um diesen gemeinen Mord zu rächen?«

»Rächen ist nicht unsere Aufgabe, Herr Mahlo. Wir sind nur dazu da, Verbrecher zu finden und der Justiz zu übergeben.«

»Eben dabei wollen wir Ihnen die Hand reichen.«

»Habe nichts dagegen.«

»Gut, sehr gut. Was haben Sie bislang herausgefunden?«

»Jemand hat Ihrem Vorsitzenden das Genick gebrochen und ihn über die Mauer auf das Nachbargrundstück geworfen.«

»Und weiter?«

»Wir ermitteln gerade.«

»Gut, sehr gut. Seien Sie doch so freundlich und unterrichten uns, wenn es neue Erkenntnisse gibt. Wir wären durchaus in der Lage, uns erkenntlich zu zeigen, wenn Sie verstehen, was ich meine.«

»Nein.«

»Zuwendungen für den nächsten Betriebsausflug ...«

Hansen trat dichter neben den gestriegelten Luden. Mahlo war einige Zentimeter kleiner als er. Hansen legte ihm die Hand um die Schultern und zog ihn zu sich.

»Wir sind gern bereit, mit euch zusammenzuarbeiten, und wenn ihr euch erkenntlich zeigen wollt, umso besser. Aber von irgendwelchen finanziellen Zuwendungen wollen wir lieber absehen. Wir wären schon sehr glücklich, wenn ihr euer Schweigegelübde lockern würdet. Können wir uns darauf einigen?«

Mahlo machte sich los und setzte den Hut auf: »Wir werden sehen. Jedenfalls wissen Sie ja, wo Sie mich finden können.«

»In der Sophienburg«, nickte Hansen.

»Also dann …« Mahlo verabschiedete sich hastig und verschwand ins Treppenhaus.

Sieh mal an, dachte Hansen, Streifen-Paule bietet uns Amtshilfe an. Aber zuletzt hat er wohl doch Muffensausen bekommen.

5

Am nächsten Morgen wurde die vierte Leiche entdeckt. Eine Kellnerin, die ein Dachzimmer über dem Bierhaus Ostermann am Anfang der Reeperbahn bewohnte, war durch den Lärm der Tauben geweckt worden. Das Gurren und das Kratzen der Vogelkrallen auf dem Sims wurde so lästig, dass die junge Frau aufsprang und die Fensterflügel aufstieß.

Ihr Blick fiel auf den hohen Turm des gegenüberliegenden Revue-Palasts, der aussah wie ein umgedrehter Trichter und dem Ballhaus seinen weithin berühmte Namen gegeben hatte. Dort hing etwas. Ein länglicher Sack mit zwei Beinen. Waren da nicht auch Arme zu erkennen?

Die Kellnerin zog sich hastig an und informierte die Zimmerwirtin. Die saß gerade beim morgendlichen Kaffee und ließ sich nur sehr ungern stören. Dann siegte die Neugier und sie kam mit.

»Ja, da hängt einer«, stellte sie nüchtern fest. »Dann wollen wir mal gleich Kommissar Hansen von der Davidwache verständigen.«

Da die Zimmerwirtin resolut genug klang und dem Wachhabenden am Telefon zu verstehen gab, dass sie Kommissar Hansen gut kenne, was arg übertrieben war, stellte der Beamte sie durch, und das Telefon neben Hansens Bett klingelte.

»Da hängt ein Mann am Trichter!« Im Halbschlaf glaubte Hansen zunächst, jemand wolle sich einen Scherz erlauben. Das kam ja manchmal vor. Witzbolde, Betrunkene oder Wichtigtuer meinten, die Davidwache auf St. Pauli sei weniger eine Institution, die für Ruhe und Ordnung sorgen sollte, als eine besonders extravagante Vergnügungseinrichtung. Aber als die Zimmerwirtin dann hinzufügte: »Man kann es deutlich erkennen, es ist ein Mensch! Und bewegen tut er sich nicht«, wachte Hansen ganz auf.

Die Frau erzählte haarklein, was sie und ihre Mieterin gerade gesehen hatten.

Hansen hörte geduldig zu. »Wir kümmern uns darum. Name, Adresse? Aha. Schicke sofort jemanden zu Ihnen. Ja, den Trichter schauen wir uns selbstverständlich auch gleich an.«

Kommissar Hansen und Oberwachtmeister Schenk, der heute Frühdienst hatte, holten den Hausmeister des Ballhauses aus dem Bett und ließen sich das Tor zum Biergarten aufschließen. Von dort aus stiegen sie den Aussichtsturm hinauf und kletterten durch eine Luke auf das flache Dach.

Sie konnten bequem um den trichterförmigen Turm mit seinen halbrunden Fenstern herumlaufen. Nur an die Leiche kamen sie nicht heran. Viel war von ihr nicht zu erkennen, außer dass es sich um einen Mann in Abendgarderobe handelte. Er hing an einer Fahnenstange der »Laterne« über der Trichterkuppel.

»In dem Turm drinnen muss man doch bis oben in die Spitze klettern können«, meinte Schenk.

»Möglich«, sagte Hansen. »Außen rum dürfte es jedenfalls schwierig werden.«

»Einer hat es geschafft. Mit einer Leiche über der Schulter.«

»Sieht so aus. Bringt aber nichts, sich da jetzt hochzuquälen, bevor die Spurensicherung da ist.« Hansen blickte den Oberwachtmeister auffordernd an.

»Ja, dann geh' ich mal gleich los und sag' Bescheid.«

Schenk kletterte nach unten.

Hansen schaute sich auf dem Dach um. Ein frischer Wind wehte von der Elbe her und ließ die Leiche ganz sachte hin- und herpendeln. Die Frackschöße flatterten in der Brise. Direkt unterhalb des Toten entdeckte Hansen Blutspuren. Sie führten vom Turm weg, vorbei an einem Oberlicht und bis zum Rand des Konzertsaaldachs, das von einem schmiedeeisernen Zaun begrenzt wurde. Jenseits des Zauns konnte man sich auf einen Seitenflügel herunterlassen, wenn man geschickt war. Dort lief die Blutspur weiter.

Da soll mal ein anderer runterklettern, dachte Hansen, doch dann bemerkte er einen in der Morgensonne aufblinkenden Gegenstand zwischen zwei Schornsteinen. Er quälte sich über die Absperrung, sprang ungelenk vom Sims auf das Dach des Seitenflügels, verstauchte sich den Fußknöchel und humpelte weiter. Zwischen den Schornsteinen kniete er sich hin.

»Gottverdammt!«, entfuhr es ihm. »Das Ding verfolgt mich.«

Vor ihm lag ein Colt-Revolver Modell M 1917.

Anfang Oktober 1922

Irrlichter

SECHSTES KAPITEL

Riesengorilla

1

»Sie wissen doch, wie das ist, Herr Kommissar, Ihnen muss ich doch nichts vormachen«, sagte der Direktor vom Ballhaus Trichter. »Wenn wir unsere Augen und Ohren überall haben würden, wäre der Reiz dieses Revue-Palasts bald dahin.«

Hansen stützte die Ellbogen auf die Oberschenkel und nickte.

»Zumal dann, wenn wir eine geschlossene Gesellschaft da haben«, fuhr der Direktor fort und lächelte unsicher. »Wir haben ja einen Ruf zu verlieren: Alles, was amüsiert, ist im Trichter zu Hause.«

Der Direktor rieb sich nervös die Hände. Er war dünn und etwas zu kurz geraten, trug einen seriösen dunklen Zweireiher und sprach mit einem leichten Akzent, den Hansen nur diffus als ausländisch einordnen konnte, vielleicht französisch.

»Ja, ich weiß«, sagte Hansen müde.

»Und das wissen Herrschaften aus allen Gesellschaftsschichten zu schätzen.«

»Ist mir bekannt.« Natürlich, dachte Hansen, ist Vorsicht geboten. Der Trichter war ein mondänes Etablissement mit internationalem Ruf. Hier gaben sich die ganz großen Namen der internationalen Unterhaltungskunst ein Stelldichein. Nicht wenige kamen direkt aus Paris angereist. Die Eintrittspreise waren entsprechend hoch, die Speise- und Getränkekarte exklusiv. Das wussten auch hanseatische Bürger zu schätzen, die für das frühabendliche Programm schon mal ihre Gattinnen mitbrachten, viel lieber aber mit Geschäftsfreunden die späteren Aufführungen besuchten. Dann war das Publikum fast ausschließlich männlich, und die Künstler auf der Bühne waren größtenteils weiblich. Dann floss der Champagner nicht nur in Strömen, sondern auch schon mal den Rücken einer Tänzerin hinunter. Legendär unter älteren Junggesellen und Ehemännern auf Abwegen war das »Kammerkätzchen-Ballett«. Es trat nur sehr spät und nur nach besonderer Bestellung auf, ausschließlich bekleidet mit Rüschenhäubchen und winzigen Schürzchen. Manches Bürgerschaftsmitglied und auch der eine oder andere Senator zählten zu den Liebhabern dieser speziellen Darbietungen. Einmal war Hansens Amtsvorgänger knapp einer Katastrophe entgangen, als er im letzten Moment – die Polizei hatte den Trichter bereits abgeriegelt – erfuhr, dass sich der Polizeipräsident unter den Gästen befand. Seitdem bedachten die Beamten der Davidwache den Trichter mit besonderer Rücksichtnahme.

»Ist mir alles bekannt«, wiederholte Hansen, »aber trotzdem müssen Sie mir erklären, wie es geschehen konnte, dass ein gesuchter Rauschgifthändler in Ihrem Lokal eine private Feier organisiert. Kurt Filbry war eine bekannte Größe in unserer Verbrecherkartei.«

Der Direktor rang die schweißigen Hände.

»Und«, fügte Hansen hinzu, »warum Sie es nicht für nötig hielten, uns zu informieren. Wir kommen doch sonst ganz gut miteinander aus.«

»Aber, Herr Kommissar, ich wusste doch von rein gar nichts.«

»Soso.« Hansen deutete in den hohen achteckigen Ballsaal, der mit seinen Logen, Säulen, Lüstern und Balkonen sowie der großen, von einem Sternenhimmel überragten Bühne wie ein barockes Theater wirkte. »Sie haben hier eine ganze Versammlung deutscher und internationaler Berufsverbrecher im Haus, Leute, die mehr Geld haben, als jeder ehrliche Bürger jemals verdienen könnte. Berufsverbrecher, die ihren Reichtum verprassen wie orientalische Könige und amerikanische Industriemagnaten in einem, und Sie wundern sich nicht und wissen von nichts und geben keinen Laut?«

Der Direktor schob sich mit seinem Stuhl näher an Hansen heran, beugte sich vor und sprach sehr leise: »Herr Kommissar, es war eine gemischte Gesellschaft. Eben dies war ja das Besondere.«

Na klar, dachte Hansen, die braven Bürger haben Lunte gerochen, etwas von einem besonders anrüchigen Fest gehört und extra viel dafür gezahlt, dabei sein zu dürfen. So weit sind wir inzwischen schon, dass die Verbrecherwelt als besonders vergnügliches Milieu angesehen wird.

»Wir hatten extra für diesen Abend eine Kapelle aus New Orleans zu Gast, die sonst nur in Berlin aufgetreten ist. Und natürlich die Mistinguette aus Paris. Es war ein Gala-Abend mit ausgesprochen großem Orchester. Für uns alles in allem ein sehr großer Erfolg.«

»Und die Kätzchen haben auch getanzt.«

»Wie bitte?«

»Ach«, Hansen wehrte ab, »ist schon gut. Zu diesem Zeitpunkt dürfte der Gastgeber schon oben an der Fahnenstange gehangen haben.«

Der Direktor schluckte. »Es ist wirklich schrecklich. Und so ... weithin sichtbar.«

»Flagge auf halbmast«, kommentierte Hansen gnadenlos. »Aber nun erklären Sie mir mal, wie es passieren konnte, dass ein gemeiner Mörder in diesen Glitzerpalast eindringt, dem Gastgeber das Genick bricht und ihn dann aufs Dach schleppt, ohne dass jemand etwas bemerkt.«

»Ein gemeiner Mörder? Eingedrungen?«

»Verbessern Sie mich, Herr Direktor, wenn Sie mehr wissen. Könnte es sein, dass der Täter sich unter den anwesenden Gästen befand?«

»Aber ... das will ich doch nicht hoffen.«

»Haben Sie eine Idee, warum der Mord geschehen sein könnte?«

»Ich?« Der Direktor hob abwehrend die Hände.

Hansen seufzte. »Also gut, versuchen wir es mal anders herum. Wem hat der Ermordete an diesem Abend besonders seine Aufmerksamkeit geschenkt?«

»Wie kann ich das sagen? Er hatte doch alle eingeladen.«

»Dreihundert Gäste persönlich eingeladen? Sagten Sie nicht gerade, dass einige dafür gezahlt haben?«

»Nun ja ...«

»Wer saß denn mit an seinem Tisch?«

»Keine Leute, die ich kannte«, antwortete der Direktor wie aus der Pistole geschossen.

»So, so. Es ist Ihnen doch klar, dass ich mir Ihr ganzes Personal vorknöpfen muss, wenn ich von Ihnen nichts erfahre.«

»Ach, Gott, ich bin doch bereit ...«

»Wo hat er gesessen?«

»Da vorn, direkt an der Bühne, in der Mitte. Wir hatten einen länglichen Tisch dort aufgestellt, für den Gastgeber und seinen engeren Kreis. Dort saßen sie dann, nachdem sie das Bankett verlassen hatten. Am Bankett nahmen nur etwa achtzig Gäste teil.«

»Aha. Und von diesem engeren Kreis war Ihnen niemand bekannt?«

»Äh, nein.«

»Hören Sie, Herr Direktor, so geht es nicht.«

»Aber nein, wenn ich es doch sage!«

Hansen richtete sich auf. »Sehen Sie mich mal an!«

»Bitte?«

»Schauen Sie mir in die Augen. Bemerken Sie was?«

»Entschuldigen Sie, aber ...«

»Die Augen!«

»Na ja ... wie Sie meinen ...« Der Direktor starrte den Kommissar an. Hansen deutete mit dem Zeigefinger erst auf das eine, dann auf das andere Auge. »Na?«

Der Direktor des Ballhauses Trichter sah jetzt aus wie ein Schuljunge, dem man eine zu schwierige Rechenaufgabe gestellt hat. Verblüfft stammelte er: »Das eine ist ja blau und das andere grün.«

»Sehen Sie.« Hansen lächelte kühl. »Zwei ganz verschiedene Augen. Ich kann das eine oder das andere zukneifen.«

»Ja und?«

»Das hat erstaunlich unterschiedliche Auswirkungen. Wir haben doch bisher an ihrem schönen großen Ballhaus nicht viel auszusetzen gehabt, nicht wahr?«

»Ja.«

»So eine Mordsache ändert natürlich die Prioritäten. Da werden alte Freunde schnell zu Fremden und verschwinden von der Bildfläche, wenn Sie verstehen.«

»Also, ja, natürlich ist eine Mordgeschichte eine furchtbare Angelegenheit.«

»Na, sehen Sie. Nun denken Sie noch mal scharf nach: der engere Kreis des Gastgebers, war da jemand darunter, den Sie kannten? Mit wem haben Sie ihn zuletzt gesehen?«

Der Direktor hüstelte. »Mit einer Dame.«

»Einer Dame, schön. Sonst noch was?«

»Sie ist dann mit ihm nach oben gegangen. In eine der Logen. Das war noch bevor die Nacht ihren Höhepunkt erreicht hatte.«

»Sie meinen die Nackedeis.«

Der Direktor deutete ein Nicken an.

»Eine Dame für die Loge also. Den Namen hätte ich gern noch erfahren.«

»Ich weiß nicht …«

»Sie wissen ganz genau!«, brauste Hansen auf.

Der Direktor zuckte zusammen. »Frau Koester, Lilo Koester. Sie kennen Sie wahrscheinlich.«

Hansen schaute seinen Zeugen verblüfft an. »Lilo Koester ging mit Kurt Filbry in die Loge? War sonst noch jemand dabei?«

»Etwas später kam ein Herr dazu, den ich nicht kannte. Ich weiß das, weil ein Champagnerkübel herunterfiel. Das erregte Aufmerksamkeit. Offenbar hatte es eine Auseinandersetzung gegeben.«

»Und dabei wurde mit Champagnerkübeln geworfen?«

»Vielleicht ist er auch versehentlich heruntergestoßen worden.«

»Können Sie den anderen Herrn beschreiben?«

»Ein eleganter Herr im Cut von bester Qualität mit ausgezeichneten Manieren. Der Name ist mir allerdings unbekannt.«

»Und der stritt sich mit Filbry?«

»Nein, das war Frau Koester. Sie hat dann auch die Champagnerflasche geworfen.«

»Also doch.«

»Der Kübel ist nur gefallen. Er richtete übrigens keinen großen Schaden an.«

Hansen seufzte. »Bleiben wir mal bei den Personen. Die Koester hat also die Flasche auf Filbry geworfen und …«

»Nein, nein, auf den anderen, den Herrn im Cut.«

»Ach, warum denn?«

»Das konnte ich nicht verstehen.«

»Aber sehen konnten Sie gut? Wo befanden Sie sich denn genau?«

»Da, in der Loge gegenüber.«

»Was haben Sie dort gemacht? Nur gespäht?«

»Aber nein, das war doch der reine Zufall, dass ich das mitbekam. Ich war in die Loge gerufen worden, weil dort ein Gast Unsinn mit einer Badewanne anstellte.«

»Sie haben Logen mit Badewannen?«

»Sie wurde auf Verlangen hineingestellt.«

»Wieso das?«

»Ein Gast wollte, dass ein Mädchen baden sollte, in Champagner, das musste dann unterbunden werden.«

»So? Gibt es also doch Grenzen der Scham in Ihrem Haus?«

»Er wollte, dass sie den Champagner trinkt.«

»Was ist daran so verwerflich?«

»Sie sollte die Wanne austrinken. Er tunkte immer wieder ihren Kopf unter. Der Kellner hatte Angst, sie könnte ertrinken, und holte mich. Wir haben sie dann aus der Wanne geholt.«

Jetzt kniff Hansen das grüne Auge zu. »Warum erzählen Sie mir das?«

Der Direktor zuckte mit den Schultern. »Es war recht peinlich, ich kannte den Gast ja sehr gut. Er trug nur noch Unterhosen.«

»Und?«

»Sie kennen ihn auch sehr gut.«

»Wer?«

»Das möchten Sie jetzt nicht wissen, Herr Kommissar.«

Mistkerl, dachte Hansen.

»Kommen wir noch mal auf die drei Personen in der Loge gegenüber zurück: Wie lange blieben die noch da?«

»Nach dem Streit verließen der Herr im Cut und die Dame die Loge. Wenig später sah ich sie ganz weggehen.«

»Sie waren also wieder versöhnt.«

»Offenbar.«

»Und Filbry?«

»Mischte sich unter seine Gäste. Später, als sich die Feier ihrem Ende zuneigte, war er dann verschwunden.«

»Um wie viel Uhr?«

»Das war gegen halb vier morgens. Ich weiß es deshalb, weil der Saal nur bis drei Uhr gemietet war und ich den Herrn suchte, um ihn davon zu unterrichten, dass die Zeit abgelaufen war.«

»Er ist kurz nach drei getötet worden.«

Der Direktor blickte ratlos drein. »Ja… und unsere Rechnung…?«, fragte er dann.

»Schicken Sie sie doch dem Herrn mit der Badewanne.«

Hansen stand auf, reichte dem Direktor die Hand und verabschiedete sich sehr höflich.

2

»Moin«, sagte der Mann, der ein blaues Auge hatte und eine Schlägermütze zum Zweireiher trug. Keiner beachtete ihn.

»Es funktioniert!«, rief der Techniker.

»Was ist das denn?«, fragte der Zweireiher.

Das Gerät brummte leise und gab ab und zu ein gluckerndes Geräusch oder kurzes Piepsen von sich. Über eine zusätzliche Apparatur wurde ein Papierstreifen abgerollt und mit Löchern versehen. Der Papiersstreifen schlängelte sich über das Pult, auf dem der Morsefunkapparat stand.

Der Techniker nahm den Zettel in die Hand und fuhr über das Lochmuster. Dann hob er den Kopfhörer. »Wer will denn der Erste sein?«

Die umstehenden Polizisten blickten unentschlossen auf die Apparatur.

»Oder mal so gefragt«, fuhr der Techniker fort. »Wer kann denn damit umgehen?«

Niemand meldete sich.

»Wir haben noch keinen dafür abgestellt«, sagte Hansen.

Der Techniker seufzte und setzte sich den Kopfhörer auf.

Hansen hielt ihm einen Zettel hin. »Hier steht, in welcher Reihenfolge sich die Dienststellen zurückmelden sollen.«

»Kriminalrevier 7, Wache 14, Eimsbütteler Straße, funktioniert«, übersetzte der Techniker die Morsesignale.

»Jetzt sind wir dran.« Hansen deutete auf das Papier.

»Was soll ich durchgeben?«, fragte der Techniker.

Schweigen. Einer sagte: »Viele Grüße.« Die Polizisten lachten.

»Keinen Unsinn, bitte!« Hansen beugte sich nach vorn und besah sich den Morsestreifen.

»Ich mach's mal lieber wie die anderen«, sagte der Techniker. »Kriminalrevier 2, Revierwache 13, Spielbudenplatz, hört!« Er tippte mit geübter Hand auf die Morsetaste und gab die Meldung durch.

»Na, ich weiß nicht«, meldete sich Oberwachtmeister Schenk zu Wort, nachdem Hansen sich wieder aufgerichtet hatte. »Wozu brauchen wir denn so ein Ding? Wir bekommen doch schon alle Meldungen per Telegrafen geschickt. Und wenn ich nachfragen will, kann ich doch telefonieren. Wofür haben wir denn ein eigenes Telefonnetz?«

»Na, hör mal«, sagte Wachtmeister Kelling. »Per Funk geht es doch viel schneller. Außerdem sind alle ständig miteinander verbunden. Wenn die Telefone besetzt sind oder die Telegrafen nicht funktionieren …«

»Und wenn ich noch an die Belagerung 1919 denke«, fügte Hansen hinzu. »Wenn die Aufständischen die Telefonleitung unterbrochen hätten …«

»Und was ist, wenn uns der Strom gekappt wird?«, fragte Schenk mürrisch.

Der Techniker deutete auf eine Kiste unter dem Pult. »Da ist eine Batterie drin. Damit funktioniert der Apparat eine ganze Weile ohne Strom.«

»Nun denkt doch nur mal an eine Verfolgung per Automobil oder lass den Täter nur auf die Straßenbahn gesprungen sein«, überlegte Kelling laut. »Dann werden alle Reviere per Funk in Sekundenschnelle verständigt und können die Straßen absperren.«

»Oder bei einer Razzia«, meinte ein anderer.

»Unfug!«, rief Schenk. »Wie soll uns denn ein Funkgerät da helfen?«

»Wenn man eines im Kraftwagen hätte …«

»Na, danke schön auch. Dieses ständige Gepiepse, wer soll denn dabei chauffieren!«

»Sie sollten jedem Polizisten so ein Gerät auf den Buckel schnallen«, mokierte sich der Zweireiher.

Schenk drehte sich zu ihm um. »Wer sind Sie denn? Und was wollen Sie hier?«

»Gestatten, Spiewak, Anton.« Der Angesprochene legte die Hand an die Mütze.

»Sie haben hier gar nichts verloren!«, brüllte Schenk ihn an. »Das ist geheime Kommandosache!«

»Na, na, na«, sagte Spiewak und wischte sich mit dem Handrücken über das Jackett. »Sie haben aber eine feuchte Aussprache.«

Hansen hatte das Interesse an der neuen Technik verloren. Er musterte den Zweireiher und stellte fest: »Verein Bruderliebe, hab' ich Recht?«

»Herr Kommissar haben ein scharfes Auge«, sagte Spiewak.

»Und Sie ein blaues.«

»Ganz recht, Herr Kommissar. Und darüber möchte ich mit Ihnen reden.«

»Wegen so was nehmen wir doch keine Anzeige auf. Und schon gar nicht der Revierleiter persönlich.«

Spiewak grinste.

»Hat Mahlo Sie geschickt?«, fragte Hansen.

Spiewak schlug die Hacken zusammen und deutete eine Verbeugung an.

»Na, dann kommen Sie mal mit.«

Hansen schob ihn Richtung Treppenhaus. Hinter sich hörte er Schenk nörgeln. »Wegen Beamtenbeleidigung einsperren, das wäre das Richtige.«

»Aber sein Gedanke war doch gar nicht so schlecht«, sagte Kelling. »Wenn jeder von uns ein Radiogerät bei sich tragen würde …«

»Dann müsste jeder einen Bollerwagen hinter sich herziehen!«

Hansen führte den Zuhälter in sein Büro im zweiten Stock.

Spiewak nahm Platz, zupfte sich die Bügelfalten zurecht, nahm die Mütze ab und legte sie sich auf den Schoß. Sie hatte die gleiche Farbe wie der Zweireiher: braun mit dünnen gelben Streifen.

»Was sollen Sie mir also mitteilen?«, fragte Hansen.

»Anzeige soll ich erstatten. Obwohl das ja sonst nicht meine Art ist.«

»Um was geht's denn?«

Spiewak legte den Finger unter sein blaues Auge.

»Körperverletzung?«

Spiewak neigte zustimmend den Kopf. »Mit Todesfolge.«

»Sie kommen mir noch ganz lebendig vor.«

»Ich spreche nicht von mir, sondern vom Schneemann.«

»Und in Rätseln.« Hansen trommelte ungeduldig mit den Fingern auf die Tischplatte.

»Man könnte ihn jetzt auch Frau Holle nennen … falls er es bis in den Himmel geschafft hat.« Spiewak lachte. »Da schüttelt er seine Teekse aus, und das Koks schneit übers Land.«

Hansen legte die Hände auf die Tischplatte, stemmte sich hoch und beugte sich vor. »Sie haben zwei Möglichkeiten, Spiewak. Entweder Sie reden vernünftig, oder ich schmeiße Sie raus!«

»Schon gut. Es geht um den Toten am Trichter. Kurt Filbry. In unseren Kreisen als Schneemann bekannt. Paule … Herr Mahlo, meint, ich sollte mal Bescheid geben, weil ich den Mörder gesehen habe … vielleicht.«

»Haben Sie, oder haben Sie nicht?«

Spiewak zuckte mit den Schultern. »Da kam einer die Fassade herunter. Ist mir praktisch ins Gesicht gesprungen. Ich meine, er landete direkt vor mir.«

»Wo? Wann?«

»Na, am Trichter, letzte Nacht.«

»Wo genau am Trichter?«

»Auf dem Trottoir, an der Seite, wo der Billardsaal ist.«

»Um wie viel Uhr?«

»Kurz nach drei, schätze ich.«

»Was haben Sie da gemacht?«

»Ich bin da entlanggegangen.«

»Was Sie am Trichter gemacht haben.«

»Feierabend.«

»Und davor?«

»Gearbeitet.«

»Was?«

»Das, was ich immer tue. Muss ich das jetzt beschreiben? Sie kennen uns doch.« Spiewak wischte sich imaginäre Staubkörner vom Hosenbein.

»Ich will's wissen.«

»Na ja, wegen der Feier im Trichter. Der Schneemann, ich meine Herr Filbry, hatte ja ein Kontingent Weibsen bestellt. Da musste nach dem Rechten gesehen werden. Wir kümmern uns schließlich um unsere Mitarbeiterinnen. Die sollen auf anständige Art ihrer Arbeit nachgehen können. Dafür stehen wir ein.«

»Schwesternliebe, was?«, warf Hansen ein.

»Wenn Sie es so nennen wollen, Herr Kommissar.«

»Und?«

»Na ja, bis auf kleine Zwischenfälle lief alles ganz normal.«

»Das mit der Badewanne.«

Spiewak blickte erstaunt auf und nickte. »Zum Beispiel, aber das war ja noch harmlos. Bei Großveranstaltungen muss man aufpassen wie ein Schießhund. Vor allem, wenn so richtig wohlanständige Bürger dabei sind. Die werden zu Hause an die Kandare genommen, und wenn sie dann mal die Möglichkeit haben, dann schlagen sie über die Stränge. Wir sind ja tolerant, aber wir müssen auch darauf achten, dass die Ware nicht beschädigt wird. Immerhin wird die ja nur ausgeliehen.«

»Schön, dass Sie so fürsorglich sind.«

»Sind wir auch, aber die Herren danken es uns selten. Ist schon komisch, aber manchmal glaube ich, wir, von denen es immer heißt, wir seien die Verbrecher, haben die besseren Manieren.«

»Tatsächlich?«

»Na jedenfalls dann, wenn wir uns die Hose ausgezogen haben, das kann ich Ihnen versichern, Herr Kommissar.«

»Vielleicht liegt's einfach daran, dass Sie den Mädchen das Geld wegnehmen und die Freier es ihnen geben.«

Spiewak blickte Hansen verständnislos an.

»Was war nun also mit dem Mörder, der vom Dach runterkam?«

»Er sprang direkt vor mir auf den Weg. Ich dachte natürlich an einen Straßenräuber oder so was. Also brülle ich ihn an, er soll bloß die Finger von mir lassen, sonst hat er ausgesch … ich meine, sonst kommt er in Schwierigkeiten, aber da merk' ich schon, der kennt sich da nicht aus oder es ist ihm egal, vielleicht kam er ja auch nicht von hier, jedenfalls verpasst er mir einen Schlag auf die Glocke und packt mich, und ich lande am Laternenpfahl, hier.« Er legte den Finger auf den Wangenknochen unterhalb des blauen Auges. »Da war erst mal 'ne ziemliche Beule, und jetzt ist es ein Veilchen. Gibt ja Schlimmeres, aber ich werd's dem Kerl trotzdem heimzahlen, wenn er mir noch mal vor die Füße läuft.«

»Wie sah er aus?«

»Na ja, Herr Kommissar: Sollte besser Verstärkung mitnehmen, wenn ich ihn abpassen will. Ein Schrank ist nichts dagegen.« Spiewak stand auf und deutete mit den Armen die Maße an. »So groß und so breit war der mindestens, ungelogen, Herr Kommissar. Und jetzt denken Sie man nicht, ich hab' mich ins Bockshorn jagen lassen, und deshalb seh' ich ihn größer als in Wirklichkeit oder was, nee. Das Verrückte war nur, als der vor mir auf der Erde landete, dachte ich zuerst, da wär' ein Gorilla vom Himmel gefallen. Wissen Sie, so einer wie ... vielleicht wissen Sie's ja noch. Bis vor ein paar Jahren hatten die vor Umlauff immer so einen Riesenaffen stehen. Ausgestopft. War doch ein Gorilla, oder? Na also. Ein Kerl wie so ein Affe, bloß viel größer. So'n Gorilla geht unsereinem ja bloß bis hier, aber der war ein ganzes Stück größer und breiter. Riesengorilla eben. Ziemlich haarig, tatsächlich, und eine unglaubliche Visage, der hässlichste Affe, den man sich denken kann ... Und dann dieses komische Ringelhemd, als wollte der beim Zirkus anfangen. Vielleicht kam er ja vom Dom. Da müssten Sie mal nachfragen. Auf dem Jahrmarkt drüben am Heiligengeistfeld haben die doch die verrücktesten Attraktionen. Hilft Ihnen das jetzt weiter? Ich kann aber wirklich nicht sagen, ob's nun ein Mensch oder ein Tier war, nee, wirklich nicht. Hat jedenfalls keinen Laut von sich gegeben. Tiere sprechen ja nicht. Der hat auch nicht geredet.«

»Ein gestreifter Affe?«, fragte Hansen.

»Ja, genau. Ist das eine Attraktion aufm Dom? Oder vielleicht ist er bei Hagenbeck weggelaufen.«

Hansen stand auf, ging um den Schreibtisch herum und hielt dem Zeugen einen Notizblock hin. »Schreiben Sie mal Ihre Adresse hier drauf.«

Spiewak zögerte. »Muss das sein?«

Hansen nahm einen Bleistift vom Tisch. »Es muss.«

3

Inzwischen gab es auch eine Garderobe in der Dienstwohnung des Kommissars. Hansen hatte sie eines Nachmittags im Schaufenster eines Trödlerladens bemerkt. Der Händler hatte behauptet, es sei eine original Kaffeehausgarderobe aus Wien. Hansen interessierte nur, dass sie vier Beine hatte, sehr solide wirkte und es nicht nötig war, sie an der Wand anzubringen. Man stellte sie einfach in den Raum und hängte seine Kleider daran. Im Moment hingen neben seinem Regenmantel und einer alten Soldatenjacke ein nach Veilchen duftender Mantel aus feinem Stoff und neben der Lotsenmütze und dem Filzhut ein breitkrempiger Damenhut mit raffiniert geknotetem Zierband.

Hilda war gekommen.

»Eine Dame von Welt darf ja wohl einen Kriminalkommissar in seiner Dienstwohnung besuchen, oder widerspricht das den polizeilichen Moralvorstellungen?«, hatte Hilda Kerner kokett gefragt, nachdem sie sich an Wachtmeister Kelling vorbei in Hansens Privatbereich gedrängt hatte. Der junge Kelling hatte ihr bewundernd hinterhergeschaut, und Hansen musste ihm die Tür vor der Nase zuschlagen, sonst hätte er den ganzen Abend dort gestanden und Maulaffen feilgehalten.

»Moral in diesen Zeiten?«

»Ich fürchte wohl, du hast es schwer«, sagte Hilda, während sie sich prüfend umschaute.

Behutsam setzte sie den Hut ab und reichte ihn Hansen, schüttelte sacht den schwarzen Lockenkopf und küsste ihn auf die Wange. Sie ließ sich den Mantel abnehmen. Dann öffnete Hansen die Tür zum Wohnraum, und Hilda trat ein. Sie stemmte die Hände in die Hüften des für ihre Verhältnisse recht freizügig geschnittenen Kleides und stellte seufzend fest: »Ich dachte mir doch, dass du dem hilflos ausgeliefert bist.«

»Wie bitte?« Hansens Blick ruhte gerade auf ihrem Nacken, und er stutzte, als er Falten am Halsansatz seiner Freundin entdeckte. Die waren ihm bisher noch gar nicht aufgefallen.

»Du willst das doch nicht allen Ernstes als Wohnungseinrichtung bezeichnen?«

»Ich habe noch nicht alle nötigen Möbel besorgt.«

»Möbel, welche Möbel meinst du? Eure Zellen sind wahrscheinlich besser ausgestattet als dieses Wohnzimmer. Oder handelt es sich um den Schlafraum?« Sie deutete auf das Feldbett, das zwischen Tisch und Schrank aufrecht gegen die Wand gelehnt stand.

»Nein, ich habe ja jetzt ein richtiges Bett.«

Hilda deutete auf eine Tür. »Ich nehme an, das da ist die Küche?«

»Ja«, sagte Hansen, und als er sah, dass sie sich dorthin bewegte, fügte er hastig hinzu: »Aber da ist nichts, da muss man gar nicht…« Sie stand jedoch schon im Türrahmen und sah die Bescherung. Sämtliches Geschirr stapelte sich auf einem Tisch neben dem Ausguss, nicht abgespült natürlich.

»Du hast also keine Haushälterin«, stellte Hilda fest.

»Nein.«

»Überhaupt scheint sich kein weibliches Wesen hierher verirrt zu haben.« Jetzt hatte sie auch die Munitionskiste bemerkt, die Hansen als Wäschekorb benutzte.

»Der Chinese aus der Bernhardstraße schickt einmal die Woche seinen Jungen, der erledigt das dann.«

»Soso, und wer macht den Abwasch?«

»Ich, wenn ich Zeit habe.«

»Und als Revierleiter kommt das natürlich selten vor.«

»Ja, es ist viel zu tun in diesen Tagen.«

»Das steht doch schon seit Wochen hier herum.«

Auf der Fensterbank lag eine fleckige Schürze. Sie nahm sie und band sie sich um.

»Nein, hör mal, das sollst du nicht…«, protestierte Hansen kleinlaut.

»Es ehrt dich, mein lieber Heinrich, dass du nicht wie so manche anderen Männer nur heiratest, um jemanden zu haben, der dir deine Welt in Ordnung hält«, sagte sie und stellte den Wassertopf auf den Gasherd.

Er wusste nicht so recht, was er darauf entgegnen sollte.

»Hör mal«, sagte Hansen, »mit einer Schürze gefällst du mir aber gar nicht.«

Sie wirbelte herum. »Ach nein? Gibt es eine, die dir mit Schürze besser gefällt?«

Hansen suchte nach Worten. »So meine ich es nicht.«

»Nein?«

»Die passt doch nicht zu dem hübschen Kleid.«

»Was Groberes wäre dir wohl lieber.«

»Natürlich nicht, das Kleid steht dir doch.«

»Aber es passt nicht zu dir, willst du mir das damit sagen?«

»Wie kommst du denn darauf, ich ...«

»Schon gut!« Sie drehte sich um und begann, das schmutzige Geschirr zu ordnen.

Gerade als der Wasserkessel zu pfeifen anfing, klopfte es an der Wohnungstür. Wachtmeister Kelling hielt ein kleines Köfferchen in der Hand: »Soll ich dies ins Hotel bringen?«, fragte er mit leicht verkniffener Miene.

»Wie bitte?«

Kelling senkte die Stimme. »Die Dame hat den Koffer unten im Wachraum stehen lassen.«

»Diesen?« Hansen starrte das elegante Lederköfferchen an.

»Ja. Ich dachte nur, dass er nicht versehentlich wegkommt. Bei dem Betrieb da unten. Es hat sich übrigens noch nichts Entscheidendes ergeben.«

»Danke.« Hansen nahm ihm den Koffer ab und schloss die Tür.

Ratlos stellte er das Gepäckstück im Wohnzimmer ab. Durch die Tür hindurch konnte er Hilda sehen, die ganz in den Abwasch vertieft war.

»Kelling hat deinen Koffer gebracht.«

Hilda antwortete nicht.

Sie ist doch ein bisschen breiter um die Hüften, als ich dachte, kam es Hansen in den Sinn. Und die Waden ...

Er wäre gern nach unten gegangen. Die ausgeschwärmten Kriminalisten waren von ihren Erkundungsgängen zurück. Deshalb herrschte unten jetzt mehr Betrieb als an normalen Tagen. Hansen hatte alle verfügbaren Kollegen losgeschickt, um Erkundigungen über den rätselhaften Affen einzuholen. »Jede Information ist wichtig«, hatte er ihnen eingeschärft. »Wir haben es mit vier Morden zu tun. Und wie es scheint, ist kein Ende dieser Serie abzusehen, es sei denn, wir finden den Täter. Eine hünenhafte, stark behaarte Person, die an einen Affen erinnert und einen gestreiften Überzieher oder eine gestreifte Jacke beziehungsweise ein Hemd trägt. Sehr wahrscheinlich hat er eine Schussverletzung davongetragen. Die muss jemand behandelt haben. Außerdem kann so ein Kerl doch nicht unsichtbar bleiben!«

»Was tun wir, wenn es sich wirklich um einen Affen handelt?«, fragte ein vorwitziger Polizist.

»Dann sperre ich Sie mit ihm zusammen in einen Käfig!«, hatte Hansen unwirsch erwidert. »Bislang sind nur Angehörige der Halb- und Unterwelt Opfer geworden. Das kann sich schnell ändern. Wir müssen handeln!« Mit diesen Worten hatte Hansen seine Ermittler losgeschickt.

Er setzte sich auf den Stuhl. In einer seltsamen Anwandlung verglich er Hilda mit Lilo Koester, die er kürzlich gesehen hatte. Gegen die geheimnisvolle, mondäne Lilo wirkte Hilda brav und bieder. An ihr haftete nicht ein Hauch der Verruchtheit. Sie wusste sich elegant zu kleiden. Das durfte man von der Inhaberin eines Hutladens erwarten. Sie war durchaus eine unabhängige Person. Auch wenn sie aus kleinen Verhältnissen stammte und nach dem Tod ihres Mannes notgedrungen zur Geschäftsfrau geworden war, weil sie seinen Betrieb weiterführte, war sie eine damenhafte Erscheinung. Aber dieses leichte Zittern, dieses innerliche Beben, das ihn befiel, wenn er Lilo Koester gegenübertrat – wie neulich im Goldenen Füllhorn –, dieses aufregende Gefühl konnte Hilda ihm nicht vermitteln.

Und nun stand sie da und machte den Abwasch. Was wollte sie damit bezwecken?

»Ich muss runter in den Wachraum, die Mordsache, du weißt schon.«

Sie wusste nicht, hob nur resigniert die Schultern und griff erneut nach dem Wasserkessel.

Er eilte nach unten. Ich kann doch nicht da oben herumhocken und einer Frau beim Abwaschen zusehen, wenn womöglich wichtige Informationen eingebracht werden. Natürlich würden ihm Ermittlungsergebnisse unverzüglich mitgeteilt, würden Berichte geschrieben werden. Außerdem wurden alle Informationen noch einmal vom koordinierenden Beamten, Oberwachtmeister Schenk, zusammengefasst. Aber manchmal ging es um Minuten, nicht wahr?

Wäre ich bloß selbst losgegangen, statt mich mit dem ewigen Papierkram zu befassen und mich dabei von Hilda überrumpeln zu lassen. Wird man dazu Kommissar, dass man wie ein Fisch auf dem Trockenen zappelt, gestrandet am Schreibtisch oder am Küchentisch, geködert von sanften Worten, gefesselt durch Fürsorglichkeit?

Herrgott noch mal! Immer wenn Hilda in seiner Nähe auftauchte, kam er aus dem Tritt und verlor seinen gesunden Menschenverstand, ja sogar die Fähigkeit, klar zu denken. Hinzu kam dieses vage Gefühl, am Unglück eines anderen schuld zu sein und nicht zu wissen, warum und wie man es ändern konnte.

Kelling hatte Recht gehabt. Es herrschte Betrieb im Wachraum. Die üblichen Probleme mit betrunkenen Nachtschwärmern, betrügerischen Huren und schlitzohrigen Ganoven. Währenddessen kehrten die Ermittler mit jeder Menge Neuigkeiten zurück, nur Erkenntnisse bezüglich eines gestreiften Affen brachten sie nicht mit. Suchte dieses Phantom das Viertel nur auf, um zu morden, und verschwand dann woandershin?

Hansen lehnte inmitten des Trubels an einem Schreibpult. Er war nachdenklich, ins Grübeln versunken, weder ansprechbar für seine Untergebenen noch für die lamentierenden oder protestierenden »Kunden« jenseits der Absperrung.

Wieder und wieder kreisten in seinem Kopf die Bilder der vier Leichen um einen leeren Mittelpunkt: ein Spieler mit zerschossenem Kopf, ein Spitzel in der Totenkammer der Finkenbude, ein Lude im Hinterhof und ein am Trichter aufgehängter Rauschgifthändler. Was verband diese Männer miteinander? Offensichtlich nur die Tatsache, dass sie durch Genickbruch getötet wurden. Von einem affenähnlichen Monstrum. Der Spieler war von außerhalb gekommen, war wahrscheinlich nur für eine gewisse Zeit in der Stadt. Vielleicht hatte er jemanden geschröpft und war deshalb umgebracht worden. Aber warum hatte der Mörder ihm das Geld nicht abgenommen? Karpfenmaul war nichts weiter als ein armseliger Kleinganove gewesen. Sollte ausgerechnet er etwas erfahren haben, das jemandem gefährlich werden konnte? War er Zeuge oder Mitwisser gewesen? Was verband Frankfurter-Ede vom Zuhälterverein Bruderliebe mit dem Rauschgifthändler Kurt Filbry? Eigentlich nichts. Waren sie und die beiden anderen doch nur zufällig zu Opfern geworden? Mussten sie sterben, weil sich ihre Wege grundlos mit dem eines mordlüsternen Ungeheuers gekreuzt hatten?

»Ich kann das nicht glauben!«, sagte Hansen laut.

Wachtmeister Kelling stand neben ihm. »Ist die Dame schon gegangen?«, fragte er.

»Was?« Hansen zuckte zusammen. »Ach, herrjeh!«

Er eilte durchs Treppenhaus nach oben.

Sie saß schluchzend auf dem Rand des Feldbetts. Wieso hatte sie es aufgestellt? Es stand mitten im Wohnzimmer. Er schaute sich um. Hatte sie etwa angefangen, auch hier sauber zu machen?

»Hilda!«

Sie begann laut zu weinen. Er setzte sich zu ihr.

Irgendwann sank ihr Kopf gegen seine Brust, irgendwann lehnten sie sich zurück. Später lagen sie auf dem Bett im Schlafzimmer. Einmal lachte sie laut auf. Aber dann ging sie doch mitten in der Nacht fort, und Hansen fragte sich, ob sie wohl wiederkommen würde.

4

Im Dunkel der Nacht verließ er die Wache, und kaum hatte er den ersten Schritt auf dem Pflaster getan, ging es ihm schon besser. Er hatte mit Herzklopfen im Bett gelegen, in seinem Kopf waren zahlreiche Phantome herumgegeistert, kaum dass er die Augen geschlossen hatte. Wie sollte man auch schlafen, wenn man vier Morde aufzuklären hat, einen Riesenaffen suchen musste, außerdem gerade einmal wieder eine Lebensgefährtin verloren hatte und immer wieder an dieses eigenartige Gemälde erinnert wurde, das womöglich von der verschollenen Schwester stammte?

Die Luft war frisch, und er bildete sich ein, er könnte das Meer riechen. Aber das war es nicht, was ihn belebte. Es war die breite Straße mit den Leuchtreklamen, Lichtergirlanden, grellen Reklameschildern, rhythmisch aufflammenden Buchstaben und dem Strom der Nachtschwärmer, die aus allen Richtungen kamen, in alle Richtungen gingen, in Trauben herumstanden, sich wieder in Bewegung setzten. Hin und wieder verloren sie einen, der sich festhalten ließ von einem auffällig geschminkten Mädchen oder einer Eingebung folgend Kurs auf den Eingang einer Bierhalle nahm, aus dem die Klänge einer Blaskapelle dröhnten.

Auf St. Pauli konnte man jede Nacht eine Orgie der Lebenslust miterleben, jedenfalls so lange, bis die ersten Sonnenstrahlen unbarmherzig über die Dächer krochen: Dann verfiel das Viertel in eine behäbige Müdigkeit, dämmerte verkatert dahin, träge und gleichgültig. Nur nachts sprudelte einem das Vergnügen aus allen Winkeln entgegen, lag ein Glanz über allem, gegen den das morgendliche Sonnenlicht blass und kränklich wirkte.

Hansen fühlte sich wohl in dieser Welt des bunten Scheins, auch wenn er nur zu genau wusste, dass die Schattenseite des Glanzes hier noch dunkler und düsterer war als in anderen Gegenden der Stadt. Hier rechnete man in jedem Moment mit allem und als Polizist immer mit dem Schlimmsten. Dann war der Schrecken, wenn wirklich etwas passierte, nicht mehr so groß. Das hieß nicht, dass man abstumpfte, im Gegenteil, man wurde empfänglich für das Menschliche und Allzumenschliche und gewöhnte sich daran, dass Tragödie und Komödie oftmals dicht beieinander lagen.

Hier stößt du Tag für Tag oder besser Nacht für Nacht auf wahre Größe bei den kleinsten Leuten und auf Kleinheit bei den ganz Großen. Du darfst dich überraschen lassen, auch von dir selbst. St. Pauli ist eine harte Schule, dachte Hansen, und in all den Jahren hast du viel gelernt, vor allem eines: Traue deinen Augen nicht! Hinter jeder Glitzerfassade findet sich ein dreckiger Hinterhof.

Aber jetzt steuerte er zielstrebig die schmuddeligste Ecke des Viertels an.

Vor der Finkenbude lungerten die üblichen abgerissenen Gestalten herum. Hansen zog sich die Mütze ins Gesicht und trat in den schummrigen Schankraum. Auf den Bänken an den Wänden saßen zusammengesunkene Männer, schlampig gekleidete Frauen, in den Ecken befummelten sich Paare. Die meisten Gäste waren betrunken, und die Voyeure, die immer wieder kamen, weil sie von diesem verruchten Lokal gehört oder gelesen hatten, waren längst verschwunden.

Ludwig Allaut stand auf einem Stuhl und demonstrierte einigen Beifall gröhlenden Gästen, warum man ihm den Spitznamen Zungenathlet gegeben hatte. Hansen trat mit raschen Schritten zu ihm und zischte ihm ins Ohr: »Wenn du fertig bist, sprechen wir uns! Verstanden?« Allaut nickte und befestigte ein Gewicht an einem Haken mit Eisenkette.

Hansen baute sich vor dem Gitter auf, hinter dem der Wirt saß und gegen Vorkasse Schnapsflaschen durch eine schmale Öffnung schob. Es gab Viertel-, halbe oder ganze Flaschen, keine Gläser. Wer sich nicht mindestens eine Viertelflasche leisten konnte, musste jemanden finden, mit dem er zusammenlegen konnte. Hansen legte kein Geld hin, sondern ließ kurz seine Polizeimarke aufblitzen. Der Wirt ließ das Gitter herunter, schloss die Geldkassette ab, klemmte sie sich unter den Arm und kam aus seinem Kabuff. Hansen folgte ihm. Der Wirt kramte einen

Schlüssel aus seiner Hosentasche und öffnete ein Vorhängeschloss, das einen eisernen Riegel sicherte.

Sie traten in eine Art Büro. Der Raum war klein, die kärgliche Einrichtung schäbig. Hansen war schon mal hier gewesen und kannte die Philosophie des Inhabers: »Wenn diese Schwachköpfe da draußen mein Lokal abbrennen, geht nichts verloren, was nicht sowieso wertlos wäre.« Seine Einnahmen brachte der Wirt jeden Tag auf die Bank. Es war nicht wenig.

Hansen setzte sich auf die Ecke des Schreibpults. »Na, Stuhlmann, dann erzählen Sie mir mal von dem Affen.«

»Weiß gar nicht, wovon Sie reden.« Der Wirt lehnte sich gegen die Wand und betrachtete den Eisenring mit den vielen Schlüsseln in seiner Hand.

»Fichte, dieser Säufer, der seinen Rausch ausgeschlafen hat, als die Leiche bei Ihnen in der Totenkammer über der Leine hing, hat uns erzählt, sie hätten ihn gesehen.«

»Wen? Fichte?«

»Den Affen.«

»Nee, Tiere sind hier verboten. Wir haben nur Läuse.«

»Ist ja auch kein Affe, ist nur ein Mensch, der so aussehen soll wie ein Affe. Ziemlich groß, behaart.«

»Muss ja 'ne Furcht erregende Erscheinung sein.«

»Zum Ausgleich trägt er ein Ringelhemd oder einen Matrosenüberzieher mit Streifen.«

Stuhlmann hob die Schultern. »Weiß nichts davon.«

»Ich will wissen, ob der hier war und ob jemand was mit ihm zu tun hatte.«

»Ich denk', Sie wissen's schon.«

»Ich will wissen, was Sie wissen.«

»Ich weiß nichts.«

»Sie sollten mir entgegenkommen, Stuhlmann, angesichts des Lumpenpacks, das bei Ihnen verkehrt.«

»Ich arbeite mit den Altonaern zusammen. Sie sehen ja, dass ich meinen Laden wieder aufmachen durfte. Ich weiß nicht, was Sie jetzt noch von mir wollen.«

»Ich suche den Affen«, beharrte Hansen.

»Hören Sie mal, Herr Kommissar, ich bin nicht verpflichtet, mit Ihnen zu sprechen.«

»Soll ich die Altonaer kommen lassen?«

»Tun Sie, was Sie nicht lassen können. Ich werde solange meinen Schnaps verkaufen.« Stuhlmann rasselte mit seinem Schlüsselring.

»Ach, leck mich am Arsch«, sagte Hansen und verließ das Büro.

Ludwig Allaut wartete schon auf ihn und trippelte ihm hinterher nach draußen. Sie gingen die Finkenstraße entlang Richtung Nobistor. Nur vereinzelt kam ihnen eine Gestalt entgegen. Weiter vorn glänzten die Leuchtreklamen der Großen Freiheit.

»Ich komm' aber nicht mit rüber, Herr Kommissar«, sagte Allaut.

»Ich will dir heute nichts.«

»Trotzdem.«

»Wie du meinst. Dann also nur ein paar Fragen.«

»Wenn's nicht zu lange dauert. Mir ist kalt.«

»Bin ja schon froh, dass du überhaupt reden kannst«, sagte Hansen leutselig. »Bei dem, was du so mit deiner Zunge anstellst.«

»Sie hätten mich erst mal beim Zirkus sehen sollen, Herr Kommissar.«

»Wie war's denn im Krankenhaus?«

»Sie haben mich ziemlich bald wieder rausgeschmissen. Sie wissen ja, wie das ist, unsereiner muss selbst gesund werden.«

»Wie ist das denn eigentlich passiert?«

»Was?«

»Das mit dem Hals.«

»Als ich in den Suezkanal rein bin, baumelt auf einmal dieser Affe vor mir. Und ich sag': Mach Platz, du Idiot, ich hab's eilig! Geh an ihm vorbei, und er springt mir aufn Rücken und packt mich am Kopp. Erst denk ich, der will mir den Hals umdrehen, dann rutscht er ab, und ich will mich aufrappeln, da packt er mich am Hals.«

»Und dann?«

»Na ja, ich sag' mal so: Das war das einzige Mal, wo ich dachte, meine Zunge ist mir im Weg. Keine Luft mehr gekriegt. Wenn der Kerl mit der Knarre nicht aufgekreuzt wäre, hätte mein letztes Stündlein geschlagen. Kam wie so'n Schutzengel aus dem Nichts. Eigentlich zum Lachen, der hatte nämlich nichts Richtiges an. Nur so'n Morgenmantel. Aber 'ne Knarre dabei, die hält er dem Affen an den Kopf. Und der – so blöd kann der nicht sein – lässt los und springt über die nächstgelegene Mauer. Und der Heini mit der Knarre gibt mir'n Tritt, damit ich ihn nicht anglotze. Wollte nicht, dass ich ihn erkenne. Komischer Schutzengel. Und sagte, ich soll abhauen. Hab' ich auch gemacht. Aber wenn Sie mich fragen, hatte der auch eine Scheißangst, trotz seiner Pistole.«

»Was wolltest du denn im Suezkanal?«

»Bestellung abliefern.«

»Bei wem?«

»Drei-Finger-Erna.«

»Was für eine Bestellung?«

Allaut blieb stehen. »Also, Herr Kommissar, da muss ich jetzt aber die Aussage verweigern. Die braucht halt machmal so Sachen, die man nicht überall kriegen kann.«

»Und der Mann im Morgenmantel hatte eine Pistole? Was für eine?«

»Revolver. Aber jetzt hör'n Sie mal, Herr Kommissar. Hier ist es mir ein bisschen zu hell. Man muss doch auf sein Renommee achten. Wenn ich neben ihnen gesehen werde …«

»Wart noch 'ne Sekunde. Guck mal hier.« Hansen holte eine Rolle aus der Manteltasche.

»Was soll'n das sein?«

»Ein Gemälde. Karpfenschnauze hatte es in der Tasche, als ich ihn in der Totenkammer gefunden habe.«

»Sie sollten das nicht so zusammenrollen. Davon geht die Farbe kaputt.«

»So eins hängt auch bei Käppen Haase.«

»Ich weiß. Man hat ja 'nen Blick für so was als Künstler.«

»Als Künstler?«

»Klar, ich hab' früher so Plakate für den Zirkus gemalt. Große Dinger auf Holzplatten. Später hab' ich versucht, hier aufm Kiez Reklameschilder zu verkaufen. Aber ich bin immer besser mit Tieren klargekommen. Bei den Frauen stimmte immer was mit den Proportionen nicht. War auch schwierig, Modelle zu kriegen. Hab's dann aufgegeben.«

»Weißt du, wer das gemalt hat?«

»Nee, muss aber jemand aus dem Viertel sein. Im Panoptikum gibt's auch so eins in der Art. Ist gar nicht schlecht gemalt, aber ein Profi war es nicht. Das sieht man am Strich.«

»Im Panoptikum?«

»Im Schaufenster hab' ich's gesehen. Aber ich muss jetzt ... Da drüben steht schon einer, den ich kenne. Nichts für ungut, Herr Kommissar.«

Allaut rannte los, überquerte die Reeperbahn und verschwand in der Menschenansammlung vor dem Eingang der Honolulu-Bar.

Hansen trat zu einem Heißwurststand an der Ecke und bestellte zwei Wiener mit viel Senf.

Sieh mal an, überlegte er, während ihm die Schärfe des Senfs in die Stirnhöhle kroch, die Sache wird immer komplizierter, aber langsam kommt Struktur hinein.

SIEBTES KAPITEL

Freunde auf Abwegen

1

»Was ist denn noch?« Die Tür wurde heftig aufgerissen. »O, Sie sind es, Herr Kommissar. Na, hören Sie mal, eine Dame so spät am Tag noch rauszuklingeln!«

»Es ist mitten in der Nacht, Erna.«

»Sag ich doch.« Sie schnaufte entrüstet.

Drei-Finger-Erna trug Arbeitskleidung: ein eng anliegendes Kostüm aus Leder. In der Hand hielt sie eine Reitpeitsche.

»Womit darf ich denn dienen?«

»Lass mich rein, Erna.«

»Also eigentlich hab' ich jetzt Feierabend.«

»Ich auch Erna, eigentlich.«

»Dann kommen Sie halt rein.« Sie zog die Tür auf.

Hansen folgte ihr ins Wohnzimmer.

Erna wandte sich um und sah ihn unsicher an. »Also ist das jetzt ein Privatbesuch?«

»Ich hab' kein Privatleben, Erna.«

»Ach so, ich dachte nur, weil Sie sagten, Sie hätten Feierabend.«

»Eigentlich, Erna. Aber als Polizist bin ich immer im Dienst.«

»Na ja, da hab' ich auch schon manchen hier gehabt. Zuletzt sogar ein großes Tier aus dem Stadthaus. Hab' sein Bild später in der Zeitung gesehen.« Sie schaute ihn listig an, so wie jemand, der ein interessantes Geschäftsangebot unterbreitet hat.

Hansen ließ sich seufzend in einen Sessel fallen. »Will ich gar nicht wissen.«

»Wenn Sie müde sind, gehen Sie nach Hause und legen sich ins Bett.«

»Bist ja so mürrisch, Erna. Schlechte Nacht gehabt?«

»Auf Sie bin ich gar nicht gut zu sprechen, Herr Kommissar.« Sie schlug sich mit der Peitsche gegen den hohen Stiefelschaft.

»Fühlst du dich von uns schlecht behandelt?«

»Allerdings. Ihr tut doch nichts. Rückt einem nur auf die Pelle, wenn ihr was wollt. Aber wenn unsereins ein Problem hat, kneift ihr.«

»Ganz so ist es wohl doch nicht, Erna. Was willst du mir denn nun mitteilen?«

»Er schmeißt wieder mit Steinen.«

»Du meinst den Jungen?«

»Ja, ja. Da hat man mal ein Anliegen, und mein Freund und Helfer schlägt es in den Wind.«

»Der Junge ist ausgebüxt, Erna.«

»Na fein. Und ich dachte, ihr steckt ihn ins Zuchthaus.«

»Dafür ist er noch zu jung. Eine Fürsorgerin hat sich um ihn gekümmert. Und der ist er weggelaufen.«

»Ha! Und jetzt soll ich mich wohl um ihn kümmern?«

»Kein falscher Gedanke. Wenn du es tätest, wäre bald wieder Ruhe.«

»Soll ich ihm Angst machen?« Erna hob die Hand und ließ die Peitsche durch die Luft sausen.

»Das hat schon jemand anderes besorgt. Nein, du sollst ihm etwas zurückgeben, was er hier liegen gelassen hat. Deshalb belästigt er dich, weil er glaubt, du hättest ihn bestohlen.«

»Ich hab nix geklaut, ich hab' noch nie jemanden beklaut!«

»Na, na, na.«

»Der hatte doch nichts. Was soll ich dem denn weggenommen haben. Höchstens seine Unschuld, und an die hat er sich geklammert wie ein Schiffbrüchiger an den Rettungsring.«

»Angeblich hat er eine Jacke hier liegen lassen.«

»Jacke, was denn für eine Jacke?«

»Ein Smoking wird's nicht gewesen sein.«

»Ach, dieser olle Lumpen?«
»Du hast sie doch hoffentlich nicht weggeworfen?«
»Bei mir kommt nichts weg, Herr Kommissar.«
»Dann hol sie mal her.«
»Ich hätte nicht übel Lust, sie als Pfand zu behalten.«
»Was soll das denn nun wieder heißen?«
»Für Kost und Logis, dafür hat er ja gar nichts berappt.«
»Keine Kinkerlitzchen jetzt, Erna. Hol die Jacke!«
»Ja, ja.« Erna ging in den Flur. Als sie zurückkam, trug sie über ihrem Kostüm einen Morgenmantel. Sehr rücksichtsvoll, dachte Hansen. Endlich beginnt sie wieder, sich manierlich zu benehmen.

Sie hielt ihm eine Jacke hin. Sie war dunkelblau und aus festem Baumwollstoff, wie sie Arbeiter oder Handwerker trugen. Hansen durchsuchte die Taschen und fand nichts. Merkwürdig, der Junge hatte doch so großen Wert darauf gelegt.
»War da nicht noch was drin?«
Erna kniff die Augen zusammen. »Nein.«
»Wirklich nicht?«
»Also hören Sie mal, Herr Kommissar, wenn Sie mich jetzt hier des Meineides bezichtigen wollen.«
Hansen bemerkte ein Loch in der Innentasche. Da war etwas durchgefallen und steckte nun im Futter. Er zwängte zwei Finger durch das Loch, bis er den Gegenstand zu fassen bekam.
»Was kann so ein Bengel schon bei sich haben? Einen Bindfaden und ein Messer, was sonst?«, bemerkte Erna.
»Eine Trillerpfeife«, stellte Hansen fest.
»Kinderkram.« Erna rümpfte die Nase. »Damit kann unsereins gar nichts anfangen.«
»Wer weiß«, murmelte Hansen nachdenklich. »Ich nehm' sie mit und die Jacke auch.«
»Ist zwar mein Pfand gewesen, aber wenn der Bengel dann endlich mit dem Steineschmeißen aufhört.«
»Wird er«, sagte Hansen. Zumindest hoffte er es. Er stand auf.
»Also dann ...«

»Ich bin ja wirklich nicht nachtragend«, stellte Erna zufrieden fest.

Hansen drehte sich um. »Eins noch, Erna.«

Sie sah ihn erschrocken an. »Was denn?«

»Der Mann, der den Revolver hier vergessen hat, als er bei dir Schutz suchte …«

»Ja?«

»… wer war das?«

»Ich sagte doch, dass ich darüber nicht …«

»Der Zungenathlet hat mir erzählt, dass der Mann ihm geholfen hat, als er angegriffen wurde.«

»So?«

»Hat ihn praktisch gerettet.«

»Davon weiß ich nichts.«

»Aber ich weiß, dass Ludwig Allaut des Öftern hier vorbeischaut.«

»Dann und wann. Kann ja vorkommen oder? Ist ein offenes Haus.«

»Dann und wann bringt er was mit.«

»Hat er gequatscht?«

»Bisschen. Wird noch mehr quatschen, wenn ich kräftig genug nachfrage.«

»Der weiß doch nichts.«

»Er weiß, was er dir immer bringt, und dass du's brauchst.«

Erna kratzte sich am Kopf, strich sich nervös über den Morgenmantel. »Also, Herr Kommissar, was wollen Sie jetzt wissen?«

»Den Namen des Herrn, der hier Schutz gesucht hat.«

Sie blickte zu Boden.

»Wir können uns auch auf der Wache weiter unterhalten, Erna. Kann den Zungenathlet noch dazu einladen. Machen wir ein Schwätzchen zu dritt. Irgendwas kommt bei solchen Übungen immer heraus.«

»Es war der Chef vom Tingeltangel.«

»Jan Heinicke?«

»Wenn Sie's doch schon wissen, warum fragen Sie mich dann? Ich hab' nichts gesagt. Alle wissen, dass ich nie was sage.«

Hansen lächelte freundlich. »Na, Erna, war das jetzt so schlimm?«

Sie sah ihn finster an. »Kommen Sie mir bloß nicht wieder mit so 'ner Erpressung, Herr Kommissar.«

»Ich bin Polizist, Erna.«

»Na, eben. Sag' ich ja immer: Ihr seid die Schlimmsten.«

Damit entließ sie ihn. Hansen trat in den Hinterhof und warf einen Blick auf die Rückwand des Salons Tingeltangel. Hinter den kleinen Fenstern der Garderoben brannten keine Lichter mehr. Es war jetzt früher Morgen. Die letzte Vorstellung war lange vorbei, das Varieté sicherlich verlassen.

Die feuchte Kälte des Herbstmorgens kroch Hansen in den Nacken. Er warf sich Kalles Jacke über die Schulter und schritt durch den Suezkanal zur Reeperbahn. Im Oberschenkel verspürte er ein leichtes Ziehen: die Ankündigung eines Rheumaanfalls.

2

»Neunzehn Könige, meine Damen und Herren! Besuchen Sie den großen Karl und den alten Fritz und ihre Verwandschaft aus aller Welt! Belauschen Sie Götter und Nymphen! Lernen Sie die Dichterfürsten Goethe und Schiller kennen! Habt keine Angst vorm Kriegsgott Mars, Mors, Mors, liebe Gäste, Freund Hummel ist auch schon da! Bewundern Sie das lebende Gemälde Tanagra, tauchen Sie ein in die Märchenwelt von Dornröschen und Aschenputtel, lernen Sie einen türkischen Harem aus eigener Anschauung kennen. Hört, Hört! Das Panoptikum lädt ein. Vier Riesen haben wir zu bieten. Sie sind allesamt sehr zutraulich. Treten Sie näher, Damen und Herren. Alle Persönlichkeiten der Menschheitsgeschichte und dazu die schönsten und feinsten Damen von Welt warten darauf, Ihre Bekanntschaft zu machen. Hereinspaziert!«

Der Mann mit dem Sandwichplakat, auf dem in bunten Buchstaben Werbung für das Panoptikum in der Wilhelmshalle gemacht wurde, war schon heiser vom Schreien. Dem sollten sie mal ein Megafon in die Hand drücken, dachte Hansen, als er näher trat.

Das Gebäude der Wilhelmshalle wirkte am Tag, wenn die üppigen Lichtergirlanden ausgeschaltet waren, von außen klotzig und kahl. Das Reklamegeschrei war durchaus angebracht, denn Unkundige ahnten ja nichts von den Fantasielandschaften in den zahlreichen üppig eingerichteten Sälen.

Rechts und links neben dem Eingang waren kleine Geschäfte, Zigarren wurden hier verkauft, eine Konditorei bot feines Gebäck an, ein Juwelier Uhren und Schmuck. Im Eingangsbereich, unter einem Schild mit dem strengen Schriftzug »Wilhelmshalle«, standen beleuchtete Schaukästen, in denen interessierten Passanten ein Vorgeschmack auf die Attraktionen des Hauses geboten wurde.

Hansen ging zielstrebig auf den Eingang zu. Im Fenster des Juweliergeschäfts bemerkte er das Gesicht des Inhabers, der sich über seine Auslagen beugte. Er hob die Hand. Der Juwelier senkte den Kopf noch tiefer, um den Gruß zu erwidern. Hansens Blick fiel in den Verkaufsraum der Konditorei nebenan. Er verlangsamte seinen Schritt. Dieses Mädchen, die Kleine da mit den blonden Haaren, kannte er die nicht irgendwoher? Er blieb stehen und ließ seinen Blick über die Torten und Kuchen im Schaufenster schweifen. Die kleine Blonde nahm eine Tüte in Empfang und legte ein paar Münzen auf den Verkaufstresen. Hansen bemerkte, dass sich sein Herzschlag beschleunigt hatte. Na, na, dachte er, nu man langsam mit den jungen Dingern, sonst geht dir noch die Puste aus.

Das Mädchen verabschiedete sich lächelnd und trat nach draußen. Unter ihrem einfachen Mantel trug sie ein gerade geschnittenes Alltagskleid. Hansen trat ihr in den Weg. Sie schaute auf und zögerte. Das Lächeln auf ihrem Gesicht erstarb. Mensch, Hein, rief Hansen sich zur Ordnung, kein Polizeiblick, sei freundlich! Er nickte ihr zu. Sie runzelte die Stirn, schien sich dann zu erinnern und blieb stocksteif stehen, die Tüte mit dem Gebäck gegen die Brust gepresst.

Hansen ging ein Licht auf. Diese blauen Augen! Natürlich. Ihm fiel wieder ein, wo er diese auffällig blauen Augen schon einmal gesehen hatte: in der Sophienburg. Herrjeh, dachte er, ausgerechnet in so eine musst du dich vergucken, alter Junge!

Den Kopf leicht eingezogen stand sie da und schaute ihn abwartend an.

»Entschuldigung?«, fragte sie, als er noch immer nichts sagte.

Wie hieß sie noch? Hatte irgendjemand ihren Namen erwähnt?

»Herr … Kommissar? Ist das richtig?«

»Ja, ganz recht.«

»Ich war nur … Hab' mir ein Franzbrötchen gekauft.«

»Hmhm.«

»Ist mein freier Tag heute, da bin ich immer schon früh auf den Beinen.« Sie wurde rot.

So eine und rot werden! Hansen schüttelte leicht den Kopf.

»Ich darf doch hier …?«, fragte sie stockend.

»Ja, natürlich. Wo soll's denn hingehen?«

Sie deutete auf den Eingang der Wilhelmshalle. »Ich wollte mir die Wachspuppen anschauen.«

»Du bist wohl noch nicht lange hier?«

»Nein.«

»Soso.«

Sie blickte sich um, trat einen Schritt zur Seite, senkte die Stimme: »Mir wurde gesagt, wenn ich mich anständig kleide und ganz unauffällig bleibe, kann ich auch ruhig mal bummeln gehen am Tage. Das ist doch richtig, oder?«

»Sicher.«

»Ich meine nur, weil Sie mich so angucken.«

»Unauffällig bist du ja nicht gerade, Mädchen.«

Sie schaute an sich hinab. »Aber ich hab' doch extra den Mantel und das Kleid angezogen.«

»Deine Augen, Mädchen.«

»Was? Aber … aber ich kann doch keine Sonnenbrille tragen. An so einem trüben Tag.«

»Nein, das wäre auch zu schade.«

Wieder wurde sie rot.

»Na, dann komm mal mit.«

Sie trat einen Schritt zurück, stieß gegen das Schaufenster und sah aus, als wollte sie zu weinen anfangen. »Aber, bitte, nein!«

»Ins Panoptikum, Mädchen. Da will ich doch auch gerade hin.«

»Was?« Sie starrte ihn entgeistert an.

»Neunzehn Könige und vier Riesen und 'ne ganze Menge mehr. Auf geht's!«

Zögernd ging sie neben ihm her auf den Eingang des Panoptikums zu. Ihr fiel das Franzbrötchen wieder ein, das sie gerade gekauft hatte. »Darf ich?« Sie hielt die Tüte hoch.

»Sicher, solange du dem Kaiser nicht den Bart vollkrümelst. Aber selbst dann. Du stehst ja unter dem Schutz der Polizei. Und der Kaiser hat bekanntlich nichts mehr zu melden.«

Sie lächelte. »Aber neunzehn Kaiser auf einmal?«

»Die haben nicht alle einen Bart, Mädchen.«

»Ich heiße Ilse, Herr Kommissar«, sagte sie schüchtern und fügte hinzu: »Ich mag es nicht, einfach nur Mädchen genannt zu werden, jedenfalls privat, meine ich.«

»Ilse? Schön. Und weiter?

»Oswald.«

»Geht in Ordnung, Fräulein Oswald. Für mich bist du Ilse.«

Im Durchgang zum Vestibül kamen sie an den Glaskästen vorbei. Vor dem letzten blieb Hansen abrupt stehen.

»Findest du dieses Bild nicht seltsam?«, fragte er.

Sie kaute, schluckte und nickte zustimmend. »Sehr düster, nicht? Und geheimnisvoll. Wie ein böser Traum.«

Es war das Bild, von dem Allaut gesprochen hatte. Das dritte in der beunruhigenden Serie des Künstlers »E. H. II«, Hansen hatte die Signatur sofort bemerkt. Aber auch sonst ähnelte das

Gemälde den anderen beiden. Wieder war da diese halb bekleidete Frau, deren Gesichtszüge ihn an seine Schwester erinnerten. Diesmal stand sie, eine Hand mahnend erhoben, vor einer Reihe brennender Häuser, aus denen schwarzer Rauch quoll. Menschen flüchteten vor dem Flammenmeer. In der Qualmwolke hockte ein höhnisch grinsender Teufel, von dessen Krallen Fäden nach unten reichten zu einer Gruppe von Jungen, die einander im Vordergrund verprügelten.

Ilse beugte sich nach unten, um das Schild zu entziffern, auf dem der Titel des Gemäldes vermerkt war: »Der große Brand.«

»Hätte man sich auch denken können«, sagte sie enttäuscht.

»Vielleicht ist der große Brand von Hamburg im letzten Jahrhundert gemeint«, mutmaßte Hansen, obwohl er es besser wusste.

»Aber wer ist diese Frau da? Und wieso hockt der Teufel dort?«

»Tja, wer ist das?«, murmelte Hansen.

Sie traten in das Entree des Wachsfigurenkabinetts. Hansens Begleiterin blickte sich staunend um. Wände und Decken waren mit Spiegeln und vergoldeten Ornamenten verziert.

Hansen ging zum Kassenhäuschen und verlangte den Direktor zu sprechen. Die Kassiererin, eine Frau mit dunklen Haaren und sehr dicken Brillengläsern, schüttelte zuerst ablehnend den Kopf, um dann aufzuspringen, als sie den Kommissar erkannte.

»Verkaufen Sie erst der Dame hier ein Billett.«

»Ja, bitte«, sagte Ilse Oswald und legte ihr bereits abgezähltes Geld hin.

Sie bekam ihre Karte und blieb stehen.

»Na, dann viel Spaß«, sagte Hansen und deutete mit dem Kopf Richtung Eingangshalle.

»Ja, also dann, danke schön.«

»Wofür?«

Sie senkte den Kopf und ging durch das säulengeschmückte Vestibül auf eine weiße Marmortreppe zu und stieg nach oben – vorbei an der ersten Wachsfigurengruppe, einer »Grottenquelle der badenden Nymphen, vom lüsternen Pan belauscht«.

Der Direktor, ein Herr in schwarzem Anzug, mit länglichem Gesicht und kahlem Kopf, eilte herbei. Er strich mit beiden Händen mehrmals nervös über das Sakko, blieb stehen und verbeugte sich steif.

»Herr Kommissar Hansen, was verschafft mir die Ehre Ihres werten Besuchs?« Er schien nervös zu sein und sprach etwas zu laut.

Hansen gab ihm die Hand und bekam einen unangenehm feuchten Händedruck.

»Nur eine Kleinigkeit, Herr Wörner. Ich interessiere mich für ein Bild, das draußen im Schaukasten hängt.«

»Ein Bild?« Der Direktor riss die Augen auf. Er war einer von den Menschen, die ein normaler Sachverhalt in allergrößtes Erstaunen versetzen konnte.

»Ein Gemälde mit dem Titel ›Der große Brand‹.«

»Ja, in der Tat, es hängt dort im Kasten.«

»Mich interessiert, wer es gemalt hat und woher Sie es bekommen haben.«

»O, das tut mir Leid, aber das kann ich Ihnen nicht sagen.«

»Sie müssen doch wissen, woher Sie das Bild haben.«

»Für derartige Anschaffungen ist im Allgemeinen unser künstlerischer Berater zuständig.«

»Aha, und wer ist das?«

»Herr Jessen.«

»Gut, spreche ich also mit dem.«

»Im Moment ist das leider kaum möglich, er ist außer Haus.«

»Vielleicht können Sie einfach mal in Ihren Unterlagen nachsehen, ob nicht irgendwo ein Vermerk gemacht wurde. Es handelt sich doch wohl um einen Kauf? Oder ist es eine Leihgabe?«

»Ja, da müsste ich mich in der Tat zunächst einmal kundig machen.«

»Soll mir recht sein, Herr Direktor.«

Wörner strich sich wieder mit den Handflächen über das Sakko. »Ist etwas mit dem Bild nicht in Ordnung?«

»Das weiß ich nicht«, antwortete Hansen vage.

»Es ist doch hoffentlich nicht gestohlen worden?«

»Ich vermute nicht, aber ich muss da etwas nachprüfen.«

»Sie versetzen mich in Angst und Schrecken, Herr Kommissar.«

»Es handelt sich nur um eine Routinenachfrage.« Hansen wusste, dass gerade diese Beschwichtigungsformel immer den gegenteiligen Effekt hatte.

»Ja also, wenn es so ernst ist, dann bitte ich Sie also, in mein Büro mitzukommen. Wenn Sie mir folgen möchten, Herr Kommissar.«

Hansen fing einen misstrauischen Blick der Kassiererin auf, deren Augen von den dicken Brillengläsern vergrößert wurden.

Über ein kahles Treppenhaus gelangten sie in ein verstaubt wirkendes Büro.

Direktor Wörner suchte im Schreibtisch nach einem Schlüssel. Nachdem er den Rollschrank aufgeschlossen hatte, fuhr er mit dem Finger über die Rücken der Aktenordner. Es dauerte eine Weile, bis er den richtigen fand.

»Hier müsste doch ...«, murmelte er vor sich hin, während er die Seiten umblätterte.

Hansen setzte sich auf einen Stuhl und wartete.

Nach einer Weile fand der Direktor das gesuchte Rechnungsblatt. »Aha, hier, na bitte, es hat doch alles seine Ordnung und seine Richtigkeit. Sie sehen mich erleichtert, Herr Kommissar. Das Gemälde wurde direkt vom Künstler gekauft. Sehen Sie?« Er hielt Hansen den Ordner hin.

Auf einem Rechnungsbogen war handschriftlich mit Federhalter vermerkt: »Ankauf, Gemälde, Öl, mittleres Großformat, Motiv ›Der große Brand‹ von E. Hansen, Ankauf direkt.«

»Es war ja recht billig.« Hansen deutete auf den Kaufbetrag.

»Nun ja, das war vor einigen Wochen. Die Inflation, wie Sie wissen, Herr Kommissar. Was gestern noch hundert Reichsmark kostete, kann morgen schon doppelt so teuer sein. Schwierige Zeiten, gerade für uns Geschäftsleute, ständig ändern sich die Grundbedingungen unserer Kalkulationen und ...«

»Schon gut.« Hansen deutete auf die Unterschrift am unteren Rand des Papiers: »Da steht E. Hansen. Den Vornamen kennen Sie nicht?«

»Nein, also, wie gesagt, unser künstlerischer Berater ist in diesem Fall zuständig.«

Hansen deutete auf das Telefon. »Können Sie ihn nicht anrufen?«

»Das tut mir Leid, aber er befindet sich zurzeit in Lübeck.«

»Aha. War der Künstler nun eine Frau oder ein Mann?«

»Ja, jetzt wo Sie danach fragen, fällt mir ein, dass es wohl eine Frau gewesen sein muss.«

»Wie sah sie aus?«

»Kann ich nicht sagen. Aber ich erinnere mich, dass Herr Jessen, als er das Bild herunterbrachte, noch sagte, sie sei eigenartig gewesen.«

»Eigenartig? Wie meinte er das?«

»Das nun wiederum weiß ich nicht. In diesem Moment kam nämlich etwas dazwischen, und unser Gespräch wurde unterbrochen.«

»Gerade das wäre wichtig für mich.«

»Stets zu Diensten, Herr Kommissar, aber leider in diesem Fall … Sie müssten dann wohl doch Herrn Jessen fragen.«

»Wann ist er wieder zurück?«

»In einigen Tagen.«

»Es ist wirklich sehr schlecht, dass die Adresse der Künstlerin nicht vermerkt ist.«

»Ja, in der Tat«, gab Wörner verlegen lächelnd zu. »Aber Sie wissen ja, wie das ist, Herr Kommissar. Künstler sind ein unstetes Volk, heute hier, morgen da und manchmal ganz ohne feste Bleibe.«

»Haben Sie noch ein anderes Werk dieser Künstlerin im Haus?«

»Tja, da müssten wir wieder Herrn Jessen befragen.«

»Schauen Sie doch einfach mal Ihre Bücher da durch.«

»Ist es so dringend wichtig?«

»Sehr.«

Direktor Wörner suchte hektisch in verschiedenen Ordnern, wischte sich mehrmals den Handschweiß am Jackett ab und fand nichts.

»Ich bin untröstlich, Herr Kommissar.«

»In jedem Fall haben Sie mir weitergeholfen, und ich danke Ihnen dafür.«

»Darf ich Sie etwas fragen, Herr Kommissar?«

»Bitte.«

»Diese Geschichte mit dem Riesenaffen, es war heute Morgen in den Zeitungen … Was hat es denn damit auf sich? Man traut sich ja kaum noch nachts auf die Straße … Ist das wirklich ein Raubtier, das Menschen mordet?«

»Ein Tier? Nein. Wir suchen nach einem Menschen.«

»Also in der Zeitung las es sich, als würde eine entlaufene Bestie über die Dächer von St. Pauli klettern und nach Opfern suchen.«

»Lassen Sie sich doch nicht von diesen Tintenklecksern ins Bockshorn jagen, Herr Wörner. Oder wollen Sie etwa den Kerl aus Wachs nachbilden lassen?«

Der Direktor hob die Hände. »Gott bewahre, Herr Kommissar.«

»Es handelt sich um einen gemeinen Mörder, sonst nichts!«, erklärte Hansen unwirsch.

Er verabschiedete sich und ging gedankenverloren ins Erdgeschoss hinunter. Er hatte die Unterschrift gesehen: »E. Hansen«, das konnte doch nur Erna Hansen bedeuten, oder? War es wirklich ihre Schrift gewesen? Aber wieso hinterließ sie solch auffällige Spuren und nahm keinen Kontakt mit ihm auf? Ihn zu finden, war nun wirklich einfach. Was sollte dieses Versteckspiel, und was bezweckte sie mit den eigenartigen Bildern? Aber Moment, dachte Hansen, mache ich mir nicht etwas vor, wenn ich davon ausgehe, dass diese Bilder für mich gemalt wurden? Dafür gibt es keinerlei Anhaltspunkte. Ich drehe mich im Kreis und halte den Wirbel um mich herum für ein Abbild der Wirklichkeit. Ich gebe mich Illusionen hin. Ist das nicht eigenartig, dass mir das neuerdings passiert?

»Herr Kommissar?«

Jemand zupfte ihn am Ärmel. Ilse mit den ungeheuer blauen Augen. Auch so eine Illusion. Solche Mädchen konnte es doch gar nicht geben. Und jetzt hatte sie offenbar auch noch Zutrauen zu ihm gefasst.

»Sie sind ja so nachdenklich, Herr Kommissar.«

Hansen kniff das eine Auge zu, dann das andere und musterte sie.

»Was machen Sie da?«

Sie sah immer gleich niedlich aus, die kleine Ilse. Und wenn sie ihre Augen so neugierig aufriss wie jetzt, bildete man sich ein, dass da irgendwo in diesem Blau ein freundliches Geheimnis verborgen lag.

»Ich nehme dich in Augenschein.«

»Ja, und? Was hat das zu bedeuten?«

»Nur was Gutes, Ilse.«

»Na schön.«

»Bist du schon durch mit den Puppen?«

Er nahm sie sanft am Arm, und sie gingen zusammen nach draußen.

»Ich wusste gar nicht, dass es da so viel zu sehen gibt. Ich dachte, da seien nur ein paar Könige und Königinnen.«

»Und Riesen.«

»Ja, aber auch ein Gebirge mit einer Grotte und Höhlen und ein Garten und Märchenbilder und sogar dieser schreckliche Seeräuber ...«

»Störtebeker.«

»Ja, und am besten hat mir die Loreley gefallen.«

»Nanu, warum?«, fragte Hansen ehrlich erstaunt. Er war bislang immer davon ausgegangen, dass die Loreley nur von Männern verehrt wurde.

»Weil sie so wunderbar romantisch ist.«

»Und den Brand hast du auch gesehen?«

»Ja, das war schön schrecklich. Ist das wirklich so schlimm gewesen?«

»Hmhm.« Hansen blieb stehen. »So, nun guck' dir mal das Haus hier an.«

»Das ist doch die Polizeiwache.«

»Ganz recht. Da arbeite ich. Und ganz oben wohne ich sogar.«

»So?«

»Wenn du also mal Hilfe brauchst, weißt du, wo du hingehen musst.«

»Jawohl, Herr Kommissar.« Wieder überzog eine sanfte Röte ihr Gesicht. »Aber warum sollte ich Hilfe brauchen?«

»Kann schnell passieren, wenn man in der Heinrichstraße arbeitet.«

»Herbertstraße heißt sie jetzt.«

»Ja, ja.«

»Was ich seltsam finde, eigentlich müsste die Straße doch einen Frauenamen haben, nicht?«

Sie lachte, machte einen Knicks und eilte davon.

3

Die Mädchen waren nackt bis auf ein knappes Blumengebinde an den Hüften und eine Blüte, die die Scham bedeckte. Auf dem Kopf Blumenkränze, tollten sie durch einen bunt glitzernden Märchenwald und verbargen ihre Brüste hinter großen Papierblumen. Ab und zu gaben sie keck den Blick auf ihre Reize frei. Dazu ertönte der seltsame Rhythmus eines amerikanischen Jazztanzes.

Nachdem sie eine Weile fröhlich herumgesprungen waren, bekamen sie es mit der Angst, denn ein faunartiger Zwerg hüpfte zwischen den Bäumen hervor und zupfte an den Blütenblättern. Nach und nach verloren die Tänzerinnen ihren Blumenschutz, bis sie schließlich so gut wie nackt dastanden. Der Faun sprang zwischen ihnen umher. Zuerst liefen sie vor ihm davon, dann wurden sie zutraulicher, reichten ihm die Hand. Die Musik setzte kurz aus, der Faun stieß einen Pfiff aus, und aus dem Wald sprangen weitere Zwerge, und ein fröhlicher erotischer Reigen begann, der in einem wirren Tumult endete. Der Vorhang fiel, die Musik erstarb. Die Lichter im Saal gingen an.

»Na ja, Tingeltangel«, kommentierte Heinrich Hansen die Aufführung, »sah eher nach Ringelrangel aus.«

»Du hast gut lästern, Heinrich«, sagte Jan Heinicke. »Aber das ist es, was die Leute sehen wollen.«

»Nackte Mädchen.«

»Bunte Tänze, verwunschene Welten.«

»Diese Zwerge waren ja abscheulich.«

»Die Faune waren Lilos Idee.«

Sie saßen in einer Nische in der Nähe der Bühne des Salons Tingeltangel, dem Varieté-Theater, das Jan Heinicke zwanzig Jahre zuvor eröffnet hatte. In guten Zeiten hatte ihm das Lokal so viel eingebracht, dass er weitere Vergnügungsetablissements eröffnen konnte. Jetzt war es das einzige, das ihm noch verblieben war, vermutete Hansen. Bei den Geschäftsleuten auf St. Pauli wusste man allerdings nie ganz genau, wo sie ihre Hände mit drinhatten.

»Lilo berät dich in künstlerischen Fragen?«, wunderte sich Hansen.

»Nun ja, als stille Teilhaberin darf sie natürlich gelegentlich einen Vorschlag machen.«

»Sie hat sich bei dir eingekauft?«

»Warum nicht? Wir kennen uns schon seit Urzeiten. Sie vertraut mir, ich vertraue ihr.«

Das kannst du deiner Großmutter erzählen, dachte Hansen.

»Sieh dich doch um«, sagte Heinicke und beschrieb eine weitläufige Geste durch den Ballsaal des Varietés. »Ich musste renovieren lassen. Das Tingeltangel war veraltet. Der ganze Plüsch und das dunkle Rot passten nicht mehr in die Zeit. Lilo hatte die Idee, Grün und Blau mit Gold zu kombinieren. Und dann die Einrichtung im neuesten Schick. Art déco nennt man das.«

»Soso.« Hansen fand, dass die Einrichtung kalt wirkte. Zu viel Metall, zu viele weiße Flächen, zu viele Ecken und Kanten, zu grelle Lampen. »Und im Goldenen Füllhorn hat sie ja neuerdings auch ein Wörtchen mitzureden.«

»Sie ist Geschäftsführerin.«

»Wie ich hörte, habt ihr die Rollen getauscht.«

»Was meinst du damit?«

»Du bist jetzt Geschäftsführer.«

»Wer erzählt denn so einen Unsinn?«

»Stimmt es etwa nicht?«

»Alles Unsinn!«

Heinicke zog eine goldene Taschenuhr aus der Weste, die sich über seinen Bauch spannte. Er roch nach Schweiß.

»So, jetzt muss ich aber wieder ins Büro.« Heinicke griff nach dem Jackett, das er über die Lehne eines eleganten Sessels gelegt hatte, und erhob sich.

Hansen sprang auf. »Gut gehen wir nach oben.«

Heinicke sah ihn erstaunt an. »Was ist denn noch?«

»Mensch, Jan. Du glaubst doch nicht, dass ich hierher gekommen bin, um mir deine Mädchen anzugucken und zu plaudern.«

»Ich dachte ...«

Hansen schüttelte den Kopf. »Schön wär's. Aber ich bin dienstlich hier.«

Heinicke versuchte zu lächeln. »Ach Gott, Heinrich. Du machst ja ein Tamtam. Was ist denn los? Bislang haben wir doch alle Probleme gemeinsam in den Griff bekommen. Um was geht's denn?«

»Um den Affen.«

»Was?«

»Du weißt schon, was ich meine. Ein kleines Ringelrangel im Suezkanal mit Affe, Revolver und einem kleinen Gauner. Auch Drei-Finger-Erna spielt eine gewisse Rolle darin.«

Heinicke ließ sich wieder auf den Ledersessel fallen. Er war blass geworden. »Mensch, Heinrich«, klagte er. »Da denkt man, du kommst in aller Freundschaft vorbei und willst an die alten

Zeiten anknüpfen, und dann kehrst du den Polizisten raus und machst alles kaputt. Ich weiß gar nicht, wieso ich überhaupt noch mit dir rede.«

»Weil ich Polizist bin, Jan, deswegen.«

Die Empörung auf Heinickes Gesicht wich einem Ausdruck großer Trauer und Niedergeschlagenheit. »Ich suche einen Freund und finde einen Widersacher. Das soll wohl mein Schicksal sein.«

Hansen legte ihm eine Hand auf die schmale Schulter. »Mensch, Jan, nu bleib mal aufm Teppich! Bislang sind wir doch ganz gut längsgekommen, und das soll sich doch auch in Zukunft nicht ändern. Und wenn ich dich als Zeugen befragen muss, hat das doch mit unserer Freundschaft nichts zu tun.«

»Ich hab das Gefühl, du schnüffelst mir ständig hinterher.«

»Ich bin Polizist, Jan. Mir untersteht die Davidwache. Ich muss auf St. Pauli aufpassen. Eine leichte Aufgabe ist das nicht, das weißt du. Schon gar nicht in diesen Zeiten.«

»Ja, ja, zuerst Polizist und dann Mensch.«

»Red' keinen Unsinn, Jan. Wenn du mich nicht hättest, wäre dein Füllhorn längst geschlossen. Und das Tingeltangel wahrscheinlich auch.«

»Das ist noch lange kein Grund, mich als Verbrecher zu behandeln.«

»Wie kommst du denn darauf? Zunächst einmal befrage ich dich als Zeugen.«

Heinicke seufzte und machte eine wegwerfende Handbewegung. »Tu doch, was du nicht lassen kannst.«

»Immerhin hast du einen Mitmenschen davor bewahrt, einem Gewaltverbrechen zum Opfer zu fallen.«

»Hat er also gequatscht, dieser kleine Schubiak? Na ja, was soll man auch von einem erwarten, der Zungenathlet heißt.«

»Ludwig Allaut ist dir dankbar.«

»Dann hätte er mal lieber den Mund gehalten.«

»Warum denn?«

»Weil man nur in Schwierigkeiten kommt, wenn man mit euch Udels zu tun hat!«, rief Heinicke wütend aus.

»Einen Orden kann ich dir nicht verleihen, da musst du dich an den Bürgermeister wenden.«

»Du redest auch nur Blödsinn.«

»Du hattest einen Revolver dabei.«

»Da siehst du es wieder, wie du versuchst, mir klammheimlich einen Strick zu drehen! Ja, ich habe einen Revolver dabeigehabt. Na und? Viele Leute tragen heutzutage eine Waffe bei sich. Auf dem Kiez erst recht. In diesen Zeiten ist das ja wohl kein Wunder.«

»Ich mache dir gar keinen Vorwurf. Woher hattest du ihn?«

Heinicke lachte hämisch auf. »Schon wieder. Merkst du denn nicht, wie du redest?« Er ahmte Hansens Tonfall nach: »›Ich mache dir keinen Vorwurf‹ und dann: ›Woher hattest du ihn‹. Na, bravo!«

Hansen wunderte sich, dass sein Jugendfreund derart verstimmt war. Er winkte ab. »Gut, lassen wir das. Willst du mir wenigstens erzählen, was du im Morgenmantel draußen auf der Straße getrieben hast?«

»Nein.«

»Wohnst du denn hier im Haus?«

»Das geht dich nichts an!«

Hansen seufzte. »Versuchen wir es anders: Du warst also draußen im Suezkanal und dann?«

»... seh ich zwei Kerle miteinander ringen. Erkannte den Zungenathleten. Sah so aus, als wollte der andere ihn erwürgen. Ich hab' den Revolver gezogen und ihm gedroht. Da ist er auf und davon.«

»Was ein Revolver ist, weiß er also genau«, überlegte Hansen laut.

»Wieso auch nicht?«

»Wie sah der Kerl aus?«

»Ich denke, das wisst ihr längst? Sehr groß, ziemlich breit. Größer als du und breiter. Sehr behaart. Deshalb nennt ihr ihn doch den Affen oder?«

»Das Gesicht?«

»Ne Affenvisage, wie soll ich das anders sagen. Breit und hässlich, platte Nase, breites Maul, kleine Augen. »

»Behaart?«

»Nee. Haben Affen denn Haare im Gesicht?«

»Kleidung?«

»So ein Seemannshemd mit Streifen oder ein Überzieher.«

»Hose.«

»Hatte er auch an. Irgendeine verdammte Hose.«

»Schuhe?«

»Ja, Segeltuchschuhe mit Gummisohlen.«

»Also ein Mensch, kein Tier.«

»Habt ihr ernsthaft geglaubt, ein Tier läuft hier rum und bricht den Leuten das Genick?«

»Er wurde bislang eher wie ein Tier beschrieben.«

»Das ist ein Mensch, glaub's mir.«

»Und er hat Angst vor Schusswaffen.«

»Wer hat das nicht.« Heinicke machte wieder Anstalten aufzustehen. »Reicht das jetzt endlich?«

»Nein. Ich will noch wissen, was dann passiert ist.«

»Nichts. Ich bin zurück.«

»Bist du nicht. Du hattest so viel Angst, dass du bei Drei-Finger-Erna übernachtet hast.«

»Bei der alten Schabracke?«

»Du kennst sie gut. Deshalb warst du im Morgenmantel da draußen.«

Heinicke blickte seinen Freund entsetzt an. Er wurde kreidebleich.

»Du hast außerdem deine Waffe bei ihr vergessen.«

»Sei still«, sagte Heinicke tonlos.

»Mit dem Revolver wurde später auf Menschen geschossen.«

Heinicke starrte einige Sekunden ins Leere. Dann fasste er sich wieder. »Sie hat behauptet, er wäre ihr gestohlen worden. Bestimmt hat sie ihn verkauft.«

»Du hast ihn nicht wieder zurückbekommen?«

»Wie denn?«

»Auf dem Kiez sind die Wege kurz.«

»Quatsch.«

»Der Affe wurde vermutlich mit deinem Revolver angeschossen.«

Heinicke stemmte sich aus seinem Sessel hoch. »Willst du mich jetzt auch noch als Mörder hinstellen? Das ist ja mal wieder typisch. Geh jetzt bitte. Oder verhafte mich meinetwegen. So oder so. Ich sage nichts mehr.«

Hansen stand auf und hielt ihm die Hand hin. »Vergiss nicht, dass ich dein Freund bin, Jan.«

Heinicke sah an ihm vorbei. Als Hansen sich schon umgedreht hatte, hörte er ihn hinter sich: »Wahrscheinlich bist du es nie gewesen.«

Ich hab das ganz falsch angestellt, ärgerte sich Hansen beim Hinausgehen, hätte schärfer rangehen müssen. Ich werde alt und sentimental dazu.

4

Noch mehr ärgerte er sich über das, was Wachtmeister Schenk ihm zurief, als er die Davidwache betrat: »Winckler hat angerufen. Scheint wieder an unserem Affen Gefallen zu finden.«

Als Hansen sein Büro im zweiten Stock betrat, entdeckte er auf seinem Schreibtisch den Grund für Wincklers wiedererwachtes Interesse. Jemand hatte ihm mehrere Zeitungsexemplare hingelegt. Der »Hamburger Anzeiger« brachte es als Titelgeschichte: »MORDSERIE AUF ST. PAULI – SCHON VIER TOTE!«. Im »Fremdenblatt« stand die Nachricht weiter unten auf Seite eins: »MYSTERIÖSE MORDE AN DER REEPERBAHN«. Im »Hamburgischen Correspondent« machte man sich auf Seite zwei Gedanken über »LÄHMUNG DES POLIZEIAPPARATS« und das »Mittagsblatt« titelte: »GORILLA MORDET AUF ST. PAULI – POLIZEI RATLOS, BEVÖLKERUNG IN PANIK«. Das »Hamburger Echo« schlug in die gleiche Kerbe: »ANGST

UND SCHRECKEN AN DER REEPERBAHN«, hieß es auf Seite drei.

Na klar, dachte Hansen, wenn sie es erst mal in der Presse bringen, dann ist so einer wie Winckler schnell wieder dabei. Wenn Aussicht besteht, ins Rampenlicht zu kommen, mischt er gern wieder mit. Und später lässt er sich als Helden feiern. Kennen wir doch schon. Diese Paradekriminalisten von der Mordabteilung lassen uns die Dreckarbeit machen und stehen später als Ermittlungsgenies in den Zeitungen.

Irgendjemand will mich hier ärgern, dachte er, nachdem er die Artikel überflogen hatte. Er ging rüber ins Schreibzimmer und fragte den jungen Kelling, wer die Zeitungen rangeschleppt habe. Die seien mit einer Lieferung aus dem Stadthaus gekommen, erklärte der und fügte hinzu: »Haben Sie schon gehört? Wir kriegen den Winckler wieder. Der soll den Affen fangen.«

»Ja, ja.« Hansen machte kehrt und rannte beinahe einen schmächtigen Herrn um, der hinter ihm eingetreten war. Der Mann sprang gerade noch rechtzeitig beiseite und lächelte verlegen.

»Entschuldigung, ich hab's eilig«, brummte Hansen.

Der Mann nahm seinen Hut ab. Ein schmales feines Gesicht unter schon schütter gewordenem Haar kam zum Vorschein. Er trug eine Nickelbrille.

Hansen blieb abrupt stehen. »Nanu, Klaas? Was machst du denn hier?«

»Guten Tag, Heinrich.« Klaas-Hennig Blunke hielt den Hut vor die Brust und klammerte sich an die Krempe, als wollte er sich auf diese Weise vor dem Versinken bewahren. Einst war auch er Mitglied der verschworenen Gemeinschaft der Kaperfahrer gewesen. Damals vor einem Vierteljahrhundert hatte er zusammen mit Heinrich von einer glorreichen Zukunft geträumt, Abenteuerromane gelesen und über Seeräuber und Entdecker gefachsimpelt. Einige Jahre später übernahm er das Grünhökergeschäft seiner Eltern, und das Einzige, was ihn heute noch mit den aufregenden Geschichten über ferne Länder verband, war die Bezeichnung »Kolonialwaren«, die auf dem Schaufenster in der Jägerstraße stand. So weit immerhin hatte er es gebracht, aber genau wie Heinrich hatte er es versäumt, eine Familie zu gründen, und war ledig geblieben. Im Vergleich zu Hansen wirkte er inzwischen älter, so als wäre er im Laufe der Jahre leicht verblasst.

»Ist was passiert?«

»Nein, nein«, sagte Blunke leise. »Ich wollte nur mit dir reden.«

»Passt jetzt schlecht, alter Junge. Was hältst du davon, wenn ich später oder morgen bei dir vorbeikomme?«

»Es ist dringend«, sagte Blunke noch leiser.

»Also ist doch was passiert?«

»Ich hoffe nicht.«

»Wenn es um eine Anzeige geht, kannst du auch mit Kelling hier sprechen, der nimmt alles auf, und dann später noch kurz in mein Büro reinschauen.«

»Bitte!« Blunke schien zusammenzuschrumpfen. »Es ist was Persönliches.«

Hansen hätte ihn am liebsten stehen gelassen. Er dachte an Winckler und dass er im Stadthaus anrufen und um Aufklärung bitten musste.

»Na, dann komm halt mal mit.« Hansen eilte ihm voraus den Flur entlang.

Als er dann hinter seinem Schreibtisch saß und auf den nervösen Blunke hinabblickte, der zusammengesunken auf dem Besucherstuhl saß, verwandelte sich dessen Gesicht vor seinem geistigen Auge in das des kleinen Klaas. Hansen riss sich zusammen und lächelte freundlich. »Na, Klaas, was führt dich zu mir? Wir haben uns ja wochenlang nicht gesehen.«

»Monate sind's her«, sagte Blunke.

»O, das tut mir Leid.«

»Macht ja nichts. Ich weiß doch, wo ich dich finde, wenn ich dich brauche.«

»Das ist wahr. Also, wo drückt dich denn der Schuh?«

Blunke griff nach dem Hut, den er sich auf den Schoß gelegt hatte. Seine Fingerknöchel verfärbten sich weiß, so fest hielt er die Krempe umklammert. Er holte tief Luft.

»Ich möchte eine Vermisstenanzeige aufgeben.«

Hansen seufzte innerlich. Das hätte Kelling nun wirklich auch erledigen können.

»Ist jemand verloren gegangen?«

»Ja.«

Herrgott, ist der zugeknöpft, dachte Hansen, früher konnte er reden wie ein Buch. »Jemand, den ich kenne?«

»Ja.«

»Wer?«

Blunkes bleiches Gesicht bekam rötliche Flecken.

»Ein ... Knabe ...«, sagte er leise.

»Wie bitte?«

»Ein ... junger Mann ...«

Hansen griff nach einem Bleistift. »Name, Alter, Aussehen, Herkuft, Zivilstand.«

»Ich weiß nur seinen Vornamen, Karl.«

»Viel ist das nicht. Wo kommt er denn her?«

»Das kann ich nicht sagen.«

»Hm. Aber wie alt er ist?«

»Fünfzehn, sechzehn, würde ich sagen.«

»Aha, seine Eltern?«

»Weiß ich nicht.«

»Letzter Wohnort.«

»Bei mir.«

Hansen sah erstaunt von seinem Notizblock auf.

»Beschreibung?«

»Blonde Haare, bisschen zu lang, graue Augen, ungefähr so groß wie ich, neue Kleider, blaue Jacke, kariertes Hemd, schwarze Hose, schwarze Schnürstiefel, auch die neu.«

Hansen starrte seinen Jugendfreund an. Er deutete mit dem Bleistift auf ihn, eine anklagende Geste, die Blunke zusammenzucken ließ.

»Kalle? Du hast Kalle versteckt?«

»Karl … ich hab ihn Karl genannt …«, stotterte Blunke. Er war jetzt leichenblass. Der Hut zitterte.

»Karl wie? Hat er dir wenigstens seinen Nachnamen genannt?«

»Nein, ich sagte doch …«

»Neue Kleider«, las Hansen von seinem Notizzettel ab. »Wo hat er die her?«

»Ich hab' sie ihm gekauft, er hatte doch nichts.«

»Du? Was hast du denn überhaupt mit ihm zu schaffen?«

»Er … ist mir zugelaufen.« Blunke verzog verlegen das Gesicht.

»Zugelaufen? Wie ein Hund?«

»Na ja, ich glaube, er hatte Angst vor etwas.«

»Hat er dir erzählt, dass er hier in der Zelle gesessen hat?«

»Nein. Aber warum denn das?«

»Mordzeuge, verwahrlost, minderjährig, Herumtreiber, angehender Ganove, wenn du mich fragst.«

»Zu mir war er immer höflich.«

»So? Dass er der Fürsorge weggelaufen ist und auf unserer Fahndungsliste steht, hat er dir wohl höflichst verschwiegen.«

»Heinrich, ich konnte das doch nicht wissen. Ich wollte ihm helfen.«

»Wo hast du ihn aufgegabelt?«

»Ich sagte doch … er ist mir … Er kam in den Laden, na ja, es war eigentlich so …« Blunke brach ab.

»Er hat dir was geklaut. Du hast ihn ertappt.«

»Nicht direkt. Es war ja nur ein Apfel. Er war ja so schmutzig und hungrig und hilfsbedürftig.«

»Du hast ihm was zu essen gegeben, und da ist er dann geblieben.«

»Nicht gleich. Später kam er wieder. Irgendwann, nachdem wir uns unterhalten hatten, bot ich ihm an zu bleiben.«

»Und du hast dich ausnutzen lassen.«

»Aber nein, ich habe mich gefreut …« Blunke schluckte, sein Hut zitterte noch immer.

»Hast dich wohl an die alten Zeiten zurückerinnert?«, fragte Hansen freundlicher. »Als wir noch rumgezogen sind und ab und zu Obst stiebitzt haben.«

»Ja, natürlich.« Blunke atmete erleichtert auf.

»Na gut. Und jetzt ist er verschwunden, und du fühlst dich ausgenutzt.«

»Ja, nein. Also, er ist weg, aber ohne sich zu verabschieden. Er war aber wirklich immer sehr höflich und hatte gute Umgangsformen.«

»Soso.«

»Doch doch, Heinrich, der kommt aus gutem Hause, was immer ihn von dort vertrieben hat. Deshalb hätte ich erwartet, dass er Auf Wiedersehen sagt. Da er das nicht getan hat … fürchte ich, ihm ist etwas zugestoßen.«

»Hoffentlich hat der Affe ihn nicht erwischt«, brummte Hansen.

»Was?«

»Ich sagte doch, dass er in eine Mordgeschichte verwickelt ist.«

Blunke riss die Augen auf. »Diese Sache mit dem Affen, die in der Zeitung stand?«

»In diesem Zusammenhang haben wir ihn aufgegriffen.«

»O Gott!«

»Als Zeugen. Ansonsten hat er hier und da Unfug getrieben, na ja, nichts Bedeutendes.«

»Aber wenn dieser Affe hinter ihm her ist …«

Hansen nickte. »Könnte sein, dass er in Gefahr ist, weil er Zeuge war.«

»Aber das ist ja schrecklich.«

»Hatte er eine Waffe bei sich?«

»Wie bitte?«

»Einen Revolver, Armeewaffe – das Tatwerkzeug im Zusammenhang mit dieser verdammten Gorillageschichte.«

»Nein, warum? Sollte er? Ich hoffe doch nicht.«

»Ich auch, Klaas, ich auch.«

»Kannst du was in der Sache unternehmen, Heinrich? Ich meine, ihn finden? Musst du nicht sowieso, wo er doch Zeuge ist?«

»Ja, natürlich, außerdem ist er ein jugendlicher Herumtreiber. Wenn er sich noch in unserem Revier befindet, werden wir ihn eher früher als später finden. Er ist in ganz Hamburg und Altona zur Fahndung ausgeschrieben. Die Meldung geht auch an alle anderen Polizeidienststellen in Deutschland.«

Blunkes Miene hellte sich auf, seine Hände wurden ruhiger. »Gut, ich danke dir.«

»Da nich für.«

»Darf ich ab und zu mal nachfragen, ob sich etwas ergeben hat?«

»Du scheinst ihn ja wirklich ins Herz geschlossen zu haben.«

Blunke strich mit den Händen über die Hutkrempe und schwieg.

»Also dann.« Hansen stand auf. »Wir werden ja sehen.«

Blunke erhob sich zögernd. »Danke, Heinrich.«

»Ist ja schon gut.«

Sie gaben sich die Hand. Blunke hielt die von Hansen einen Moment lang fest.

Erst als Blunke schon fast aus der Tür war, ging Hansen ein Licht auf. »Klaas!«, rief er so laut, dass sein Freund zusammenschreckte. »Hast du dem Jungen die Trillerpfeife geschenkt?«

Blunke nickte. »Weil er doch allein war,« murmelte er. »Für den Fall, dass er in Gefahr geraten könnte.«

Hansen drehte sich um und ging zum Schreibtisch zurück. Er setzte sich hin, stemmte die Ellbogen auf die Tischplatte und legte das Kinn auf die Handballen. Er schloss die Augen und dachte: Um Himmels willen! Klaas und Kalle. Das darf doch nicht wahr sein!

Jetzt erst, nach all den Jahren, wurde ihm klar, warum ihm sein Jugendfreund in manchen Momenten eigenartig vorgekommen war.

Als das Telefon klingelte, nahm Hansen den Hörer ab. »Kommissar Hansen«, meldete er sich mechanisch und unkonzentriert. Klaas Blunkes Besuch hatte ihn ins Grübeln gebracht. Deshalb reagierte er zunächst gar nicht auf das, was die undeutliche, muffig klingende Stimme am anderen Ende der Leitung stockend sagte. Erst als das Wort »Waffenlager« wiederholt wurde und die Begriffe »Spartakisten«, »Gewehre«, »Granaten« und »Dynamit« fielen, rief er laut: »Moment bitte! Wer spricht da?«

»Das spielt doch keine Rolle.«

»Ich kann Sie kaum verstehen.«

»Das spielt doch keine Rolle!«

»Wenn Sie Ihren Namen nicht nennen, kann ich der Angelegenheit nicht nachgehen.«

Die Stimme schwieg.

»Sprechen Sie oder geben Sie die Leitung frei!«

Hansen hörte leises Fluchen, gefolgt von einem leisen Rascheln, dann war die Stimme deutlicher und klarer zu hören: »Gottverdammt, Heinrich, hörst du nicht, was ich sage.«

»Geben Sie die Leitung frei! Ich lege jetzt auf!«

»Zum Donnerwetter, wenn's denn unbedingt sein muss, hier spricht Jan.«

»Wie kommst du denn dazu ...«, fragte Hansen erstaunt.

»Ja, ja, das tut doch nichts zur Sache«, stieß Heinicke verärgert hervor. »Hast du nicht mitbekommen, was ich gesagt habe?« Er wiederholte seinen Bericht, und Hansen kritzelte mit einem Bleistift Stichworte auf seinen Notizblock: »Kellerraum, Kl. Freiheit zw. Peter- u. Marienstr., Waffen, KP, Hausnr. 7, Wachposten, Fluchtweg hinten, Pläne, Aufstand, dringend«.

»Das ist in Altona, Jan, dafür bin ich nicht zuständig.«

»Nicht zuständig, bei so einer Sache?«

»Warum hast du nicht in Altona angerufen, wenn es so dringend ist?«

»Da kenne ich doch niemanden. Wer weiß, ob die mir glauben.«

»Warum sollte ich dir glauben?«

»Heinrich, warum sollte ich dich anlügen?«
»Woher hast du diese Informationen?«
»Es sind sichere Quellen, Heinrich!«
»Woher?«
»Ich weiß, dass es wahr ist, Heinrich!«
»Woher!«
»Ganz direkt … ich hatte … das Angebot … mitzumachen.«
»Wobei?«
»Dem Geschäft.«
»Mit den Kommunisten? Wer noch?«
»Herrgott, Heinrich, das muss doch genügen.«
»Wie kommst du dazu, in solchen …«

Ein Knacken, ein leises Summen, und die Verbindung war unterbrochen.

Hansen wählte sofort die Nummer vom Tingeltangel. In Heinickes Büro hob niemand ab. Er griff zum Telefonbuch und suchte die Nummer von Heinickes Privatwohnung heraus. Ebenfalls Fehlanzeige. Was nun?

Er stützte den Kopf auf die linke Hand und zeichnete mit dem Bleistift in der rechten die Buchstaben auf dem Notizblock nach. Dann schrieb er ein Wort dazu: »Razzia«, und dahinter ein Fragezeichen. Nach einer Weile verwandelte sich das Fragezeichen in ein dickes Ausrufezeichen.

Heinrich Hansen griff nach dem Telefon und wählte die Nummer seiner preußischen Kollegen in Altona.

ACHTES KAPITEL

Colt M 1917

1

Mit einem gut gezielten Steinwurf zerschmetterte der Flüchtende die Laterne, die in der Mitte von Pfeiffers Gang an einer schiefen Hauswand angebracht war. Die eben noch diffus beleuchtete enge Passage zwischen Kleiner und Großer Freiheit lag im Dunkeln. Die gerade noch vernehmbaren Schritte von Verfolger und Verfolgtem erstarben.

Hansen hielt die Luft an. Irgendwo musste der Kerl doch sein – in eine Ecke gedrückt, atemlos, da musste doch ein Keuchen oder Stöhnen zu hören sein! Weit genug hatte er ihn gejagt, von der Peterstraße über das Pflaster der Kleinen Freiheit unter dem Torbogen hindurch und rein in diese schmale Gasse, in der es keine Versteckmöglichkeit gab.

Alles, was er hörte, war sein eigenes Luftschnappen. Mein lieber Freund, dachte er, bist auch schon mal frischer gewesen. Seit wann verschlägt's dir denn so schnell den Atem?

Leises Knirschen von Ledersohlen auf Stein. Hansen tastete nach der Mauser, knöpfte das Halfter auf und zog die Pistole. Es war kaum etwas zu erkennen. Rechts und links Gemäuer von zwei- und dreistöckigen Häusern, Fenster und Türen, dunkelgraue Schatten, halbschwarze Schatten, tiefschwarze Schatten. Knarrte da eine Tür, quietschte da ein Fensterscharnier?

Er befand sich im Feindesland und er war allein. Hier in den engen Straße und Gassen der Altonaer Altstadt hatte die Polizei nicht viel zu melden. Die Abeiterschaft, deren Revier das hier war, organisierte ihr Zusammenleben selbst. Eine Razzia in dieser Gegend war sehr schwierig. Man konnte noch so vorsichtig vorgehen, sich noch so gut tarnen – sobald die Polizei anrückte, verbreitete sich die Nachricht in Windeseile von Tür zu Tür, von Fenster zu Fenster, sogar durch die Wände schien man hier zu kommunizieren. An diesem Abend aber war es den vereinten Polizeikräften von Altona und Hamburg gelungen, nicht nur das Waffenlager, sondern auch eine Gruppe von Verschwörern, die sich dort zusammengefunden hatte, dingfest zu machen.

Beim Abtransport war allerdings etwas schief gegangen: Hansen, der seine Leute um das gestürmte Gebäude herum postiert hatte, erkannte einen der Männer, die aus dem Keller getrieben wurden. Die Altonaer Einsatzleitung hatte bestimmt, dass die Festgenommenen in einen abgesperrten Bereich auf der Kleinen Freiheit getrieben werden sollten.

Im selben Moment, als Hansen seinen Jugendfeund Pit Martens unter den Festgenommenen entdeckte, zeigten sich an zwei Fenstern im ersten Stock zwei Halbwüchsige, spannten ihre Zwackeln und zertrümmerten mit Eisengeschossen die beiden Laternen, die den Platz erhellten. Die Polizisten reagierten panisch und schossen um sich. Im allgemeinen Durcheinander gelang es einigen Kommunisten zu flüchten.

Während der Altonaer Einsatzleiter herumbrüllte, um die Schießerei zu beenden, schloss Hansen sich zwei Polizisten an, die Pit Martens und zwei weitere Flüchtende verfolgten.

Die beiden anderen zwängten sich durch einen Durchgang in einen Hinterhof, um Richtung Münzmarkt durchzukommen. Pit Martens hingegen rannte die Kleine Freiheit weiter und bog dann in Pfeiffers Gang ein. Er hinkte leicht. Hansen war schneller und holte ihn beinahe ein. Er sah, wie Martens erschöpft stehen blieb und sich umwandte. Hatte er seinen Verfolger erkannt? Er bückte sich, nahm einen Stein und zerschmetterte damit die einzige Lichtquelle.

Nun standen sie beide in dieser Gasse im Dunkeln und horchten, in der Hoffnung, dass irgendein Geräusch den Aufenthaltsort des Widersachers verraten könnte.

Hansen war froh, dass die anderen Polizisten nicht in der Nähe waren. In solchen Situationen konnte es leicht zu unbeherrschten Handlungen kommen. Wenn Angst, Aufregung und Jagdinstinkt zusammenkamen, wurde manchmal scharf geschossen, obwohl es unnötig war. Auch wenn es für Hansen keine Frage war, dass er seinen Jugendfreund verhaften musste, würde er niemals auf ihn schießen. Deshalb war er ihm gefolgt: Um zu verhindern, dass ein anderer ihn aufs Korn nahm.

Aber wieso hielt er dann jetzt die Pistole in der Hand? Einen Moment lang wunderte er sich über den Reflex, der ihn bewogen hatte, die Waffe zu ziehen. Aber es war nicht wegen Pit Martens. Er hörte ein Knirschen hinter sich. Kleine Steinchen rieselten hinter ihm vom zweiten Rundbogen der Gasse, durch den er gerade getreten war.

»Heinrich?«, hörte er Martens' Stimme.

Er antwortete nicht. Über ihm knirschte es wieder.

»Heinrich, lass mich laufen!«, rief Martens.

Hansen drehte sich um und schaute nach oben. Da! Ein Schatten! Er hob die Pistole.

»Heinrich, hörst du mich?«

Eine schwarze Masse fiel auf Hansen und warf ihn zu Boden. Etwas Hartes traf ihn am Kopf. Nur mit halbem Bewusstsein nahm er wahr, wie er hochgehoben und fortgeschleppt wurde. Hansen versuchte, durch die schweren Augenlider zu lugen, aber er konnte nur dunkle Schemen erkennen.

Er hörte, wie eine Tür aufgestoßen wurde und gegen eine Wand prallte. Mehrere Hände zerrten ihn in einen muffig riechenden Hausflur, dann eine steile Treppe hinunter in einen feuchten Keller, in dem es nach Ratten roch. Sie hoben ihn hoch und ließen ihn auf eine Lagerstätte fallen, die wie ein Feldbett quietschte. Er hörte, wie ein Streichholz angestrichen wurde, dann nahm er einen schwachen Lichtschein wahr. Ein flackerndes Kerzenlicht näherte sich, in seinem Schein ein undeutliches Gesicht. Ein weiteres Streichholz flammte auf, und eine Lampe wurde angezündet. Es roch nach Petroleum.

Dann packte einer seine Arme und legte die Handgelenke über seiner Brust zusammen, schlang etwas Raues darum.

»Idiot! Auf den Rücken!«

»Er liegt auf dem Rücken.«

»Umdrehen.«

»Ach was. So genügt es auch.«

Zwei Stimmen. Er kannte beide. Und jetzt kehrte auch seine Sehkraft zurück. Zuerst erkannte er Pit Martens, der über ihm stand und ihn freundlich anblickte. Er wirkte kraftvoller denn je, beinahe jugendlich, als ob die Zeit spurlos an ihm vorübergegangen wäre. Seine Armmuskeln, auf die er früher so stolz gewesen war, zeichneten sich deutlich unter dem Stoff ab, und die Schultern schienen noch breiter geworden zu sein.

»Was soll das?«, ächzte Hansen. »Cowboy und Indianer?«

»Wohl eher Räuber und Gendarm«, meldete sich die aufdringlichere Stimme aus dem Hintergrund.

»Klassenkampf«, sagte Martens und tippte sich verlegen an die Mütze.

Der zweite Mann trat in Hansens Blickfeld. Es war Friedrich Schüler. Auch er trug eine Mütze und einen Overall. Neben dem athletischen Pit Martens wirkte er eher schwächlich. Die Aufmachung passte überhaupt nicht zu ihm.

»Was hat er denn da an?«, fragte Hansen, dem kurz ein wenig schwindelig wurde.

»Spielt den Chauffeur. Kann sogar 'nen Lastwagen durch die Gassen steuern, denk mal an. Den Blaumann hat er sich extra für den heutigen Abend gekauft.«

»Schnieke«, kommentierte Hansen mit gequältem Lächeln.

»Ihr amüsiert euch mal wieder auf meine Kosten«, sagte Schüler.

»Ach was, mit dir haben wir uns nie amüsiert.« Martens winkte ab.

Einen Moment dachte Hansen: Sieh da, die alten Kumpels! Und hatte die Illusion, er sei ein Vierteljahrhundert zurückversetzt worden, in die Zeit der Kaperfahrer. Auch damals hatte es immer dann Ärger gegeben, wenn dieser aufgeblasene Friedrich Schüler aufgetaucht war, der sich schon in Jugendtagen hochtrabend und widerrechtlich »von Schluthen« genannt hatte. Hansen seufzte.

»Schmerzen? Tut was weh?«, fragte Martens.

»Geht schon.«

»Wär' auch nicht nötig gewesen, dass er dir so in den Nacken springt.«

»Er war das?«, wunderte sich Hansen.

»Tja, wie immer übereifrig.«

»Seid froh«, sagte Schüler, »dass ich gesprungen bin. Sonst hättet ihr noch aufeinander geschossen.«

»Kann mir mal jemand aufhelfen?«, fragte Hansen.

Pit Martens stützte ihn, und er lehnte sich gegen die bröckelnde Steinwand.

»Wo sind wir denn hier?«

»In Sicherheit«, sagte Martens.

»Mitten im Reich der Roten Front«, sagte Schüler mit süffisantem Lächeln.

»Was hast du dann also hier verloren?«

»Geschäfte, Heinrich, wie immer.«

Hansen sah Martens an. »Mit so einem macht ihr Geschäfte?«

Martens zuckte mit den Schultern. »Er dient uns nur als Mittel zum Zweck.«

»Umgekehrt ist es auch nicht anders«, erklärte Schüler.

Hansen schüttelte den Kopf. »Kriminelle seid ihr, ohne Moral und Anstand.« Er spürte einen heftigen Schmerz in Hinterkopf und Nacken.

»Im Gegenteil!«, rief Martens aus. »Ich stehe im Dienst der gerechten Sache. Du hingegen bist nichts weiter als ein Scherge des Kapitals!«

Ach, Pit, dachte Hansen, alter Junge, bist du immer noch enttäuscht, dass ich nicht auf deiner Seite stehe? Er deutete auf Schüler. »Und er da? Früher hättest du so jemanden als Kriegsgewinnler bezeichnet… und verachtet.«

»Natürlich verachte ich ihn«, verteidigte sich Martens. »Wenn er auch nur einen Funken Anstand hätte, würde er uns die Waffen umsonst überlassen und sich in die Front einreihen.«

»Ha!«, lachte Schüler. »Nun komm mir nicht wieder mit dieser Predigt. Ware gegen Geld, das ist die einzige Sprache, die ich verstehe. Ich kämpfe nur an einer Front, und das ist meine, und wem das nicht passt, der soll mir aus dem Weg gehen.«

»Oder dich ins Zuchthaus bringen«, warf Hansen verbissen ein.

Schüler grinste. »Was glaubst du, wie lange es noch Zuchthäuser gibt? Wenn die da erst mal losschlagen …«

»Und was denkst du, was die dann mit so Leuten wie dir machen?«

»Ach was, dann bin ich längst über alle Berge.«

»Wann ist es denn so weit?«, wandte sich Hansen an Martens. »Wollt ihr wieder gegen unsere Wache marschieren wie vor drei Jahren? Habt ihr noch nicht genug?«

»Das nächste Mal sind wir besser organisiert, glaub' mir, Heinrich.«

Hansen schüttelte betrübt den Kopf. Würdest du auch auf mich schießen?, hätte er beinahe gefragt. Aber er merkte, dass es ja nicht um ihn ging. Sein alter Freund Pit sah ihn nur noch in der Funktion als Vertreter der Staatsmacht. Und außerdem, wenn die wieder anfingen zu schießen, was bedeutete da sein eigenes Leben? Es würde zahlreiche Unschuldige treffen, wirklich Unschuldige.

»Wir hoffen auf eure Einsicht, Heinrich. Ihr solltet euch uns anschließen.«

»Das ist unmöglich.«

»Glaub' das nicht, Heinrich. Du wärst nicht der Einzige!«

»Es braucht keinen Bürgerkrieg, um die Welt zu verändern, Pit!«

»Wie soll das denn sonst vonstatten gehen?«

»Es muss anders gehen als mit Blutvergießen. Jemanden zu erschießen, hat nichts mit Gerechtigkeit zu tun. Es ist ein Verbrechen!«

»Ach, Heinrich, du bist naiv.«

»Wie hätte er sonst Polizist werden können«, merkte Friedrich spöttisch an.

Hansen ignorierte die Bemerkung. »Und du bist keinen Deut besser als der da«, sagte er zu Martens.

»Die Weltgeschichte ist auf unserer Seite, Heinrich.«

»Die Welt dreht sich von allein, Pit, du musst ihr keine Menschenopfer bringen.«

»Wir sind doch keine Kannibalen.«

»Nein? Ich bin jedenfalls froh, dass wir euch die Waffen weggenommen haben.«

»Er wird uns neue besorgen.« Martens machte eine Kopfbewegung zu Schüler.

»Ihr scheint ja im Geld zu schwimmen.«

Martens deutete auf einen Koffer, der in einer Ecke des Kellerraums stand. »Das Geld habt ihr nicht einkassiert. Damit finanzieren wir die nächste Lieferung.«

»Irrtum!«, rief Schüler. »Das ist mein Geld.«

Martens musterte ihn erstaunt. »Wie bitte? Sagtest du nicht, Ware gegen Geld?«

»Ja, eben. Die Ware habt ihr erhalten. Das Geld gehört mir.«

»Die Ware ist konfisziert.«

»Das ist eure Schuld, wenn ihr Spitzel unter euch habt, die euch verpfeifen.«

»Unmöglich, ich kann dir das Geld nicht überlassen. Es gehört der kämpfenden Arbeiterklasse.«

»Ach was! Es kommt aus Berlin, und dorthin kam es wahrscheinlich aus Moskau. Obwohl ich mich frage, woher die eigentlich ihre Dollars haben.«

Schüler wandte sich um und ging auf den Koffer zu.

»Halt!«, rief Martens. »Du rührst ihn nicht an.«

»Ach was!«, sagte Schüler.

Mit einer blitzschnellen Bewegung zog Martens einen Revolver aus dem Hosenbund, spannte den Hahn und zielte auf Schülers Rücken. »Stehen bleiben! Ich schieße!«

Schüler wirbelte herum, auch er hielt jetzt einen Revolver in der Hand.

Sieh mal an, durchfuhr es Hansen, das ist ja dasselbe Modell, das du schon kennst: ein Colt M 1917.

Hört auf, wollte er rufen. Stopp! Schluss mit den Kindereien! Aber dazu kam er nicht mehr, denn die Kellertür wurde aufgesprengt und mehrere Schüsse peitschten durch den Raum.

Friedrich und Pit zuckten zusammen, und noch ehe sie sich auf die neue Bedrohung einstellen konnten, waren Wachtmeister Kelling und Oberwachtmeister Schenk schon bei ihnen und entwanden ihnen mit geübten Griffen die Revolver, während vier weitere mit Gewehren bewaffnete Polizisten in den Keller eindrangen.

Kelling baute sich stolz vor Hansen auf und salutierte. »Melde gehorsam, Herr Kommissar. Sah, wie Sie die Verfolgung aufnahmen, und kam hinterher. Verlor Sie kurz aus den Augen, holte Verstärkung, dann Geräusch aus Keller, also gestürmt.« Er schlug die Hacken zusammen.

»Hören Sie auf mit diesem militärischen Firlefanz und nehmen Sie mir die Fesseln ab«, sagte Hansen müde.

»Jawohl!«

Der Abtransport der Gefangenen ins Altonaer Untersuchungsgefängnis gestaltete sich als schwierig, da es zwischen Kleiner Freiheit und Johannisstraße zu Zusammenrottungen kam. Männer, Frauen und Kinder blockierten die Zufahrt zur Großen Rosenstraße. Der Versuch, durch die Friedrichsbadstraße Richtung Lohmühlenstraße durchzukommen, scheiterte ebenfalls an einem Menschenauflauf. Die beiden Transporter legten den Rückwärtsgang ein und blieben an der Ecke zur Kleinen Marienstraße wieder stecken. Der Einsatzleiter gab seinen Männern den Befehl, auszusteigen und die Karabiner in Anschlag zu bringen. Als er merkte, dass seine Leute nicht gewillt waren, auf Frauen und Kinder zu schießen, ließ er sie die Gewehre herunternehmen. Eine Weile standen sich Polizei und Mob feindselig schweigend gegenüber, dann gaben die Arbeiter überraschend die Straße frei.

Die Lastwagen setzten sich wieder in Bewegung. Die Polizisten atmeten auf, um gleich wieder zusammenzuschrecken, als die Autos in der Blumenstraße abrupt zum Halten kamen und sie sich einem schwerbewaffeten Kampftrupp mit roten Armbinden gegenübersahen. Gegen die vierzig maskierten Männer hatten die fünfzehn Beamten keine Chance. Sie stiegen mit erhobenen Händen aus den Wagen und ließen ihre Gefangenen frei.

In wenigen Minuten war der Spuk beendet. Die Kämpfer zerstreuten sich und verschwanden wie von Zauberhand aus den Straßen und Gassen, und über die Altonaer Altstadt legte sich eine biedere Ruhe, und der Geruch von Kohlsuppe und Bratkartoffeln breitete sich aus.

2

Na bravo, dachte Hansen bitter, als er die Nachricht vom Überfall erhielt, kaum dass er sich wieder an seinen Schreibtisch gesetzt hatte. Pit Martens war wieder in den Untergrund abgetaucht, Friedrich Schüler hatte sicherlich Zuflucht in der Halbwelt gefunden, und Jan Heinicke war unauffindbar. Ihn hatte er noch mal befragen wollen, von Angesicht zu Angesicht, um herauszufinden, woher er seine Informationen bekommen und warum er sie weitergegeben hatte.

Offenbar gab es einen Konflikt zwischen Jan Heinicke, dem Inhaber des Tingeltangel, und Friedrich Schüler, dem Rauschgifthändler und Waffenschieber. Was hatte die beiden zusammengebracht? Verbotene Geschäfte? Oder stellen wir die Frage doch mal anders, überlegte Hansen: Wer hatte sie zusammengebracht? Hierauf war die Antwort einfach: Keine andere als Lilo Koester konnte es gewesen sein.

Er nahm sich das Telefonbuch vor, suchte nach ihrer Nummer und fand sie nicht. Er wusste, dass sie noch immer in der kleinen Wohnung in der Jägerstraße gemeldet war. Natürlich nur zur Tarnung. Aber wo lebte sie wirklich? Die Leute, mit denen du es tagaus, tagein zu tun hast, leben in undurchsichtigen Verhältnissen, mein Lieber, und deine alten Freunde machen da keine Ausnahme. Das ist so eine Seuche auf St. Pauli, dass hinter jeder Tür ein Fluchtweg liegt, jedes Parkett einen doppelten Boden hat und niemand wirklich das ist, was er vorzugeben scheint.

Pit Martens zum Beispiel glaubte an das Gute im Menschen und war bereit, Blut zu vergießen, um seine Idee von Gerechtigkeit durchzusetzen. Friedrich Schüler glaubte an die Überlegenheit des Bösen und damit nur an sich selbst. War es da nicht erstaunlich, dass diese beiden gegensätzlichen Charaktere zusammengefunden hatten? Jan Heinicke war im Vergleich mit ihnen harmlos, er strampelte sich ab, wollte etwas Großes werden, aber etwas Großes wirst du auf St. Pauli nur, wenn du dich mit der Unterwelt arrangierst, sagte sich Hansen. Deine weiße Weste wird Zentimeter um Zentimeter schwarz eingefärbt, bis du einer von ihnen bist.

Nun hatte sich sogar bei Klaas Blunke ein dunkler Fleck gezeigt, beim harmlosesten der ehemaligen Kaperfahrer. Egal, soll er doch ruhig nach seiner Fasson glücklich werden, entschied Hansen und ahnte gleichzeitig, dass Klaas doch wohl eher fürs Unglück vorgesehen war. Und Lilo? Lilo war eine böse Fee – wer hatte das noch mal gesagt, damals vor langer Zeit? Seine Schwester war es gewesen, Elsa. Und Heinrich Hansen hatte damals gedacht: Ja, sie ist die schönste böse Fee, die man sich vorstellen kann. Vielleicht traf das ja sogar noch auf die Lilo Koester von heute zu.

Aber Elsa? Wo, zum Teufel, kamen nur ihre Bilder her? Für einen kurzen Moment tat sich irgendwo in ihm ein tiefes schwarzes Loch auf, und er war sich ganz sicher: Elsa ist tot, ich laufe einem Gespenst hinterher. Aber die Bilder waren eine Tatsache, die hatte er doch nicht geträumt!

Während er so vor sich hingrübelte, hatte Hansen auf ein zufällig vor ihm liegendes Blatt Papier einen Revolver gezeichnet. Einen Colt M 1917, ein Armeerevolver, wie er nun schon mehrfach in diesem mörderischen Wirrwarr aufgetaucht war, in dem er als Ermittler unterzugehen drohte. Im Waffenlager der Kommunisten hatte die Altonaer Polizei neben Gewehren und Granaten knapp hunderte dieser Handfeuerwaffen gefunden. Man durfte annehmen, dass schon vorher einige davon unter die Leute gebracht worden waren. Dass dem ersten Mordopfer mit einem Schuss aus diesem Revolver der Kopf zertrümmert worden war, hatte demnach nicht viel zu bedeuten. Ebenso belanglos dürfte sein, dass dieser mysteriöse Affe auf dem Dach des Trichters eine Kugel aus diesem Revolver abbekommen hatte. Möglicherweise hatte der dort ermordete Drogenhändler auch eine Schusswaffe aus Friedrichs Bestand bekommen.

Doch halt! Da bin ich ja ganz gewaltig auf den Holzweg geraten! Haben nicht die Experten aus dem Stadthaus uns mitgeteilt, dass es sich in beiden Fällen um denselben Revolver handeln muss? Die Männer von der Spurensicherung hatten ja die abgefeuerte Kugel sicherstellen können. Langwierige Untersuchungen hatten ergeben, dass die Tatwaffe am Grenzgang mit der Tatwaffe auf dem Trichter identisch war.

Hansen schüttelte energisch den Kopf. Holzweg! Er schlug mit der Faust auf den Tisch. Das war doch alles vollkommen unerheblich, zum Donnerwetter! Die Waffe besaß in diesem Zusammenhang keinerlei Erkenntniswert. Was war denn mit diesem Ding passiert: Jan Heinicke hatte damit im Suezkanal den Affen in die Flucht geschlagen; danach hatte er sie bei Drei-Finger-Erna liegen gelassen. Ich selbst, ich Idiot, habe sie an mich genommen und sie mir dann von diesem Bengel stehlen lassen. Daraufhin war es zur Mordtat am Grenzgang gekommen.

Na, na, was heißt hier kein Erkenntniswert? Überleg doch mal, Hein, alter Junge! Der Bengel, also Kalle, hauste dort in seinem Verschlag und hatte den Revolver bei sich. Und jetzt, Achtung, passiert Folgendes: Ein Mann in Abendgarderobe taumelt mit letzter Kraft in den Hinterhof, strauchelt, fällt hin, sein Verfolger packt ihn, und es kommt zum Kampf. Der Junge wacht auf und greift instinktiv nach der Waffe, kriecht aus seiner Höhle und beobachtet, wie dieses Monstrum dabei ist, dem Mann das

Genick zu brechen. Der Junge will helfen, zielt auf den Affen, zu spät, dem Opfer wird der Hals gebrochen, es knackt hässlich, der Junge drückt ab, ist ungeübt mit solchen Waffen, zielt nicht richtig, und die Kugel zerschmettert dem gerade gemeuchelten Opfer zu allem Überfluss den Schädel. Der Junge bekommt angesichts dieses grausamen Missgeschicks einen schweren Schock und läuft davon. Vorher entwindet ihm der Affe den Revolver – oder der Junge lässt ihn fallen, und der Affe hebt ihn auf, behält ihn als Beute. So könnte es gewesen sein …

Die Waffe trägt der Mörder von nun an bei sich, vielleicht, um sich sicherer zu fühlen, vielleicht gefällt es ihm, eine Waffe zu tragen, oder sie ist für ihn eine Trophäe. Als absichtliches Mordinstrument kommt der Revolver für den Affen jedoch nicht in Betracht, wie wir an den folgenden Morden sehen: Von Ludwig Allaut alias Zungenathlet lässt er ab, nachdem er überrascht wurde, aber Max Bremer alias Karpfenmaul bricht er das Genick, und auf gleiche Weise sterben Frankfurter-Ede, der Chef der Zuhälterbande aus der Sophienburg, und Kurt Filbry, der Rauschgifthändler; der wird nach einem Genickbruch an den Trichter gehängt.

Was verbindet all diese Opfer miteinander? Nur die Todesart. Der gestreifte Affe. Und was haben wir sonst noch als Spur? Nur den gottverdammten Revolver. Aber ein logischer Zusammenhang zwischen den Taten und dem Revolver besteht nicht. Wo hatte Jan ihn her? Darauf konnte es doch wohl nur eine Antwort geben: direkt von Friedrich. Aha, na gut, immerhin bekommen wir somit die Antwort auf die Frage, woher Jan von dem Waffenlager wusste. Er hat es von Friedrich erfahren. Das kann nur bedeuten, dass Jan auf irgendeine Art in der Sache mit drinsteckt. Aber warum hat er Friedrich verraten?

»Du drehst dich im Kreis, immer wieder im Kreis«, murmelte Hansen vor sich hin. Konnte man im Kreis gehen und dennoch ans Ziel kommen?

»Zum Teufel, ich brauch' einen Schnaps!«

3

Erst mal einen Köm bei Dickmanns am Tresen, dann ein Bier, Eisbein mit Sauerkraut, dazu ein Bier, noch einen Köm – und Heinrich Hansen fühlte sich wieder halbwegs beisammen. »Wenn du nicht ordentlich isst«, sagte Frau Dickmann, die im Alter trotz der Hosen und dem Jackett immer mehr wie eine Matrone auszusehen begann, »verlierst du Grund und Boden unter den Füßen. Und wenn du nichts trinkst, verlierst du den letzten Halt.«

Die Wirtin schenkte sich und ihrem Gast noch einen Schnaps ein, und sie stießen an. Dickmann lachte. »Heinrich Hansen!« Und lachte abermals. Hansen fragte sich, was wohl in diesem Moment so spaßig an ihm sein mochte. Dickmann beugte sich über den Tresen und knuffte ihren Gast kräftig in die Seite. »Ein Pfundskerl!« Hansen lachte ebenfalls, obwohl er nicht wusste, warum. Dann verabschiedete er sich mit einem kräftigen Händedruck, und als er wieder draußen auf der Davidstraße war, schüttelte er die Hand und verzog das Gesicht. Wenn sie wollte, konnte Dickmann einem ganz lässig die Fingerknochen brechen. Als Mann hätte sie es in jungen Jahren sicherlich zum Weltmeister im Freistilringen gebracht. Hansen stellte sich die Wirtin im Ringerkostüm auf einem Siegerpodest vor und schmunzelte.

Von einem unbestimmten Impuls angetrieben, klapperte er die einschlägigen Spelunken ab. In Lampes Guter Stube und im Leuchtturm war nicht viel los, aber im Fuchsbau drängten sich die Gäste und bemühten sich, alle Regeln von Anstand, Sitte und Moral zu untergraben. Irgendein kleiner Ganove hatte Geburtstag, und ein paar Mädels glaubten, ihm eine Freude zu machen, indem sie auf den Tischen tanzten und zeigten, was sie unter den Röcken hatten. Dazu spielte ein Mann auf einem riesigen Schifferklavier, und eine nicht mehr ganz junge Frau mit Kapitänsmütze, der auch schon einige Kleidungsstücke abhanden gekommen waren, sang mit dröhnender Stimme Shanties.

Ludwig Allaut alias Zungenathlet stand wie immer an seinem Stammplatz am Tresen und ließ seinen trüben Blick über das

Geschehen gleiten. Gelegentlich entfuhr ihm ein kurzes Lachen oder er schlug sich halbherzig auf den Oberschenkel, um sich dann wieder seinem Bier zuzuwenden, das er mit ernster Miene trank. Als er Hansen neben sich bemerkte, schrak er zusammen.

»N'Abend, Ludwig. Na, schmeckt das Bier?«

»Herr Kommissar?«

»Leibhaftig, min Jung, leibhaftig. Hab' dich gesucht.« Dass er ausgerechnet Allaut gesucht hatte, war Hansen erst in diesem Moment aufgegangen, aber ja, natürlich, genau ihn wollte er sprechen.

»Mich müssen Sie doch nicht suchen, Herr Kommissar, ich bin immer hier.«

»Wie wahr, Ludwig. Geht das schon lange hier so zu?«

Allaut deutete auf eine Gruppe gröhlender Männer, die versuchten, zu den Shanties Schuhplattler zu tanzen. »Die haben mit 'nem Kaffeeklatsch angefangen. Der Jodler meinte, er wolle auch mal was für die Mädels tun mit Kuchen und Torten und so weiter. Eigentlich sollte eine Blaskapelle kommen, aber das hat nicht geklappt, deshalb das Schifferklavier.«

»Ich muss dich noch mal was fragen, Ludwig.«

Allaut blickte an Hansen vorbei.

»Lass uns doch mal kurz vor die Tür gehen«, schlug Hansen vor.

Allaut schüttelte den Kopf. »Nee, das fällt hier nur unangenehm auf. Ist mir sowieso nicht recht, dass Sie mir andauernd auf die Pelle rücken. Und mit dem Affen hab ich nichts zu tun.«

»Es geht nicht um den Affen, es geht um Max Bremer.«

»Ich will feiern«, sagte Allaut störrisch und griff nach dem Bier. Das Glas war fast leer. Er trank es zu Ende und stellte es missmutig wieder zurück.

»Er war doch ein Freund von dir, er ist ermordet worden. Du solltest mir helfen.« Hansen musste fast schreien, weil der fröhliche Tumult immer lauter wurde.

»Ihm ist nicht mehr zu helfen.«

»Mir sollst du helfen!«

»Mir auch nicht.«

Hansen musterte seinen Gesprächspartner. Allaut sah zu Boden. Er sah sehr niedergeschlagen aus.

»Willst du noch was trinken?«

Allaut zuckte mit den Schultern. Hansen machte dem Wirt ein Zeichen. Zwei Bier, zwei Köm. Allaut stieß widerwillig mit dem Kommissar an. Hansen schwieg und wartete ab. Schnäpse und Biere waren in Windeseile leer getrunken. Das Durcheinander im Schankraum beruhigte sich wieder, die Musik brach ab. Die Gäste schauten jetzt einem Mann zu, der versuchte, möglichst viele übereinander gestapelte Biergläser auf der Stirn zu balancieren.

»Jemand muss doch einen Grund gehabt haben, Bremer umzubringen«, begann Hansen von neuem.

»Meistens gibt es einen Grund, klar.«

»Und wie war es in diesem Fall?«

»Wird wohl so gewesen sein.«

»Ich glaube, du weißt, wer dahinter steckt.«

»Und wenn schon.«

»Max Bremer war doch ein Freund von dir.«

»Na und. Wenn's umgekehrt wäre, würde er auch nichts sagen.«

»Du hast Angst«, stellte Hansen fest.

Allaut starrte ihn wütend an. »Sie sind doch von den Krimschen, Sie wissen doch, wie das ist.«

Hansen seufzte. »Du willst also nicht helfen?«

»Nein. Und Sie haben nichts gegen mich in der Hand, um mich dazu zu zwingen.«

Der Wirt stellte ungefragt noch zwei Schnäpse und noch zwei Bier vor sie hin. Im Schankraum johlten die Gäste, als die Gläser von der Stirn des Jongleurs fielen und auf dem Boden zersprangen.

»Was ist mit diesem Bild, das er bei sich hatte?«, rief Hansen laut.

Allaut blickte erstaunt auf. »Das Bild? Was hat denn das Bild damit zu tun?«

»Hat es nicht?«

»Das müssen Sie doch wissen.«

»Wo hatte er es her?«

Allaut runzelte die Stirn. »Das wissen Sie doch!«

»Nein.«

Der Zungenakrobat grinste verschmitzt. »Na, bei Rosenzweig hat er es aus dem Schaufenster geholt. Kaum dass er gehört hatte, Sie wollten es haben, ist er auch schon losgestiefelt und hat einen Bruch gemacht. Sozusagen im Auftrag der Schmiere.«

Hansen schaute ihn verblüfft an.

»Da hat er Sie wohl kurz vor seinem Abgang noch mal drangekriegt, was?« Allaut stieß sein Glas gegen das von Hansen und nahm einen großen Schluck.

»Bei Rosenzweig in der Eckernförder Straße?«

»Jetzt ist der Groschen gefallen, Herr Kommissar.«

Missgelaunt verließ Hansen den Fuchsbau. Schon wieder hatte er das Gefühl, den Überblick zu verlieren. Natürlich lag das auch an den zwei Schnäpsen und zwei Bieren, die er ohne nachzudenken mit Allaut getrunken hatte.

Mit einem unbehaglichen Gefühl gelangte Hansen nach einigem unerquicklichen Hin- und Herschlendern in die Herbertstraße. Wenigstens hieß sie jetzt nicht mehr Heinrichstraße. Was wollte er hier? Eigentlich nur durchgehen, es war der kürzeste Weg von der Gerhardstraße zum Spielbudenplatz.

»Wird Zeit, dass du in die Koje kriechst, Hein«, murmelte er vor sich hin.

Einige Mädchen standen vor den Hauseingängen, andere lehnten sich aus den offenen Fenstern, um dann und wann einen Freier anzusprechen oder sich kurze Bemerkungen zuzuwerfen. Die meisten von ihnen kannten den Kommissar von der Davidwache. Manche nickten ihm zu, manche warfen ihm ein knappes Lächeln zu, andere sagten brav »Guten Abend«; nur die, die zuletzt Probleme mit der Polizei gehabt hatten, hielte sich bedeckt oder zogen den Kopf zurück. Wer ihn noch nicht kannte, wurde von einer nebenstehenden Kollegin durch ein Zwinkern oder eine knappe Handbewegung auf den Kommissar aufmerksam gemacht.

Hier und da sprach Hansen eine der Frauen an, in deren Nähe sich gerade kein Mann befand, fragte, ob alles in Ordnung sei, und ging weiter. Ein gutes Verhältnis zu den Prostituierten war für einen Kriminalpolizisten, dessen Revier in St. Pauli lag, goldwert. Was man in den Kneipen, Kellern und Spelunken nicht herausfinden konnte, war möglicherweise hier zu erfahren. Für die gehobene Halbwelt jenseits der Verbrecherkeller diente die Herbertstraße als Nachrichtenbörse.

Hansen durchschritt den Durchgang in den Hinterhof, wo die Veteraninnen arbeiteten. Thea lehnte sich aus dem Fenster und winkte ihn heran. »Hallo, Heinrich … Herr Hansen.«

»Kannst mich ruhig weiter beim Vornamen nennen, Zuckerschnute.«

»Kannst mich ruhig weiter mit meinem Künstlernamen ansprechen, Heinrich.«

»Cora Blume? Der Name passt immer noch nicht zu dir. Seit zwanzig Jahren versuch' ich dir das klar zu machen.«

»Neunzehn Jahre, Heinrich«, korrigierte sie. »Soll ich mich von den Herren etwa Zuckerschnute nennen lassen? Das würde dir doch wohl kaum gefallen, hm?«

»Nee, das nun auch wieder nicht.«

»Na siehst du.«

»Wie kommt's, dass du so spät noch arbeitest, Zuckerschnute?«

»Bin für eine Kollegin eingesprungen, ausnahmsweise.«

Tatsächlich arbeitete Thea Bertram, die sich seit über zwanzig Jahren Cora Blume nannte und noch immer behauptete, im Hauptberuf Schauspielerin zu sein, vorwiegend tagsüber. Diese Zeit war in der Herbertstraße den älteren Damen vorbehalten. Da liefen die Geschäfte ruhiger, nur wenige Fenster waren besetzt. Auf diese Weise konnten auch gealterte Schönheiten noch ihr Auskommen finden.

»Aber dass du mir nicht wieder anfängst, im Schutz der Dunkelheit an die Brieftaschen zu gehen!« Hansen hob drohend den Finger.

»Aber Heinrich, das ist doch nun schon lange vorbei.«

»Gibt's sonst was Neues?«, fragte er betont nachlässig.

Sie beugte sich zu ihm. »Gibt ein bisschen Ärger wegen der Prozente.«

»Wie das?«

»Da versucht sich jemand einzumischen. Hat schon Ärger gegeben. Ab und zu 'ne Schlägerei wegen 'nem Mädchen, oder weil einer mehr Anteile haben will, sind ja normal. Aber neulich sind sie hier mit gezogenen Knarren rumgelaufen. Irgendwas ist im Busch. Ich weiß nur noch nicht, was.«

»Halt die Augen offen, Zuckerschnute.«

Hansen bemerkte einen Blondschopf auf der anderen Seite der Straße. Ilse Oswald. Sie winkte ihm zu.

»Die Kleine soll sich mal nicht so aus dem Fenster lehnen, sonst kriegt sie was auf die Pfoten«, brummte Thea Bertram. »Oder meint die etwa dich?«

»Scheint so.«

»Junges Gemüse, frisch importiert«, sagte sie naserümpfend.

»Ich geh' mal rüber. Tschüs, Zuckerschnute!«

»Lad' mich mal wieder zum Kaffeetrinken ein!«, rief sie ihm hinterher. Das sagte sie immer, wenn er ging. Eingeladen hatte er sie nicht mehr seit ihrer stürmischen Affäre vor neunzehn Jahren, die wegen Hansens Polizistenehre und Coras Leidenschaft für fremder Herren Brieftaschen in die Brüche gegangen war.

Ilse Oswald sah viel zu hübsch und unschuldig aus für eine Hure, dachte Hansen, obwohl er es ja besser wusste. Wie jemand aussah, hatte nichts zu sagen, schon gar nicht auf St. Pauli. Aber das Mädchen mit den blauen Augen strahlte eine Frische aus, die Hansen wehmütig stimmte.

Sie unterhielten sich über Belanglosigkeiten, und Hansen verspürte einen seltsamen Stolz, weil es ihm gelang, Ilse mehrmals zum Lachen zu bringen. Irgendwann wurde den beiden bewusst, dass sie böse Blicke der anderen Frauen auf sich zogen. Die Herbertstraße war kein Ort für angeregte Unterhaltungen, egal mit wem. Hansen verabschiedete sich, nicht ohne Ilse Oswald noch mal darauf hinzuweisen, dass sie ihn jederzeit auf der Wache finden könne, falls sie Schwierigkeiten hätte.

Sie dankte ihm artig und sagte: »Sie sind betrunken, Herr Kommissar.«

4

Leicht verkatert stand Hansen am nächsten Morgen vor dem Trödlerladen von Salomon Rosenzweig in der Eckernförder Straße unweit des Israelitischen Krankenhauses. Rosenzweig verkaufte gebrauchte Möbel – vom Fußschemel bis zum Bücherschrank – sowie alle Arten von Nippes und Tand – von der Ente aus Porzellan bis zur Venus von Milo in Gips. Auch zahlreiche Ölgemälde in allen Formaten hingen im Schaufenster und an den Wänden. Zweifellos waren die Bilderrahmen wertvoller als die Kunstwerke selbst.

Der linke Schaukasten neben dem Eingang war leer. Das Glas fehlte. Einige Splitter lagen noch in der Vitrine.

Hansen spähte durch das Fenster der Eingangstür. Auf dem Glas war in schnörkeligen Lettern zu lesen: »Rosenzweig's Möbel & Inventar, seit 1882«. Er wunderte sich, dass er den Laden nicht kannte. Hatte er ihn vierzig Jahre lang übersehen? Dann bemerkte er, dass die zum Schriftzug gehörende Adresse vom Glas abgekratzt worden war. Den Ortsnamen Breslau konnte man mit Mühe noch entziffern. Das Geschäft war also woanders gegründet worden.

Dicht hinter der Tür stand ein kleines schwarzhaariges Mädchen und starrte ihn an. Hansen drückte die schiefe Klinke herunter und schob die Tür einen Spaltbreit auf. Da das Mädchen sich nicht vom Fleck rührte, konnte er die Tür nicht weiter öffnen. Was schaut die mich so an?, dachte Hansen. Sie hatte sehr dunkle Augen und zog die Stirn kraus – forschend, skeptisch, ablehnend. Es ist doch ein Laden, überlegte Hansen, da wird man ja wohl eintreten dürfen. Er versuchte, die Tür weiter aufzuschieben, aber das Mädchen stemmte sich mit ausgestreckten Armen gegen die Tür.

Hansen verharrte in der Bewegung. Er wagte es nicht, die Tür mit Gewalt aufzustoßen. Polizisten, die eine Uniform trugen, kamen des Öfteren in die Situation, dass sie den Menschen Angst einjagten oder auf Ablehnung stießen. Aber er war in Zivil, und diese Kleine hier mit ihren vier oder fünf Jahren wusste doch nichts von ihm und seiner Funktion.

Oder war es nur ein Spiel? Damals, als Kind, erinnerte er sich, hatte er mit Elsa oft derartige Spielchen getrieben: Türen zugehalten, die eigene Stärke erprobt. Elsa war auch so ein Wildfang gewesen, als sie noch klein war. Später war sie nachdenklich geworden und auf Distanz zu den anderen Familienmitgliedern gegangen. Aber die kleine Schwarze hier sah wirklich böse aus, wie sie ihn jetzt anstarrte. So etwas passierte immer an Tagen, an denen man sich schwach fühlt.

»Judith! Geh von der Tür weg! Da will jemand hereinkommen.«

Das Mädchen blieb hartnäckig stehen. Ihre Augen funkelten unter dem Schriftzug.

»Judith!«

Hinter dem Mädchen tauchte ein Mann mit Backenbart und Käppi auf dem lockigen Haar auf. Der Vater? Der Großvater? Er fasste das Mächen behutsam unter den Achseln und hob sie auf den Arm. Mit dem anderen Arm zog er die Tür auf. Ein disharmonischer Klang aus verschieden klingenden Glöckchen ertönte.

»Guten Tag, der Herr. Bitte einzutreten«, sagte der Mann.

»Guten Morgen.« Hansen nickte dem Trödler zu. Sein Blick traf den des Mädchens. Es hatte die Augenbrauen zusammengezogen und blitzte ihn an.

»Herr Rosenzweig?«

»Der Nachfahre, stets zu Diensten.« Der Trödler deutete eine Verbeugung an. Er sprach mit einem leicht gutturalen Akzent.

»Hansen, Kriminalkommissar, Davidwache.«

»Ah, ich verstehe.« Rosenzweig setzte das Mädchen ab und sagte: »Geh spielen, Judith.«

Die Kleine schüttelte den Kopf und blieb stehen.

»Was verschafft mir die Ehre, Herr Kommissar?«

»Jemand hat Ihre Vitrine zerschlagen.«

Rosenzweig sah seinen Besucher verdutzt an. »Ja, und?«

»Haben Sie Anzeige erstattet?«

»Anzeige?«

»Wegen Diebstahl.«

»Nein, ist das denn nötig?«

»Nein, aber möglich.«

Rosenzweig schüttelte den Kopf. »Es ist nicht nötig.«

»Immerhin ist ein Bild gestohlen worden.«

»Wie?« Der Gesichtsaudruck des Trödlers ähnelte mehr und mehr dem ablehnenden Blick des kleinen Mädchens.

»Ein Gemälde in Öl. Wir haben es wiedergefunden.«

Die Augen des Trödlers verengten sich. »Sind Sie wirklich von der Polizei?«

Hansen nickte und zeigte seine Dienstmarke.

Rosenzweig trat einen Schritt zurück und sagte. »Also?«

Hansen zog das Bild aus seiner Jackentasche und rollte es auseinander.

»Dies?«, fragte der Trödler erstaunt.

»Ja, hing es nicht draußen in der Vitrine?«

»Nein. Es hing im Schaufenster. Wir mussten die ganze Scheibe erneuern lassen.«

»Die ganze Scheibe war zertrümmert, und trotzdem haben Sie keine Anzeige erstattet?«

»Was hätte es genützt?«

»Wir hätten den Täter gesucht.«

»Derjenige, der das Bild gestohlen hat, hätte es doch inzwischen verkauft und das Geld ausgegeben. Warum sollten Sie ihn suchen? So viel Mühe wegen einem nicht besonders wertvollen Bild.«

»Wir haben ihn gefunden.«

Rosenzweig neigte den Kopf. »Ich verstehe. Und das Bild haben Sie auch wieder.«

»Sie können es zurückhaben.« Hansen hielt ihm die ölbemalte Leinwand hin.

»Er hat es aus dem Rahmen geschnitten«, stellte Rosenzweig fest. »Wo ist der Rahmen?«

»Ich weiß es nicht.«

Ein ungläubiges Lächeln umspielte Rosenzweigs Mundwinkel. »Er hat den Rahmen verkauft und das Bild behalten? Warum?«

Hansen zuckte mit den Schultern.

Rosenzweig seufzte. »Sicher hat er kein Geld, um mir die Scheibe zu bezahlen?«

»Nein.«

»Das ist schade, denn die war sehr teuer. Ich weiß nicht, wie ich sie bezahlen soll. Aber ohne Schaufensterscheibe hätte ich den Laden gleich schließen müssen. Vielleicht arbeitet er? Dann kann er mir das Geld später zurückgeben. Aber natürlich erhöht sich die Summe wegen der Geldentwertung.«

Hansen schüttelte den Kopf. »Er wird es Ihnen nicht bezahlten können. Er ist tot.«

»O, das tut mir Leid.«

»Er wurde ermordet.«

»Ach …« Rosenzweigs Gesichtsausdruck wurde immer betrübter. Er neigte den Kopf zur Seite und schaute traurig auf die kleine Judith. Dann ruckte sein Kopf wieder hoch. Mit einem Mal war er sehr blass. »Wollen Sie etwa mich beschuldigen?«

»Nein.«

Der Trödler hielt Hansen das Bild hin. »Trotzdem, nehmen Sie es wieder mit. Ich will es nicht mehr haben.«

Hansen nahm das Bild zurück und rollte es auf.

»Wer hat Ihnen das Bild verkauft, Herr Rosenzweig?«

»Die Künstlerin selbst.«

»Sie handeln mit Kunst?«

»Nein, nicht mit Kunst. Mit Bildern. Als Mobiliar sozusagen.«

»Eine Künstlerin hat das Bild gebracht, damit Sie es als Mobiliar verkaufen können?«

Rosenzweig hob die Schultern: »Ja, warum nicht? Es war ja nichts Besonderes. Keine große Kunst, meine ich. Wenn man sich die Pinselführung ansieht. Eher das Werk eines Amateurs. Ganz gut, aber handwerklich nicht sehr routiniert, wenn Sie mich fragen.«

»Sie haben es trotzdem genommen.«

»Ich verkaufe alles, was die Leute kaufen wollen. Und die meisten sehen nicht den Pinselstrich, sondern das Motiv. Entweder es sagt ihnen was oder nicht – sie finden es dekorativ oder nicht. Wer interessiert sich schon für Kunst. Bilder werden meist als Mobiliar gekauft, das ist wie mit Büchern.«

»Wie viel haben Sie dafür bezahlt?«

»Nichts. Ich hab es in Kommission genommen. Muss ich es jetzt bezahlen, weil es beschädigt wurde?«

»Ich denke nicht.«

Rosenzweig atmete auf.

»Wann haben Sie die Künstlerin zuletzt gesehen?«

»Als sie es brachte.«

»Und danach.«

»Sie ist seither nicht mehr gekommen.«

»Hat sie nicht mehr danach gefragt?«

»Nein.« Rosenzweig lächelte verschmitzt. »Ich glaube, sie wollte nur, dass es ausgestellt wird. Künstler sind eitel.«

»Wie sah sie aus?«

»Eigenartig. Aber das sind Künstler doch immer. Sie sah aus wie vor zwanzig Jahren. Heute trägt doch keine Frau mehr diese glatten Kittel. Wie hießen die noch? Reformkleid! Ja. Eine dunkle Brille, langes, offenes Haar, großer Hut. Kaum dass man das Gesicht erkennen konnte.«

»Es war keine Frau, es war eine Menschin!«, meldete sich Judith zu Wort.

Die beiden Männer schauten verwundert auf die Fünfjährige hinab.

»Sei still, Judith. Was weißt du denn davon.«

Die Kleine streckte den Arm aus und deutete auf Hansen. »Ich weiß was davon. Das da ist ein Mann …«

»Still, Kind!«

»… aber ich gehe trotzdem nicht mit ihm mit.«

»Er will dich nicht mitnehmen, Judith.«

»Ich geh' auch nicht mit.«

Rosenzweig blickte auf. »Entschuldigen Sie, Herr Kommissar.«

Hansen steckte das Bild in die Jackentasche. »Sollte die Künstlerin sich melden, sagen Sie ihr, sie kann ihr Gemälde auf der Davidwache abholen.«

5

Hansen bog in die Talstraße ein und schaute nach oben. Dort auf dem Balkon im zweiten Stock des Hauses, dessen grüner Putz schon arg abgebröckelt war, hatte Lilo Koester früher manchmal gestanden. Und er hatte ihr gewinkt, wenn er unten vorbeikam. Sie hatte zurückgewinkt und gelacht, in ihrem hellen Kleid oder dem Matrosenkostüm, das sie manchmal trug. Früher? Damals, musste es wohl eher heißen, so lange, wie es mittlerweile her war.

Hansen blieb stehen. Wie haben wir uns verändert, dachte er. Wir sind erwachsen geworden. Und noch ein bisschen älter geworden. Und jetzt spüren wir manchmal schon ein Ziehen in den Gliedern, schlafen des Öfteren unruhig, bekommen unerwartet Schweißausbrüche, und hier und da ist ein graues Haar zu sehen. Wenn ich mir jetzt einen Schnurrbart stehen lassen würde, wäre er mit grauen Strähnen durchsetzt. Na ja, die Mode hat sich geändert. Wer trägt schon noch Bart?

Aber Lilo? War sie älter geworden? Bei ihrer Begegnung im Goldenen Füllhorn war sie ihm schöner denn je vorgekommen. Gealtert war sie nicht. Jedenfalls nicht in seinen Augen. Reifer geworden, natürlich. Wenn er sie mit anderen verglich, mit Hilda beispielsweise: Die war jünger, aber in ihrer Art viel vernünftiger, da fehlte die Prise Verruchtheit, die Hansen an Lilo immer gereizt hatte, diese Leidenschaft, dieser Eigensinn. Mit Lilo war das wie mit manchen Blumen, die kurz vor dem Verblühen eine geradezu beunruhigende Schönheit zeigen – herausfordernd und für den Betrachter eine Provokation. Aber so war sie immer gewesen: eine Zumutung. Vor allem für ihn. Und warum lasse ich meine Ermittlungen schleifen? Sie gehört doch zum Kreis der Zeugen, jedenfalls was den Mord im Trichter betrifft, sie kannte das Opfer. Überhaupt ist sie eine feste Größe in diesem Milieu der Spieler, Glücksritter und halbseidenen Geschäftemacher. Warum meide ich sie? Habe ich Angst vor ihr? Ach was, es ist doch nur normal, dass man vor einer Jugendliebe auch nach all den Jahren noch immer ein wenig Respekt hat!

Hansen kniff erst sein blaues, dann sein grünes Auge zu. Aber weder erschien Lilo als Backfisch im Matrosenkleid dort oben am Geländer noch im Abendkleid mit freizügigem Dekolleteé. Der Balkon blieb leer.

»Na, Herr Kollege, was starren Sie denn da in die Luft. Warten sie darauf, dass der Affe die Fassade heruntergeklettert kommt?«

Hansen fuhr erschrocken herum. Vor ihm stand Winckler und zwirbelte sich den Schnurrbart. Er grinste höhnisch. Hansen fühlte sich ertappt.

»Inspektor Winckler? Was machen Sie denn hier?«

»Ich bin Ihnen gefolgt«, erklärte Winckler vergnügt.

Noch immer leicht angeschlagen vom Alkoholgenuss am Vorabend, war Hansen nicht in der Lage, angemessen zu reagieren. Einen Moment lang fragte er sich tatsächlich, ob Winckler einen Grund haben könnte, ihn in irgendeiner Weise zu verdächtigen.

»Wie das?«

»Ganz einfach. Ich sah, wie Sie die Wilhelminenstraße hochgingen, und da Sie nicht auf die Straßenbahn aufsprangen, dachte ich mir, Sie sind vielleicht in Sachen Ermittlungen unterwegs. Also nahm ich mir die Freiheit, mich anzuschließen.«

»Was machen Sie denn in der Wilhelminenstraße?«

»Bin dort vom Stadthaus kommend aus der Tram ausgestiegen. Hat man Ihnen nicht angekündigt, dass ich wieder den Affen ins Visier nehmen soll?«

»Hab' so was gehört.«

»Na also. Nun sitzen wir wieder gemeinsam im Boot, Kommissar!«

Und du willst natürlich den Kapitän spielen, dachte Hansen grimmig.

»Also«, Winckler deutete mit dem Knauf seines Spazierstocks auf das grüne Haus, »was hat es mit dem Gebäude da auf sich?«

»Es müsste mal wieder gestrichen werden.«

»Nun sagen Sie bloß, dass sie auch noch baupolizeiliche Aufgaben übernehmen, Hansen.«

»In meinem Revier kümmere ich mich um alles.«

»Soso.« Winckler legte sich den Spazierstock über die Schulter. »Und der Jude in der Eckernförder Straße. Hat der was mit dem gestreiften Affen zu tun?«

Er schämt sich nicht mal dafür, dass er mich beschattet hat. Und ich bin ein Trottel, dass ich es nicht bemerkt habe!, schalt sich Hansen.

»Nein.«

»Würde mich nicht wundern, wenn mal wieder die Juden dahinter stecken würden.«

»Ich sagte doch: nein. Es ging um einen Einbruch.«

»Was bei dem einen geklaut wird, kann ich dann bei seinem Kollegen wieder einsammeln. So viel Mühe wegen schäbigem Trödel?«

»Ich sagte doch, dass ich mich in meinem Revier um alles kümmere.«

»Sie sagten, Sie sagten, ja, ja. Das ist ja alles sehr löblich, mein Guter.« Winckler legte jetzt die Spitze seines Spazierstocks gegen Hansens Brust. »Aber kümmern Sie sich auch um die wesentlichen Angelegenheiten? In Ihrem Viertel sind vier Morde geschehen. Eins, zwei, drei, vier.« Mit der Spitze des Spazierstocks klopfte er im Takt gegen Hansens Brust.

Hansen packte den Spazierstock und hielt ihn fest. Einen Moment lang sahen sich die beiden Polizisten in die Augen. Winckler blinzelte und zog am Stock. Hansen ließ ihn los.

Sie setzten sich in Bewegung.

»Gibt's neue Hinweise, eine Spur? Die Zeitungen ergehen sich in aberwitzigen Spekulationen. Was haben Sie herausgefunden, Hansen?«

»Sie sind doch der Experte für Mord.«

Winckler hob beschwichtigend die Arme. »Nichts für ungut. Wir müssen uns zusammenraufen. Da vorn ist ein kleines Café. Ich lade Sie ein.«

»Kaffee bekommen wir auch auf der Wache«, brummte Hansen.

»Wie Sie wollen. Dann also auf der Wache.«

Sie überquerten die Straße.

»Haben Sie übrigens den Artikel über mich im Anzeiger gelesen?«, fragte Winckler unbekümmert.

»Nein.«

NEUNTES KAPITEL

Streik

1

Hansen verließ seine Dienstwohnung im dritten Stock und stieg die Treppe hinunter. Es war eigenartig still. Unvertraut. Er zog die Tür zum Flur im zweiten Stock auf. Die Türen zu den Büroräumen der Kriminalpolizei standen offen, aber nirgendwo war ein Beamter zu sehen. Auf den Schreibpulten lagen aufgeschlagene Ordner und Papiere, Federhalter steckten in Tintenfässern. Auf dem Tisch im Mannschaftszimmer stand eine blecherne Kaffeekanne, daneben zwei Emailbecher. Eine Wache ohne Polizisten.

Die Tür zum Behandlungszimmer des Amtsarztes stand offen. Dr. Wolgast erschien im Türrahmen. »Guten Morgen, Herr Kommissar.«

»Was ist denn hier los?«, fragte Hansen.

Wolgast lächelte selbstgefällig. »Nichts, gar nichts.«

»Wo sind meine Leute?«

Der Arzt lachte auf. »Sie wissen von nichts?«

»Von was?«

»Die sind alle ausgeflogen.«

»Was soll das heißen?«

Wolgast schien sich zu amüsieren. »Sie wissen wirklich nicht, was los ist?«

»Nein, nun reden Sie schon, Mann.«

»Kommen Sie rein. Ich hab noch Kaffee in der Kanne.«

Hansen folgte ihm ins Behandlungszimmer. Wolgast nahm die Kanne von dem behelfsmäßigen Stövchen, unter dem ein Bunsenbrenner brannte, und stellte eine zweite Tasse auf seinen Schreibtisch. Er schob Hansen einen Stuhl hin.

»Viel zu tun in letzter Zeit?«

»Ja, sicher, das haben wir immer. Wer sich auf die faule Haut legen will, darf nicht auf St. Pauli Dienst tun.«

»Und dann noch die Mordsache mit dem Affen. Man hat Sie ja kaum noch gesehen. Auf der Wache wird gemunkelt, Sie hätten sich regelrecht in den Fall verbissen.«

»Was soll das heißen?«

»Und dann noch der Winckler. Aber in dieser Hinsicht sind alle auf Ihrer Seite, Hansen. So wie es aussieht, empfinden ihn alle als Eindringling.«

»Was hat das damit zu tun, dass die ganze Wache verwaist ist?«

»Nichts. Aber es ist doch interessant, dass Sie nicht informiert wurden.«

»Reden Sie nicht länger um den Brei herum, Wolgast!«

»Die Leute schätzen Sie als Vorgesetzten, aber dass sie am Streik teilnehmen, haben sie Ihnen dann doch verheimlicht.«

»Streik?«

»Tja.«

»Meine Leute streiken?«

»Alle Kriminalbeamten von Hamburg sind zum Stadthaus marschiert. Wann haben Sie denn das letzte Mal Ihren Sold bekommen?«

»Werden sie denn nicht bezahlt?«

»Nein, sie werden nicht bezahlt. Vielleicht sind Sie ja der Einzige, der noch Geld vom Senat bekommt.«

»Ich weiß es nicht. Ich habe keine großen Ausgaben und kontrolliere meine Einkünfte nicht regelmäßig.«

»Sie sind ja ein interessantes Exemplar der Spezies Homo sapiens, ein Idealist.«

»Unsinn! Ich mache meine Arbeit, weil sie wichtig ist, nicht weil ich dafür bezahlt werde.«

»Sag' ich ja.«

Hansen sprang auf. »Aber das geht doch nicht, dass sie sich einfach vom Dienst entfernen! Ein Polizist kann doch nicht einfach streiken! Das ist ungesetzlich und unmoralisch!«

Wolgast lachte. »Sehr gut, Hansen, sehr gut!«

»Wenn sich das herumspricht, haben wir bald eine Verbrecherrepublik!«

»Haben wir das nicht sowieso schon, Herr Kommissar?

Hansen stürmte aus dem Behandlungszimmer.

»Ihr Kaffee!«, rief Wolgast ihm nach.

Im ersten Stock traf Hansen noch auf Oberwachtmeister Schenk. Er war der einzige Uniformierte weit und breit.

»Wird hier auch gestreikt?«, fragte Hansen etwas zu laut.

»Noch nicht ganz«, sagte Schenk. »Versammlung auf der Moorweide. Wer weiß, was danach passiert.«

»Keiner da, außer Ihnen?«

»Doch, der junge Kelling sitzt unten und hält die Stellung. Wir beide wurden sozusagen zur Reserve eingeteilt.«

»Ich fahre ins Stadthaus!«

Schenk nickte. Und als Hansen durch die Tür ins Treppenhaus verschwand, brummte er hinter ihm her: »Der Kapitän verlässt das Schiff.«

Wütend drehte Hansen sich um und rief: »Sie halten die Stellung, bis ich wieder da bin. Wir streiken nicht!«

Schenk hob beschwichtigend die Hände.

Wachtmeister Kelling grüßte gut gelaunt. Es schien ihm zu gefallen, einmal ganz allein im Wachraum regieren zu können.

»Fahre zum Stadthaus. Bin bald zurück. Sie und Schenk sind verantwortlich!«

»Jawohl, Herr Kommissar!«

An der Reeperbahn sprang Hansen auf eine anfahrende Straßenbahn Richtung Rödingsmarkt. Er schaute durch das Fenster zurück zur Davidwache. Die Uhr unter dem Giebel zeigte zwanzig nach vier an. Es war aber kurz vor neun. Man hatte vergessen, sie aufzuziehen. Hansen schüttelte den Kopf: Streik bei der Polizei? Das grenzte an Sabotage!

Ehrhardt war anderer Ansicht. Er schien begeistert. »Was für ein Tag! Der 7. Oktober 1922 wird in die Geschichte eingehen. Sieh dir das nur an!« Er deutete in den Flur, in dem sich Kriminalpolizisten aus allen Teilen der Stadt drängten. Über fünfhundert hatten sich im Stadthaus eingefunden. Gelegentlich erhoben sich laute Rufe und Sprechchöre, man verlangte den Polizeipräsidenten.

»Und? Haben Sie nicht Recht?«, fragte Ehrhardt. »Da wird ein nagelneues Erweiterungsgebäude errichtet, und für die Leute, die da arbeiten sollen, ist kein Geld da. Wen wollen sie denn reinsetzen, Puppen? Der Mensch muss doch was essen, und dafür braucht er Geld.«

Hansen dachte daran, dass es sich bestimmt schnell herumsprechen würde, was hier geschah. Vor allem in Verbrecherkreisen. Wenn die jetzt alle aus ihren Löchern gekrochen kommen, weil sie Morgenluft wittern, dann Prost Mahlzeit!

Ein Wortführer wurde von seinen Kollegen auf die Schultern gehoben und hielt eine kurze Rede: Er beklagte die schlechten Arbeitsbedingungen, die miserable Bezahlung und die überlangen Arbeitszeiten. »Aber, was dem Fass den Boden ausschlägt …«, rief er aus, »… das ist, dass wir das bisschen Lohn, das uns zusteht, jetzt auch nicht mehr bekommen.« Die Menge stimmte lauthals zu.

»Und wenn der Präsident sich nicht darum kümmert, dann werden wir aufs Rathaus marschieren!« Wieder Beifallsgejohle. Der Redner wurde herabgelassen.

Ein älterer Polizist trat zu dem Wortführer und sprach mit ihm. Kopfnicken. Dann ging ein Raunen durch die Menge: Der Polizeipräsident wolle eine Abordnung empfangen, hieß es. Augenblicklich machten sich die Streikenden auf den Weg zum Präsidialbüro.

Im Korridor vor der Tür ihres obersten Chefs fingen sie an zu rufen: »Er soll zu uns sprechen!«

Ein Tisch wurde herangeschleppt und neben die Tür gestellt. Schließlich trat der Polizeipräsident aus seinem Büro, eskortiert von zwei weiteren hohen Beamten. Mit Hilfe eines Stuhls kletterte er auf den Tisch und breitete die Arme aus. Der Lärm erstarb. Der Präsident erklärte, er habe vollstes Verständnis für die Nöte seiner Untergebenen. Zwar stand ihm dieses Verständnis nicht ins Gesicht geschrieben, eher schien es, als schaute er nachsichtig auf seine missratenen Kinder hinab. Aber er versprach, sich sofort auf den Weg ins Rathaus zu machen, um mit dem Senat zu verhandeln.

Er wurde bejubelt und stieg vom Tisch. Die Menge teilte sich, um dem Polizeipräsidenten den Weg zum Ausgang freizugeben.

Nun kletterte der Wortführer der Streikenden auf den Tisch und rief laut hinter seinem Vorgesetzten her: »Gehen Sie und sprechen Sie für uns, Herr Präsident. Wir werden hier bleiben. So lange, bis man uns angemessen ausbezahlt hat! Und sollte es den ganze Tag und die ganze Nacht dauern!«

Wieder erntete er Beifall. Der Präsident wandte sich um und nickte. Er sah jetzt sehr bedrückt aus.

Hansen entdeckte Inspektor Winckler in der Menge. Sieh mal an, der streikt also auch, dachte er. Will er auf diese Weise wieder in die Zeitung kommen?

»Achtzigtausend registrierte Straftaten im letzten Jahr«, meldete sich Ehrhardt wieder zu Wort »Und wir stehen hier und bringen den Polizeiapparat zum Erliegen. Das kann ja gemütlich werden. Wer weiß, wie lang die im Rathaus brauchen, um zur Vernunft zu kommen. Ich für meinen Teil werde mich aus diesem Trubel verabschieden und auf ein Bier gehen. Kommst du mit, Heinrich?«

Hansen schaute immer noch zu Winckler hin, der sich mit einigen Kollegen angeregt unterhielt. Er sah nicht so aus, als wollte er sehr bald von hier verschwinden.

»Auf ein Bier, Heinrich«, raunte Ehrhardt ihm ins Ohr.

Hansen schüttelte den Kopf. »Nein, danke, ich hab' noch was zu tun.«

Ehrhardt sah ihn erstaunt an. »Wer tut denn heute noch was?«

»Ich. Wir haben da nämlich eine Mordserie aufzuklären. Mörder steiken nicht. Und was glaubst du, was morgen in den Zeitungen steht, wenn heute wieder etwas passiert?«

»Gut, dann begleite mich wenigstens nach draußen. Du könntest vorangehen, das würde mir die Sache erleichtern.«

Ehrhardt schob Hansen vor sich her durch die Menge, und sie verließen das besetzte Stadthaus.

2

In der Tür des Schlachtergeschäfts Paul Heinicke in der Paulinenstraße hing seit vielen Jahren ein vergilbtes Schild: »Geschlossen« stand in blassroten Buchstaben darauf. Trotzdem war das Schaufenster sauber geputzt, und wenn man in den Laden hineinschaute, sah man, dass das gesamte Inventar noch vorhanden war. Der Marmortresen war blank gescheuert, die Scheiben der Vitrinen staubfrei, in den Messerblocks fehlte kein Stück, und die Hackbeile lagen ordentlich nebeneinander gereiht an ihrem Platz. Auch die große Waage machte einen funktionstüchtigen Eindruck, an einem Bindfaden neben der Preistafel hing einsatzbereit ein Stück Kreide, und selbst die Fleischerhaken schienen blank poliert. Nur von Fleisch und Wurst war nichts zu sehen.

Heinrich Hansen klopfte gegen die Scheibe und winkte durch das Schaufenster hindurch dem Schatten zu, der sich im Korridor hinter dem Tresen bewegte. Es dauerte eine Weile, bis Jan Heinicke merkte, dass jemand ihn sprechen wollte. Er kam um den Tresen herum, spähte nach draußen, wunderte sich, zögerte und ging dann zur Ladentür, um sie zu öffnen. Ein melodiöses Klingeln ertönte.

»Guten Morgen, Jan.«

»Heinrich. Na, bist wieder auf Streife?«, fragte Heinicke mit verkniffener Miene und blieb in der Tür stehen.

Hansen lachte. »Ermittlungen, Jan. Auf Streife gehen die anderen.«

»Ja, ja, ich weiß schon. Legst Wert darauf, der Chef zu sein.« Heinicke verzog das Gesicht.

»Na, na«, sagte Hansen beschwichtigend. »Wie geht's deinen Eltern?«

Die harmlose Frage schien Heinicke zu beleben. »Danke, gut. Sie wohnen immer noch oben.« Er deutete zum ersten Stock. »Vater würde ja gern noch jeden Tag einen Streifzug durch den Schlachthof machen. Wenn er das frische Fleisch riecht, hört er, wie das Geld in der Kasse klimpert, sagt er. Und Mutter kommt jede Woche einmal runter, um Staub zu wischen. Darüber beklagt sie sich gern, dabei verlangt es niemand von ihr.«

»Darf ich reinkommen?«, fragte Hansen.

Heinicke machte die Tür frei, und Hansen folgte ihm in den Laden.

»Sie hätten's wohl gern, wenn jemand das Geschäft weiterbetreiben würde?«

»Ja, ja.« Heinickes Miene verdüsterte sich.

»Hab nie so recht verstanden, wieso du's nicht übernommen hast.«

»Du machst mir Spaß, Heinrich. Fährst zur See und willst nicht verstehen, dass jemand nicht einfach so in die Fußstapfen seines Vaters treten will. Erinnerst du dich noch, was wir damals für tolle Pläne hatten? Wir wollten die Welt erobern.«

»Du wolltest Großwildjäger werden.«

»Und du nach Amerika auswandern, reich werden und ein Kasino aufmachen.«

»Tja, nun ist es fast umgekehrt gekommen.«

»Du bist der Jäger und ich, na ja ...«

»Hast dir was aufgebaut.«

»Ein schwankendes Gebäude.« Heinicke lehnte sich gegen den Verkaufstresen.

Er ist dick geworden, dachte Hansen. Ein bisschen füllig war er ja schon immer, aber in den letzten Jahren ist er ganz schön aufgegangen. Und dieses gerötete Gesicht, das immer glänzt, als würde er schwitzen. Manche Leute werden fett aus Kummer, bei ihm kommt es mir beinahe so vor. Vielleicht, weil er sich übernommen hat? Aber Jan? Gerade er war doch immer der forsche Geschäftemacher gewesen.

»Es wird auch wieder besser gehen, wenn diese elende Inflation erst mal vorbei ist.«

»Ach.« Heinicke wehrte müde ab.

»Aber hör mal, Jan, ich muss dich noch mal was fragen.«

Heinicke verzog das Gesicht. »Wäre ja auch ein Wunder gewesen, wenn wir uns einfach mal so unterhalten hätten.«

»Die Sache mit dem Affen beschäftigt mich noch immer.«

»Wundert mich schon, dass ihr ihn noch nicht gefunden habt, so auffällig wie der aussieht.«

»Das wundert mich auch. Er muss ein sehr gutes Versteck haben.«

»Oder er ist raus aus St. Pauli.«

»Könnte auch sein. Aber die Fahndung nach ihm läuft überall. Wenn er sich auf der Straße zeigt, wird er verhaftet.«

»Aber er zeigt sich nicht.«

»Nein.«

Hansen hatte das Gefühl, dass Heinicke ganz froh darüber war. Er ging zum Angriff über. »Übrigens glaube ich nicht, dass der Affe zufällig im Suezkanal war. Und ich glaube auch nicht, dass er es auf Zungenatleth abgesehen hatte.«

»Nein? Was wollte er denn?«

»Er war hinter dir her.«

Heinicke legte die Hände auf die Brust und riss die Augen auf. »Hinter mir? Wie kommst du denn darauf?«

»Es würde ins Bild passen.«

»Was würde ins Bild passen?« Heinicke stieß sich vom Tresen ab und begann im Laden herumzulaufen. Sah hier hin und dort hin, spähte aus dem Fenster.

»Du würdest in die Reihe der anderen Opfer passen.«

»Ha! Das ist ja großartig, was du dir alles so einbildest.«

»Das erste Opfer war ein Spieler, es folgten ein Zuhälter und ein Rauschgifthändler.« Es war eine Hilfskonsstruktion. Der tote Max Bremer passte nicht in Hansens Bild, weshalb er ihn nicht erwähnte.

»Du siehst mich da ja in feiner Gesellschaft, Heinrich. Spieler, Zuhälter, Rauschgifthändler – und was stelle ich deiner Ansicht nach dar?«

»Varietébesitzer und Inhaber einer illegalen Spielhölle.«

Heinicke wehrte ab. »Das ist doch Schnee von gestern.«

»Für dich vielleicht. So schnell verjährt das aber auch wieder nicht.«

»Was hat das denn mit dem Affen zu tun?«

»Das eben frage ich mich.«

»Dann frag' dich ruhig, aber lass mich damit in Ruhe.« Heinicke spähte erneut aus dem Fenster.

»Nein, Jan, ich frage dich. Und zwar ganz einfach und klar: Warum hast du nicht gemeldet, dass der Affe zuerst dich überfallen hat?«

»Was? Was ist denn das für ein Unsinn?«

»Das ist kein Unsinn. Du warst es doch, der völlig verängstigt bei Drei-Finger-Erna Schutz suchte!«

Heinicke lachte gekünstelt. »Völlig verängstigt? Das ist doch lächerlich.«

»Die Taschen voller Dollar, Jan! Und der Affe war hinter dir her!«

»Du willst mir was anhängen. Ich verweigere die Aussage.«

»Das ist dein gutes Recht. Aber meine Pflicht ist es, Fragen zu stellen.«

»Stell dir deine Frage woanders. Geh jetzt!«

»Warum hast du mich auf das Waffenlager der Kommunisten aufmerksam gemacht?«

»Was spielt das denn für eine Rolle? Ich wollte dir einen Gefallen tun. Aber so was wie Dankbarkeit kennst du ja nicht.«

»Du wusstest doch, dass Friedrich Schüler seine Hände da mit im Spiel hatte.«

»Heinrich, ist dir schon mal aufgefallen, dass alle unsere Gespräche damit enden, dass du mich beschuldigst?«

»Für mich ist dieses Gespräch noch nicht beendet.«

»Aber für mich – o!« Heinicke trat ans Fenster und winkte.

Draußen stand eine stattliche Dame in elegantem Mantel mit Pelzbesatz. Sie versuchte, durchs Fenster zu schauen. Heinicke eilte zur Tür, drehte sich hastig um und sagte mit flehendem Gesichtsausdruck: »Heinrich, sei wieder ein Freund. Bitte kein Wort mehr von alledem, ja?«

Hansen sagte gar nichts, er wunderte sich nur.

Heinicke zog die Tür auf und reichte der Dame eine Hand, um ihr die Treppenstufen hinaufzuhelfen.

»Frieda«, sagte Heinicke, »darf ich dir einen alten Jugendfreund vorstellen? Heinrich Hansen, Frieda Bruhneck.«

»Angenehm, guten Tag.« Hansen reichte ihr die Hand. Sie fasste kräftig zu und lächelte herzlich. Dann stieß sie Heinicke den Ellbogen in die Seite.

»Und weiter?«

»Was?«, fragte er verwirrt.

»Du bist gerade dabei, mich vorzustellen.«

»Frieda Bruhneck von der Fleischfabrik Bruhneck in Eimsbüttel«, fügte Heinicke hinzu.

»Ist mir ein Begriff«, sagte Hansen.

Frieda lächelte und stieß Heinicke ein zweites Mal an. »Und weiter?«, forderte sie fröhlich.

»Meine Verlobte«, bekannte Heinicke widerstrebend.

»Na dann herzlichen Glückwunsch.« Hansen deutete eine Verbeugung an. Ganz schön forsch, die Dame, dachte er. Ist ja auch alt genug, schätzungsweise über dreißig. In jedem Fall hat sie genug Kraft, den schwerfälligen Jan auf Trab zu bringen. Das pummelige Gesicht war nicht gerade hübsch, aber resolut und strahlte Humor aus. Für Hansens Geschmack war sie allerdings zu burschikos. Und der Topfhut mit dem Federschmuck über ihrem runden Gesicht nahm sich im Vergleich zum Mantel plump aus. Aber was ging ihn das an? Er lächelte freundlich. »Und nun wollt ihr also den alten Laden wieder nutzen?«

»Nun ja …«

»Ganz recht«, sagte Frieda. »Wir planen, mehrere Filialen in verschiedenen Stadtteilen zu eröffnen.«

»Sieh an. Da kehrt Jan also wieder zurück ins angestammte Gewerbe.«

»Familientradition wird bei uns Buhnecks ganz groß geschrieben«, erklärte Frieda stolz.

»Damit hast du aber hinterm Berg gehalten, dass du dem Tingeltangel den Rücken kehren willst«, sagte Hansen zu Heinicke.

»Man soll sich nicht allzu sehr verzetteln. Fleisch- und Wurstwaren sind ein sehr variationsreiches Feld. Wir sind auch in die Extrakt- und Konservenproduktion eingestiegen. Kennen Sie unsere Bulljung-Paste und die Oxsteert-Tunke?«

Hansen nickte.

»Sehen Sie. Wir liefern sogar nach außerhalb.«

»Was soll dann aus dem Varieté werden?«, fragte Hansen.

»Ist doch schon verkauft«, sagte Frieda unbekümmert.

»Verkauft?« Hansen sah Heinicke an. »Davon weiß ich ja noch gar nichts. An wen?«

Heinicke blickte gequält drein. Wieder antwortete Frieda an seiner Stelle: »Eine Frau Koester will sich da engagieren. Soll uns recht sein, nicht wahr, Jan? Die hat ja wohl noch andere solche Lokale. Und es spricht sicher nichts dagegen, die alle mit unseren Produkten zu beliefern.« Sie lächelte verschmitzt.

»Ich merke schon, Sie sind eine ausgezeichnete Geschäftsfrau. Mein Kompliment, Jan!«

Frieda deutete einen Knicks an. Jan blieb stocksteif stehen. Seine Verlobte ging ein paar Schritte durch das Geschäft und begutachtete die Ladeneinrichtung. Sie schien zufrieden zu sein.

Hansen trat zu Heinicke und sagte leise: »Du bist also draußen?«

»So gut wie«, gab Heinicke widerwillig zu.

»Und warum?«

»Das geht dich nichts an.«

»Au!«, rief Frieda. »Die Messer sind ja blitzescharf.«

Heinicke sprang zu ihr. »Hast du dich geschnitten? Es blutet ja.«

Frieda lachte. »Und das passiert mir. Wo ich doch vom Fach bin.«

Sie steckte den verletzte Finger in den Mund. »Ist nicht schlimm.«

»Besser, wir gehen nach oben und verbinden den Finger«, sagte Heinicke.

»Ach was!«, lachte Frieda, aber Heinicke nutzte die Gelegenheit, Hansen zur Tür zu schieben und zu verabschieden.

3

Bei der preußischen Polizei in Altona wurde nicht gestreikt. Als Hansen in den Wachraum der Davidwache trat, teilte Kelling ihm mit, dass gerade ein Anruf hereingekommen sei.

»Der Posten in der Nähe der Benzinstation an der Großen Freiheit hat Meldung gemacht, dass er eine von uns gesuchte Person gesichtet hat. Diesen Jungen, der mit der Affen-Sache zu tun hat. Die Polizeistation Altona hat's gerade durchgegeben.«

»Kalle? Na sieh mal an, da ist er ja nicht weit gekommen.«

»Soll ich gleich los?«, fragte Kelling eifrig.

»Nein. Sie bleiben hier. Ich übernehm' das selbst. Wieso streiken Sie übrigens nicht?«

»Was würde passieren, wenn wir draußen an unser Tor ein Schild hängen würden: ›Wegen Streik geschlossen‹, Herr Kommissar?«

Hansen nickte. »Gut, Kelling. Dann machen Sie mal weiter.«

»Jawohl. Der Posten hat den Jungen an einer Selterbude Ecke Ferdinandstraße gesehen. Sagt, er weiß, wo er jetzt ist. Wollte zugreifen, hat aber wohl ein Problem in dieser Hinsicht.«

»Ein Problem?«

»Zugriff im Moment nicht möglich, hieß es nur.«

»Merkwürdig. Na gut. Ich werde das überprüfen.«

Im Laufschritt verließ Heinrich Hansen die Davidwache und eilte die Reeperbahn entlang. Es war ein seltsam stickiger, schwüler Oktobertag. Die Motorabgase vermischten sich mit den Fettdünsten der Kartoffelpufferküchen und dem Gestank der öffentlichen Bedürfnisanstalten sowie dem säuerlichen Geruch von verschüttetem Bier aus den Kellerlokalen.

Man müsste mal ein Reinigungskommando durch die Straßen vom Hamburger Berg schicken, dachte Hansen – einmal alles blank scheuern. Ach was, verlorene Liebesmüh, nach ein paar Stunden, spätestens nach einer Nacht, wäre alles wieder so schmuddelig wie vorher. Und die Tippelbrüder da drüben, die grell geschminkten Mädchen dort und die betrunkenen Matrosen hier kannst du auch nicht einfach wegfegen. Die Straße ist für alle da, wir leben in einer Republik. Da darf jeder nach seiner Fasson schmutzig werden. Und wer es feiner, eleganter und sauberer haben will, muss was berappen und darf einen Vergnügungspalast der gehobenen Klasse besuchen. Niemand auf St. Pauli wird gezwungen, Bratwürste von der Fettbude zu verzehren; wenn die Kasse stimmt, darf's auch Kaviar sein, meine Damen und Herren!

Vor dem Eingang zur Großen Freiheit stand ein Doppelposten Polizei. Das Abendgeschäft hatte schon recht früh begonnen. Unter den noch nicht eingeschalteten Leuchtreklamen hatten sich bereits zahlreiche Schaulustige eingefunden. Man konnte sie schon äußerlich gut einordnen: Matrosen schlenderten umher, Heizer lungerten herum, Bürger blieben unschlüssig stehen, Arbeiter eilten vorbei. Dazwischen zogen chinesische Wäscher ihre gefüllten Wagen, bettelten schmutzige Kinder, lärmte ein Drehorgelspieler, priesen Bauchladenverkäufer ihre Waren an, und über alle hinweg brüllten Türhüter in goldlitzenverzierten Uniformen ihre Lockrufe der vorbeiziehenden Kundschaft zu.

Hansen trat zu den Polizisten. Sie erkannten ihn und grüßten respektvoll. Die Beamten erklärten ihm, dass der gesuchte Kollege vor einem Zeitungskiosk gegenüber des Hippodroms Posten bezogen habe. Hansen dankte und eilte zwischen den Passanten hindurch. Er fand den Wachtmeister und zeigte seine Marke. Der Beamte salutierte und berichtete knapp, der gesuchte Herumtreiber befinde sich im Augenblick in einem »privaten Lichtspielhaus« in einem Hinterhof. Er deutete auf den Durchgang.

»Privat?«, fragte Hansen.

»Nun ja …« Der Wachtmeister druckste herum. Das »Theater« sei erst kürzlich geschlossen worden, einige Hausnummern weiter habe es sich befunden. Nun sei es seit drei Tagen an diesem neuen Ort wieder eröffnet, und nur für Gäste mit persönlichen Beziehungen. Man habe das gerade erst in Erfahrung bringen können. Natürlich würde man handeln. Eine Razzia wie üblich, zum angemessenen Zeitpunkt.

»Wäre nicht jetzt die Gelegenheit dazu?«, fragte Hansen. »Immerhin ist ein Minderjähriger dort drin.«

Leider sei dies nicht möglich, erklärte der Polizist, denn ausgerechnet dieser Minderjährige, eben jener von der Hamburger Kripo gesuchte Zeuge, befinde sich in Begleitung eines Erwachsenen.

»Na und? Dann muss man den eben auch kassieren. Oder habt ihr eure Paragrafen zu Sittlichkeitsverbrechen abgeschafft?«

»Nein.«

»Also, wo liegt hier die Schwierigkeit?«

»Der Begleiter des Jungen ist Angehöriger des preußischen Offizierskorps.«

»Ach … verstehe.«

Nicht nur in Preußen, sondern im ganzen Deutschen Reich galt die Regel, dass sich die zivile Polizei gegenüber Armeeangehörigen zurückhielt. Das Militär unterstand einer anderen Gerichtsbarkeit mit separaten Exekutivorganen. Soldaten mussten von Soldaten verhaftet werden, es sei denn, es handelte sich um sehr ernste Vergehen. Dann waren Ausnahmen möglich. Wenn ein Offizier einen Minderjährigen in eine unsittliche Lichtspielvorführung mitnahm, konnte dies nicht gerade als Gefährdung von Staat, Volk oder Gesellschaft gewertet werden.

Immerhin, gab Hansen zu bedenken, sei der gesuchte Junge Zeuge in einer Mordsache.

Der Wachtmeister war nicht überzeugt, dass dies genügte, er sei ja wohl nicht der Mörder selbst, oder?

»Nein.«

»Dann bin ich nicht in der Lage einzuschreiten, es sei denn, es gibt eine besondere Anweisung.«

»Wann endet denn diese Veranstaltung?«

»Ist mir nicht bekannt, Herr Kommissar.«

»Sicherlich gibt es einen Hinterausgang?«

»Mindestens einen.«

Hansen dachte nach. War dieser Bengel wirklich so wichtig? Vielleicht nicht. Aber womöglich war er in Gefahr. Wie war das noch mit dem Einbruch in die Wohnung der Fürsorgerin? Der Affe wusste, dass Kalle ihn kannte, also suchte er ihn vielleicht immer noch. Darüber hinaus war der Junge ein Ausreißer und Herumtreiber, der eingefangen werden musste, bevor er sich selbst oder einem anderen Schaden zufügte. Von der sittlichen Gefährdung ganz zu schweigen, auch wenn das hier eher zweitrangig war. Hansen dachte an seinen Freund Klaas Blunke und schüttelte unwillkürlich den Kopf.

»Herr Kommissar?« Der Wachtmeister schien den missmutigen Gesichtsausdruck von Hansen für eine Kritik an seiner Person zu halten.

»Schon gut«, sagte Hansen. »Passen Sie mal auf. In diesem Fall brauchen wir eine besondere Anweisung.«

Dem Beamten schien diese Idee nicht besonders zu behagen. »Das dauert seine Zeit, Herr Kommissar.«

»Machen Sie Meldung, schildern Sie den Fall, weisen Sie darauf hin, dass ich dringende Gründe habe. Es handelt sich um eine Mordsache!«

»Jawohl!« Der Wachtmeister nickte heftig. Aber er schien wie festgewachsen.

»Also?«, fragte Hansen.

»Äh, Sie können doch hier nicht meinen Posten …«

»Habe auch nicht die Absicht.«

»Ja, äh, dann kann ich nicht …« Der Preuße ließ die Schultern hängen.

»Himmelherrgott! Dann schicken Sie einen Ihrer Kollegen von da drüben hierher!«

»Ach ja, gut.«

»Dann mal los!«

Der Wachtmeister schlug die Hacken zusammen und stürzte davon.

Man sollte sich gar nicht erst mit Erklärungen aufhalten, sondern gleich Kommandos brüllen, dachte Hansen, eine andere Sprache verstehen diese Brüder nicht.

Er drehte sich auf dem Absatz um und eilte mit großen Schritten durch den Torbogen. Dahinter befand sich ein Areal mit verschiedenen Buden, an denen Nippes, Trödel und Getränke verkauft wurden. Ein Tätowierer hatte in einer Ecke seinen Behandlungsraum eröffnet, über einer Doppeltür hing das Hinweisschild eines Logierhauses für Seeleute, daneben befand sich der kleine Laden eines Seemannsausstatters.

Der Wachtmeister hatte ihm den Eingang beschrieben: Man musste die Bar Gute Hoffnung betreten, eine winzige, mit maritimem Nippes ausgestattete Spelunke, und am Tresen und den Toiletten vorbei durch eine Tür gehen, dann stand man auf dem Gelände einer Fischräucherei – wie schon am Geruch unschwer zu erkennen war. In einer Ecke, im Schatten eines Fabrikgebäudes mit hohem Schornstein, stand eine Bretterbude.

Hansen ging darauf zu und klopfte. Ein buckliger Mann öffnete, zog ihn herein und hielt die Hand auf. Hansen zahlte den verlangten Eintrittspreis und starrte auf die Leinwand. Er hatte solche Filme schon gesehen, aber da waren Frauen aufgetreten. Noch ehe er weiter darüber nachdenken konnte, erlosch das

Leinwandbild, und nach einem kurzen Moment der Dunkelheit flammte eine grelle Lampe auf. Der Saal war nichts weiter als eine leer geräumte staubige Werkstatthalle mit einigen Stuhlreihen.

»Das war aber eine kurze Vorführung für so viel Geld«, sagte Hansen zu dem Buckligen, der seine geldgefüllte Zigarrenkiste bereits versteckt hatte. »Später«, sagte er, ohne eine Miene zu verziehen. »Später geht es weiter.«

Das Publikum wirkte größtenteils schäbig, die besser Gekleideten blickten sich verschämt um. Alle hatten es eilig, den Raum zu verlassen. Der Projektor in der Mitte der Stuhlreihen wurde in eine Kiste verpackt.

Von wegen später, dachte Hansen, hier findet nichts mehr statt, als er den Jungen bemerkte. Er stand neben einem groß gewachsenen Mann im hellen Anzug, der einen Arm um seine Schultern gelegt hatte. Kalle sah blass aus. Der Mann schob ihn Richtung Ausgang. Hansen beeilte sich, um vor ihnen hinauszugelangen. Als die beiden aus der Bude kamen, trat Hansen auf sie zu, stellte sich ihnen in den Weg und sprach den Jungen an: »Guten Abend, Kalle.«

Der Junge zuckte zusammen, als er Hansen erkannte, und entgegnete halb verblüfft, halb aufmüpfig: »Was wollen Sie denn hier?«

»Dich abholen. Wir haben noch einiges zu besprechen.«

»Wer ist das?«, zischte Kalles Begleiter.

»Der Freund eines Freundes«, sagte Hansen.

»Kennen wir nicht, komm.« Der Mann versuchte, den Jungen an Hansen vorbeizuschieben.

Hansen packte ihn am Arm.

»Was erlaubst du dir, Kerl!«

»Von Ihnen will ich nichts. Es geht um den Jungen.«

»Er bleibt bei mir. Lassen Sie los. Aus dem Weg!«

Hansen schüttelte den Kopf. »Tut mir Leid.«

Der Offizier fasste Hansens Hand und entfernte sie von seinem Arm. Er hatte einen eisernen Griff. »Mir nicht. Aus dem Weg!«

»Der Junge wird polizeilich gesucht. Ich nehme ihn mit.«

Hansen zog seine Marke hervor und ließ sie im Licht der untergehenden Sonne aufblitzen.

Der Mann lachte. »Hamburg? Wir sind hier in Altona!«

»Tut nichts zur Sache.«

»So? Sie wissen wohl nicht, mit wem Sie es zu tun haben?«

»Doch, das weiß ich.«

»Und Sie wagen es ...«

»Ja.« Hansen zog den Jungen zu sich. »Gehen Sie weiter. Das Rendezvous ist zu Ende.«

»Hundesohn!« Der Offizier versuchte, seinen Widersacher am Rockaufschlag zu packen, als Hansen ihm mehrere Faustschläge verpasste – eine Kombination, die er während seiner Zeit bei der Marine gelernt hatte. Dann wandte er einen Griff an, der seit 1912 zur Polizei-Standardausbildung gehörte, mit dem er den Offizier zwang, sich nach vorn zu beugen. Er stöhnte vor Schmerz. Eine falsche Bewegung, und er würde sich selbst das Armgelenk auskugeln. Hansen ließ ihn los und gab ihm einen – nicht ganz vorschriftsmäßigen – Tritt in den Hintern. Der Offizier stürzte zu Boden. Hansen hatte sich blitzschnell umgedreht und zog den Jungen mit sich fort.

Als sie den Grenzpfosten mit den schönen Worten »Nobis bene, nemini male« passierten, sagte Kalle. »Das war ja ein toller Griff eben. Können Sie mir den beibringen, Herr Kommissar?«

»Einen Teufel werde ich tun«, erwiderte Hansen.

4

Kaum hatte Kalle seine Jacke in Empfang genommen, fuhr seine Hand in die Tasche, und er zog die Trillerpfeife hervor.

»Ach, die hab' ich ganz vergessen«, sagte Hansen. »Gib sie her.«

»Was?«

»Gib sie her!«

»Wieso denn? Sie gehört mir. Ich hab' sie geschenkt bekommen.«

»So? Weißt du denn auch, wer sie Klaas Blunke geschenkt hat?«

»Muss ich das wissen?«

»Du musst gar nichts, min Jung, schon gar nicht mit der Visage und dem scheelen Gesichtsausdruck. Damit kannst du dich im Panoptikum bewerben oder dich von Käppen Haase ausstopfen lassen meinetwegen. Jedenfalls war ich es, der Klaas die Trillerpfeife vermacht hat, anno '95 war das, na wie lang ist das jetzt her?«

»Ganz schön lang.«

»Siehste.« Hansen hielt die Hand auf.

Sie saßen im Wachraum auf der Besucherbank. Wachtmeister Kelling beäugte sie verstohlen. Noch immer war er der einzige Polizist im Bereitschaftsdienst. Er erledigte den Papierkram, wenn eine Anzeige hereinkam, nahm Anrufe entgegen, achtete auf den Telegrafen und horchte auf das Funkgerät. Viel war nicht los. Dass die Polizei auf Sparflamme kochte, hatte sich noch nicht herumgesprochen. Am nächsten Tag würde es in den Zeitungen stehen. Und dann konnten sich die wenigen Beamten, die noch Dienst taten, auf einiges gefasst machen. Es sei denn, der Streik würde beendet werden. Das hing von den Verhandlungen zwischen dem Polizeipräsidenten und den Senatoren ab. Das Streikkomitee jedenfalls bereitete schon den Marsch auf das Rathaus vor, der im Fall eines Scheiterns am nächsten Morgen stattfinden sollte.

Kalle brauchte etwas Zeit, ehe er kapierte, was Hansen ihm gerade mitgeteilt hatte. Nun bekam er doch große Augen, und der Mund blieb ihm offen stehen. »Wirklich wahr? Sie haben ihm die geschenkt?«

»So ist es. Und jetzt willst du wissen, wieso und warum, stimmt's?«

Kalle versuchte, gleichgültig dreinzublicken, was ihm nur schlecht gelang. »Wenn Sie's mir unbedingt erzählen wollen.«

»Gar nicht unbedingt. Aber da Klaas nun mal ein gemeinsamer Freund von uns ist … Ist er doch, oder?«

»Na ja …«

»Wenn nicht, dann nicht. Und wenn ich mir dich so anschaue, ist es wohl doch eine andere Art von Freundschaft.«

Kalle wurde rot.

»Muss ja auch nicht immer wieder die ollen Kamellen erzählen.«

»Ich will es aber wissen!«

»Also doch? Gut, hör zu.« Hansen tat sein Bestes, um die Episode aus seiner Jugend anekdotisch aufzubereiten, was ihm eher schlecht gelang. Es war auch nicht ganz einfach, einem Herumtreiber zu erklären, wieso es für den jungen Heinrich Hansen so wichtig gewesen war, zu verhindern, dass seine Freunde bei einem Einbruch in ein Juweliergeschäft mitmachten. Kalle konnte nicht wirklich über Hansens weitschweifige Beschreibung seiner Verkleidung als Polizist lachen, ebenso wenig wie über den peinlichen Höhepunkt der Geschichte, als Klaas Blunke mit der Trillerpfeife in der Hand von einem echten Polizisten ertappt wurde. Ausgerechnet der bravste und ehrlichste der Kaperfahrer war wegen dieser Angelegenheit ins Gefängnis gewandert. Was sollte daran so witzig sein?

»Und ich wusste gar nicht, dass Klaas die Trillerpfeife all die Jahre behalten hatte. Hab' auch nicht mehr dran gedacht, bis ich sie bei dir gesehen hab'. Eigentlich komisch, dass das Ding ihm so wichtig war«, bemerkte Hansen anschließend.

Der Junge schaute Hansen ernst an. »So komisch finde ich das gar nicht. Aber dass er sie dann mir geschenkt hat …« Kalle hielt Hansen die Pfeife hin. »Aber Ihnen gehört sie genauso wenig wie mir.«

»Nein, wir geben sie ihm zurück.«

»Ich glaube nicht, dass er sie zurückhaben will.«

Hansen machte eine wegwerfende Geste. »Behalt das verdammt Ding.«

»Danke.«

Die Trillerpfeife verschwand wieder in der Jackentasche.

»Was passiert jetzt mit mir?«

»Du kommst wieder in die Zelle, was sollen wir sonst mit dir machen?«

Der Junge starrte eine Weile vor sich hin. »Ich dachte, ich kann vielleicht wieder zurück zu … Herrn Blunke.«

»Daraus wird nichts, min Jung. Auch zur Fürsorgerin werde ich dich nicht mehr geben. Wer einmal ausbüxt … Außerdem wird es Zeit, dass wir dich nach Hause zurückschicken …« Wenn dieser gottverdammte Streik zu Ende ist und wir endlich wieder normal arbeiten können, dachte Hansen seinen Satz zu Ende. Noch wusste er ja nicht, wo der Junge herkam.

»Nein! Niemals!«, schrie Kalle.

»In die Zelle kommst du so oder so! Kelling!«

Der junge Wachtmeister stand auf. »Herr Kommissar?«

»Abführen.«

Kelling versuchte, den Jungen am Arm zu fassen, der wich aus, trat zwei Schritte zurück und prallte gegen die Wand.

»Nein!«, wiederholte er. »Nicht!« Er war leichenblass geworden.

Als Kelling seinen Arm erwischte, rief er laut: »Ich weiß, wo der Affe wohnt.«

Mit drei großen Schritten war Hansen bei ihm, packte ihn an der Gurgel und fragte drohend: »Was weißt du?«

»Der Affe … wo er wohnt.«

»Wenn du hier ein Spielchen mit uns spielen willst, Bursche …« Hansen drückte ihn gegen die Wand.

»Herr Kommissar«, wandte Kelling ein. »Er bekommt keine Luft.«

Hansen ließ von ihm ab. Kalle sank auf die Bank und rang nach Luft. Hansen hielt ihm drohend den Zeigefinger vors Gesicht: »Keine Lügen!«

Kalle räusperte sich und stieß trotzig hervor: »Ich lüge ja gar nicht.«

»So? Na, dann erzähl mal.«

»Deshalb bin ich doch weg von … ihm, Herrn Blunke, meine ich.«

»Wegen des Affen?«

»Ja, er wusste, wo ich mich aufhielt. Ich weiß auch nicht, wie er es erfahren hat. Vielleicht hat er mich auf der Straße erkannt und ist mir gefolgt. Er war doch schon mal hinter mir her. Ich glaub', der will mich umbringen, weil ich ihn gesehen habe.«

»Möglich.«

»Er stand draußen vor dem Laden, neulich nachts. Hat hochgeschaut. Und da wusste ich, dass er mir auflauert. Deshalb bin ich weg.«

»Besonders weit bist du ja nicht weggelaufen.«

»Ich hab' ja einen Beschützer gefunden ...«

»... mit dem er ganz schnell fertig geworden wäre. Was meinst du wohl, was der Affe mit ihm gemacht hätte?«

Kalle schaute zu Boden.

»Du bist vor ihm weggelaufen, na schön. Und wie hast du herausgefunden, wo er wohnt?«

»Wir sind ihm gefolgt.«

»Wer?«

»Der ... Offizier und ich.«

»Warum das denn?«

»Ich hab' ihm erzählt, dass der Affe mich bedroht. Da wollte er ihn stellen. Er ist Soldat. Die machen doch so etwas. Er hat eine Pistole.«

»Für solche Sachen ist nicht die Armee zuständig, Junge, sondern die Polizei.«

»Aber Sie hätten mich doch wieder in die Zelle gesteckt.«

»Und bei der Armee kämst du in den Karzer ... Aber nun raus mit der Sprache: Wo hat sich der Affe versteckt?«

»Ich weiß nicht, wie die Straße heißt, aber ich kann's Ihnen zeigen.«

»Also los! Kelling wir nehmen Stab und Mauser mit. Handschellen, gute Stricke!«

»Aber wir können die Wache doch nicht herrenlos lassen.«

»Wecken Sie Schenk! Er hält die Stellung.«

Fünf Minuten später folgten sie dem Jungen über die abendlich erleuchtete Reeperbahn zum Wilhelmsplatz und über die

Querstraße in die Fischerstraße. Dort stand ein halb abgebrochenes, ehemals zweistöckiges, aus Fachwerk und Backstein erbautes Haus, an dessen Ecke wundersamerweise noch eine Laterne brannte. Die Abbrucharbeiten waren vor einiger Zeit gestoppt worden, weil der Auftraggeber bankrott war. Links am Haus ein Bretterzaun. Kalle deutete darauf. »Dahinter ist eine Treppe. Da ist er im Keller verschwunden.«

Hansen zog seine Pistole. Er nickte Kelling zu. Der tat es ihm nach.

»Nur schießen, wenn es nötig ist«, sagte Hansen. »Ich glaube nicht, dass er eine Schusswaffe hat. Das ist ein Handarbeiter.«

»Wollen wir jetzt einfach so da rein?«, fragte Kelling mit verkniffenem Gesichtsausdruck. »Man kann ja kaum etwas erkennen.«

Hansen zog seine Taschenlampe aus dem Gürtel. »Einfach so.«

»Und er?« Kelling deutete auf Kalle.

»Kommt mit. Sonst büxt er uns doch gleich wieder aus.«

Kelling atmete hörbar aus.

»Überraschungseffekt«, sagte Hansen und zog Kalle mit sich fort.

Die Brettertür war verschlossen. Hansen ging einen Schritt zurück und trat sie auf. Sie war nur mit einem einfachen Holzriegel gesichert.

Sechs Stufen führten zu einer Kellertür hinunter. Hansen schob Kalle voran. »Los!«

»He, glauben Sie mir etwa nicht?«, zischte der Junge.

Hansen drückte die Klinke herunter. Die Tür war verschlossen. Er zielte mit der Pistole auf die Stelle, wo der Riegel blockierte, und schoss. Die Tür sprang auf.

Genau in diesem Moment wurden sie von hinten unter Feuer genommen. Vier Schüsse, jaulende Querschläger. Der Junge schrie auf. Hansen warf sich auf ihn und duckte sich mit ihm in den Schutz der Kellernische. Kelling hatte sich zu Boden geworfen. Zwei weitere Schüsse. Die beiden Polizisten feuerten mehrmals in die Richtung, wo das Mündungsfeuer geblitzt hatte.

Dann blieb es ruhig. Sie hörten eilige Schritte. Jemand rannte davon.

Hansen drehte sich um, schob die Tür auf, trat ein, presste sich gegen die Wand und knipste die Taschenlampe an. Am Ende des Kellergangs stand in einem schwach erleuchteten Türrahmen ein Mann mit gezogenem Revolver.

Hansen schoss und schaltete gleichzeitig die Lampe aus. Die Tür wurde zugeworfen. Als Hansen die Lampe wieder anmachte, war der Mann verschwunden.

»Kelling!«, brüllte er. »Ums Haus herum. Hintereingang!«

Er hörte Kellings Schritte, wollte ihm folgen und stolperte über ein Hindernis. Die Lampe fiel ihm aus der Hand und rollte über den Boden. Der Lichtkegel zuckte über eine zitternde, blutbesudelte Hand.

»Ich bin getroffen«, stöhnte Kalle.

ZEHNTES KAPITEL

Straßenkampf

1

»Um Himmels willen!«, rief Hansen, als er das Bereitschaftszimmer der Davidwache betrat. »Einen Bandenkrieg können wir jetzt schon gar nicht gebrauchen.«

Er kam gerade aus dem Hafenkrankenhaus, wo er den Jungen mit seiner Schusswunde abgeliefert hatte. Zu Hansens Erleichterung hatte sich sehr schnell herausgestellt, dass die Verletzung nicht lebensgefährlich war.

Aber nun lag schon wieder einer in seinem Blut, und zwar mitten im Bereitschaftszimmer. »Sie haben ihn hier abgeliefert und sind wieder abgedampft«, sagte Oberwachtmeister Schenk. Er war es auch gewesen, der Hansen zur Begrüßung das Wort »Bandenkrieg« zugerufen hatte.

Kelling beobachtete nervös, wie Dr. Wolgast sich über seinen Patienten beugte. »Kommen Sie schon, Kelling!«, sagte der Arzt. »Drücken Sie mal hier auf die Binde! Der will ja gar nicht aufhören zu bluten.«

Es war Mützen-Schorsch vom Zuhälterverein aus der Sophienburg.

»Was ist denn passiert?«, fragte Hansen.

»Paul Mahlo und ein paar seiner Kumpane haben ihn hergeschleppt. Haben sich nicht lange mit Formalitäten aufgehalten. Die hatten Hummeln im Hintern und sind gleich wieder zurück. Da braut sich was zusammen.«

»Sophienstraße?«

Schenk nickte. »Gab schon die ganze Woche immer Reibereien zwischen den Luden und den Zimmerleuten. Jetzt wollen sie die Sache wohl regeln.«

Hansen blickte sich unwillkürlich um. »Und meine Leute sind nicht da«, murmelte er.

Der Konflikt zwischen Paul Mahlos Leuten und einer Gruppe von Zimmerleuten schwelte seit einiger Zeit. Der Polizei war es bislang gelungen, die beiden Parteien durch ständige Präsenz von unbedachten Handlungen abzuhalten. Die Zimmerleute arbeiteten auf einer Baustelle am Neuen Pferdemarkt und hatten sich die Gaststätte Overbeck in der Sophienstraße als Stammlokal ausgesucht. Die gutbürgerliche Kneipe befand sich direkt gegenüber der Sophienburg, deren Publikum ausschließlich aus Angehörigen des so genannten »Männergesangsvereins Bruderliebe« bestand.

Die Luden beanspruchten mit großer Selbstverständlichkeit die Hoheit auf den Bürgersteigen der Straße, hier und da kassierten sie sogar Schutzgelder. Den nicht weniger verschworenen Zimmerleuten war dies ein Dorn im Auge. Zunächst befreiten sie den Wirt ihrer Stammkneipe von den Schutzgeldzahlungen, indem sie jeden »Kassierer« am Eingang abfingen und mit scheinheiligen Freundlichkeiten überhäuften oder zum Schnapswetttrinken nötigten. Als Nächstes säuberten sie ihre Straßenseite von den »Ludenbengels«.

Nun hätten sich die Männer von Paul Mahlos Zuhälterklub an die Trennung der Einflusssphären halten können, und die Sache wäre vielleicht erledigt gewesen. Da sie sich aber in ihrer Ganovenehre und ihrem männlichen Stolz verletzt fühlten, sahen sie sich zur gelegentlichen provokativen Grenzverletzung genötigt. So kam es zu mehr oder weniger schweren Schlägereien, denen die Polizisten der Wachen 13 und 14 ein Ende setzen mussten.

In den letzten Tagen hatten die Zimmerleute, die teilweise aus anderen deutschen Städten kamen, angefangen, mit den recht jungen und meist naiven Mädchen der Zuhälterbande anzubandeln. Damit hatten sie eine weitere Grenze der Zumutbarkeit für die Luden überschritten. Die Zwischenfälle häuften sich. Es kam schon zu Handgreiflichkeiten, wenn zwei Angehörige der gegnerischen Gruppen irgendwo an einer Straßenecke zusammentrafen.

Als unweit des Neuen Pferdemarkts eine weitere Baustelle eröffnet wurde, tauchten neue Handwerker in der Sophienstraße auf, und nicht alle wussten von den getrennten Einflusssphären. Hans Stössl, ein Zimmermann aus Bayern, war auf die falsche Straßenseite geraten und hatte die Sophienburg betreten. Er stutzte, als er die eigenartige Abendgesellschaft bemerkte, die sich hier zusammengefunden hatte: Sämtliche männlichen Gäste trugen Frack und Zylinder, die Mädchen hatten sich schwer in Schale geschmissen, denn am Nachmittag hatte man den ermordeten Frankfurter-Ede auf dem Begräbnisplatz am Zoologischen Garten beim Dammtor beerdigt. Nun wurde gefeiert.

Hans Stössl indessen verspürte großen Bierdurst. Er ging zum Tresen und bestellte eine Halbe. Der Wirt weigerte sich, ihn zu bedienen. Stössl beharrte auf seinem Anliegen. Die Luden fühlten sich von dem Eindringling in ihrer Trauer gestört und rückten näher. Stössl erklärte, wenn in diesem Lokal Pinguine bedient würden, könne er ja wohl auch eine anständige Behandlung verlangen. Klimper-Karl, der gerade zum zehnten Mal seinem Akkordeon eine quäkende Version des Trauermarschs entlockt hatte, legte sein Instrument beiseite, drängte sich zwischen seinen Vereinsbrüdern durch und stellte Stössl zur Rede.

Auf seine Frage bekam er eine eindeutige Antwort und taumelte quer durch das Lokal. Die Hände der Anwesenden bewegten sich Richtung Hosentasche, aber keiner hatte es für nötig befunden, zur Beerdigung eine Waffe mitzunehmen. Nur Mützen-Schorsch fand sein Klappmesser und ließ die Klinge aufschnappen. Die Menge teilte sich. Stössl fasste lachend in die Beintasche seiner Zimmermannshose und zog ein stattliches Fahrtenmesser heraus.

Mützen-Schorsch glaubte trotz des kühnen Auftretens des Handwerkers an seine kampftechnische Überlegenheit – schließlich war er der Kriminelle! – und sprang auf Stössl zu. Wenige

Sekunden später lag er mit mehreren mittelschweren Schnittwunden im Sägemehl auf dem Boden. Stössl zog dem Wirt das Handtuch von der Schulter, wischte sein Messer blank und verließ mit den Worten »I glaub, i hob mi in d'r Tür g'irrt« die Sophienburg.

Bei Overbeck bekam er anstandslos sein Bier serviert und erntete viel Gelächter, als er seine Geschichte zum Besten gab.

So wurde die Angelegenheit später Kommissar Hansen berichtet. Aber schon die wenigen Andeutungen der Luden gegenüber Oberwachtmeister Schenk hatten genügt, die drei diensthabenden Polizisten auf der Davidwache in Alarmstimmung zu versetzen. Sie ließen den Verletzten in der Obhut von Dr. Wolgast und machten sich auf den Weg in die Sophienstraße. Sie kamen zu spät und hätten ohnehin nicht viel ausrichten können.

Die Luden hatten das Mobiliar der Sophienburg zu Kleinholz verarbeitet und bewaffneten sich mit Stuhlbeinen. Manche zogen vorsichtshalber die geliehenen Fräcke aus, andere behielten sogar die Zylinder auf. Dann rückten sie aus. Vor der Gaststätte Overbeck angekommen, wurde eine Delegation hineingeschickt, um die Auslieferung von Hans Stössl zu fordern. Die Zimmermänner lehnten ab. Die Luden erklärten ihnen den Krieg und ernteten nichts als Hohngelächter. Die Delegation verließ die Kneipe und erstattete Bericht. Wenig später stürmten die Luden mit Wutgebrüll die Gaststätte, und eine Saalschlacht begann.

Die Luden waren schwächer und außerdem betrunken. Sie wurden hinausgedrängt. Auf der Straße ging die Prügelei weiter. Paul Mahlo stand eine Weile an einer Straßenecke und beobachtete das Geschehen. Als er merkte, dass seine Kumpane ins Hintertreffen gerieten, ließ er bei befreundeten Vereinen anrufen. Kurz darauf kam Verstärkung aus der Heinestraße, der Talstraße und der Umgebug des Wilhelmsplatzes.

Die Zimmermänner schickten Abgesandte in verschiedene nahe gelegene Arbeiterkneipen und bekamen von dort Unterstützung. Aus der Prügelei wurde ein Straßenkampf. Hansen,

Schenk und Kelling schauten dem wilden Treiben eine Weile vom Portal des Postamts aus zu. Zu dritt hatten sie keine Chance, die Auseinandersetzung zu beenden. Als die ersten Scheiben zu Bruch gingen, befahl Hansen Wachtmeister Kelling, er solle sich zur Bezirkswache durchschlagen und per Funk die kasernierte Ordnungspolizei herbeirufen lassen.

Kelling salutierte und rannte los. Hansen und Schenk zogen die Pistolen und versuchten, Randfiguren des Geschehens vom Plündern eingeschlagener Schaufenster abzuhalten. Die Kämpfenden ließen sich von den bewaffneten Polizisten nicht stören. Erst als die Lastwagen der Ordnungspolizei die Straße blockierten und mit Knüppeln bewaffnete Uniformierte herabsprangen und die Schläger einkesselten, ebbten die Kämpfe ab.

Arbeiter und Luden wurden unterschiedslos abtransportiert, ihre verwüsteten Lokale geschlossen.

Als alles vorbei war, tauchte der zwischenzeitlich von der Bildfläche verschwundene Paul Mahlo aus dem Nichts auf, und lüpfte den Zylinder. Hansen starrte ihn missbilligend an. Sein Frack saß noch immer tadellos, seine Handschuhe waren blütenweiß geblieben, an seinem Arm hing eine südländische Schönheit in einem recht freizügig geschnittenen schwarzen Kostüm und einem weißen Pelzjäckchen. Offenbar hatte er den Polizeieinsatz von einem Fensterplatz im Café Minerva aus mitverfolgt, dessen Tür jetzt hinter ihm abgeschlossen wurde. »Auf ein Wort, Herr Kommissar. Wie geht es Schorsch?«

Hansen zögerte. Sollte er den nicht gleich miteinliefern lassen? Aber unter welcher Anklage? Als Rädelsführer?

Mahlo zündete sich freundlich lächelnd ein Zigarillo an und kam Hansen mit dem Streichholz etwas zu nahe.

»Weg mit dem Feuer!«

»Entschuldigen Sie.« Mahlo hielt seiner Begleiterin das Streichholz hin. Sie blies es aus.

»Dr. Wolgast hat ihn behandelt«, sagte Hansen. »Er ist wahrscheinlich schon ins Hafenkrankenhaus gebracht worden.«

»Danke. Ich bin Ihnen sehr verbunden.«

Mahlo nickte dem Kommissar zum Abschied zu und führte seine Begleiterin durch das Trümmerfeld. Sie bogen in die Seilerstraße ein, wo Mahlo, wie Hansen wusste, eine halbe Etage in einem Hotel bewohnte. Die dunkle Schönheit wiegte die Hüfte und Mahlo tippte lässig an seinen Zylinder, sodass er leicht schief saß.

»Kaum zu glauben«, brummte Hansen.

2

Wäre der Streik nicht gewesen, hätten die Experten aus dem Stadthaus den Ort des Schusswechsels in der Fischerstraße noch in der Nacht untersucht. So aber musste Hansen sich am nächsten Morgen selbst darum kümmern. Er ließ Schenk und Kelling auf der Wache zurück – der eine sollte sich ausruhen, während der andere Wachdienst schob – und machte sich auf den Weg.

Bei Tag erweckte das halb abgebrochene Haus einen jämmerlichen Eindruck. Hansen wunderte sich, dass sie sich letzte Nacht nicht sämtliche Knochen gebrochen hatten. Auf dem Hof hinter dem Bretterzaun lagen Mauerreste und vermoderte Holzbalken herum.

Hansen zog seine Mauser und stieg die Kellertreppe hinab. Normalerweise hätte er in einer solchen Situation das Haus umstellen lassen und wäre dann, unterstützt von einem Stoßtrupp, eingedrungen. An diesem Morgen aber war er allein. Das Haus war über Nacht anscheinend unbewacht geblieben. Die Bande, die sich hier eingenistet hatte, hätte Zeit gehabt, zurückzukommen. Möglicherweise war der Unterschlupf längst leer geräumt. Vielleicht lauerten sie auch hinter der Kellertür auf ihn.

Hansen nahm das zerschossene Schloss in Augenschein. Schnell und präzise geöffnet, dachte er. Lass die anderen ruhig streiken, wir machen Nägel mit Köpfen. Er lud die Pistole durch und trat mit dem Stiefel kräftig gegen die Tür. Sie schnellte auf und prallte gegen die Wand.

Ein Geruch nach Staub und Moder schlug ihm aus dem Keller entgegen. Drinnen war es dunkel und kühl. Er wunderte sich über den Lichtschalter – nicht gerade eine Selbstverständlichkeit in einem abbruchreifen Gebäude. Er drehte daran, und eine Glühbirne flammte auf. Da hatten sich die Kellerasseln also die Mühe gemacht, irgendwoher Strom abzuzapfen.

Hansen trat in einen kleineren Raum, in dem nur Schutt und Müll lagen. Von diesem führte ein Flur vorbei an zwei Bretterverschlägen auf eine geschlossene Tür zu. Dort hatte letzte Nacht der Mann mit dem Revolver gestanden und geschossen.

Er ging darauf zu. Unter seinen Sohlen knirschten Sand und Steine. Wenn die jetzt drinhocken, bin ich geliefert, dachte er. Und wenn die wissen, dass ich keine Rückendeckung habe, dann können sie in aller Ruhe Hackfleisch aus mir machen.

Ein Griff nach der Klinke, ein Tritt mit dem Fuß, Pistole im Anschlag und ein laut gebrülltes »Hände hoch! Stehen bleiben! Waffen fallen lassen! Polizei!«.

Durch ein Kellerfenster drang ein wenig Helligkeit in den Raum, eine leicht geöffnete Tür ließ einen Lichtstrahl herein, etwas Kleines flitzte über den Boden, in einer Ecke raschelte es.

»Na, jetzt haben's die Mäuse aber mit der Angst bekommen«, murmelte Hansen.

Ein Feldbett mit einer Wolldecke, einige große Holzkisten, ein schiefes Regal und ein alter Tisch mit drei Stühlen unter einer Blechlampe waren die einzige Einrichtung. Auf dem Tisch Emailgeschirr und Blechbesteck, ein hingeworfenes Kartenspiel.

Die Bande hatte doch keine Zeit mehr gehabt, die Kisten abzuschließen. Hansen warf einen Blick hinein: Uhren, Schmuck und Geld, vor allem ausländische Dollar. Und auf den Regalen Pelzmäntel sowie kostbare Stoffe in Ballen. Das Lager einer Einbrecherbande. Hansen zuckte mit den Schultern. So was fand man in diesen Zeiten alle Tage.

Aber da, neben dem Bett, was war denn das? Hansen hob ein dreckiges Stoffteil hoch. Es war ein gestreifter Matrosenpullover. Da würde ich glatt zweimal reinpassen, dachte er. Schwarze

Schlieren waren darauf, der Pullover war ausgefranst. Und oben links ein Loch mit einem braunen Rand. Hinter dem Bett und darunter lag altes Verbandszeug, ebenfalls blutverkrustet.

Also hatte Kalle nicht gelogen. Der Affe hatte hier gehaust. Diesen Pullover hatte er getragen, als er sein letztes Opfer an den Trichter gehängt hatte. Zuvor hatte der Ermordete einen Schuss auf ihn abgegeben. Daher die Wunde. Das erklärte auch, warum es seither keine weiteren Morde gegeben hatte.

Der Mann, der letzte Nacht in der Tür gestanden hatte, war allerdings nicht der Affe gewesen. Und außerdem war da noch ein weiterer gewesen, der die Schüsse abgefeuert hatte. Das bedeutete, dass der Affe zu einer Bande gehörte, zu einer Einbrecherbande, um genau zu sein.

Was sollte er nun mit dem Diebesgut machen? Wenn die Bande erst mal bemerkte, dass die Polizei kaum in der Lage war, ihrer Arbeit nachzugehen, würden sie wiederkommen und die Beute holen. Viel war nicht mehr da drin. Er würde Kelling losschicken. Der sollte ein paar Vorhängeschlösser anbringen. Hansen lächelte bitter vor sich hin, als er das Grundstück verließ und die Tür im Bretterzaun hinter sich schloss: Mit läppischen Vorhängeschlössern die Einbrecher daran hindern, in ihr eigenes Versteck einzudringen? Lächerlich!

Er gab kurz auf der Wache Bescheid und ging dann weiter, den Spielbudenplatz entlang Richtung Circusweg. Sieh mal an, dachte er, als er unter den Bäumen entlangschritt, die Blätter beginnen sich zu verfärben. Man kommt kaum dazu, sich über so etwas Gedanken zu machen. Ich fang' ja auch gerade an, mich zu verfärben, werde immer blonder, bald bin ich weiß.

Hansen stieg die Steintreppe hinauf in den ersten Stock der Männerabteilung des Krankenpavillons. Mit jedem Schritt wurde es wärmer. Sie hatten die Heizung angeworfen, auch hier hatte der Herbst begonnen. Im Krankensaal standen dreißig Betten rechts und links unter einer Reihe von Schirmlampen. In der Mitte des hellen Raums mit dem sauberen Terrazzoboden standen zwei Arbeitspulte für die Krankenschwestern und Ärzte. Über jedem Bett hing eine Tafel mit dem Namen und eine Karte mit den Krankendaten. Hier wurde nicht gestreikt, hier war alles sauber und in schönster Ordnung.

Kalle lag klein und still in seinem Bett und war fast genauso weiß wie seine Decke. Als er Hansen bemerkte, lächelte er und versuchte sich aufzurichten. Hansen half ihm dabei und schob ihm das Kissen zurecht.

»Guten Morgen, Herr Kommissar.«

»Guten Morgen, mein Junge. Wie geht's?«

»Gut. Es ist gemütlich hier.«

Hansen hörte hier und da im Saal ein Stöhnen, der Mann im Nachbarbett atmete geräuschvoll. Gemütlich war etwas anderes.

»Sieht so aus, als hätten sie dich gebadet.«

»Haben sie auch. Die haben ganz schön was runtergeschrubbt.«

»Dachte ich mir.«

»Sie haben mir ja Blut gespendet, Herr Kommissar.«

»Ja. Bis wir dich im Krankenhaus hatten, hattest du eine ganze Menge Blut verloren.«

»Ein Stück weiter links, und die Halsschlagader wäre getroffen gewesen, hat der Arzt gesagt.«

»Hast mal wieder Glück gehabt, min Jung.«

Kalle richtete sich mühsam etwas auf. »Dann sind wir ja jetzt Blutsbrüder, nicht?«

»Na, was du so für Ideen hast.«

»Aber es ist doch so, oder?«

»Du hast jetzt echtes Polizistenblut in den Adern.«

Kalle sank ins Kissen zurück. »Dann sind wir jetzt verwandt.«

»Bild' dir mal nicht zu viel ein. Als Ersatzvater taug' ich nicht. Außerdem hast du dir doch schon einen anderen ausgesucht.«

Kalle schaute ihn ängstlich an. Hansen versuchte, ihn zu beruhigen. »Klaas Blunke ist ein alter Freund von mir. Ein Blutsbruder, wenn du es so sehen willst. Ich werd' ihm schon nicht an den Karren fahren.«

»Soll ich zu ihm zurück?«, fragte Kalle verwundert.

Hansen schüttelte den Kopf. »Das geht natürlich nicht.«

»Ich will auch gar nicht«, sagte Kalle entschieden. »Der Herr Blunke ist mir doch ein bisschen zu seltsam.«

Hansen lächelte. »Seltsam ist er? Na komm!«

»Ja. Doch. Ich meine ja nicht, dass ich Angst vor ihm hätte, aber wenn er sich so verkleidete, dann hat er mich ganz schön in Verlegenheit gebracht.«

»Er hat sich verkleidet?«

Ein schwacher rosiger Schimmer breitete sich auf Kalles Gesicht aus. »Er hat nichts Schlimmes gemacht. In einer Kommode bewahrt er Frauenkleider und Perücken auf. Und wenn er sich damit verkleidet hat, dann sprach er immer so komisch, als wäre er eine Frau. Und mich hat er Heinrich genannt. Das hab' ich gar nicht verstanden.«

Hansen starrte den Jungen an. Ihm war, als hätte ihm jemand eine Ohrfeige verpasst.

»Was ist denn?«, fragte Kalle.

»Entschuldigung.« Hansen schaute zum Fenster hinaus. »Hat er dir auch Bilder gezeigt?«

»In einer Schublade hatte er Bilder. Er hat sie mir nicht gezeigt, sondern sie nur so für sich selbst angeguckt.«

»E. H. II«, murmelte Hansen. »Ich Rindvieh!« Er schlug sich mit der Hand gegen die Stirn. Er stand auf und beugte sich noch mal zu Kalle hinunter. »Hör mal, du erzählst mir da auch keinen Blödsinn? Klaas-Hennig Blunke hat eine Kommode voller Frauenkleider und Perücken, die er anzieht, um sich zu verkleiden?«

Kalle war immer noch erstaunt über die Reaktion des Kommissars. Er hob die rechte Hand. »Großes Ehrenwort. Einen Blutsbruder belügt man nicht.«

»Gut. Danke. Brauchst du was?«

»Ich würde gern ein Buch lesen. Es ist ein bisschen langweilig hier.«

»Gut. Ich komme wieder.«

Mit großen Schritten durchmaß Hansen den Krankensaal. Eine Schwester nickte ihm zum Abschied zu, wollte noch etwas sagen, merkte dann, dass er es eilig hatte, und schwieg.

Am Ende des Saals angekommen, hörte Hansen eine Stimme hinter sich: »Auf ein Wort, Herr Kommissar.«

Unwirsch drehte er sich um. »Was ist denn?«

Auf einem Stuhl saß Paul Mahlo in blauem Anzug mit bunter Krawatte, Handschuhen, mit Spazierstock und einer roten Gardenie im Knopfloch. Auf dem Bett lag Mützen-Schorsch, der ohne Kopfbedeckung und im Nachthemd gar nicht wie er selbst aussah.

»Sie sind in Eile, Herr Kommissar«, sagte Mahlo. »Aber haben Sie nicht eine Minute Zeit? Schorsch möchte sich bedanken.«

Schorsch grinste und entblößte seine gelben Zähne.

»Sie haben mir das Leben gerettet, Herr Kommissar.«

»Ach was! So schlimm war es wirklich nicht. Und wenn Sie sich bedanken wollen, wenden Sie sich an Dr. Wolgast.«

»Nicht jeder behandelt unsereinen wie einen Menschen«, sagte Schorsch.

»Auch dafür wollen wir uns bedanken«, fügte Mahlo hinzu und stand auf. Er zog ein goldenes Zigarettenetui aus dem Jackett und klappte es auf.

»Eine Zigarette, Herr Kommissar? Das sind ägyptische.«

»Ich rauche nicht.«

»Ach, ich vergaß. Darf ich Sie nach draußen begleiten?«

Hansen nickte. Mützen-Schorsch winkte ihm mit einer Hand, die schon mindestens fünfzig Türen aufgebrochen hatte, hinterher.

Hansen ging voraus. Er war mit seinen Gedanken immer noch bei Klaas Blunke.

»Herr Kommissar?«

Herrgott, dieser Lackaffe ging ihm auf die Nerven. Hansen stieg die Treppen hinunter.

»Ich wollte nur sagen, Herr Kommissar, der Kerl, der den ganzen Aufstand gestern Nacht vom Zaun gebrochen hat…«

»Ja?«

»Sie wissen schon, der Zimmermann aus Bayern …«

»Ja?«

»Der hatte guten Grund, das zu tun.«

»Ach, tatsächlich?«

Sie erreichten den Ausgang. Hansen verließ das Gebäude, wollte schon weitereilen, blieb dann aber stehen. »Was?«

»Der Kerl, der meine … Freunde provoziert hat. Er wurde dafür bezahlt.«

»Wie soll ich das verstehen?«

Mahlo deutete auf den Krankenpavillon. »Vor einer halben Stunde ist er entlassen worden. Ich hab' ihn ausgequetscht. Hab' ihm versprochen, dass er sein Geld wiederbekommt, wenn er auspackt. Er sagte, man habe ihm hundert Dollar in die Hand gedrückt, wenn er eine Schlägerei mit uns provoziert. Das Geld hatten wir ihm abgenommen.«

»Wer hat ihm den Auftrag gegeben?«, fragte Hansen.

»Ja, sehen Sie, das wüsste ich auch gern.«

»Und was für einen Zweck sollte das haben?«

»Das liegt doch auf der Hand, Herr Kommissar. Wir sollen aus dem Weg geräumt werden. Fast alle unsere Pferdchen sind aus dem Stall verschwunden. Das ist kein Zufall. Da hat doch jemand frisches Heu ausgetreut, mit Hafer gelockt. Nun muss ich sie alle wieder mühsam einfangen.«

»Und Sie haben keine Ahnung, wer dahinter steckt?«

»Nein. Aber es muss jemand sein, der noch viel Platz in seinem Stall hat.«

»Danke.«

Paul Mahlo verbeugte sich in einer übertriebenen Geste. »Ich habe zu danken, Herr Kommissar. Und falls Sie mal reiten möchten …«

»Kein Bedarf.«

Mahlo schnippte sein Feuerzeug an und zündete sich eine Zigarette an. »Das ist schade, Ilona hätte gern einmal mit einem Polizisten Bekanntschaft geschlossen.«

»Wer ist Ilona?«, fragte Hansen unwirsch.

»Sie haben sie letzte Nacht gesehen.«

Die dunkle Schönheit. Hansen lief eine leichter Schauer über den Rücken. Er ging.

3

Als Hansen auf den Kolonialwarenladen in der Jägerstraße zuschritt, dämmerte es. Er stürmte hinein und befahl: »Schließ ab!«

Klaas-Hennig Blunke blickte seinen Jugendfreund begriffsstutzig an. In den Händen hielt er einen Blumenkohl aus Vierlanden.

»Was ist los?«

Hansen schob selbst die Ladentür zu und legte den Riegel vor. Blunke legte den Blumenkohl vorsichtig in die Kiste zurück.

»Feierabend. Wir gehen nach hinten.«

»Ist es wichtig?«

»Komm, mach schon!«

»Warte.« Blunke ging zur Tür und drehte das Schild um, auf dem »Vorübergehend geschlossen« stand. Er zögerte, nahm das Schild ab und ersetzte es durch ein anderes, auf dem »Geschlossen« stand. Das erste hängte er an den Nagel, an dem noch zwei Schilder mit der Aufschrift »Bin gleich wieder da« beziehungsweise »Urlaub von ... bis ...« hingen. Das Urlaubsschild hatte Hansen noch nie an der Tür gesehen.

»Ins Büro?«, fragte Blunke dann und fuhr sich mit den Händen durch das schütter gewordene Haar.

»Los, mach schon!«, kommandierte Hansen mit einer herrischen Geste.

Blunke ging durch den Lagerraum bis zum Ende des Flurs, wo sich eine kleine Küche befand und links davon ein winziger Büroraum. Durch das Fenster konnte man auf ein Beet mit Schattenpflanzen und einen Verschlag mit gestapelten Kisten blicken.

Das Büro mit dem kleinen Schreibtisch und den Regalen mit den Rechnungsordnern war wohlgeordnet und sauber, so wie jede Ecke von Blunkes Laden. An der Wand neben dem Schreibtisch hing eine gerahmte großformatige Fotografie. Sie zeigte den Panzerkreuzer Weißenburg unter Volldampf in bewegter See. Es war das Schiff, auf dem Hansen zuletzt als Bootsmann gedient hatte.

Hansen starrte das Bild an. Er war nie in Blunkes Büro gewesen und hatte keine Ahnung gehabt, dass die Fotografie hier hing.

Blunke bemerkte Hansens Blick und rieb sich nervös die Hände. »Setz dich doch«, sagte er und rückte den Drehsessel zurecht. Für sich selbst holte er einen Stuhl aus der Küche.

»Dein kleiner Freund liegt im Krankenhaus«, begann Hansen.

»Wie? Ach so, du meinst Kalle. Herrjeh, was ist mit ihm?«

»Er wurde angeschossen, aber es geht ihm schon wieder ganz gut. Hat viel Blut verloren.«

»O, wie furchtbar, sollte ich nicht ...«

»Blut spenden? Nicht mehr nötig. Hab' ich schon erledigt. Jetzt hält er mich für seinen Blutsbruder.«

»Ach ja? Kann man ihn besuchen?«

»Eigentlich schon. Er liegt im Krankenpavillon im Hafenkrankenhaus, Männerabteilung. Aber du solltest wohl besser nicht hingehen. Sobald er transportfähig ist, wird er zu seinen Eltern zurückgeschickt. Wir haben endlich seine Adresse ausfindig gemacht. Wenn nicht so ein Durcheinander herrschen würde, wäre uns das vielleicht schon früher gelungen. Sie kam vorhin über den Telegrafen. Kaum zu glauben, dass woanders die Polizei noch ihrer Arbeit nachgeht. Aber es herrschen wohl nicht überall Zustände wie in Hamburg.«

Blunkes gealtertes Jungengesicht wurde zu einer Maske der Traurigkeit. Als Hansen das bemerkte, wurde er wütend. »Sei du nur froh, dass die Sache für dich so glimpflich ausgeht.«

»Ja«, sagte Blunke kleinlaut.

»Wir hier auf dem Kiez haben ja eine Menge Verständnis für menschliche Schwächen. Aber wenn es um Minderjährige geht, hört auch bei mir der Spaß auf.«

»Da war doch nichts.«

»Es interessiert mich nicht, Klaas.« Hansen wusste nicht weiter. Er schaute wieder auf das Foto mit dem Panzerkreuzer. Eine heftige Wut packte ihn. Er hielt die Luft an, zog ein Stück Papier aus der Jacke und hielt es seinem Freund hin.

»Da! Lies!«

»Was ist das?«

»Ein Brief. Lies!«

Mit zitternden Händen nahm Blunke den Brief und las stockend: »Gefr. Heinrich Hansen, zur See, Kanonenboot ›Iltis‹.«

»Weiter! Nimm den Brief raus.«

»Ich ...«

»Los!«

Blunke zog den Brief aus dem Umschlag und faltete ihn auseinander. Er war sehr bleich und zitterte noch mehr.

»Vorlesen!«, rief Hansen, und es klang lauter und wütender, als er es beabsichtigt hatte.

Stockend begann Blunke zu lesen: »Sehr geehrter Herr Hansen, haben Sie sich eigentlich nie gefragt, wer ihre Familie auf dem Gewissen hat? Hat es Sie denn nie interessiert, was aus Ihrer Schwester geworden ist? Sie sind ...« Blunke brach ab.

»Lies weiter, Klaas!«

»Was ist damit ... Warum?«

»Du weißt, warum. Du warst es, der den Brief geschrieben hat. Vor mehr als zwanzig Jahren. Ich hab' ihn aufgehoben. Mich immer wieder gefragt, wer ihn geschrieben hat. Jetzt weiß ich es.«

Blunke schwieg und sah zu Boden.

»Jahrelang habe ich gedacht, meine Schwester steckt dahinter. Dies sieht doch aus wie eine Frauenschrift. Das war wohl Absicht, hm?«

Der Brief glitt Blunke aus der Hand und segelte gegen Hansens Stiefel.

»So warst du es also, der mich nach St. Pauli zurückgeholt hat. Nicht zuletzt wegen dieses Briefs hab' ich die Marine verlassen, um Polizist zu werden. Weil ich dachte, ich könnte eine Spur finden, herausbekommen, was damals geschehen ist, den Täter überführen. Aber das Einzige, was ich jemals erfuhr, war, dass angeblich Friedrich Schüler dahinter steckt. Und von wem hab' ich das erfahren? Von dir! Du hast mir erzählt, Friedrich habe bei deinem Vater am Tag des Brands Petroleum gekauft. Petroleum, was er nicht brauchte, weil er zu Hause keine Öllampen hatte. Also lag der Verdacht nahe, dass er das Feuer gelegt hat. Wenn du einen zuverlässigen Zeugen hast, gehst du einer Spur nach und fragst nicht nach dem Motiv, erst recht nicht, wenn es sich um einen rücksichtslosen Kriminellen handelt, wie Friedrich einer ist. Aber die Spur war irreführend. Friedrich hat kein Petroleum gekauft bei deinem Vater. Er war gar nicht da. Du hast dir das ausgedacht. Du wolltest, dass ich ihn festnehme. Und ich hab' all die Jahre versucht, genau dies zu tun. Nicht nur, weil er einer der übelsten Verbrecher ist, die wir hier haben, sondern vor allem, weil ich mir eingebildet habe, er sei mein ganz persönlicher Feind, der Mann, der meine Familie auf dem Gewissen hat. Alles gelogen! Und nun frage ich dich: Warum hast du das getan?«

Klaas Blunke weinte leise vor sich hin. Dann wischte er sich die Tränen aus den Augenwinkeln und kniff die Lippen zusammen.

Der will immer noch nicht raus damit, dachte Hansen. Er verlor die Geduld.

»Warum?«, brüllte er ihn an.

Blunke zuckte zusammen. Hansen packte ihn an den Schultern und schüttelte ihn. »Was soll das? Rede!«

Blunke schnappte nach Luft und begann stockend: »Doch nur … wegen Lilo.«

»Was? Wie? Was hat Lilo damit zu tun?«

»Er hat sie dir doch weggenommen.«

Hansen blickte seinen Jugendfreund bestürzt an. »Wieso?«

»Er hat sie dir weggenommen.«

»Na und.«

»Du … du liebst sie doch.«

»Mein Gott, Klaas, das ist ewig her. Wir waren Kinder.«
»Trotzdem hat er dich unglücklich gemacht.«
»Und deswegen gehört er ins Gefängnis?«
»Er ist ein schlechter Mensch. Und ich hab's nicht ertragen.«
»Was?«
»Dass du unglücklich bist.«
Hansen schüttelte ungläubig den Kopf. »Das gibt's doch nicht. Ich kann das nicht glauben. Mensch, Klaas, du ...«
»Du hast mich nie verstanden. Die ganze Zeit.«
Hansen hatte sagen wollen: »... du bist doch kein dummes Weibsstück«, aber allmählich ahnte er, was im Kopf seines Freundes vorgegangen war. Klaas war ja verrückt! Er hatte eine ungeheuerliche Maskerade veranstaltet.
»An der Nase hast du mich herumgeführt, Klaas.«
»Heinrich, wir ...«
»Sitzt du jeden Abend da oben in deiner Wohnung und spielst Elsa Hansen? Ziehst dir Frauenkleider an und mimst die Künstlerin?«
Blunke riss entsetzt die Augen auf.
»Ja«, fuhr Hansen mit erhobener Stimme fort. »Du bist herumgezogen, in Weiberklamotten, und hast Elsa Hansen gespielt. Hast die Bilder gut platziert, damit ich sie auch zu sehen kriege. Und zu welchem Zweck? Um mich anzustacheln, damit ich Friedrich aufspüre? Oder was um Himmels willen hast du beabsichtigt?«
»Ich weiß nicht, wovon du sprichst«, sagte Blunke tonlos. Er zitterte nicht mehr, er saß jetzt da wie eine Marionette, der man die Fäden gekappt hatte.
»E. H. II! Und ich bin darauf reingefallen. Was ist das für ein Spiel, das du da mit mir spielst, Klaas?«
Blunke lächelte. »Es ist kein Spiel, Heinrich. Ich hab' sie doch gesehen.«
»Was hast du?«
»Elsa. Ich hab' sie gesehen.«
»Unsinn! Sie ist tot! Verbrannt vor siebenundzwanzig Jahren.«

»Sie hat mit mir gesprochen, Heinrich … Viele Grüße, deine Elsa.«

Hansen holte blitzschnell aus und verpasste seinem Freund eine Ohrfeige. »Aufhören!«, schrie er.

Klaas Blunke lächelte. »Es sind gute Bilder. Sie ist eine große Künstlerin.«

»Halt den Mund!«

»Viele Grüße, deine Elsa.«

Hansen schlug ein zweites Mal zu.

Blunke strich sich mit den Handflächen über die geröteten Wangen. »Heinrich, es brennt«, sagte er und lachte leise.

Hansen schlug ihm mit der Faust gegen die Brust. Blunke fiel vom Stuhl und blieb auf dem Boden liegen.

»Du bist ja wahnsinnig!«, brüllte er ihn an.

Mit großen Schritten ging er den Flur entlang, durchquerte den Laden, schob den Riegel zurück, riss die Tür auf und stürzte auf die Straße. Die Straßenlaternen waren bereits eingeschaltet.

Er lief einige Schritte, blieb stehen, rang nach Luft. Seine linke Brust schmerzte.

Auf der gegenüberliegenden Straßenseite bemerkte er einen Schatten.

4

Die dunkle Gestalt suchte Schutz in einem Hauseingang. Hansen blieb stehen. Sah er da helle Streifen? Er kniff das linke Auge zu. In letzter Zeit kam es ihm so vor, als könnte er nur noch mit dem rechten wirklich scharf sehen. Der Schatten stand still, versuchte, sich zu verbergen. Hansen kniete sich hin und tat so, als müsste er sich die Schuhe binden. Die hellen Streifen bewegten sich. Oder war das nur eine Täuschung? War da wirklich jemand? Hansen erhob sich und zog die Mauser, die er neuerdings öfter, als ihm lieb war, bei sich trug.

Die Pistole in der rechten Hand unauffällig gegen die Hosennaht gelegt, ging er auf den Hauseingang zu.

»He, Sie! Kommen Sie mal raus da! Polizei!«

Der Schatten rührte sich nicht.

»Hallo, was machen Sie da?«

Hansen kam langsam näher. Die Umrisse einer großen Gestalt zeichneten sich ab. Der Kerl war riesig, viel zu groß für einen normalen Menschen. Und kein Zweifel, er trug einen geringelten Matrosenpullover. Der gestreifte Affe stand ihm gegenüber. Seine Beinen waren im Vergleich zum restlichen Körper und den langen Armen eher kurz geraten.

Dennoch war er flinker auf ihnen, als Hansen sich ausgerechnet hatte. Er merkte erst, dass der Affe sich in Bewegung gesetzt hatte, als er schon auf ihn zusprang. Er versuchte, auszuweichen und die Pistole hochzureißen. Beides zugleich funktionierte nicht. Ein Hieb wie von einer stählernen Pranke traf ihn an der Schläfe. Er taumelte und fiel auf die Straße.

Der Affe sprang auf ihn zu, und als Hansen sich zur Seite rollen wollte, gelang es seinem Gegner, ihn zu packen. Er umschlang Hansens Oberkörper mit seinen langen muskulösen Armen und versuchte, ihn so zu sich zu drehen, dass er ihn von hinten in den Schwitzkasten nehmen konnte. Er wollte ihm das Genick brechen!

Hansen vollzog die Bewegung mit und nützte den Schwung, um sich weiterzudrehen, mit der Pistole auszuholen und dem keuchenden Widersacher den Kolben ins Gesicht zu schlagen. Er traf das Auge. Der Affe grunzte und ließ von ihm ab.

Hansen trat zurück, lud die Mauser durch und zielte. »Stehen bleiben! Hände hoch!«

Der Affe versuchte, nach ihm zu schlagen, traf aber ins Leere. Er drehte sich stöhnend um und rannte davon.

»Stehen bleiben, oder ich schieße!«, schrie Hansen.

Der Affe rannte weiter.

Hansen drückte ab. Der Schuss hallte durch die Jägerstraße, die Kugel jaulte über das Pflaster. Der Affe ließ sich nicht beirren.

Hansen fluchte und drückte ein zweites Mal ab. Die Mauser blockierte. Erstaunt sah Hansen seine Waffe an. Die Hülse der abgefeuerten Patrone klemmte im Verschluss.

Der Affe entfernte sich jetzt Richtung Paulinenstraße. Hansen lud durch und nahm die Verfolgung auf. Der Kerl war verdammt schnell auf seinen kurzen Beinen. Er hastete auf den Paulinenplatz zu, verschwand zwischen den Bäumen, drehte sich kurz zu seinem Verfolger um und rannte weiter Richtung Heiligengeistfeld.

Hansen keuchte. Seine Brust schmerzte, er bekam Seitenstechen, aber er wollte nicht aufgeben. Der Affe überquerte die Eimsbütteler Straße, kletterte die Böschung hoch zum Heiligengeistfeld, stieg über die Gleise der Schlachthofbahn, strauchelte, stürzte, richtete sich wieder auf und humpelte auf eine Gruppe Wohnwagen, Buden und Zelte zu, die in der Mitte des Geländes aufgebaut worden waren – erste Vorboten des herbstlichen Jahrmarkts.

Der Abstand zu dem Riesen verringerte sich. Gleich hast du ihn!, dachte Hansen. Ein weißer Dreiviertel-Mond beschien das Heiligengeistfeld. Der Affe verschwand zwischen zwei Buden. Als Hansen an derselben Stelle hindurchgeschlüpft war, sah er nur noch gezackte Schatten, die das kalte Mondlicht auf den staubigen Boden warf. Er stand auf einem freien Platz zwischen einem Karussell, einer Berg- und Talbahn, einer Schiffsschaukel und einem orientalischen Zelt. Rechts neben ihm eine verspiegelte Bude, deren Bretterwand mit mystischen Symbolen übersät war. Über dem verhängten Eingang der Schriftzug: »DAS KABINETT DER SCHWARZEN WISSENSCHAFT«.

Hansen horchte. Er hörte das leise Knirschen von Sand auf Holz unter weichen Sohlen, dann ein dumpfes Dröhnen, einen unterdrückten Schrei. Der Kerl war da drin!

Die Pistole im Anschlag, betrat Hansen die Bude. Sie war nicht verschlossen, man musste nur einen schweren Vorhang beiseite schieben, um eintreten zu können. Drinnen war es dunkel, nur in der Mitte schien das Mondlicht wie in einen Trichter hineinzufließen. Wenn man sich bewegte, wankte der Boden, und kleine Sterne blitzten auf. Es war, als würde man über Eisschollen gehen und das Klingeln von zerspringenden Eiszapfen hören.

Er hörte ein Schnaufen und Stöhnen. Es kam aus der Mitte. Hansen tastete sich voran. Wann immer ein Licht aufblitzte, entdeckte er vor sich oder neben sich das eigene Spiegelbild. Wo ging es weiter? Ah, da war ein Durchgang. Und nun? Der Boden gab nach. Hinter der nächsten Ecke wellte er sich. Hansen stolperte. »Verdammt!« Der Fluch verflog wie im Wind und kam von hinten wieder zurück.

Ein gurgelnder Schrei schallte aus der Mitte des Kabinetts durch die Gänge. Das Geräusch von zerberstendem Glas. Klirren und Scheppern, knirschende Schritte auf Scherben.

Dann eine Stimme aus weiter Ferne: »Holla! Was ist da los?«

Ein Wutgeheul aus der Mitte des Kabinetts war die Antwort.

Draußen hörte man Schritte. Jemand machte sich an einem Apparat zu schaffen.

Wie eine stumme Explosion flammten tausende von elektrischen Lichtern um Hansen herum auf und blendeten ihn. Ganz dicht vor ihm brüllte der Affe.

Hansen war jetzt ebenfalls bis zur Mitte des Illusionstheaters vorgedrungen. Unter einem asymmetrischen Torbogen stand der Affe. Und jetzt konnte er ihn deutlich erkennen: Natürlich war es ein Mensch. Aber zweifellos ähnelte sein Gesicht mit den überbreiten Wangen, der niedrigen Stirn, den wulstigen Lippen und struppigen Augenbrauen und der breiten Nase der Fratze eines Gorillas. Arme und Nacken waren stark behaart.

»Bleiben Sie stehen! Sie sind verhaftet!« Hansen richtete die Pistole auf den Mann. Der drehte sich um, im Irrglauben, jemand hätte ihn von hinten angesprochen. Hansen ging auf ihn zu und stieß mit dem Kopf gegen eine Glaswand. Jetzt tauchte der Affe neben ihm auf. Hansen fuhr herum, das Bild war weg. Hansen drehte sich weiter und bemerkte über dem Torbogen das Wort ALLES. Der Affe verschwand durch den Torbogen. Hansen fand eine Lücke zwischen den Scheiben und stand unerwartet vor dem Torbogen. Rechts davon sah er eine schwarze Tür, über der stand NICHTS.

Die schwarze Tür versank im Fußboden, und dahinter lauerte der Affe, geduckt und mit dem Rücken zu Hansen.

»Stehen bleiben! Es ist aus!«, rief Hansen.

Der Mann drehte sich um und brummte mit tiefer Stimme: »Was?«

Die Stimme kam zusammen mit einem kalten Lufthauch von hinten.

Der Affe brüllte und stürzte sich auf seinen Verfolger. Hansen schoss. Das Bild zerbarst in tausend Stücke. Der Affe sprang jetzt von rechts auf ihn zu. Hansen schoss wieder. Nun kam der andere von links. Hansen schoss und schoss.

Ein Pfeiler fiel um und das glitzernde Glasdach geriet ins Wanken. Ein Balken löste sich und traf Hansen an der Stirn, er knickte ein und warf sich bäuchlings auf den Boden.

Während die Splitter des zerbrechenden Spiegeldoms auf ihn herabprasselten, schoss es ihm durch den Kopf: Ich Idiot! Genau das ist es, was ich die ganze Zeit tue: Trugbildern nachzulaufen.

Das grelle Licht erlosch und jemand rief: »Hallo! He, Sie!«

Ende Oktober 1922

Die Königin der Reeperbahn

ELFTES KAPITEL

Wincklers Notizen

1

Wenn der alte Motor wieder tackt, tackt, tackt … wenn er wieder tackt, tackt, tackt … Hansen wälzte sich auf die andere Seite: Tack, tack, tack hörte er, nicht laut, aber durchdringend, in einem unbeirrbaren steten Rhythmus, geradezu störrisch verkündend, dass die Zeit ganz gleichmäßig vergeht, immer und überall für jeden gleich. Aber es stimmt doch nicht, dachte Hansen benommen, jetzt, in diesem Moment vergeht die Zeit für mich langsam, ich liege im Bett, drehe mich zur Seite, träge und schwer, der alte Hansen mit diesem nörgeligen Ziehen in den Knochen.

Eben noch, für den Bruchteil einer Sekunde, war Ilse Oswald bei ihm gewesen, ganz nah – helle Haut, strahlende Augen und ein roter Mund. Dann war sie weg. Er war wieder wach. Der Motor tackt. Man maß die Zeit ja jetzt in Bruchteilen von Sekunden. So weit hatte es die Uhr da oben im Giebel noch nicht gebracht, die tickte im Sekundenrhythmus. Seit gestern wieder. Kelling hatte sie aufgezogen. Hatte ihn einigen Schweiß gekostet, sie richtig einzustellen, musste ja immer wieder rauslaufen und nachschauen, ob er die Minute exakt getroffen hatte, von innen war das Zifferblatt nicht zu erkennen.

Was für ein Aufwand. Und was ist, wenn dieser störrische Mechanismus sich weigert, richtig zu gehen, Wachtmeister? Müssen wir dich dann zum Zeitbeobachtungsdienst abkommandieren? Die Uhr geht immer richtig, Herr Kommissar. So, so, Kelling, bist halt noch jung, hast noch Spaß daran, der Zeit beim Verstreichen zuzusehen.

Da räusperte sich jemand. Das klingt doch schon wieder nach diesem Kelling. Was räuspert der sich denn da in meinem Schlafzimmer? Hansen wälzte sich auf die andere Seite, spähte in die Dunkelheit.

»Kelling, der Motor tackt. Leg dich schlafen.«

»Herr Kommissar!«

»Tack, tack, tack«, machte Hansen, noch immer benommen und in dem Glauben, einem albernen kleinen Albtraum auf den Leim zu gehen.

»Herr Kommissar, darf ich Licht machen?«

»Nur das nicht!« Hansen richtete sich auf. Jetzt war er hellwach. Licht? Was sollte das heißen? Kelling tackt?

»Das Fenster … Vorhänge.«

Kelling zog die Vorhänge beiseite. Jetzt tackte die Neonreklame herein. Kellings Gesicht wurde wechselnd blau, rot und grün beleuchtet.

»Herr Kommissar, wir müssen raus …«

Raus aus den Federn? Der tackt wohl im falschen Rhythmus. Wie glaubt der denn mit seinem Vorgesetzten reden zu können?

»Kelling …« Haben Sie getrunken?, wollte Hansen fragen.

»Anruf aus dem Stadthaus!«, stieß Kelling hervor.

Hansen warf die Decke zurück und sprang auf. »Was?«

Kelling wich zurück. »Es ist wegen Winckler.«

»Ich komme.«

Der Wachtmeister verließ hastig das Schlafzimmer des Kommissars, und Hansen dachte: Dieser dämliche Winckler tötet mir den Nerv. Und während er sich anzog, hörte er das Tacken der Uhr und stellte unbehaglich fest, dass die Reklamelichter anders tackten und darüber hinaus auch noch gegeneinander. Ja natürlich, seufzte Hansen, während er die Stiefel schnürte, so kenne ich meine Welt, ein einziges Durcheinander.

Dann war er unten, und Kelling hielt ihm den Mantel hin. Ein Blick auf die Uhr im Wachraum: Sechs Uhr morgens war es fast schon? Schnell noch den Hut, und kaum war Hansen draußen, wäre er ihm beinahe fortgeflogen. Die Blätter der Bäume auf dem Spielbudenplatz sausten durch die Luft, wehten über den Boden – heute Nachmittag hingen sie doch noch schön gelb und strahlend in der Herbstsonne. Und nun dieser Sturm, und der Regen peitschte ihnen in den Nacken. Eine kurze Vision von Ilse Oswald im dünnen Mantel, nass und vom Wind gepeinigt an einer finsteren Straßenecke, dann war Hansen endlich wach und eilte mit großen Schritten neben Kelling her.

Beim Trichter links rein, über den Circusweg, dann ging es über den schlüpfrigen Teppich aus feuchtem Laub auf einen Elbpark-Pfad. Vor ihnen ragte die mächtige Silhouette des Bismarck-Denkmals in einen schwarzgrau wogenden Himmel, der Wind zerrte am Gesträuch und an den Ästen der Bäume ringsum.

»Da!« Kelling deutete auf geduckte Schatten auf einem Wiesenstück in einer Kuhle am Rand einer Baumgruppe.

Hansen glitt aus und krallte sich am Mantel seines Begleiters fest. Die Männer dort hatten Taschenlampen bei sich und leuchteten auf den Boden. Einer drehte sich herum und winkte. Es war Oberwachtmeister Schenk.

»Na, endlich«, sagte er mit einem Gesichtsausdruck, der noch trüber war als das Wetter.

Ehrhardt war auch da. Er hob knapp die Hand zum Gruß und deutete dann vor sich auf den Boden. Dr. Wolgast kniete im Gras. Neben Ehrhardt standen noch zwei andere Beamte aus dem Stadthaus. Hansen durchschritt den Kreis der Männer und trat in die Mitte.

Das Bündel auf dem Boden war schwarz und unförmig. Eine Gestalt, in einen weiten Mantel mit Pelerine gehüllt, lag mit dem Gesicht nach unten auf dem Laub. Hansen hielt den Atem an und erstarrte.

»So hat er gelegen, als er gefunden wurde«, sagte Wolgast.

Ehrhardt deutete auf eine Stelle mit niedergedrücktem Gestrüpp. »Dort wurde er hineingeworfen. Dann ist er bis hier heruntergerollt. Den Tätern war's gleich, wo er liegt. Sie machten sich keine weitere Mühe mit ihm.«

Dr. Wolgast drehte den leblosen Körper auf den Rücken.

»Der Täter«, sagte er mürrisch. »Diese Handschrift kennen wir doch.«

Dem Toten hing die Zunge aus dem Mund, sein Kopf saß schief auf einem Hals, der leicht verbogen wirkte. Jemand hatte Wincklers Kopf nach rechts oben gerissen und dann nach hinten abgeknickt.

»Das war der Affe«, sagte Schenk. »Hat ihn hergeschleppt und wie einen Sack Kartoffeln ins Gestrüpp geworfen.«

»So ein Schweinehund«, sagte Wolgast. »Hat ihm erst noch das Nasenbein gebrochen.«

»Er hat sich gewehrt«, stellte einer der Stadthaus-Beamten fest. Es klang so, als wollte er zur Ehrenrettung des Verblichenen beitragen.

»Ausgekugelt.« Wolgast versuchte, den Arm des Toten zu bewegen. Die Hand steckte in der Jackentasche unter dem Mantel. Sie hing fest. Wolgast zog und zerrte, fasste schließlich in die Tasche. »Da«, sagte er und holte die Hand hervor, die die Dienstpistole umklammerte. »Hat sich im Futter verheddert.«

Was trägt er auch solche unpraktischen Klamotten? Hansen schüttelte den Kopf. Schon allein dieser Kutschermantel, idiotisch. »Wo ist sein Hut?«, fragte er laut.

Ehrhardt schaute auf. Er war sehr blass. »Wir haben die ganze Umgebung abgesucht. Nichts gefunden. Er wurde nicht hier ermordet. Sein Hut könnte noch am Tatort liegen.«

»Aber wo?«, fragte ein Beamter aus dem Stadthaus.

»Die Spuren an den Kleidern: Vielleicht finden wir was«, sagte Ehrhardt.

Durch den Regen kamen zwei weiße Gestalten mit einer Trage gelaufen. Es sah merkwürdig aus, wie sie über die glitschige Wiese schlitterten. Als wollten sie eine humorvolle artistische Übung vollführen.

»Die bringen ihn erst mal rüber ins Krankenhaus«, sagte Wolgast zu Ehrhardt. »Ich schau' ihn mir dann gleich an. Melde mich.«

»Hat er Familie?«, fragte Schenk.

»Ehefrau«, stellte der Beamte aus dem Stadthaus fest. »Da muss ich wohl … Fatale Sache.« Er schüttete den Kopf und starrte auf die Leiche.

Wolgast stand auf und winkte die Sanitäter herbei. »Vorsicht mit ihm«, sagte er. »Das war ein Kollege.«

War. Hansen spürte einen Stich in der Brust. So schnell bist du raus aus dem Spiel, dachte er.

»Dass der Affe sich an ihm vergriffen hat«, sagte Schenk, »kann doch nur bedeuten, dass er ihm auf die Pelle gerückt ist.«

»Oder denen, die den Affen geschickt haben«, korrigierte Hansen. Gleichzeitig überlegte er zornig: dieser Dummkopf! Tigert in unserem Revier herum, ohne uns zu informieren. Doch statt seinem Zorn Luft zu machen, fragte er ruhig: »Wer hat ihn gefunden?«

»Ein Arbeiter«, erklärte Schenk. »War auf dem Weg zur Fähre. Hatte keine Zeit zu warten. Hat unten an der Fährbrücke einen Posten verständigt. Der hat dann Meldung in der Zentrale gemacht, und die haben uns verständigt. Ich bin gleich los. Hab' Kelling zu Ihnen hochgeschickt.«

Eine heftige Windböe fauchte durchs Gestrüpp. Die Sanitäter hoben die Trage an. Unten auf der Elbe jaulte eine Schiffssirene.

Das Gras unter der Leiche war trocken. Hansen deutete auf die Stelle und fragte: »Er lag wohl schon eine Weile hier. Wann hat der Regen heute Nacht angefangen?«

Das konnte keiner beantworten.

»Fußspuren?«

»Und wenn schon«, sagte der Stadthaus-Beamte. »Wo sollen die schon hinführen.«

»Sonstige Spuren?«

»Nur Geduld, Heinrich«, sagte Ehrhardt.

Hansen merkte, dass er genau das nicht mehr hatte. »Ich komme mit zu seiner Witwe«, sagte er.

Der Mann aus dem Stadthaus sah ihn erstaunt an. »Bitte. Vielleicht möchten Sie allein …?«

»Auch gut«, knurrte Hansen.

2

Wincklers Wohnung nahm alle drei Etagen eines schmalen alten, aus Backstein und Fachwerk erbauten Hauses ein, das in der Nähe des Michel lag. Unwillkürlich bemühte sich Hansen, mit seinen Stiefeln so leise wie möglich über das nasse Pflaster der engen Gasse zu gehen. Er war der Überbringer einer Todesbotschaft, er wollte keine unnötigen, respektlosen Geräusche erzeugen. Außerdem hatte er ein schlechtes Gewissen. Nicht nur weil er Winckler gegenüber Abneigung empfunden hatte, nicht nur weil der Rivale in seinem Revier zu Tode gekommen war, sondern auch weil er mit seinem Besuch eine andere Absicht verband. Nun hoffte er, dass Frau Winckler die Nachricht mit Fassung tragen würde.

Als die schmale Haustür aufging, nahm Hansen Haltung an und grüßte, indem er die Hand an die Mütze legte. Dann nahm er die Mütze ab.

»Frau Winckler?«

Sie antwortete mit leiser, aber fester Stimme. »Jawohl.«

Wie sagte man das, was man sagen muss, wie brachte man in so einer Situation einen ganzen Satz über die Lippen?

»Leider ...«, begann Hansen, brach ab und stellte sich vor: »Kommissar Hansen, Davidwache.«

Die kräftig gebaute Frau, die ein schlichtes, streng geschnittenes graues Kleid und eine rot karierte Schürze trug, schien innerhalb einer Sekunde um einige Zentimeter zu schrumpfen. »Jawohl?«, fragte sie rau.

»Ihr Mann ...« Hansen hörte sich Worte sagen, die keinen Sinn zu haben schienen: Dienst, Opfer, Verbrechen, Hinterlist, Mord, Aufopferung, Ehre, Beileid.

Während er sprach, band Frau Winckler sich die Schürze ab, deren Farbe jetzt grell und unpassend wirkte.

»Kommen Sie herein!« Ihre Stimme klang beinahe barsch.

Die wird nicht weinen, dachte Hansen erleichtert.

Sie führte ihn in eine Wohnstube, deren Mobiliar angesichts ihrer Statur klein wirkte. Beim Eintreten musste Hansen sich bücken, um nicht gegen den oberen Türbalken zu stoßen. Er stellte sich Herrn und Frau Winckler auf dem schmalen Biedermeiersofa vor, das kaum Platz für beide geboten haben dürfte. Aber der Inspektor hatte sicherlich immer in dem Ledersessel dort gesessen. Man sah noch den Abdruck auf der Sitzfläche, da, auf dem Fußschemel, lag eine Zeitung bereit. Schon seit gestern Abend?

Frau Winckler deutete auf den Sessel. Hansen schüttelte den Kopf.

»Ich hab Kaffee auf dem Herd«, sagte sie.

»Nein, vielen Dank.«

»Jawohl.« Sie blieb mitten im Zimmer stehen. Ihre Hände hingen an den Seiten herunter, die Finger tasteten den Stoff des Kleides ab, als würden sie die Naht suchen.

»Als er fortging, hat Ihr Mann da gesagt, wohin oder was er tun wollte?«

»Nein. So etwas hat er nie getan.« Natürlich nicht, gab ihr strenger Blick zu verstehen, Dienstgeheimnisse hat er für sich behalten.

Hansen schaute sich um. »Hatte er einen Platz, wo er Aufzeichnungen machte?«

»Jawohl, sein Arbeitszimmer.«

»Darf ich mir das mal anschauen?«

»Jawohl. Gehen Sie die Treppe hinauf, ganz nach oben.«

Hansen zögerte. Wollte sie nicht mitgehen?

»Ich muss in die Küche«, sagte sie, »ich habe Kaffee aufgesetzt.« Sie drehte sich um und verschwand.

Die Stiege war schmal und abgenutzt und knarrte. Im Dachgeschoss gab es nur zwei Räume. Die Tür zum Schlafzimmer war offen. Das Doppelbett war gemacht, über dem Kopfende hing ein großes Kreuz. Die dunkle Tagesdecke erinnerte Hansen an ein Leichentuch. Aber darunter lag er ja nicht, der Winckler, der wurde wahrscheinlich gerade auf den Seziertisch des Gerichtsmediziners gelegt.

Hansen öffnete die Tür zum Arbeitszimmer. Ein Schreibtisch, ein Bücherschrank mit Glasvitrine und ein Drehstuhl. Mehr passte nicht in die kleine Kammer. Auf dem Schreibtisch ein Tintenfass, ein Kästchen für Federhalter, ein zweites für Stahlfedern, davor eine große schwarze Kladde. Darauf stand in schnörkeliger Schreibschrift: »Winckler, Kriminalinspektor, Hamburg, 1922«.

Es handelte sich um das Tagebuch des Ermittlers. Hansen schlug die Kladde auf und versuchte, die wohlgesetzten und dennoch schwer lesbaren Buchstaben zu entziffern. Die Aufzeichnungen begannen im Januar. Hansen erinnerte sich an einige der Fälle. Sie waren nicht nur unter Polizisten Gesprächsthema gewesen, sondern durch die Presse publik geworden und hatten Wincklers Ruf als genialischen Kriminalbeamten gefestigt.

Hinter sich hörte Hansen die Treppe knarren. Er blätterte hastig weiter. Ihm war bewusst, dass er keine Befugnisse hatte, diese Aufzeichnungen zu lesen. Seit Winckler die Mordfälle um den gestreiften Affen übernommen hatte, bestand Hansens Funktion nurmehr darin, wenn nötig Hilfestellung zu leisten. Nach Wincklers Ermordung würde zweifellos ein Sonderkommando zur Aufklärung dieses Mordes ins Leben gerufen werden. Als Revierleiter kam es nicht in Frage, dass er dabei mitwirkte. Warum also trieb es ihn derartig an, in dieser undurchsichtigen Mordgeschichte auf eigene Faust zu ermitteln? Wollte er auch ein Held der Presse werden wie Winckler? Genügte ihm die Revierarbeit nicht, wollte er mehr sein, als er war? Hatte er nicht ohnehin genug zu tun?

Zum Donnerwetter, das war nicht der Zeitpunkt, sich solchen Zweifel hinzugeben! Er wollte wissen, was Winckler zuletzt in Erfahrung gebracht hatte. Darum ging es! Inspektor Winckler war im 13. Polizeirevier zu Tode gekommen, weil er eben da, auf St. Pauli, eine Mordserie aufklären wollte. Hansen kniff das rechte Auge zu. Wie viel Zuständigkeit brauchst du denn noch, Heinrich Hansen?

Die Treppe knarrte nicht mehr. Frau Winckler war nur in den zweiten Stock gestiegen. Hansen setzte sich. Er schlug die Seite mit dem Datum des vorherigen Tages auf. Winckler hatte die wichtigsten Erkenntnisse unterstrichen, sauber und gerade, mit einem Lineal. Hansen las den Namen Paul Mahlo, er las das Wort »Ludenkrieg«, er las »Kampf um Vorherrschaft«, »Hauptquartier Harem«, »mit allen Mitteln«, »Dollarprofite«. Winckler beschrieb Mahlo als »Mann mit Dandy-Fassade«, hinter der »die nackte Machtgier lauert«, als »geborenen Verbrecher«, der sich nur zum Schein den »Mantel der Boheme« umhängt, in Wahrheit leite er seine »Gangstertruppe« wie eine schlagkräftige »Armee des Bösen«.

Hansen hörte, wie im Erdgeschoss der Türklopfer betätigt wurde. Frau Winckler stieg die Stufen hinab. Er las schneller. Bei aller Skrupellosigkeit, so führte Winckler weitschweifig aus, sei es Mahlo jedoch nicht gelungen, einen seiner Leute dazu zu überreden, zum Mörder zu werden. Da er es sich aber zum Ziel gesetzt hatte, Konkurrenten mit brutalsten Methoden aus dem Weg zu räumen, habe er sich einen einschlägigen Gewaltverbrecher aus Süddeutschland kommen lassen, der ihm auf St. Pauli »Platz schaffen« sollte. Eben dies sei der »so genannte Gestreifte Affe«, dessen bürgerlicher Name Otto Kindler laute, gebürtig in Nürnberg, mehrfach wegen gefährlicher Körperverletzung in bayerischen Anstalten inhaftiert, zuletzt sein Unwesen treibend in München, wo er einem Unterweltführer namens Fruhmann zu Diensten gewesen sei, einem Freund Mahlos, der diesem offenbar noch etwas schuldig war aus jener Zeit, in der Mahlo in München sein Unwesen getrieben hatte. So war Otto Kindler nach Hamburg gekommen. Was nun die angestrebte »Erweiterung der Geschäftsbasis« betraf …

Hansen hörte schwere Schritte auf der knarrenden Stiege und konnte gerade ein paar Stichworte überfliegen: »umfassendes Imperium«, »Spielhöllen«, »Bordellbetriebe aller Klassen«, »Straßenprostitution«, »verbotene Nachtlokale«, »Verdrängung eingesessener Konzessionäre«, »Kreditwucherei«, »gewaltsame Übernahmen«, »Drohungen«, »Erpressungen«, »inszenierte Schlägereien«, »Abwerbung«, »auch ehrbare Wirtsleute im Visier« …

Die schweren Schritte kamen im Dachgeschoss an. Hansen sprang vom Schreibtisch auf. Der Neuankömmling schnaufte heftig. Hansen drehte sich um und erstarrte. Vor Schreck? Ja, tatsächlich. Er musste blinzeln.

Der Mann trug einen Regenmantel, der keine Spur von Feuchtigkeit aufwies. Natürlich, er war im Wagen vorgefahren. In der Hand hielt er einen breitkrempigen Hut, mit der anderen strich er sich übers graue Haar und verzog das Gesicht. Offenbar war er gegen einen der niedrigen Deckenbalken gestoßen.

»KK Hansen?«, sagte der Mann mit erstaunlich weicher Stimme.

»Jawohl, Herr Polizeirat.« Hansen schlug unwillkürlich die Hacken zusammen.

»Haben Sie die schlimme Nachricht schon überbracht?«

»Jawohl, Herr Polizeirat.«

»Was sein muss, muss sein. Unser bester Mann, unersetzlich. Winckler, meine ich.«

Hansen schwieg. Allzu forsch wollte er hier nicht zustimmen.

»Noch etwas von Belang?« Der Polizeirat deutete in Wincklers Arbeitszimmer.

Hansen hielt noch immer die schwarze Kladde in der Hand. Er reichte sie dem Vorgesetzten. »Seine Aufzeichnungen.«

»Da muss jetzt ein anderer ran«, murmelte der Polizeirat. »Dann gehen Sie mal wieder zurück auf Ihren Posten, Hansen.«

3

»Ich überlege«, sagte Paul Mahlo, »ob ich aus diesem Hotel hier nicht etwas Besonderes machen sollte.«

»Einen Harem beispielsweise«, schlug Hansen vor.

Mahlo lachte. »Ein Kriminaler mit spitzer Zunge. Sie sind ein würdiger Gegner.« Mahlo griff nach dem Champagnerglas und prostete Hansen zu. »Ein Jammer, dass Sie den nicht trinken wollen, Herr Kommissar. Etwas Besseres kann es gar nicht zum Frühstück geben.«

»Bin im Dienst. Komme bei Gelegenheit darauf zurück.«

Mahlo schüttelte den Kopf. »Sie sind doch immer im Dienst. So einen wie Sie bräuchte ich als rechte Hand. Immer auf dem Quivive!«

Quivive? Wer lebt? Wer hat überlebt? Wer regt sich noch? Ein Kamerad bei der Marine hatte Hansen mal erzählt, woher diese französische Redewendung kam. Wie passend für einen Kriminalisten, der in einer Mordgeschichte ermittelte.

Sie saßen in bequemen Fauteuils vor einem quadratischen Tisch aus Nussbaum in Mahlos Empfangszimmer. Hansen stellte wieder einmal fest, dass die Polizei eben doch nicht ganz auf dem Quivive war: Mahlo bewohnte nicht mehr nur eine halbe Etage des Hotel Vienna in der Seilerstraße. Er hatte sich die Inflationswirren zu Nutze gemacht und das ganze Haus für einen bescheidenen Dollarbetrag gekauft, nachdem der vorherige Besitzer in finanzielle Schwierigkeiten geraten war.

Eigentlich waren diese Sessel zu bequem, fand Hansen, während er Mahlo dabei zusah, wie er das zweite weich gekochte Ei köpfte. Sein Blick wanderte weiter, glitt über die moderne Art-déco-Einrichtung; er wunderte sich über die vielen Ecken und Kanten, vor allem bei den seltsamen Lampen, von denen es in diesem Raum für sein Empfinden zu viele gab. Aber was wusste er schon davon? Er hatte es ja nicht mal geschafft, seine Dienstwohnung mit dem notwendigsten Mobiliar auszustatten. Im Vergleich zu diesem Ganoven lebe ich wie ein Hottentotte, dachte er bitter.

»Sie machen Inventur, Herr Kommissar?«, fragte Mahlo und suchte nach einem Stück Eierschale, das auf seinen bordeauxfarbenen, seidenen Morgenmantel gefallen war. »Bemühen Sie sich nicht. Alles, was Sie hier sehen, wurde legal erworben. Jedes Stück auf anständige Art bezahlt.«

»Und das Geld?«

»Stinkt nicht.«

»Manchmal riecht es nach Blut.«

Mahlo steckte den Löffel ins Ei und stellte es auf den Tisch zurück. Er hatte nur das Eigelb gegessen. Er schüttelte sachte den

Kopf. »Sehen Sie, Herr Kommissar, ich habe nie eingesehen, wieso ein Unternehmer in der Vergnügungsbranche, wie ich es bin, über Leichen gehen soll. Ich setze darauf, meinen Einfluss durch geduldiges Überreden durchzusetzen.«

»Und manchmal setzen Sie Fäuste ein.«

»Man muss sich verteidigen dürfen. Aber ich hoffe, auch diese unerquicklichen Situationen gehören bald der Vergangenheit an. Sehen Sie, ich gebe das offen zu, ich profitiere von der Krise. Die Zeiten sind hart, jeder versucht, den Kampf ums Überleben zu gewinnen, manchem gelingt es, andere resignieren, manche sind aufs schnelle Vergnügen aus, manche verfallen dem Laster oder geben sich persönlichen Schwächen hin, andere nutzen die Lage. Aber die meisten handeln kurzsichtig. Dieser Wahnsinn wird nicht ewig andauern, vielleicht ein Jahr noch, vielleicht weniger. Dann werden neue Verhältnisse kommen, die Ordnung wird restauriert. Und wer dann eine gute Ausgangsposition hat, wird Erfolg haben. Ich bin bereits in dieser Position. Nun warte ich auf den Moment, wo es losgehen soll.«

Hansen wunderte sich. So wie er redete, glaubte Mahlo womöglich selbst an dieses Märchen, das er ihm gerade auftischte.

»Otto Kindler«, sagte er. »Ferdinand Eislinger.«

Mahlo verzog keine Miene. »Zwei Namen?«, fragte er.

»Täter und Opfer, so wie es aussieht.«

Mahlo stand auf und griff nach der Flasche im Eiskübel. Es gelang ihm nicht, die Serviette so elegant wie beabsichtigt um ihren Hals zu legen. Sie rutschte ins Wasser. Er flüsterte einen Fluch, grinste verkniffen, legte den nassen Lappen beiseite.

»Kindler und Eislinger«, fuhr Hansen bedächtig fort, »kamen beide aus München.«

»So?« Mahlo hob die tropfende Flasche aus dem Kübel und schenkte sich ein.

»Kindler brach Eislinger das Genick.«

»Hoppla!« Der Schaum floss über den Rand des Champagnerglases.

»Kindler brach Max Bremer, genannt Karpfenschnauze, das Genick.«

»O.« Mahlo legte den Kopf zur Seite und schaute Hansen betrübt an.

»Auch ein Freund von Ihnen, Frankfurter-Ede, wurde sein Opfer.«

»Freund?«

»Geschäftspartner«, verbesserte Hansen sich.

»Schnee von gestern.«

»Kurt Filbry kam auf die gleiche Art durch dieselbe Hand ums Leben.«

Mahlo nippte an seinem Glas. »Wie gesagt, die Zeiten sind hart, Herr Kommissar.«

»Und jetzt Winckler.«

Mahlo schaute interessiert auf. »Kenne ich den?«

»Inspektor Winckler.«

»Ach ...«

»Letzte Nacht.«

»Das tut mir Leid für Sie, Herr Kommissar.«

»Es muss Ihnen nicht Leid tun, Mahlo!«, sagte Hansen scharf. »Sie haben schließlich den Mörder aus Süddeutschland kommen lassen.«

»Ich?«

»Aber ja! Sie brauchten jemanden, der ihnen hilft, ihre Geschäftsbasis zu erweitern«, erklärte Hansen mit verächtlichem Unterton.

Mahlo schaute nachdenklich sein Champagnerglas an. »Sie haben nicht verstanden, was ich gerade sagte.«

»Nicht, was Sie reden, sondern was Sie tun, interessiert mich.«

»Ich soll Morde bestellt haben?« Mahlo lächelte unsicher.

»So könnte man es ausdrücken.«

Mahlo schüttelte den Kopf. »Unlogisch. Eislinger war ein Spieler. Was sollte ich für ein Interesse an seinem Tod haben? Was geht mich dieser Bremer an? Warum sollte ich einen meiner eigenen Leute umbringen lassen? Und wieso wäre mir der Tod eines Rauschgifthändlers so wichtig?«

»Sie waren alle auf die eine oder andere Art im Weg.«

»Aber nein.« Mahlo hatte sich wieder gefangen. Er deutete triumphierend mit dem Finger auf Hansen. »Und Sie glauben selbst nicht an diese abenteuerliche Idee.«

»Nein?«

»Nein. Sonst wären Sie nicht allein gekommen. Sie hätten jemanden mitbringen müssen. In Mordsachen sind Sie gar nicht zuständig. Sie haben Ihr kleines Revier. Ihre Aufgaben sind beschränkt.«

Hansen war verärgert. »Ich kann Ihnen auf meine Art Schwierigkeiten machen.«

»Ein wenig, mag sein.«

»Ihren Harem schließen, beispielsweise.«

»Ich weiß nicht, wovon Sie sprechen.«

»Ihr Hauptquartier.«

»Das ist jetzt hier.«

»Sie machen Ihr angeblich so sauberes Geld in diesem Bordell, dem Harem.«

Mahlo lächelte mild. »O nein, Herr Kommissar! Da sind Sie aber auf dem ganz falschen Dampfer!«

»Ich weiß, was ich weiß«, sagte Hansen und ärgerte sich noch mehr über sich selbst und seine tölpelhafte Art und dass er diesen Mahlo nicht zu fassen bekam.

»Sie wissen zu wenig, Herr Kommissar. Mir ist aber zu Ohren gekommen, dass es bezüglich dieses Etablissements, von dem Sie sprechen, kürzlich einen Eigentümerwechsel gegeben hat.«

»Wer?«

»Gibt es da so viele Möglichkeiten?«

Es klopfte. Mahlo ging zur Tür, öffnete sie, flüsterte etwas, schlüpfte nach draußen. Hansen hörte, wie er sagte: »Nein, nein, geh ruhig hinein.« Dann ging die Tür auf, und Ilona, die dunkle Schönheit, trat ein. Auch sie trug einen bordeauxfarbenen Morgenmantel.

»Guten Morgen, Herr Kommissar«, sagte sie mit einem eigenartigen gutturalen Akzent.

Hansen nickte ihr verwirrt zu.

»Schenken Sie mir ein Glas Champagner ein?«

Er griff nach der Flasche.

Sie nahm das Glas, lächelte ihn einladend an und ließ sich auf dem kleinen Sofa vor dem Frühstückstisch nieder. »Setzen Sie sich zu mir?«

Hansen blickte zur Tür.

»Er kommt nicht zurück. Er muss so viel arbeiten.«

Hansen setzte sich auf das Sofa.

»Nehmen Sie ein Glas?«

»Nicht im Dienst.«

Der Samtstoff rutschte ein Stück von ihrer Schulter und gab kupferfarbene Haut frei. »Dies ist nicht Dienst.«

»Doch.«

»Dann trinken Sie aus meinem Glas.« Sie hielt es ihm hin.

Das Glas war kühl, ihre Hand warm.

Seufzend stand Hansen auf.

4

»Kann ich nicht Polizist werden?«, fragte Kalle.

Oberwachtmeister Schenk hatte ihn ins Büro des Revierleiters gebracht, wie Hansen befohlen hatte. Der Junge trug jetzt anständige Kleider. Neben ihm auf dem Boden stand ein kleiner Lederkoffer. Seine Eltern hatten die Sachen geschickt. Sie würden ihn in Karlsruhe vom Bahnhof abholen. Sie besaßen ein Automobil. Sie besaßen alles, was sich ein Mensch nur wünschen konnte, ein großes Haus mit Garten und Gärtnern, Dienstmädchen und Köchin und bis vor kurzem sogar einen Privatlehrer für ihren Sohn. Der Lehrer war unmittelbar nach Kalles Flucht ebenfalls verschwunden. In Zukunft würde der Junge ein Internat besuchen müssen.

»Wenn du Polizist werden willst, musst du zuerst zum Militär gehen, sonst wirst du nicht genommen.«

»Dann gehe ich zum Militär.«

»Das wäre auch nichts anderes als ein Internat.«

»Aber ich wäre für immer von zu Hause fort. Und Besuch könnte ich auch nicht bekommen.«

»Du solltest froh sein, dass du ein Elternhaus hast.«

»Bin ich aber nicht.«

Hansen seufzte. »Man wird dich beim Militär nicht nehmen. Du hast eine Akte bei der Polizei.«

Das schien dem Jungen Angst zu machen. »Das heißt, die werden immer wissen, dass ich ...?«

»Dass du ein Herumtreiber warst, dass du mit Männern zu tun hattest, die Frauenkleider tragen.«

»Das darf doch da nicht stehen! Dafür kann ich doch nichts. Ich trage doch keine solchen Sachen.«

»Irgendwann ist es verjährt, dann werden solche Akten vernichtet.«

»Wann?«

»Nach einiger Zeit, wenn du keine neuen Einträge bekommst.«

»Bestimmt nicht! Meinen Sie, ich kann dann zum Militär?«

Hansen zögerte. Der Junge hatte eine viel bessere Ausgangsposition, als er sie gehabt hatte. Er, der Waisenjunge, den man sogar der Brandstiftung verdächtigt hatte, der aus dem Waisenhaus weggelaufen war, hatte es dennoch geschafft, bei der Marine und dann bei der Polizei unterzukommen. Im Nachhinein betrachtet, erschien es ihm wie ein Wunder. Aber das waren andere Zeiten gewesen. Vor fünfundzwanzig Jahren war es gemütlicher auf dieser Welt zugegangen.

»Vielleicht.«

»Können Sie nicht dafür sorgen, dass meine Einträge ganz schnell verschwinden?«

Hansen schaute zur Tür, Schenk wartete draußen.

»Mal sehen. Es hängt ja nicht allein von mir ab. Immerhin bist du nicht in der Verbrecherkartei gelandet. Da kämst du nie mehr raus.«

Kalle sah ihn erschrocken an.

Es klopfte, die Tür ging auf, und Schenks Kopf erschien. »Wir müssen los.«

»Gut. Auf geht's!« Hansen erhob sich und gab dem Jungen die Hand. Er hegte große Zweifel, ob aus ihm etwas Anständiges werden würde, aber vielleicht half dieser Händedruck ja dabei.

»Sie übergeben ihn der Obhut des Bahnbeamten und warten, bis der Zug abgefahren ist.«

Schenk nickte und schob den Jungen nach draußen.

Kelling trat ein. Er hielt einen Zettel in der Hand.

»Interessiert uns noch die Bande, die in der Fischerstraße gehaust hat?«

»Na, Sie machen mir Spaß, Kelling. Die Kerle haben auf uns geschossen!«

»Äh, ja, ich dachte nur, weil die Sache mit dem Affen jetzt doch im Stadthaus …«

»Uns interessiert alles, was in unserem Revier passiert! Wenn die im Stadthaus nicht mehr weiter wissen, kommen sie wieder zu uns.«

»Ja, also …«

»Ist ja schön, dass Sie so milde gestimmt sind, Kelling. Aber diese Bande verdient keine Nachsicht.«

»Nein, natürlich, sowieso …« Kelling war rot geworden.

»Also, was haben Sie Neues?«

»Ein paar Namen.« Kelling las sie vor. Als er fertig war, sah er auf. »Alte Bekannte, hat Schenk gesagt.«

»Einbrecher. Aber dass sie jetzt Schusswaffen benutzen, ist neu.«

»Das hat Schenk auch gesagt.«

»Na schön. Ist ja nicht schwer, an so was ranzukommen. Aber zuallererst wundert mich, was Otto Kindler mit diesen Kerlen zu tun hat.«

»Kindler?«

»So wird er jetzt in den Akten geführt, Kelling!«

»Wer?«

»Der gestreifte Affe, zum Donnerwetter!«

Kelling kam ins Schwitzen. »Jawohl«, sagte er leise.

»Und? Fällt Ihnen dazu etwas ein?«

»Äh, nein, nicht direkt.«

Hansen winkte ungnädig ab.

»Aber … das mit den Waffen erscheint mir klar«, sagte Kelling.

»So?«

»Zwei von denen hier«, Kelling las die Namen vom Blatt ab, »Riese und Karnauke, die sind uns auch bei der Razzia in Altona ins Netz gegangen.«

»Kommunisten?«

»Nein, eben nicht. Allerdings sind sie bei dem Überfall auf den Gefangenentransport frei gekommen.«

»Einbrecher, Kommunisten, Waffenschieber …« Hansens Gedanken schweiften ab.

»Das ganze Pack scheint sich zusammenzutun«, sagte Kelling.

Hansen dachte an Pit Martens. Wieso glaubte der eigentlich, er müsse auf Teufel komm raus einen Bürgerkrieg vom Zaun brechen? Krieg hatten sie doch schon. Jeder kämpfte gegen jeden. Verteil Waffen an die Leute auf der Straße, und sie fangen an, sich gegenseitig abzuknallen. Und hinterher wissen sie dann nicht mehr, wie und warum.

Dann fiel ihm Paul Mahlo ein, die Schlacht zwischen den Luden und den Handwerkern. Sie schienen alle verrückt geworden zu sein. Und über diesem ganzen wogenden Wahnsinn aus Gier und Gewalt turnte dieser Affe und hängte Leichen an Türme oder warf sie achtlos ins Gestrüpp.

»Der Aff…, ich meine Kindler, war da offenbar nicht dabei«, sagte Kelling.

Hansen sah ihn fragend an.

»Bei den Waffenschiebern«, ergänzte der Wachtmeister.

»Natürlich nicht, wäre uns ja wohl aufgefallen.«

»Ja, aber …« Kelling räusperte sich. »Die Bande aus der Fischerstraße war ziemlich obenauf in letzter Zeit. Der Aff…, Kindler ist ein geübter Fassadenkletterer. Mit ihm zusammen haben die sich an viel größere Sachen gewagt. Mein Informant sagt«, Kelling blickte wieder auf das Blatt, »die haben die Stubben in Eppendorf abgeknabbert.«

»Was?«

»Er meint Bürgerhäuser erbrochen.«

»Das weiß ich selbst. Welcher Informant?«

»Mützen-Schorsch aus der Sophienburg. Der war plötzlich neben mir und redete auf mich ein.«

»Wann?«

»Na gerade eben, vor einer halben Stunde, als ich auf dem Weg zurück zur Wache war.«

»Mützen-Schorsch gehört doch zu Mahlos Bande.«

»Ja.«

»Was hat er noch gesagt?«

»Dass der Aff..., ich meine Otto Kindler, verschwunden ist.«

»Verschwunden?«

»Na ja, wörtlich hat er gesagt: ›Jemand hat den Affen eingesackt. Den seht ihr so schnell nicht wieder.‹«

»Sonst nichts? Keine Andeutung?«

»Nein.«

5

Auf der Plane des Pferdewagens stand »Bruhneck Fleischwaren« sowie eine Eimsbütteler Adresse. Der Zweispänner stand vor dem Salon Tingeltangel. Zwei Männer mit Fleischerschürzen waren damit beschäftigt, einen Schreibtisch auf die Ladefläche zu heben.

Hansen hatte das Gefährt von der anderen Straßenseite aus bemerkt und überquerte die Reeperbahn, um das Geschehen aus der Nähe zu betrachten. Es wurde ohnehin Zeit, seinem alten Freund Heinicke noch mal auf den Zahn zu fühlen. Und das tat man besser, bevor er sich nach Eimsbüttel oder sonstwohin verabschiedet hatte.

Unter dem Firmenschriftzug war ein Werbeslogan des Unternehmens zu lesen: »Willst du gutes Fleisch dir kaufen, musst du schnell zu Bruhneck laufen!«. Auf der anderen Seite des Wagens stand: »Keine Zeit? Bevor ich faste, koche ich mit Bulljung-Paste!«.

Jan Heinicke stand in der Eingangstür des Salons Tingeltangel und rauchte eine Zigarette. Er sah nicht gerade glücklich aus. Als er Hansen auf sich zukommen sah, verdüsterte sich seine Miene noch.

»Sieh an, der Herr Kommissar«, sagte er paffend.

»Guten Tag, Jan. Du ziehst also aus?«

»Die letzte Fuhre. Die Einrichtung bleibt, wie sie ist, lasse nur meine persönlichen Habseligkeiten abtransportieren.«

»In die Paulinenstraße.«

Heinicke schüttelte den Kopf. »Was soll ich denn da mit dem ganze Plunder? Wird erst mal untergestellt. Nach der Hochzeit dann in die neue Wohnung.«

»Eimsbüttel?«

»Ach was. Bloß nicht zu nah an der Firma! Frieda will auf die Uhlenhorst. Sie liebt die Alster.«

»Dann sehen wir uns wohl nicht mehr so oft. Es sei denn, du stehst tagsüber in der Paulinenstraße hinterm Tresen.«

»Gott bewahre. Das ist doch nur eine von mehreren Filialen. Frieda hat mich ins Büro abkommandiert. Bin ja der Chef. Hatte noch nie Spaß daran, Fleisch und Knochen zu zersäbeln.«

»Kann ich dir nicht verdenken. Wie wär's, wenn wir zum Abschied noch mal anstoßen?«

Heinicke warf die Zigarettenkippe weg. »Muss gleich los, Frieda holt mich ab.« Er blickte Richtung Millerntor.

»Lass uns nur kurz zu Lausen gehen. Sag' deinen Leuten Bescheid. Frieda kann sich dann zu uns setzen.«

»Sie trinkt kein Bier.«

»Dann eben einen Kaffee.«

Heinicke verzog das Gesicht. »Ich hör' schon an deinem Ton: Widerspruch wird nicht geduldet. Schleppst mich sonst auf die

Wache, hm? Na, das wäre ja eine Blamage, wenn sie mich dort abholen müsste.«

»Also komm, sind doch nur ein paar Schritte.«

Seufzend folgte Heinicke seinem hartnäckigen Freund.

Da es in den letzten Tagen viel geregnet hatte, waren die Markisen vor dem mehrstöckigen »Restaurant und Bierhaus« eingeholt worden. Die tiefgoldene Abendsonne spiegelte sich in den großen Fenstern an der Promenade. Sie setzten sich an einen der ungedeckten Tische mit Blick auf die Heinestraße. Hansen bestellte bei einer älteren Kellnerin mit fleckiger Schürze zwei Bier. Heinicke widersprach nicht.

Hansen deutete schmunzelnd auf ein Werbeplakat hinterm Tresen: »Diese Sauce hat sich bewährt – Bruhnecks Oxsteert-Tunke heiß begehrt!«, war darauf zu lesen. Das dazugehörige Bild zeigte einen Koch mit Mütze vor einer geöffneten Dose, wie er von der Soße kostet.

»Das ist ja jetzt deine Firma.«

»Ja, ja, wir liefern auch hierher.«

»Die Geschäfte laufen gut?«

»Ein Pfund Fleisch kostet über tausend Mark, und du fragst, ob die Geschäfte gut gehen. Na ja, ihr Staatsdiener habt ja keine Geldsorgen. Aber ich frage mich, ob das nicht noch ein schlimmes Ende nimmt.«

»Und deswegen hast du dem Tingeltangel den Rücken gekehrt?«

»Was?«

»Wenn ich es richtig sehe, hast du dein Lokal doch für gute amerikanische Dollars verkauft.«

Heinicke blickte unbehaglich um sich. »Geht das jetzt schon wieder los?«

»Bevor du aus meinem Revier verschwindest, muss ich dir noch ein paar Fragen stellen.«

»Nee, nichts für ungut, aber…« Heinicke stemmte die Arme auf den Tisch und machte Anstalten aufzustehen.

»Soll ich lieber Frieda danach fragen?«

Heinicke ließ sich stöhnend zurückfallen und griff nach dem Bier. Nachdem er es wieder abgestellt und sich den Schaum vom Mund gewischt hatte, sagte er: »Du bist ein Schweinehund.«

»Wenn du meine Fragen beantwortet hast, lass ich dich in Frieden.«

»Pah! Dir trau' ich alles zu. Nur nicht, dass du ein Versprechen hältst.«

Hansen zuckte innerlich zusammen, ließ sich aber nichts anmerken. »Ich habe ein bisschen nachgedacht über das, was du mir nicht sagen willst.«

»So …« Heinnicke wurde rot. Vor Zorn oder Scham? Vielleicht traf beides zu.

»Es kann kein Zufall gewesen sein, dass du ausgerechnet an dem Abend, als der Affe im Suezkanal sein Unwesen trieb, dieses ganze Geld bei dir hattest.«

»Ach, glaubst du?«

»Ja, das glaube ich. Der Affe war bei dir. Zusammen mit seinem Auftraggeber. Dollars allein reichten wohl nicht, um dich zum Verkauf des Tingeltangel zu bewegen, also war anderer Druck nötig.«

Heinicke versuchte ein hämisches Lachen. »Du träumst, Heinrich.«

»Vielleicht … Wer dich genau kennt, hätte noch eine andere Möglichkeit zur Erpressung gehabt. Deine Beziehung zu Erna Wittling …«

»Schweig, du Unseliger!« Heinicke sprang auf und schlug mit der Faust auf den Tisch.

»Ich bin Polizist, ich kann über diese Zusammenhänge nicht einfach hinweggehen. Im Übrigen … setzt dich doch, sonst muss ich lauter sprechen … danke … Im Übrigen werden die Ermittlungen in der Mordserie Affe vom Stadthaus aus weitergeführt. Du kannst dir vorstellen, was für eine Aufregung dort herrscht, und davon, wie bitter die Kollegen sind, gar nicht zu reden. Winckler war ein bekannter Kriminalist. Sein Tod muss gesühnt werden. Ich werde alle wichtigen Erkenntnisse weitergeben.

Und alle offenen Fragen ebenso. Bislang steht in deiner Akte noch nicht viel.«

Heinicke wurde bleich und lehnte sich schnaufend zurück. »Ihr Polizisten seid nicht besser als die schlimmsten Lumpen.«

»Rede!«

»Ich wollte das Geld nicht. Ich wollte es zurückgeben. Das Tingeltangel war doch mein Werk. Zwanzig Jahre! Hier fing alles an. Deshalb wurde der Affe geschickt… So, jetzt weißt du's.«

»Und Allaut?«

»Kam, um mich zu warnen.«

»Wer hat ihn geschickt?«

»Na wer wohl? Lilo. Die wusste…«

»Sieh mal an.«

»Was heißt hier, sieh mal an? Auf dem Kiez passiert nichts, was sie nicht weiß.«

»Dann musste sie ja auch Angst haben.«

Heinicke sah Hansen verwirrt an. »Wieso?«

»Sie war doch deine Teilhaberin. Es sei denn, sie hat den Affen geschickt, aber das wäre ja merkwürdig.«

»Lilo hat mich mehr als einmal übers Ohr gehauen, aber sie hat mich nie bedroht, Heinrich.«

»Aber merkwürdig ist doch, dass sie in Erfahrung bringen konnte, dass Paul Mahlo den Affen auf dich hetzt.«

Heinicke beugte sich verblüfft nach vorn. »Wie kommst du denn auf Streifen-Paule?«

»Er ist der Mann hinter dem Affen. Das hat uns einer seiner Leute gerade erst indirekt bestätigt.«

»Mahlo und der Affe? Mensch Heinrich, du hast ja gar keine Ahnung!« Erleichtert griff Heinicke nach seinem Bierglas, nahm einen Schluck und lachte vor sich hin, als er das Glas wieder auf den Tisch stellte.

Hansen war verwirrt. »Aber wem gehört denn nun das Tingeltangel?«

»Na, Lilo! Wem denn sonst?«

Heinicke schien sich über Hansens verdatterten Gesichtsausdruck zu freuen.

»Aber der Affe kam nicht wieder?«

»Zu mir? Nein.«

Hansen war wieder einmal in einer Sackgasse gelandet.

»Das war's dann.« Heinicke trank in großen Schlucken aus. »Du hast nur geblufft. Ich bin raus aus diesem Dreck hier. Und wenn du nur einen Funken Anständigkeit in dir trägst, dann ziehst du mich nicht wieder hinein, Heinrich Hansen! Benimm du dich wenigstens jetzt besser als diese Schweinehunde hier!« Er machte eine anklagende Handbewegung zur Straße hin. »Ich hab' dir alles gesagt. Aber das Nachdenken musst du schon selbst besorgen.«

Er stand auf und winkte nach draußen. Da kam Frieda in wehendem Mantel, spähte durchs Fenster und hielt sich gleichzeitig den Hut fest.

»Ich bitte dich, Heinrich. Sei gerecht.« Heinicke hielt ihm die Hand hin. Hansen schlug ein und nickte. Ein trauriges Lächeln zuckte über Heinickes Gesicht. »Mach's gut, Heinrich. Ich hoffe, wir sehen uns so bald nicht wieder. Jetzt geht's erst mal in die Flitterwochen. Die Filialen machen wir erst auf, wenn das Geld wieder was taugt. Wird wohl noch ein Weilchen dauern.«

Hansen gab ihm die Hand.

»Du zahlst«, sagte Heinicke und eilte nach draußen. Hansen sah ihnen zu, wie sie in einen Daimler mit Chauffeur einstiegen.

Die Kellnerin brachte die Rechnung. Hansen las den Betrag und fluchte. Bis er diese Spesen wieder zurückerstattet bekam, war das Geld nur noch einen Bruchteil wert.

ZWÖLFTES KAPITEL

Attentat auf einen Engel

1

Der große Spiegel schwang auf und gab den Weg in den schwach beleuchteten Flur frei, der auf die Flügeltür mit der blumengemusterten Glasscheibe zuführte.

Ihm war warm, er fühlte sich unwohl, er sollte nicht tun, was er hier tat. Der Frack war zu eng, aber Maßanzüge hatte die Kripo nicht in ihrem Fundus. Hansen konnte froh sein, dass überhaupt ein paar Stücke Abendgarderobe dabei waren.

Beim Binden der Krawatte hatte er sein Gesicht im Spiegel über dem Waschbecken angestarrt und sich gefragt, was diesen gelackten Kerl da eigentlich antrieb. Winckler hatte ihm nicht besonders nahe gestanden, und die sonstigen Opfer des Affen waren Leute gewesen, denen niemand eine Träne nachweinte, außerdem kümmerten sich die Spezialisten aus dem Stadthaus um die Sache.

Aber einiges an dieser Geschichte beunruhigte ihn zutiefst. Zum einen waren alte Bekannte darin verwickelt. Zum anderen hatte er das Gefühl, dass sich in seinem Revier untergründig Strukturen gebildet hatten, die er nicht überschauen konnte. Aus der Spielwiese der Kleinkriminellen und Schmalspurganoven war in den letzten Jahren ein Paradies für echtes Gangstertum geworden. Die Verbrecher, die jetzt hier agierten, wollten nicht einfach nur abkassieren, sie wollten herrschen. Dagegen musste angegangen werden. Gute Gründe also für ihn als Revierleiter, die Ermittlungen im Fall des gestreiften Affen fortzusetzen.

Seine nächtliche Aktion hatte er nicht an die große Glocke gehängt. Schenk hatte in dieser Nacht die Dienstaufsicht. Er wusste, dass sein Vorgesetzter nocht etwas vorhatte. Mehr nicht.

Da Hansen auf einen großen Auftritt im Frack vor der versammelten Mannschaft im Erdgeschoss keinen Wert legte, hatte er die Seitentür benutzt und war durch den schmalen Gang zwischen Davidwache und Ernst-Drucker-Theater zum Spielbudenplatz gelangt.

Es regnete heftig. Dem Zylinder und dem Mantel mochte das nichts ausmachen. Aber die Lackschuhe waren für solches Wetter nicht gemacht. Gamaschen hätte er gebraucht, aber die waren im Fundus der Wache ebenfalls nicht vorhanden.

Nun musste er den ovalen Saal des Goldenen Füllhorns mit nassen Füßen betreten.

Das Mädchen im Matrosenanzug fragte: »Zigaretten, der Herr?«

Ein Herr im Smoking trat ihm in den Weg. »Eine Begleiterin gefällig?«

Ein nicht mehr ganz junger Mann in Pagenuniform verbeugte sich. »Ein Platz am Spieltisch? Oder lieber im Restaurant? Spezielle Vorlieben?«

Hansen winkte ab. Die Tanzkapelle spielte einen flotten Rhythmus, und ein Paar steppte auf der Bühne dazu.

»Guten Abend. Entschuldigen Sie bitte«, sprach ihn eine helle Stimme von der Seite her an. Hansen wandte sich um, und vor ihm stand Ilse Oswald in einem eleganten, eng anliegenden Kostüm.

»Was machst du denn hier?«, fragte Hansen überrascht.

»Na, Sie stellen vielleicht Fragen.«

»Entschuldigung.«

»Das Gleiche könnte ich ja wohl umgekehrt …«, deutete sie mit einem kecken Lächeln an.

»Ich bin im Dienst«, erklärte Hansen reflexartig.

»Na, sehen Sie.«

Hansen zögerte. »Also …«, begann er schließlich und brach ab, weil die Musik lauter wurde.

»Sie sind sicher verabredet?«

Hansen schüttelte den Kopf. Hinter Ilse Oswalds Gestalt bemerkte er eine weitere bekannte Person. Er traute seinen Augen nicht, aber da bewegte sich am Arm eines jungen Kerls im Smoking Erna Wittling zielstrebig auf einen Roulettetisch zu, bekleidet mit einem vielschichtig gerafften, mit Schleifen verzierten Kostüm, das noch aus Kaisers Zeiten stammen musste. Sie bemerkte ihn und blieb überrascht stehen. Hansen wandte sich ab. Aus irgendeinem Grund spürte er einen an Abscheu grenzenden Widerwillen gegen diese Alte. Kam sie auf die Wache, kleidete sie sich wie eine Bettlerin, ging sie aus, versuchte sie, die Grande Dame zu mimen.

»Haben Sie vielleicht Durst?«, fragte er Ilse Oswald.

Sie lächelte. »Wir sind verpflichtet, Durst zu haben.«

Noch immer unschlüssig, wanderte Hansens Blick zur Bar.

»Ich verrate Ihnen ein Geheimnis, Herr Kommissar: Sie sind eingeladen.«

»Ach.«

»Kommen Sie!« Sie hängte sich ein.

»Du bist ja schnell bei der Sache, Mädchen.«

»Wir kennen uns doch.«

»Nicht so gut, dass du mich aushalten musst.«

Sie lachte. »Das wäre lustig! Stellen Sie sich vor, die Mädchen müssten die Herren bezahlen.« Der Gedanke schien sie sehr zu amüsieren.

»Alles eine Frage des Alters. Guck mal da.« Er deutete auf Erna Wittling, die mit ihrem Begleiter in die Menge vor den Spieltischen eintauchte.

Das Paar auf der Bühne tanzte zu dem Lied »Das ist der Herzschlag, der uns zusammenhält«.

»Bezahlen sie uns, weil wir jung sind oder …«

»Oder was?«

»Ja, also, hm … nein, also, ich glaube … » Sie lachte auf. »Sie stellen vielleicht komische Fragen.«

»Ich hab keine einzige Frage gestellt.«

»Doch!«

»Nein.«

Sie zog ihn mit sich. »Sie müssen jetzt ein Glas Sekt mit mir trinken!«

Hansen folgte ihr durch die wogende Menge der Spieler und Kiebitze zur Bar. Dort nahmen sie auf den Hockern Platz, und Ilse Oswald bestellte zwei Gläser Champagner.

Hier im helleren Licht konnte Hansen seine Begleiterin eingehender betrachten. Er konnte nicht anders, als verwundert den Kopf zu schütteln.

»Was ist los? Was haben Sie? Gefalle ich Ihnen nicht mehr …« Sie strich sich über das Kleid. »… so?«

»Wie kommst du darauf, dass du mir gefallen könntest?«

»Na, Herr Kommissar, das merkt man doch, wenn man gefällt.«

»Soso.«

Der Barkeeper goss den schäumenden Wein in die zwei Kelche, die er vor sie hingestellt hatte.

Ilse Oswald hob ihr Glas und sagte: »Zum Wohl!«

Hansen prostete ihr verhalten zu. »Hast dich ja ganz schön verändert, Mädchen!«

»Ich glaube wirklich, Sie mögen mich nicht mehr«, sagte sie schmollend.

»Bist erst ein paar Wochen hier, und schon trinkst du Champagner.«

»Das ist doch von Berufs wegen. Aber ich will natürlich noch was werden. Das ist heutzutage nämlich möglich, dass Frauen was werden.«

»Aha. Was darf's denn sein?«, fragte Hansen kühl.

Ilse Oswald dachte nach, nahm noch einen Schluck und erklärte dann: »Wissen Sie, es gibt solche, die sich zeigen …« Sie deutete Richtung Bühne, wo eine gläserne Badewanne aufgebaut worden war und eine Frau sich zu entkleiden begann. »… und solche, die sich nicht zeigen. Die, die sich nicht zeigen, lassen die anderen machen.«

»Und wo sind die, die sich nicht zeigen?«

»Da oben.« Sie deutete über Hansens Kopf hinweg zur Galerie. Er drehte sich um. Aus einer Loge heraus winkte ein schlanker Arm und bedeutete ihm heraufzukommen.

Hansen stellte den Kelch ab und sprang von seinem Hocker.

»Schade«, sagte Ilse Oswald, »jetzt gehen Sie da hoch. Aber vergessen Sie nicht, ich bin den ganze Abend für Sie reserviert.«

»Na, wenn das so ist, Mädchen, dann komm mal mit!« Hansen hielt ihr den Arm hin.

»Da darf ich nicht rauf.«

»Ach so. Musst dich hier unten noch zeigen, hm?«

»Ja, noch muss ich das.«

2

Hansen stieg über teppichgedämpfte Stufen durch das breite Treppenhaus nach oben, schritt einen Korridor entlang, dessen Wände mit grün und silbern glänzendem Stoff bespannt waren, und klopfte an die Logentür mit der Aufschrift »privat«.

Nichts tat sich. Er bemerkte einen Klingelknopf und drückte darauf. Die Tür öffnete sich. Fliederduft, in den sich der strenge Geruch orientalischer Zigaretten mischte, strömte ihm entgegen. Etwas Weiches stieß gegen seine Beine. Er schaute nach unten und entdeckte einen weißen Scotchterrier, der zu ihm hochblickte. Ein Mädchen mit weißer Schürze und Haube erschien und hob den Hund vom Boden. Dann machte es einen Knicks und sagte: »Bitte sehr, der Herr.«

Hansen betrat die Loge, die mit grünem Plüsch ausgekleidet war. An den Wänden hingen silberne Spiegel und ein barockes Stillleben mit einem üppigen Pfirsich, über den eine Fliege kroch. An der linken Wand stand eine kleine Anrichte mit Gläsern, Tellern und Flaschen sowie Utensilien zum Mixen von Cocktails. Daneben führte ein Durchgang mit Rundbogen in die

Nachbarloge. Das Mädchen mit dem Hund zog die Tür auf und wiederholte: »Bitte sehr, der Herr.« Hansen folgte der Aufforderung.

Lilo Koester stand von einem kleinen schwarzen Sessel auf. Sie trug ein Abendkleid aus grün schillerndem Musselin mit Straußenfederschleppe. Der Stoff floss an ihrem Körper hinab wie Wasser an einem glatten Stein. Um den Hals und an den Armen trug sie glänzenden Silberschmuck. Sie griff nach einer dunklen Pelzschärpe und legte sie sich um die Schultern. Dann trat sie auf ihn zu und hielt ihm ihre schlanke Hand hin. In der dunklen Umgebung – nur zwei Wandleuchter spendeten kühles Licht – wirkten ihr Gesicht, ihr Hals und die Arme sehr weiß, sie erschien ihm unendlich viel jünger, als er selbst es war. Er kam sich vor wie ein eckiger Klotz, der einer hochgewachsenen Lilie gegenüberstand.

»Heinrich, wie schön …« Es war seltsam, ihr die Hand zu geben, es fühlte sich nach nichts an, weder warm noch kalt, konturlos. Lilo deutete auf das Tischchen an der Brüstung: »Nimm Platz.«

Sie bewegte sich anders als früher, bildete er sich ein. Ganz so geschmeidig wie damals, als sie die Piratenbraut der Kaperfahrer gewesen war und tanzen konnte wie eine Südsee-Insulanerin, erschien sie ihm nicht mehr. Natürlich nicht. Sie war eine Dame. »Weiße Göttin« hatte Jan Heinicke sie damals genannt, und sie hatten einen Kult um sie getrieben, im nicht mehr ganz unschuldigen Alter von dreizehn Jahren. Aber das war unendlich lange her, ein anderes Leben mit anderen Personen. Die Göttin war Geschäftsfrau geworden.

Das Mädchen brachte Lilo den Hund. Sie nahm ihn auf den Arm und streichelte ihn.

»Du solltest das Lokal in ›Silbernes Füllhorn‹ umbenennen«, sagte Hansen, nachdem sie sich gesetzt hatten.

Sie lachte. »Du hast es bemerkt. Ja, ich trage lieber Silber als Gold. Das ist nicht so aufdringlich und passt besser zu mir. Findest du nicht auch?«

»Silber ist kälter.«

Sie kniff ihre schmalen Augen zusammen und wirkte wie eine Fürstin aus der mongolischen Steppe. »Du willst doch nicht mit mir streiten?«

»Nein, eigentlich nicht.«

Irgendetwas ist anders an ihr, dachte Hansen, härter, strenger. Schärfer auch. Eigentlich war alles im Grund wie immer: Es war auch früher schon ein zweischneidiges Vergnügen gewesen, Lilo Koester zu begegnen.

»Was lächelst du da in dich hinein, Heinrich Hansen. Amüsierst du dich auf meine Kosten?«

»Nein. Das kann ich mir gar nicht erlauben.«

»Ganz recht.«

Sie setzte den Hund auf den Boden und winkte dem Mädchen. »Einen Genever. Was trinkst du?«

»Das Gleiche.«

»Du musst nicht höflich sein. Ich kann dir auch einen Cocktail bringen lassen.«

»Schnaps ist Schnaps.«

»Na, wenn du meinst.« Sie winkte das Mädchen fort.

Hansen blickte über die Brüstung nach unten. Inmitten des Getümmels stand noch immer Ilse Oswald an der Bar, allein. Sie hob den Kopf, sah nach oben, wandte sich ab und mischte sich unter die Menge, die die Spieltische umlagerte.

»Ilse Oswald«, sagte Hansen, mehr zu sich selbst.

»Hm?«

»Ein eigenartiges Mädchen.«

»Ach.« Lilo machte eine wegwerfende Handbewegung. »Wenn sie jung sind, sind sie doch alle gleich.«

»Nicht alle.« Hansen sah sie an. Und was ist, wenn sie alt werden? Er verzog das Gesicht.

»Was ist denn?«

»Ich wunderte mich, wie sie hierher kommt.«

»Die kleine Oswald? Sie hat Talent. Hab' sie von der Straße geholt. Sie hat etwas, das die Fantasie der älteren Männer anregt.«

Lilo lächelte Hansen an, mit einem winzigen Aufflackern von Boshaftigkeit in den Augen.

Das Mädchen brachte zwei Gläser mit Genever. Lilo verlangte Eis. Hansen schloss sich an. Das Mädchen nahm eine Eiszange und ließ je zwei Würfel in die Gläser gleiten. Dann verschwand es wieder ins Nebenzimmer.

»Wie viele von der Sorte laufen da unten denn herum?«

»Je nach Bedarf. Sind ja genug von ihnen da. Im Moment sind es elf oder zwölf. Zwei sind im Séparée, eine ist mit der Limousine in den Harem zurück, weil der Herr spezielle Arrangements liebt.«

»Macht immerhin schon fünfzehn.«

»Wir hatten auch schon zwei Dutzend auf einen Schlag verkauft. Das ist wie mit Blumen, nur dass die Herren sie für sich kaufen. Und man hat den Eindruck, dass man zurzeit auf den Straßen mehr Mädchen findet als Blumen in den Gewächshäusern in Vierlande.«

»Da kann Paul Mahlo sich ja freuen, dass er eine so zuverlässige Abnehmerin gefunden hat. Oder muss man Partnerin dazu sagen?«

Hansens letzte Stichelei ging ins Leere.

»Mahlo? Wieso?«

»Ich nehme doch an, das sind seine Mädchen, wenn du sie aus dem Harem kommen lässt.«

»Der Harem gehört mir.«

Hansen stutzte. »Dir?«

»Ich habe ihn ihm abgekauft. Er hat Angst um sein Vermögen bekommen. Wegen der Inflation. Er fürchtet staatliche Einflussnahmen. Will lieber auf bessere Zeiten warten.« Lilo griff nach dem Geneverglas und ließ die Eiswürfel klimpern. »Kurzsichtig. Gerade in Krisenzeiten sucht der Mensch Zerstreuung. Und die Männer suchen Zuflucht bei den Frauen.«

Hansen starrte sie an. Ihr ovales Gesicht erschien ihm mit einem Mal kantig, ihre hohe Stirn flach, die spitze Nase zu lang, das Kinn herrisch, die weiße Haut kalt wie Stein.

Sie prostete ihm zu und leerte das Glas in einem Zug. Er rührte sein Glas nicht an. Ihn fröstelte auch ohne Eis auf der Zunge.

»Du betreibst ein Bordell.«

Sie lachte mit herabgezogenen Mundwinkeln. »Spieler suchen den Betrug. Männer suchen die Liebe.«

»Und Motten das Licht.«

Sie hielt ihr Glas hoch und betrachtete die Lichtstrahlen, die sich darin brachen: »Bist du eine Motte, Heinrich?« Dann schüttelte sie energisch das Glas. Das Mädchen kam herein und nahm es ihr ab.

Ihm wurde klar, dass dies nicht Lilos erstes Glas Genever am heutigen Abend war.

»Du hast Paul Mahlo ausgekauft?«

»So kannst du es nennen.«

»Und du hast Jan Heinicke sämtliche Anteile an verschiedenen Lokalen und sogar das Tingeltangel abgenommen.«

»Zwei Hasenfüße unter vielen.«

Lilo klopfte auf den Tisch. Das Mächen erschien eilig und stellte ihr ein neues Glas hin und gab wieder zwei Eiswürfel hinein.

»Du hast dir noch mehr angeeignet?«

»Du bist der Jäger, ich bin die Sammlerin.«

»Woher hast du so viel Geld?«

Sie hob das Glas. »Das ist mein Geschäftsgeheimnis.«

»Drohung, Erpressung, Mord.«

Sie schüttelte den Kopf. »Ach was! Man muss nur zu überzeugen wissen. Im Land der Ängstlichen wird der Mutige König.«

»Und was hat der Affe damit zu tun?«

Lilo nahm einen kleinen Schluck. »Wer soll das sein?«

»Du weißt schon.«

»Für Affen ist Hagenbeck zuständig.«

»Das erste Opfer des gestreiften Affen verkehrte hier im Goldenen Füllhorn.«

»So?«

»Das zweite Opfer war ein Polizeispitzel, der vielleicht etwas ausplaudern wollte.«

»Geht mich nichts an.«

»Das dritte Opfer gehörte zu Paul Mahlos Bande. Mahlo hat sich aus dem Geschäft zurückgezogen.«

»Die Krise, Heinrich.«

»Das vierte Opfer war ein Rauschgifthändler, Kurt Filbry. Er wurde mit dir in einer Loge im Trichter gesehen, kurz bevor er ermordet wurde. Zeugen haben beobachtet, wie ihr euch gestritten habt.«

Lilo trank den Genever aus. Ihre Augenlider senkten sich. »Du ermüdest mich, Heinrich. Du weißt doch, dass ich mich gern streite.«

»Das vierte Opfer ist ein Polizist gewesen, der mit der Aufklärung der Morde zu tun hatte. Er war an Mahlo dran. Du hast von Mahlo den Harem übernommen. Und bevor Jan das Tingeltangel an dich verkaufte, wurde er ebenfalls vom Affen bedroht.«

»Willst du mich verhaften, Heinrich?«

Er dachte kurz nach. »Ja«, sagte er dann.

Sie schlug die Augen auf. »Das würde dir schlecht bekommen.«

»Und wenn schon.«

Sie stützte die Arme auf die Tischplatte und erhob sich träge. Beinahe wäre sie über den Hund gestolpert, der neben ihrem Sessel gelegen hatte. Sie hielt sich an der Brüstung fest und spähte nach unten. Eine Weile verharrte sie so, dann hob sie den Arm.

Aus einer Loge schwebte ein Engel an einem Trapez in den Raum über die Menge der Trinkenden, Spielenden und Tanzenden hinweg. Manche schauten kurz nach oben, zumeist desinteressiert.

Ein lautes Knallen ertönte.

Hansen sprang auf. »Was ...!«

In einer gegenüberliegenden Loge hatte sich ein Mann in einem Jägerkostüm auf die Brüstung gestellt, das Gewehr im Anschlag.

Ein Flügel des Engels fiel kreiselnd zu Boden. Ein zweiter Schuss ertönte, und der zweite Flüge trudelte nach unten. Die Gäste blickten in die Höhe. Die Musik erstarb. Der Engel schrie entsetzt. Der dritte Schuss fegte das Diadem aus dem goldenen Haar des schaukelnden Mädchens. Der Engel stand auf und schrie. Beim nächsten Knall breitete sich ein roter Fleck auf der Brust des Engels aus, die Schaukelnde rutschte ab, fiel und blieb mit einem Fuß am Trapez hängen, das weiter hin und her pendelte.

Die Musik setzte ein. Die Gäste wandten sich wieder ihren Vergnügungen zu.

»Was für eine Welt«, sagte Lilo. »Da wird ein Engel erschossen, und niemand nimmt Notiz davon.«

Hansen sah sie entgeistert an.

»Nun musst du mich auch noch wegen der Ermordung eines Engels verhaften«, sagte sie spöttisch.

Hansen drehte sich um und verließ die Loge.

3

Nebenan stand das Serviermädchen und starrte ungläubig über die Brüstung. Hansen kramte in der Hosentasche nach einem Geldschein, ging auf sie zu, fasste sie am Arm und legte ihr den Schein in die Hand.

»Oh«, sagte sie.

Hansen zog sie mit nach draußen in den grün-silbernen Korridor.

»Geh doch mal ein Stückchen mit mir.«

»Na, Herr ...«

»Hansen.«

»Herr Hansen, ich muss mich doch um Frau Koester kümmern.«

»Nur ein paar Schritte. Sie hat doch ohnehin genug getrunken.«

»Aber eigentlich darf ich nicht ...«

Er schob die junge Frau sanft weiter. »Du sollst ja auch nicht.«
Sie seufzte kurz und kam mit.

»Frau Koester ist wohl ein bisschen überspannt im Moment«, sagte er beiläufig.

»Ich fürchte, ja.«

»Diese verrückte Vorstellung eben war doch bestimmt ihre Idee.«

»Na ja, sie bestimmt doch alles.«

»Und da hat sie wohl sehr viel zu tun?«

»Ja, da sind ja auch noch andere … Lokale.«

»Muss ja ein ständiges Kommen und Gehen sein. Wichtige Leute?«

»Ach, wie man's nimmt. Manche machen einen besseren, manche einen schlechteren Eindruck. Aber es sind immer Leute von Welt. Das sieht man daran, wie sie sich kleiden.«

»Aber da gibt's sicher auch Unterschiede.«

»Ja. Meine Mutter sagte immer, feines Tuch und grobe Manieren passen nicht zusammen, aber hier schon, manchmal jedenfalls.«

Hansen blieb stehen. »Was hältst du denn von mir?«

Sie lachte verlegen. »Aber Herr Hansen! Darauf kann man doch nicht antworten!«

»Schau mal.« Er holte eine Brieftasche hervor, klappte sie auf und zeigte ihr einige Fotografien. »Kennst du diese Herren?«

Das erste Bild zeigte Paul Mahlo.

»Ja. Der war hier.«

»Hier oben?«

»Bei Frau Koester, ja. Mehrere Male. Manchmal kam er mit anderen Personen, mit Männern. Dann hatte Frau Koester auch welche bei sich. Manche von denen waren nicht sehr freundlich.«

»Zu dir.«

»Nein, untereinander. Es gab da ein Handgemenge.«

»Eine Prügelei.«

»Nein, so schlimm auch nicht. Doch nicht hier bei uns.«

»Über was haben sie denn gesprochen?«

»Ich weiß doch nichts von solchen Sachen. Aber es ging auch immer um Geld. Einmal hab ich einen Koffer mit Geldscheinen gesehen. Sind Dollars denn verboten?«

»Direkt verboten nicht, nein.«

»Ich dachte, weil sie so ein Geheimnis daraus gemacht haben.«

»Und dieser hier war ja wohl auch des Öfteren da?« Hansen zeigte ihr ein Porträt von Friedrich Schüler.

»Ja, das ist doch ein guter Freund von Frau Koester, Baron von Schluthen. Der ist oft hier.«

»Tatsächlich?«

»Ja, immer spätnachts kommt er. Allerdings, wenn ich's mir so überlege, ist er schon länger nicht mehr da gewesen.«

»Gab's Streit?«

»Also Sie fragen Sachen ... ich sollte lieber wieder.« Sie wandte sich halb um. Hansen drückte ihr noch einen Schein in die Hand. »Streit?«

»Hatten die beiden ja oft, aber zuletzt ... und da war auch Herr Mahlo dabei ... aber vor allem haben sie sich angeschrien, als er weg war.«

»War dieser auch mal hier oben?« Hansen hielt ihr das Porträt des toten Spielers hin.

»Sagen Sie mal, die Bilder eben waren ja schon komisch, aber das hier ...«

»Es ist die Aufnahme eines Toten.«

Sie wich erschrocken zurück. »Tot?«

»Der Mann wurde ermordet, nachdem er hier gespielt hatte.«

Sie sah ihn entgeistert an.

»Ich will nur wissen, ob er auch mal hier oben gewesen ist.«

»Ein Toter bei Frau Koester?«

»Als er noch lebte«, erklärte Hansen geduldig.

»Nein, den hab' ich noch nie gesehen.«

»Gut. War mal ein sehr großer, sehr behaarter Mann hier, in einem gestreiften Matrosenhemd?«

»Der gestreifte Affe? Um Himmels willen, nein, zum Glück nicht!«

»Na schön.« Hansen klappte die Brieftasche zusammen. »Aber sagen Sie mal, was sind denn das für eigenartige Fotos. Wer lässt denn so unschöne Bilder von sich machen?«

»Die Polizei fotografiert diese Leute so.«

»Sie sind von der Polizei?«, fragte sie tonlos.

Der Groschen fällt aber langsam, dachte Hansen.

Schritt für Schritt entfernte sie sich rückwärts von ihm, die Augen weit aufgerissen. »Aber so was muss man doch sagen. Ich darf doch nicht mit der Polizei reden.« Sie drehte sich um und lief eilig zur Loge zurück.

Hansen grinste vor sich hin. Ist doch auch mal ganz nett, dass man es noch schafft, jemanden zu erschrecken.

Er ging nach unten in den großen Saal. Es ergab sich keine Gelegenheit, jemanden zu befragen. Das Personal hatte alle Hände voll zu tun. Die Musik war sehr laut, und die Stimmung im Publikum war nach der eigenartigen Trapezvorstellung aufgekratzt bis hysterisch. Ilse Oswald war nirgends zu finden.

Sieh mal an, dachte Hansen enttäuscht, Lilo hat sie offenbar zurückgepfiffen.

Seine Augen begannen vom Rauch der zahllosen Zigaretten und Zigarren zu tränen. Als ihm dann auch noch der süßlichwürzige Geruch von Maroquana in die Nase stieg, entschloss er sich zu gehen.

Ein heftiger Wind riss und zerrte an den Mänteln der Nachtschwärmer, und es schien, als ob die eine oder andere Leuchtreklame, davon angesteckt, nervöser blinkte. Die Bratwurst- und Kartoffelpuffer-Stände hielten tapfer die Stellung, aber die Bonbon- und Zigarettenverkäufer mit ihren Bauchläden hatten Schutz in den Eingängen der Varietés und Bierhallen gesucht. Das Hupen der Automobile und das Klingeln der Straßenbahnen klang lauter und schriller als sonst.

Den Zylinder in der Hand, überquerte Hansen die Kreuzung an der Wilhelminenstraße und schritt über den Spielbudenplatz auf die Tür der Davidwache zu. Die Vorstellung im Ernst-Drucker-Theater war zu Ende. Die letzten Zuschauer standen vor dem Eingang und unterhielten sich. Eine Gestalt in dunklem Mantel löste sich von ihnen und kam eilig auf Hansen zugelaufen.

Es war eine Frau. Hansen blieb stehen.

»Herr Kommissar!«

Der Samtmantel hatte einen üppigen Luchsbesatz, und auf dem Kopf trug sie einen eleganten kappenartigen Hut mit aufgenähter Rosenblüte, die dem Wind trotzte.

»Herr Kommissar!« Als sie erkannte, dass er sie bemerkt hatte, verlangsamte sie ihre Schritte und bemühte sich um etwas mehr Grazie.

Es war Mahlos Freundin. Im Licht der Straßenlaterne wirkte ihr geschminktes Gesicht puppenhaft kalt.

»Guten Abend«, grüßte Hansen zurückhaltend.

»Ich warte schon seit einer Stunde hier draußen. Drinnen war es zu voll. Man wollte mich nicht nach oben in die Wohnung lassen.«

»Wäre ja auch noch schöner«, brummte Hansen.

»Man hat mich nicht ernst genommen.«

»Was ist denn los?«

Sie fasste ihn am Arm. Er schüttelte ihre Hand ab.

»Paul ist verschwunden.«

»Mahlo? Wie kann der denn verschwinden?«, fragte Hansen kühl.

»Wir waren verabredet. Er ist nicht gekommen.«

»Wie lange?«

»Seit heute Morgen.«

»Er hat sicher zu tun.«

»Ich weiß immer, was er tut. Jetzt ist er einfach weg.«

Weiß er auch immer, was du tust?, dachte Hansen und sagte ungnädig: »Er wird sich irgendwo vergnügen.«

»Er ist weg!«, beharrte sie.

»Schön. Was tun wir? Eine Vermisstenanzeige aufgeben, weil ein Lude sich seit Vormittag irgendwo herumtreibt?«

Sie trat einen Schritt zurück. Ihr Gesicht wirkte jetzt wie versteinert. »Sie sind ein Schuft.«

»Sie verwechseln mich, meine Dame«, sagte Hansen. »Außerdem bin ich nicht im Dienst.« Er wandte sich ab.

»Ein Schuft!«, schrie sie ihm hinterher.

Hansen setzte seinen Zylinder auf und hielt ihn mit einer Hand fest, bis er im Treppenhaus der Wache angekommen war.

4

In der zweiten Etage angekommen, zögerte er. Um in den dritten Stock zu gelangen, musste er zunächst den Flur an seinem Dienstzimmer vorbei. Er blieb davor stehen, überlegte und ging hinein. Er zog den Mantel aus, hängte ihn an den Garderobenhaken, warf den Frack über die Lehne des Besucherstuhls, legte Handschuhe und Zylinder dazu und setzte sich hinter den Schreibtisch.

Er steckte eine neue spitze Feder auf den Federhalter, schraubte das Tintenfass auf und begann einen Bericht über seine Erkenntnisse aufzusetzen, seine Vermutungen und Befürchtungen niederzuschreiben. Es wurde eine Anklageschrift gegen Lilo Koester. Er beschrieb das Imperium, das sie sich aufgebaut hatte: Inzwischen gehörten ihr die wichtigsten und profitabelsten legalen Etablissements entlang der Reeperbahn, und darüber hinaus hatte sie sich mit dem Goldenen Füllhorn und dem Harem zwei lukrative illegale Lokale zugelegt.

Hansen zögerte einen Moment, als es daran ging, die Methoden zu beschreiben, derer sie sich bei der Aneignung dieser Lokale bedient hatte. Dann schrieb er die Worte »Drohung«, »Gewalt«, »Erpressung«, »verbotene Dollargeschäfte« und »Mord als Mittel der Einschüchterung«. Er schloss seinen Bericht mit der dringenden Bitte um mehr Kompetenz und Handlungsfreiheit in diesem Zusammenhang und legte den Federhalter beiseite. Die beschriebenen Blätter schob er in einen Umschlag, adressierte ihn an den Bezirkskommissar und ging nach unten. Im Wachraum übergab er ihn dem diensthabenden Beamten mit der Anweisung, den Brief gleich morgen früh ins Bezirksbüro in der Eimsbütteler Straße zu bringen.

Als er im Bett lag, fiel ihm die widerliche Szene mit dem Engel auf dem Trapez wieder ein, die er im Goldenen Füllhorn mitangesehen hatte, und das hämische Gesicht von Lilo. Mit der Jugendfreundin, an die er sich gelegentlich wehmütig erinnerte, hatte die Lilo Koester von heute nichts mehr zu tun. Aber wer von damals war sich eigentlich treu geblieben? Jan und Klaas doch auch nicht. Oder hatte das, was sie jetzt darstellten, schon immer in ihnen gesteckt? Jan Heinicke war Schlachtersohn, und nun hatte er eine Schlachterstochter geheiratet. Klaas Blunke war auch damals schon ein sanftmütiger Träumer gewesen. Jetzt zog er sich Frauenkleider an. Blieb noch Pit. Der kämpfte nach wie vor für die Herrschaft des Proletariats.

Und er selbst? Hatte er nicht schon immer den Drang verspürt, sich in das Leben anderer Menschen einzumischen? Hatte ihm das nicht einmal jemand vorgeworfen? War es Lilo gewesen? Und sie? War sie nicht schon immer so rücksichtslos gewesen? Sein Bild von ihr war ein anderes. Sie hatte sich verändert. Ich sollte ihr helfen, diesen Irrweg zu verlassen, überlegte Hansen. Aber würde dies nicht bedeuten, dass er sie ins Gefängnis bringen müsste? Bevor er diesen Gedanken zu Ende denken konnte, war er eingeschlafen.

Am Morgen machte er sich auf den Weg in die Sophienstraße zu Paul Mahlos Hotel. Über eine teppichgedämpfte Treppe gelangte er in den dritten Stock, wo ihm ein Zimmermädchen mitteilte, Frau Ilona würde noch schlafen.

Ob Herr Mahlo denn zurück sei, wollte Hansen wissen. Sie verneinte. Dann solle sie die Dame doch bitte wecken. Er zeigte seine Polizeimarke. Das Zimmermädchen erschrak, drehte sich um und trippelte den Flur entlang. Hansen folgte ihr.

Das Mädchen verschwand hinter einer Tür und kam nach zwei Minuten wieder heraus. »Frau Ilona lässt bitten.«

Hansen betrat ein Schlafzimmer. Ilona saß im roten Morgenmantel vor der Frisierkommode und kämmte sich die langen schwarzen Haare.

»Guten Morgen. Setzen Sie sich doch, Herr Hansen.« Sie lächelte ihn angestrengt an.

Hansen setzte sich auf einen schmalen Sessel und wartete. Sie legte die Bürste beiseite, stand auf, trat vor ihn. Dann ließ sie den Mantel fallen und stand nackt vor ihm.

Es war wie ein Schock. Hansen betrachtete den schönsten Frauenkörper, den er jemals gesehen hatte. Sein Herz pochte, sein Mund wurde trocken.

»Dreh dich um!«, kommandierte er rau.

Sie tat es.

Hansen stand auf und beugte sich vor. Er hob den Morgenmantel auf und legte ihn um ihre Schultern.

Sie wandte sich erstaunt um. Hansen widerstand mit Mühe dem Drang, doch noch die Hände auszustrecken, um sie zu packen. Ihre Augenlider flatterten kurz, dann schloss sie die Robe, hielt sie mit einer Hand geschlossen und strich sich mit der anderen das dunkle Haar nach hinten.

»Sie wissen wirklich nicht, wo er ist?«, fragte Hansen.

Sie schüttelte den Kopf.

»Aber Sie würden alles tun, um ihn wieder zu bekommen.«

Sie nickte und sah ihn an, erstaunt und wachsam zugleich.

Hansen schüttelte den Kopf und verzog das Gesicht. Für einen winzigen Moment wurde ihm klar, dass es nie eine Frau geben würde, die für ihn alles tun würde. Und die Bitterkeit dieses Gedankens hätte ihn beinahe doch noch dazu gebracht, die Hand nach ihr auszustrecken.

Sie zog einen Zettel aus der Tasche ihres Mantels. »Er hat einen Brief geschickt, hier.«

»Bin in Sicherheit, Paul«, las Hansen.

»Ist das seine Schrift?«

»Ja«, sagte sie.

»Na, dann ist ja alles in Ordnung.«

Sie begann zu schluchzen. »Das war verabredet«, stieß sie hervor.

»Was?«

Sie ließ den Zettel zu Boden fallen. »Es bedeutet das Gegenteil. Wenn er es so schreibt, dann ist es eben nicht in Ordnung.«

»So?«

»Es fehlt etwas.«

»Was?«

»Wenn da steht ›in Liebe, Paul‹ ist alles in Ordnung, wenn nicht, ist das Gegenteil der Fall.«

Die Tränen, die über ihre Wangen liefen, machten ihn wütend. »Herrgottnochmal!«, fluchte er. Er bückte sich und hob den Zettel auf. Darauf stand eben nur dieser eine Satz. Was sollte man damit schon anfangen. »Wer hat den gebracht?«

»Er lag im Briefkasten.«

Fingerabdrücke, schoss es Hansen durch den Kopf. »Kann ich den mitnehmen?«

»Ja, wenn es sein muss.«

»Gut.« Er drehte sich auf dem Absatz um und ging zur Tür.

»Herr Hansen!«

»Was noch?«

»Werden Sie etwas tun?«

»Wir tun immer etwas, wenn jemand in Lebensgefahr ist.«

Sie schluchzte auf, und es sah so aus, als würde sie gleich zusammenbrechen. Hansen riss die Tür auf. Das Zimmermädchen stand davor. Er nickte ihm zu, es solle hineingehen.

Dann eilte er das Treppenhaus hinunter und fluchte ein zweites Mal. »Zum Donnerwetter!« Wie konnte er bloß derart in Versuchung geraten?

Auf der Wache angekommen, hielt ihm Oberwachtmeister Schenk eine telegrafisch übermittelte Dienstanweisung aus dem Stadthaus hin: »Fall Koester nicht weiterverfolgen – Zuständigkeit Inspektion für Wirtschaftsverbrechen – i. A. Lenkel KOI Hauptbüro«.

Hansen runzelte die Stirn. Was hatten denn die damit zu tun? Für Mord, Raub und Erpressung war die Kriminalinspektion 1 zuständig. Die Wirtschaftsinspektion hatte zwar Kompetenzen bei der Bekämpfung des Rauschgifthandels, aber das war doch hier gar nicht von Belang.

»Was ist denn los?«, fragte Schenk.

Hansen schaute auf. »Mahlo ist entführt worden.«

»Oha«, grinste Schenk. »Dann laufen jetzt da draußen aber eine Menge Strohwitwen herum.«

Hansen war nicht nach Lachen zumute..

DREIZEHNTES KAPITEL

Haremsdamen

1

Vor der Sophienburg stand ein Leiterwagen mit zwei stämmigen Brauereigäulen.

Heinrich Hansen spähte durch die Eingangstür in die Kneipe. Es war ungewöhnlich ruhig. Er trat ein.

Klimper-Karl saß auf dem Tresen, das Akkordeon vor dem Bauch, und spielte »Auf der Reeperbahn nachts um halb eins«. Er trug einen rotbraunen Zweireiher mit breiten hellen Streifen und ein grellbuntes Halstuch.

»Hör bloß auf, Mensch!«, rief Mützen-Schorsch, dessen rechter Arm in einer Binde hing. Er trug einen karierten Anzug.

Hansen schob die Tür hinter sich zu und schaute verwundert um sich. »Was ist denn hier los?«

Klimper-Karl hörte auf zu spielen und presste den Akkordeonbalg zusammen. Ein quengelndes Jaulen ertönte.

»Heute geschlossen?«, wandte sich Hansen an Mützen-Schorsch.

Er deutete auf die übereinander gestapelten Stühle. Vor der Wand stand eine Reihe Bierfässer. Ein untersetzter Mann, dessen Namen Hansen nicht kannte, kam gebückt durch die Tür hinter dem Tresen, rollte ein weiteres Fass in den Gastraum und stellte es zu den anderen.

»Für immer geschlossen«, sagte Mützen-Schorsch.

»Pleite gegangen?«, fragte Hansen.

Mützen-Schorsch zuckte mit den Schultern. Klimper-Karl ließ ein paar Jammertöne erklingen. Der Dritte stieg durch eine Klappe hinterm Tresen in den Keller hinab.

»Wie kann man in eurer Branche denn Pleite gehen?«, bohrte Hansen weiter.

»Welche Branche?«, brummte Schorsch.

»Oder ist es wegen Streifen-Paul?«

»Was für Streifen sollen das denn sein?«, murmelte Schorsch missmutig.

»Ist Paul Mahlo nun verschwunden oder nicht?«

Mützen-Schorsch warf Klimper-Karl einen schiefen Blick zu. »Kannst du irgendeinen Paul hier entdecken?«

»Nee«, stellte Karl fest. »Ich seh' nur leere Fässer. Und drei leere Köppe.« Er lachte.

Na, die sind ja fröhlich gestimmt, dachte Hansen und setzte sich auf eines der Fässer. Denen bläst gehörig der Wind ins Gesicht und zwar von Nordwest.

»Ich hab' gehört, Paul Mahlo sei entführt worden«, sagte er.

»Dann hat er ja wenigstens was zu tun.« Klimper-Karl schaute desinteressiert an Hansen vorbei.

»Ihr scheinbar nicht.«

Klimper-Karl baumelte mit den Beinen. »Nee, ham wir nich.«

Der dritte Mann kam mit einem neuen Fass aus dem Keller. Er schnaufte heftig.

»Wo sind denn die anderen?«

Mützen-Schorsch tat so, als würde er im Lokal jemanden suchen. »Wer?«

»Der ganze Verein.«

»Bruderliebe«, sang Karl mit hoher Stimme. Dann fing er wieder mit dem Reeperbahn-Lied an.

»Hör auf!«, brüllte Schorsch ihn an. »Mir reicht's jetzt!«

Das Akkordeon verstummte.

Der untersetzte Mann wischte sich mit einem Taschentuch den Schweiß von der Stirn und blickte von einem zum anderen. Dann stemmte er die Fäuste in die Seiten und sagte: »Wie wär's, wenn ihr auch mal die Ärmel hochkrempeln würdet?«

Schorsch und Karl sahen ihn erstaunt an. Schorsch hob den bandagierten Arm. »Willst'n Krüppel aus mir machen?«

»Das ist doch längst verheilt«, entgegnete der andere wütend. »Und du«, wandte er sich an Karl, »bist kerngesund.«

»Hab die Fallsucht«, sagte Klimper-Karl. »Wenn ich die Quetsche weglege, fall' ich vom Tresen.«

»Außerdem willst du die Fässer doch verscherbeln«, sagte Mützen-Schorsch. »Was ham wir denn damit zu tun?«

Leise vor sich hin schimpfend stieg der Nörgler wieder in den Keller hinunter.

»Was ist denn nun eigentlich los?«, fragte Hansen.

»Die Geschäftsgrundlage ist flöten gegangen«, erklärte Schorsch missmutig.

»Geschäftsgrundlage?«, wiederholte Hansen, verwundert darüber, dass Mützen-Schorsch ein solches Wort benutzte.

»Hat Paule gesagt«, fügte Schorsch hinzu.

»Soll heißen?«, fragte Hansen.

»Mensch!«, schrie Karl und sprang vom Tresen. »Siehst du hier vielleicht irgendwelche Weiber rumhocken?«

»Euch sind die Mädchen abhanden gekommen?«, fragte Hansen amüsiert.

»Warum reden wir eigentlich mit dem?«, rief Karl aus.

An der Kellerluke rumpelte es. »He, kann mir mal jemand helfen?«, ächzte der Untersetzte.

Schorsch und Karl schauten sich an.

Es rumpelte noch mal. »Bitte, verdammt! Kann mal jemand ...«

Schorsch hob den bandagierten Arm. Karl legte seufzend das Akkordeon neben sich auf den Tresen, hüpfte herunter und schlurfte zur Luke.

Hansen griff den verlorenen Faden wieder auf. »Die Geschäftsgrundlage ist auf und davon.«

»Streifen-Paule hat sie verscherbelt und ist abgetaucht«, knurrte Schorsch.

»An wen?«

»An wen, an wen, das ist doch schietegal!«

»Und wo sind die anderen von euerm Verein?«

»Die meisten sind mit.«

»Und ihr nicht?«

»Nee, wir arbeiten nicht gern für 'ne Frau. Umgekehrt wird'n Schuh draus. Man hat doch so was wie Ehre.«

»Lilo Koester? Ihr wollt nicht für Lilo Koester arbeiten?«

»Den Namen hab' ich nie gehört.«

»Scheiße!«, schrie Klimper-Karl und ließ das Fass los, sodass es zu Boden krachte: »Meine Schuhe!« Er kam eilig hinter dem Tresen hervor und begutachtete seine glänzenden Budapester.

Schorsch deutete auf sein Jackett. Eine Naht an der Schulter war aufgeplatzt. Karl fluchte. »Ausgerechnet jetzt, wo wir pleite sind. Wie soll ich denn nun rumlaufen?«

»In dem Aufzug wirst du dich kaum um eine Stellung bemühen können«, sagte Schorsch.

Karl schaute ihn mürrisch an. »Stellung, was soll das denn heißen?«

»Als Türsteher vielleicht.«

»Schnauze!«

»Immerhin tragen die schmucke Uniformen.«

Der Untersetzte kletterte aus dem Keller und begann die Fässer nach draußen zu rollen.

»Wer hat Frankfurter-Ede auf dem Gewissen?«, fragte Hansen unvermittelt.

Schorsch zog die Stirn in Falten. »Na, der Affe.«

»Und wer hat den Affen geschickt?«

»Musste der geschickt werden?«

»Jedenfalls hat es auf Mahlo so viel Eindruck gemacht, dass er den Verein dichtgemacht hat.«

»Wenn Sie alle Antworten schon wissen, warum fragen Sie dann?«

»Vor Ede musste Max Bremer, auch Karpfenmaul genannt, dran glauben. Hat das auch was mit Lilo Koester zu tun?«

»Ich hab' den Namen nie genannt.«

»Hat es was mit ihr zu tun?«

»Da ging's doch um Koks. Der wollte euch was flüstern.«

»Rauschgift?«, fragte Hansen erstaunt. »Lilo …«

»Quatsch!«, unterbrach ihn Schorsch. »Da sind noch ganz andere Kräfte am Werk. Ihr müsst mal hinter die Kulissen schauen, Herr Kommissar!«

Karl stand jetzt dicht neben ihm. »Wenn du so weiterquasselst, kann ich mir einen anderen Geschäftspartner suchen.«

»Ich bin ja schon still.«

»Was war mit dem ersten Toten: Eislinger aus München?«

»Einen Satz nur«, sagte Schorsch, »aber dann ist Schluss.«

»Halt lieber gleich die Klappe«, zischte Karl.

»Der wollte ins Spielgeschäft einsteigen, deshalb.«

»Und wer hat ihn wegräumen lassen?«

»Schluss jetzt!«, rief Karl. »Noch ein Wort, und du kannst dir die Firma an den Hut stecken.«

Mützen-Schorsch presste die Lippen zusammen. Da war nichts mehr zu machen.

»Und ihr wollt auch ins Spielgeschäft einsteigen?«, fragte Hansen ins Blaue hinein.

»Nein.« Karl schüttelte den Kopf. »Wir machen uns aus dem Staub. Berlin.«

»Textilbranche«, fügte Schorsch hinzu.

»Schnürsenkel, Krawattennadeln?«, fragte Hansen amüsiert.

»Herrenkonfektion«, erklärte Karl mit ernster Miene.

»Sehr kleidsam«, stellte Hansen fest. »Dann sehen wir uns also nicht wieder?«

»Wohl kaum.«

Die drei Männer gaben sich die Hand. »Leben Sie wohl, Herr Hansen«, sagte Mützen-Schorsch.

Die hauen ab nach Berlin, dachte Hansen beim Hinausgehen, das gibt's doch gar nicht.

Er nickte dem finster dreinblickenden Mann auf der Bierkutsche zu und gab dem einen Gaul einen liebevollen Klaps auf den Hals.

2

Der »Harem« machte seinem Namen alle Ehre. Wer draußen vor dem unscheinbaren dreistöckigen Haus in der Schmuckstraße vorbeiging, ahnte nicht, dass sich hinter der Eingangstür im Hochparterre ein Märchen aus Tausendundeiner Nacht verbarg, ein Paradies für zahlungskräftige und liebeshungrige Männer, auf die sechzehn ausgesucht schöne Scheherazaden warteten.

Das teuerste Bordell der Stadt lag günstig an der Grenze zu Altona. Das nebenliegende Haus gehörte schon zur Altonaer Ferdinandstraße, und es gab zwei Hinterausgänge, die in verwinkelte Höfe mündeten. Deren Ausgänge führten wiederum auf die Große Freiheit und damit ebenfalls auf Altonaer Gebiet.

Hatte man den Klingelknopf betätigt, öffnete ein harmlos aussehendes und in die Jahre gekommenes Dienstmädchen und nahm den Gast in Augenschein. War er angemeldet, durfte er eintreten. Im mit Sitzkissen und Wandteppichen dekorierten Vorraum wurde der Besucher von zwei kräftigen Männern in Pluderhosen empfangen. Beide trugen einen Fez auf dem Kopf; dank ihrer derben Gesichtszüge und den Tätowierungen auf den Armen waren sie jedoch eindeutig als Angehörige der Hamburger Unterwelt zu identifizieren. Ihre Aufgabe war es, ungebetene Gäste durch einen Hintereingang diskret hinauszubegleiten.

Die anderen Gäste wurden von einer schlanken Dunkelhaarigen in einem Gewand aus durchsichtigen Stoffen in den Salon geführt. Dieser Raum war im Stil einer Oase dekoriert. Palmen, exotische Pflanzen, Teppiche, Schalen mit südländischen Früchten und ausgestopfte Tiere aus Afrika sorgten für die entsprechende Atmosphäre. Die ausgestopften Tiere, ein kleines Kamel und ein stattlicher Löwe, kamen aus dem Bestand von Umlauff's Weltmuseum. Auf einer mit orientalischen Tüchern dekorierten Bühne boten »echte Araberinnen« Bauchtänze dar. Es war sicherlich die einzige Oase auf dieser Welt, die einen Champagnerbrunnen besaß, der bei Bedarf und nur gegen Vorkasse von einem blonden Mädchen im Nymphenkostüm hingebungsvoll aus Magnumflaschen gefüllt wurde, bevor sie zum Baden hineinstieg.

Halbnackte »Huris« brachten den Männern, nachdem sie auf einem Teppich Platz genommen hatten, Wasserpfeifen, Früchte und Getränke, ehe sie sich zu ihnen setzten; Ungeduldige führten sie sogleich in eines der umstehenden Beduinenzelte. Wer sich mehr Zeit nehmen wollte, konnte in einem Séparée speisen, sich Damen als Gesellschafterinnen kommen lassen und selbst entscheiden, ob er türkische, arabische oder schwarzafrikanische Mädchen um sich haben wollte und wie sie bekleidet sein sollten.

Manche der Zimmer in den oberen Stockwerken, die ebenso aufwändig ausgestattet waren wie der Salon, konnten für wenige Stunden oder auch mehrere Tage gemietet werden. Das Etablissement war in ganz Deutschland unter Kriegs- und Krisengewinnlern, Großindustriellen und Wirtschaftsmagnaten bekannt. Und natürlich war es ein begehrter Anlaufpunkt für Angehörige der Unterwelt, die nach einer geglückten Unternehmung hier ihr Geld verprassten.

Schon so manche Einbrecherbande hatte den Lohn ihrer Schwerstarbeit hier gelassen, nicht wenige Rauschgifthändler hatten hier ihr Vermögen deutlich reduziert, Bankräuber hatten die Hälfte ihrer Beute an die Schönen der Nacht verteilt und Schmuggler in Gold und Diamanten bezahlt. Diebe und Betrüger hingegen wurden nicht gern gesehen, jeder Kleinganove, der glaubte, hier den großen Max spielen zu können, wurde von den Männern mit Fez zügig hinausbegleitet. Gegen Rauschgiftsüchtige hatte man nichts einzuwenden, solange sie den Inhalt ihrer Pfeifen bezahlen konnten.

All das ging Heinrich Hansen durch den Kopf, während er einem verschleierten Mädchen in hauchzartem Gewand quer durch den Salon zu einer Hintertreppe folgte und hinter ihr in den zweiten Stock hinaufstieg. Sie gelangten in einen mit Spiegeln und Wandbehängen dekorierten Flur, wo sie ihm die Tür zu einem Séparée öffnete, das im modernen westlichen Stil dekoriert war. In einer Ecke standen zwei Sessel und ein Sofa vor einem Rauchtisch, in der Mitte des Zimmers ein Esstisch, der mit gläsernen Würfeln bestückt war. Der quadratische Tisch war für zwei Personen gedeckt. Die große Anzahl silberner Messer, Gabeln und Löffel wies darauf hin, dass hier ein mehrgängiges Menü serviert werden sollte.

Das verschleierte Mädchen verschwand wortlos, und Lilo trat auf.

Du bist alt geworden und sie nicht, dachte Hansen, als sie ihm lächelnd entgegenkam. Sie trug ein Abendkleid aus schillerndem Türkis. Die Perlenkette, die goldenen Ohrringe und Armbänder verliehen ihr etwas Königliches, die wellige Frisur ließ sie jünger erscheinen.

Sie reichte ihm die schlanke Hand. Er roch Sandelholz und ein exotisches Parfüm. Sie blieb dicht vor ihm stehen.

»Guten Abend, Heinrich«, sagte sie lächelnd. »Wie schön, dass du einmal Zeit für mich hast.«

Eine kühle Hand in der seinen, nur ein Hauch, kaum fassbar, dann war die Berührung auch schon vorbei.

»Der Smoking steht dir gut«, sagte sie.

Er hatte sich das Kleidungsstück beim Kostümverleih ausgeborgt. In dem Frack, den er neulich getragen hatte, war er sich lächerlich vorgekommen.

»Danke.« Mehr fiel ihm nicht ein.

»Nanu? So nachdenklich?« Lilo schaute ihn ernst an. Ihre Augen glänzten.

»Ach nein, nur …«

»Nur?«

»Ich hab' an früher gedacht.«

»Ja? Ich auch, Heinrich.«

»Weißt du noch, wie ich dir manchmal folgte? Ich habe an der Ecke darauf gelauert, dass du herauskommst. Damals trugst du immer dieses Matrosenkostüm.«

»Ja … und oftmals hatte ich mir gewünscht, du würdest mir ein bisschen dichter folgen.« Sie lachte.

»Wirklich?«

»Ich frage mich, warum wir uns so selten sehen«, sagte Lilo.

»Wir haben beide viel zu tun.«

»So viele Jahre und so wenige Begegnungen. Natürlich bist du mir vorsätzlich aus dem Weg gegangen.«

»Ich bin Polizist, Lilo.«

»Und deswegen hast du mich gemieden?«

»Unsinn!«

Sie trat einen Schritt vor und näherte ihr Gesicht dem seinen.

»Du musst keine Angst vor mir haben, Heinrich.« Ihre Lippen berührten seine Wange.

»Hab' ich auch nicht.«

»Gut, dann muss ich mich auch nicht vor dir fürchten.«

Ein kühler Hauch, dann entfernte sie sich langsam von ihm und deutete mit einer geschmeidigen Handbewegung zum Tisch. »Nun setz dich doch, Heinrich. Champagner, Portwein, Sherry?«

Er zögerte. »Ich nehme das Gleiche wie du.«

»Ich bevorzuge Portwein.«

Sie zog an einem Band neben der Tür.

Ilse Oswald trat ein. Bis auf ein Schürzchen und eine Haube auf dem Kopf war sie unbekleidet.

»Portwein, Ilse!«, befahl Lilo und wandte sich an Hansen. »Setzen wir uns doch!« Sie nahmen Platz.

»Wieso lässt du sie so herumlaufen?«

»Alle Mädchen laufen hier so herum.«

»Soll sie uns denn so bedienen?«

»Dafür wird sie bezahlt.«

»Aber das ist doch entwürdigend.«

»Für dich?«

»Für sie.«

»Und wenn schon.«

Ilse Oswald kam mit einem Tablett, Gläsern und Karaffe zurück. Sie schenkte den Portwein ein und lächelte ihn an. Hansen sah weg.

»Und dann die Vorspeisen, bitte«, kommandierte Lilo.

Das Mädchen verschwand und Lilo hob das Glas. Sie beugte sich nach vorn und schaute ihn an. »Hättest du früher nicht so oft weggeschaut, wäre ich vielleicht früher darauf gekommen.«

»Auf was?«

»Deine Augen, dieser Zauber darin.«

»Das eine ist blau, das andere grün, sonst nichts.«

»Das genügt. Zum Wohl.«

Sie trank das Glas in einem Zug leer und griff nach der Karaffe. Hansen nippte, nahm aber einen größeren Schluck, als er feststellte, wie gut der Wein schmeckte.

Ilse Oswald brachte Austern und Hummer.

»Dazu nehmen wir doch lieber Champagner«, entschied Lilo.

Hansen sah ihr zu, wie sie die Austern ausschlürfte und die Hummerteile von den Karkassen befreite, und machte es ihr nach. Ihre Begeisterung für dieses luxuriöse Mahl konnte er nicht teilen. Sie amüsierte sich darüber, wie ungeschickt er sich anstellte: »So habe ich auch angefangen. Aber jetzt geht es gut. Man muss es nur lernen wollen.«

»Das ist nichts für einen einfachen Kerl wie mich.«

»Ich finde nicht, dass du ein einfacher Kerl bist, Heinrich.«

»Nichts weiter als ein Polizist. Ich wohne sogar auf der Wache.«

»Das ließe sich doch ändern.«

»Mir geht es ganz gut.«

»Ich finde, du bist für mehr gemacht. Was kannst du als Polizist schon noch erreichen?«

»Ich leite die Wache, ich habe Verantwortung für ein ganzes Viertel.«

Sie schob den Teller beiseite und lächelte. »Da geht es dir so wie mir. Allerdings könnte ich noch jemanden gebrauchen, der weiß, wie man kommandiert.«

Ilse Oswald trat wieder ein und räumte die Teller beiseite.

»Kann sie sich nicht etwas anziehen?«, fragte Hansen.

»Ilse, zieh dir was über.«

»Ja, Madame.«

Das Mädchen ging nach draußen und kam wenig später wie eine normale Kellnerin gekleidet zurück und servierte Gänseleberpastete mit Trüffeln.

»Besser so?«, fragte Lilo.

»Ja.«

»Du bist der einzige Mann, den ich kenne, der Frauen lieber angezogen mag.«

»Beim Essen finde ich nackte Körper abstoßend.«

»Gerade beim Essen kommen die Herren oftmals auf die eigenartigsten Gedanken, Heinrich.«

»Mag sein.«

Das Mädchen verließ den Raum.

»Kommandieren konntest du früher schon ganz gut«, griff Lilo den Faden wieder auf.

»Nein, such dir einen anderen. Es ist vollkommen indiskutabel für einen Polizisten. Was würde das für einen Aufruhr im Stadthaus geben.«

»Diese Wogen kann ich glätten.«

Hansen ließ die Gabel sinken, die er gerade genommen hatte. »Wie?«

»Wenn du befördert werden oder einen Orden haben möchtest, sag es nur.« Sie sah ihm in die Augen.

Hansen schnitt sich ein Stück Pastete ab. »Du hast ja viel erreicht.«

»Ja, aber die Zügel müssen straff gehalten werden. Um die Mädchen könnte ich mich ja weiter kümmern.«

»Warum wendest du dich nicht an Friedrich?«

Sie blitzte ihn an. »Wie kommst du denn darauf?«

Lilo schenkte sich Portwein nach. Ihre Hand zitterte leicht. Sie verschüttete etwas und schimpfte. »Wo ist denn diese dumme Göre, muss man denn alles selbst machen? Na egal, willst du auch noch einen Schluck? Schmeckt besser zur Pastete als dieser Schampus.«

Hansen schüttelte den Kopf. Sie schenkte ihm dennoch nach.

»Wenn ich Friedrich in die Finger kriege, wird er seines Lebens nicht mehr froh.«

Sie lächelte herablassend. »Heinrich! Immer noch eifersüchtig?«

»Das hat mit den alten Geschichten gar nichts zu tun. Er ist ein Krimineller, der ins Gefängnis gehört!«

Lilo nickte zustimmend. »Er ist zu weit gegangen.«

»Genau wie du.«

»Du willst uns doch nicht in einen Topf werfen?«

»Doch.«

Sie lachte auf. »Deshalb bist du so abweisend.«

»Du unterscheidest dich nicht im Geringsten von ihm. Das hier«, er deutete mit dem Messer in den Raum, »ist alles illegal. Von den Methoden, mit denen du dir das alles erworben hast, ganz zu schweigen.«

Lilo beugte sich nach vorn und senkte die Stimme. »Bald wird es legal sein, das kann ich dir versprechen. Warum soll ich mich nicht mit dem Staat verbünden? So manchem im Stadthaus würde das gefallen. Alles, was mir fehlt, ist ein zuverlässiger Verbindungsmann.«

Hansen war verblüfft. »So hast du dir das also gedacht.«

Lilo nickte stolz und erhob sich. Die Tür ging auf. »Das Hauptgericht, Madame?«, fragte Ilse Oswald.

»Später!«

Lilo kam um den Tisch herum auf Hansen zu. Er hatte Angst, sie könnte sich auf seinen Schoß setzen, und sprang auf. Sie standen dicht voreinander. Ihr Gesicht näherte sich. Er fasste sie an und zog sie an sich. Der Kuss war hart und fordernd. Lilo legte den Kopf gegen seine Brust und atmete heftig aus. »So hättest du mich damals küssen sollen. Aber du hattest ja Angst.«

Er zog sie wieder an sich. Sie taumelten, dann sank Lilo auf das Sofa und zog Hansen mit sich.

»Nein!«, rief er.

»Was soll das heißen?«

Er stieß sich von ihr ab.

Sie streckte ihm die Arme entgegen.

Er richtete sich auf. »Zu spät.«

Lilo erstarrte und verzog das Gesicht. »Zu alt? Bin ich dir zu alt?« Sie sprang auf und ging zur Tür.

»Ilse!«

Das Mädchen trat ein.

»Zieh dich aus! Ganz!«

Das Mädchen tat es.

Lilo nahm sie an der Hand und führte sie zu Hansen. »Nimm die! Die ist jung!« Dann drehte sie sich um und verließ das Zimmer.

Ilse Oswald schaute zu ihm hoch. »Soll ich?«

Er fasste sie im Nacken. »Was soll ich mit dir schon anfangen?« Er stieß sie sanft von sich.

Sie trat wieder auf ihn zu. »Alles, was Sie wollen.«

Er packte sie, trug sie zum Sofa und ließ sie darauf fallen. Wütend schaute er auf sie hinab. Sie streckte ihm die Arme entgegen. Er hörte ein Klacken, schaute zur Wand und entdeckte einen schmalen Sehschlitz im Rahmen eines Bildes, dahinter zwei Augen.

Er drehte sich um und ging zur Tür.

3

Neben dem Eingang zur Davidwache stand eine etwa fünfzigjährige Frau in schäbigen Kleidern mit offenem langem Haar und sang das Lied vom Groschen. Als sie Hansen bemerkte, der mit großen Schritten auf den Eingang des Polizeigebäudes zuging, lief sie ihm leicht schwankend entgegen und streckte die Hand aus. Sie war betrunken.

»O, ein vornehmer Herr, seht nur, wie fein. Lieber Mann, eine kleine Spende für eine Künstlerin, die einst ein Stern am Operettenhimmel war.«

»Lass den Unsinn, Anna!«, fuhr Hansen sie an.

Sie blieb irritiert stehen. »Herr Kommissar!«, stellte sie ehrfurchtsvoll fest. »Na, so was. Hab' Sie gar nicht erkannt. Neue Uniform? Das sieht ja schmuck aus.«

»Du stehst mir im Weg.«

»Wenn die Polizei so schöne neue Uniformen hat, kann sie doch bestimmt ein paar Mark für eine Künstlerin erübrigen.«

Hansen schob sie unwirsch beiseite.

»Oder auch nur einen Groschen.« Wieder stimmte sie das Lied an.

Hansen riss die Holztür auf und stürmte die Treppe hoch.

Hinter der Barriere im Wachraum saß Paul Mahlo an einem Schreibpult vor Oberwachtmeister Schenk, der seinen Federhalter ins Tintenfass tauchte und dann weiterschrieb.

»… packte mich von hinten auf eine Art am Hals, die in mir die Angst weckte, er wolle mir den Hals umdrehen«, diktierte Mahlo dem Wachhabenden.

»Mahlo!«, rief Hansen laut. »Was ist denn das nun wieder für ein Spielchen, was Sie da mit uns treiben!«

Streifen-Paule drehte sich um und hob den Spazierstock zum Gruß. Seine weißen Handschuhe hatte er ausgezogen und ordentlich auf das Schreibpult gelegt.

»Herr Kommissar!«, rief er erfreut. »Donnerwetter! Sie haben sich ja in Schale geschmissen. Kein Wunder, dass die Frauen auf Sie fliegen.« Er zwinkerte.

»Nun werden Sie mal nicht frech.« Hansen schaute Schenk auffordernd an. »Wo kommt der denn auf einmal her?«

»Durch die Tür«, sagte Schenk. »Behauptet, der Affe sei hinter ihm her.«

Hansen baute sich vor Mahlo auf. »Ihre Späße werden mir langsam zu viel!«

So leicht war Mahlo nicht aus der Fassung zu bringen. Er hob seinen Spazierstock und deutete auf den Silberknauf. »So was ist eben doch ab und an zu etwas nutze. Sehen Sie mal die Delle hier. Damit hab' ich ihm eins übergezogen.«

»Wem?«

»Dem Affen. Hab' ihn direkt auf der Nase erwischt. Ging gerade noch mal gut. Geknackt hat es aber. Hier.« Mahlo deutete mit der freien Hand in seinen Nacken. »Komisches Gefühl. Da wird einem ganz anders.«

»Sie sollten sich als Märchenerzähler verdingen«, sagte Hansen.

Oberwachtmeister Schenk hob verwirrt das Blatt mit der Anzeige. »Soll ich nicht?«

Auch Mahlo schaute Hansen verblüfft an.

»Warum sollte dieser Mörder sich ausgerechnet an dem Mann vergreifen, der ihn hierher geholt hat?«

Mahlo verzog das Gesicht. Schenk legte den Federhalter beiseite.

»Na? Keine Erklärung?«, bohrte Hansen weiter.

»Natürlich kann ich das erklären«, sagte Mahlo pikiert.

»Dann erklären Sie es ...«, Hansen beugte sich über ein Pult und zog eine Schublade auf »... aber erst wenn ich Ihnen den Handschmuck hier verpasst habe.« Er holte ein Paar Handschellen heraus und legte sie Mahlo an.

»Was soll das?«, protestierte Mahlo.

»Anstiftung zum Mord ist strafbar.«

»Sie sehen das ganz falsch, Herr Kommissar.«

»Erklären Sie das dem Wachtmeister. Er schreibt alles auf. Das wollten Sie doch.«

»Aber so ...« Mahlo hob die gefesselten Arme.

»Sie werden sich daran gewöhnen.«

Hansen drehte sich um und verließ den Wachraum. Als er die Treppe nach oben stieg, hörte er hinter sich Mahlos flehende Stimme: »Herr Kommissar!« Er ging weiter.

Im zweiten Stock angekommen, betrat er sein Dienstzimmer, setzte sich auf den Besucherstuhl und starrte auf den Drehsessel hinter dem Schreibtisch.

Ein Sumpf, dachte er, und du versinkst langsam darin. Es zieht dich nach unten. Es fehlt nicht mehr viel, und du wirst ein Teil davon. Gerade bist du dem Abgrund um Haaresbreite entkommen, aber du hast schon die eigene Hand zupacken sehen, um dich an dem Mädchen zu vergreifen – unter dem Vorwand, sie sei ja ohnehin nichts mehr wert. Was wirst du das nächste Mal tun? Und was tust du, um aus diesem Netz herauszukommen, das eine hinterhältige Spinne gewebt hat?

Er wusste nicht, wie lange er so dort gesessen hatte. Irgendwann stand Oberwachtmeister Schenk neben ihm.

»Streifen-Paule möchte mit Ihnen sprechen, Herr Kommissar.«

Hansen brauchte eine Weile, um die Worte zu verstehen. »Was? Wo ist er denn?«

»Unten in der Zelle. Soll er da wirklich bleiben?«

»Bis morgen früh.«

»Er sagt, er will Sie etwas Wichtiges fragen. Persönlich.«

»Ja, ja.« Hansen stand auf. Er fühlte sich wie eingerostet. »Mein Motor tackt nicht mehr«, murmelte er.

»Wie bitte?«

»Schon gut. Ich geh' mal runter.«

Im Keller, vor Zelle Nummer vier, klappte er den Sehschlitz auf und spähte hinein. Mahlo saß auf der Holzpritsche und starrte zu Boden.

Der fühlt sich auch nicht besser als ich, dachte Hansen versöhnlich und schob den Riegel zurück.

Mahlo hielt ihm die Arme entgegen. »Ich denke, die braucht man nicht in einer Zelle.«

»Nur bei Tobsuchtsgefährdeten.«

Mahlo runzelte die Stirn. »Was soll das heißen?«

Hansen machte eine abwehrende Handbewegung. »Nichts für ungut. Ich lasse sie Ihnen gleich abnehmen. Was gibt's denn noch?«

»Nur eine Sache, die mich persönlich interessiert.«

»Und die wäre?«

»Warum haben Sie Ilona so schlecht behandelt?«

»Hab' ich das?«

»Verschmäht, wenn Sie das Wort besser verstehen.«

»Was?«

»Sie hat es mir erzählt. Sie ist sehr traurig darüber. Und ehrlich gesagt, kapiere ich es nicht. Sie waren doch gebannt von ihr.«

»Was geht Sie das an?«

»Sie gehört zu mir.«

»Also was soll das? Wollen Sie mich erpressen?«

Mahlo lächelte dünn. »Das kann ich ja nun nicht.«

»Sie hat sich Sorgen gemacht. Wegen Ihres Briefs.«

»Aber ich schrieb doch, dass ich in Sicherheit bin.«

»Sie behauptete, das sei ein Kode für das Gegenteil.«

»Ach … das hatte ich ganz vergessen.«

Hansen schüttelte den Kopf. »Sie war am Boden zerstört.«

Mahlo verzog das Gesicht. »Ilona sorgt sich also um mich?«

»Sehr.«

»Jetzt haben Sie mir aber eine große Verantwortung aufgeladen, Herr Kommissar.«

Hansen verstand nicht ganz, was er damit meinte. »Wo waren Sie denn nun.«

»Im Harem, bei Lilo Koester.«

Sieh an, alle Wege führen dorthin, dachte Hansen und sagte: »Das mit dem Überfall des Affen war also gelogen.«

Mahlo schüttelte den Kopf. »Nein, nein. Ich bin dorthin gegangen, weil ich glaubte, ich sei da in Sicherheit. Aber kaum war ich wieder draußen, kam er aus dem Hinterhalt. Er hatte auf mich gewartet.«

»Wieso in Sicherheit?«

»Ein Trugschluss offenbar. Dieser Idiot war ihr doch zugelaufen wie ein Hund. Also dachte ich, in ihrer Nähe kann mir nichts passieren.«

»Und wieso nun doch?«

»Ich sagte ja, ein Trugschluss.«

»Damit kann ich nichts anfangen.«

»Sie hat ihn zurückgepfiffen, aber er wird wiederkommen. Deshalb muss ich so schnell wie möglich von hier verschwinden.«

»Das verstehe ich nicht.«

»Sie hat ihn nicht mehr unter Kontrolle.«

»Warum?«

»Mehr sage ich nicht. Helfen Sie mir, aus diesem Schlamassel rauszukommen, dann rede ich.«

»Ich muss darüber nachdenken.«

»Gut. Aber hören Sie, Herr Kommissar, können Sie sich nicht um Ilona kümmern? Wenn ich es mir recht überlege, habe ich Angst um sie.«

»Was soll ich tun?«

»Verhaften Sie sie, bringen Sie sie her.«

»Das sind keine Doppelzellen, Mahlo.«

»Nebenan ist doch noch eine frei.«

»Es gibt keine Anzeige.«

»Versuchte Erpressung«, schlug Mahlo vor.

»Nein, das kann ich unmöglich ...«

»Sie hat niemanden, der sie beschützt. Die sind doch alle auf und davon.«

»Ich schicke jemanden hin, um nach dem Rechten zu sehen.«

»Danke.«

»Gute Nacht.«

»Hansen ...« Mahlo klatschte mit der flachen Hand auf die nackte Holzpritsche. »Soll ich darauf schlafen?«

»Ja.«

»Aber es gibt nicht mal eine Decke.«

»Ich lasse Ihnen eine bringen.«

Auf dem Weg nach oben blieb Hansen im Treppenhaus stehen. »Nein«, murmelte er kopfschüttelnd, »es geht nicht so weiter. Das Spiel muss zu Ende gespielt werden.«

Er machte kehrt und sagte, kaum dass er die Zellentür aufgezogen hatte: »Hinter alledem steckt also Friedrich von Schluthen.«

Mahlo setzte sich auf den Pritschenrand. »Hat ja gedauert, bis Sie draufgekommen sind.«

»Warum haben Sie es nicht gesagt?«

»Man soll einen Trumpf nicht leichtfertig verspielen.«

»Wir wollen doch beide, dass ihm das Handwerk gelegt wird.«

»Wir ziehen am selben Strang, Herr Kommissar. Sie wollten es bisher nur nicht wahrhaben.«

»Wo hält er sich versteckt?«

»Ich brauche Garantien, Herr Kommissar.«

Hansen seufzte: »Genügt es nicht, wenn ich ihn ausschalte?«

»Ein Felsbrocken im Weg ist eines, Stolpersteine sind das andere.«

»Sprechen Sie nicht in Rätseln, Mahlo!«

»Ich will die Burg zurück.«

»Die Sophienburg.«

»Ja. Und dann sollten wir gemeinsam ein bisschen Ordnung in das Durcheinander auf den Straßen bringen.«

»Sie wollen das Monopol!«

»Ich würde dafür sorgen, dass die Regeln eingehalten werden. Sie wollen doch auch nicht, dass an jeder Straßenecke ein Mädchen steht und die Passanten belästigt. Man könnte sich auf bestimmte Straßen und Plätze beschränken und die anderen Mädchen in Häuser einquartieren.«

»Und dafür wollen Sie meine Unterstützung?«

»Es liegt doch in Ihrem Interesse, Herr Kommissar. Sie stolpern genauso über die Steine wie ich. Nur fallen Sie anders. Wie wollen Sie von Schluthen denn ohne mich zu fassen kriegen? Er hat fast alles in der Hand.«

Hansen überlegte. Er würde eine Grenze überschreiten. Nicht nur ein Auge, sondern beide zudrücken. Und in Zukunft eins von beiden immer geschlossen halten. »Wer garantiert mir … und Ihnen, dass wir unsere Abmachung einhalten?«

Mahlo lächelte säuerlich. »Sie geben mir Ihr Wort, ich gebe Ihnen meins.«

»Und das genügt?«

»Einen schriftlichen Vertrag können wir kaum aufsetzen, oder?«

Hansen zögerte. Was war die Alternative? Besser, er ging dieses Risiko ein. Anderenfalls würde er als Strohmann enden, der eine machtlose Truppe befehligt. »Gut. Dann sagen Sie mir, wo ich von Schluthen finden kann.«

Mahlo dachte nach. »Bis vor kurzem war er bei Lilo Koester. Sie bewohnten zusammen eine Etage im Harem. Nach dem Streit hat er ihr nur den Harem gelassen. Auf Zeit. Das will sie nicht hinnehmen. Aber es wird schwer für sie. Er hat seine Leute wie eine Armee ausgerüstet.«

»Was für ein Streit?«

Mahlo zuckte mit den Schultern. »Es blieb nicht mehr viel, was sie verband, außer dem Willen zur Macht. Bei einer Frau, die verblüht, verwandelt sich die Sehnsucht in Gier, das Bedürfnis nach Sicherheit in nackte Angst. Ein Mann sucht Zuflucht bei jungen Frauen. Eine Königin und ein König – aber wer regiert?«

»Der König ...«

»... sagt der König. Und lässt seine Truppen aufmarschieren.«

»Das ist doch Gerede.«

»In der Unterwelt ist immer Krieg ... bis nur noch einer übrig bleibt.«

»Also hat Lilo fast alles verloren?«

»Sie versucht es zurückzuerobern.«

»Wie?«

»In diesen Zeiten, in dieser Welt kennen wir alle nur eine Sprache. Das wissen Sie genauso gut wie ich, Herr Kommissar.«

»Gewalt.«

»Sie werden es auf den Straßen ausfechten. Uns haben sie mit kleinen Scharmützeln und Drohungen aus dem Weg geräumt. Untereinander werden sie härtere Bandagen benutzen.«

»Warum warten wir nicht, bis sie sich gegenseitig geschwächt haben?«

Mahlo schüttelte den Kopf. »Zu riskant. Einer bleibt übrig, und an dem kommt dann keiner mehr vorbei.«

»Lilo Koester behauptet, Verbindungen ins Stadthaus zu haben.«

»Mag sein. Aber Sie wissen, wie das ist: In diesen Kreisen pflegt man die diskrete Einflussnahme im Austausch gegen andere diskrete Behandlungen. Niemand wird offen für sie Partei ergreifen.«

»Also liegt es an uns hier im Viertel, die Sache zu regeln.«

»Wenn Sie die Unterwelt zähmen wollen, müssen Sie erst das Ungeheuer besiegen.«

»Sie reden wie ein Buch, Mahlo.«

»Ich mag griechische Sagen, Herr Kommissar. Man kann daraus lernen. Lesen Sie?«

»Nein. Wann sollte ich das tun?«

»Nun ja, auch die Praxis ist ein Lehrer«, sagte Mahlo abfällig. »Aber genug geredet: Haben wir jetzt eine Abmachung?«

Hansen fühlte sich unbehaglich, aber er stimmte zu. »Sie finden den Aufenthaltsort von Friedrich von Schluthen heraus, dann reden wir weiter.«

»Einverstanden.«

»Also dann gute Nacht.«

»Moment! Hier will ich nicht bleiben!«

»Nur bis morgen früh. Sie bekommen eine Decke.«

»O nein, Herr Kommissar. Nicht mal mit Federbett bleibe ich. Ich will raus!«

Hansen seufzte. »Meinetwegen.«

Mahlo sprang von der Pritsche. »Ich will doch mal sehen, ob ich es schaffe, Ihnen Ilona wieder auszuspannen.« Er grinste schief, drehte sich um und ging an Hansen vorbei die Zelle hinaus.

Hansen folgte ihm kopfschüttelnd.

VIERZEHNTES KAPITEL

Großrazzia

1

Die Frühbesprechungen im Stadthaus fanden nun wieder regelmäßig statt, und Hansen fuhr fast jeden Morgen mit der Straßenbahn in die Innenstadt, nur selten schickte er einen Vertreter. An diesem Morgen war er nervös, denn kurz bevor er losgefahren war, hatte er einen Anruf seines Freundes Ehrhardt bekommen. Dessen Stimme hatte verschwörerisch geklungen: »Nimm dir ein bisschen mehr Zeit, Heinrich. Wir müssen noch miteinander reden. Es ist sehr wichtig!«

Obwohl Hansen beim Verlassen des Versammlungsraums keine Anstalten machte wegzulaufen, packte Ehrhardt ihn am Arm und zog ihn eilig, aber so unauffällig wie möglich mit sich. Sie verließen das Stadthaus und gingen durch den windgepeitschten Herbstregen zu Ehrhardts Stammcafé im Souterrain jenseits des Rademachergangs.

»Ich gehe nicht mehr sehr oft hierher«, brummte Ehrhardt. »Sie haben die Bedienung gewechselt.«

Tatsächlich war die dunkelhaarige Schönheit, die nach Meinung von Ehrhardt Zigeunerblut in den Adern gehabt hatte, durch ein unscheinbares pummeliges Mädchen ersetzt worden.

»Noch dazu blond«, sagte Ehrhardt missmutig.

Die beiden Polizisten setzten sich in die Nische unter das Fenster. Statt schlanker Frauenbeine waren an diesem Morgen nur dicke Regentropfen zu sehen, die aufs Pflaster platschten.

»Ist vielleicht besser so. Ablenkung wäre unpassend unter diesen Umständen. Heikel, heikel«, murmelte Ehrhardt.

Hansen hatte nicht die geringste Ahnung, was sein Freund von ihm wollte.

Die pummelige Bedienung kam an den Tisch, und Ehrhardt bestellte einen Kaffee ohne Cognac, wie um den Ernst der Lage zu unterstreichen. Hansen schloss sich der Bestellung an und bemühte sich, so arglos wie möglich zu klingen: »Na los, Franz, was gibt es so Wichtiges so früh am Morgen?«

Ehrhardt rutschte unbehaglich hin und her, verzog das Gesicht, als hätte er Bauchschmerzen, und sagte: »Du weißt, dass ich der Kommission angehöre, die die Moral der Truppe überwacht?«

»Nein. Tatsächlich?«

»Tatsächlich.«

»In diesen Zeiten …«, meinte Hansen abfällig. »Als hätten wir nichts Besseres …«

»Gerade in diesen Zeiten!«, unterbrach Ehrhardt. »Die Gesellschaft kommt nicht zur Ruhe, unterschwellig herrscht Bürgerkrieg, der Staat ist in Gefahr, das Verbrechen regiert im Untergrund, wenn jetzt noch die Moral der Polizei zusammenbricht, dann können wir gleich Kanonen an die Spartakisten verteilen.«

Die Kellnerin brachte den Kaffee.

»Ich wollte dich sprechen, bevor es einen offiziellen Termin gibt, Heinrich.«

»Also?«

Ehrhardt nahm einen Schluck, verbrannte sich den Mund und fluchte. Er zog ein Taschentuch hervor und hustete hinein. Dann sagte er unvermittelt: »Wer ist Ilse Oswald?«

»Was?«, fragte Hansen erstaunt.

»Sag's mir, ich muss mir einen Eindruck verschaffen.«

»Du verhörst mich?«

Ehrhardt schüttelte den Kopf. »Ich will dir aus der Patsche helfen.«

Eine Ahnung packte Hansen. Sein Magen krampfte sich zusammen. »Ilse Oswald arbeitet in einem Bordell.«

»Du kennst sie also.«

»Ja.«

»Wie gut?«

Hansen zuckte mit den Schultern. »Was heißt wie gut?«

»Persönlich?«

»Was heißt persönlich? Es sind immer persönliche Begegnungen, die du als Polizist hast. Erst recht bei uns auf St. Pauli.«

Ehrhardt seufzte. »Ich sitze hier mit dir als Freund, Heinrich!«, mahnte er.

»Ich weiß, ich bin dir dankbar.«

»Gut. Also noch mal von vorn: Wie nah bist du ihr gekommen?«

Hansen schaute nach oben zu den platschenden Regentropfen, die den Straßenschmutz gegen das niedrige Fenster spritzen ließ. »Was heißt nah ...«

»Du weißt, was ich meine«, drängte Ehrhardt.

Hansen zögerte. Dann begann er langsam zu erzählen, als müsste er sich erst erinnern. »Das erste Mal habe ich sie in der Sophienburg gesehen. Sie gehörte zu den Mädchen von Paul Mahlos Truppe. Sie war neu in der Stadt. Später habe ich sie auf dem Spielbudenplatz wieder getroffen, als sie ins Panoptikum ging. Eigenartig nicht? Dann ist sie in die Heinrich-, ich meine Herbertstraße gekommen. Und vor kurzem bin ich ihr im Bordell, dem Harem, begegnet. Man könnte sagen, sie hat Karriere gemacht.«

»Wie sieht sie aus?«

»Blond, sie hat sehr blaue Augen ...« Hansen hob müde eine Hand.

»Du hast sie im Bordell getroffen?«

»Meine Anwesenheit dort hatte eigentlich nichts mit ihr zu tun.«

»Eigentlich?«

»Es war ein abgekartetes Spiel. Ich sollte benutzt werden. Als das nicht klappte, hat man es mit Erpressung versucht. Das Mädchen wurde zu mir geschickt ...«

»Und?«

»Sie wurde zudringlich. Ich hab' sie auf das Sofa geworfen und bin gegangen.«

»Sonst nichts?«

»Jemand schaute durch ein Guckloch in der Wand zu.«

»Du hast nichts weiter getan, als sie aufs Sofa zu werfen?«

»Nein, sonst nichts.«

»Geschlagen?«

»Sie mich? Nein.«

»Umgekehrt.«

»Nein!«

»Wann hast du sie noch gesehen?«

»Einmal im Spielklub, im Goldenen Füllhorn. Auch da sollte sie sich um mich kümmern.«

»Wieso ausgerechnet Ilse Oswald?«

Hansen hob beschwörend die Arme. »Franz!«

»Wieso?«

»Jemand ... muss bemerkt haben, dass sie mir gefiel. Ich hatte einen falschen Eindruck ...«

»Die Unschuld vom Lande.«

»Wenn du so willst, ja.«

»Gibt's nicht, das solltest du inzwischen wissen.«

»Ist ja schon gut.«

»Sie wusste ganz genau, an wen sie sich wenden musste, Ilse Oswald. Sie ist ganz zielstrebig hier hereinmarschiert und hat eine geschliffene Anzeige formuliert. Gegen dich. Vergewaltigung, Körperverletzung, Bedrohung, Erpressung und so weiter.«

»Und wenn schon. Alles gelogen.«

»Sie nennt die Namen von Zeugen. Die Sache wird ernst genommen. Du sollst vorgeladen werden.«

Hansen packte mit beiden Händen die Kante des Tischs, als wollte er ihn umwerfen. Er war bleich, seine Wangenknochen traten hervor. »Das hat sie sich ausgedacht!«

»Wer?«

»Lilo!«

»Noch eine?«

»Koester, Lilo Koester. Sie hat Verbindungen ins Stadthaus. Sie weiß genau, wie man vorgehen muss!«

Ehrhardt atmete hörbar aus. »Ich verstehe. Aber warum jetzt so ein schweres Geschütz?«

»Sie ist in die Mordserie mit dem Affen verwickelt. Ich weiß nur nicht, ob sie die Drahtzieherin ist oder ob noch jemand anderes dahinter steckt.«

»Aber du hast doch in dieser Angelegenheit keine Kompetenzen.«

»Wenn ich zufällig Informationen finde, werde ich sie weitergeben. Wenn Gefahr im Verzug ist, werde ich handeln«, sagte Hansen trotzig.

»Sie werden versuchen, dir deinen Posten wegzunehmen.«

Hansen verzog grimmig das Gesicht und schlug mit der Faust auf den Tisch. »Das sollen sie nur wagen!« Die Tassen schepperten.

»Ich kann dir nicht sehr viel helfen, Heinrich. Ich leite die Kommission. Ich muss neutral bleiben.«

»Tu, was du tun musst«, entgegnete Hansen missmutig.

»Aber ich habe allerhand Papierkrieg entfacht und den Termin festgesetzt. Du hast noch einige Tage Zeit!«.

»Danke.«

Ehrhardt stand auf. »Das war alles, was ich dir sagen wollte. Der Kaffee geht auf deine Rechnung, ich muss los.«

Hansen hob die Hand zum Abschied.

»Tschüs, Heinrich.« Ehrhardt zögerte. »Eines noch«, sagte er dann, »vergiss die blauen Augen. Du hast sie niemals bemerkt.«

Hansen nickte düster und stand ebenfalls auf. Er stieß eine Tasse um. Die Kellnerin eilte herbei, weil sie um das Porzellan fürchtete.

»Zahlen, bitte!«

2

Die Morsefunk-Anweisung aus dem Stadthaus überraschte Hansen. Es war ein Befehl zur unverzüglichen Schließung des Goldenen Füllhorns. Nach einem kurzen Moment des Nachdenkens wurde Hansen klar, was los war: Lilo hatte ihren Verbündeten bei der Polizei dazu gebracht, ihr bei der Rückeroberung verlorenen Terrains zu helfen. Sie wollte Friedrich das Füllhorn abjagen. Und Hansen war gezwungen, ihr dabei zu helfen. Womöglich hatte sie schon Pläne geschmiedet, wie es ihr gelingen könnte, nach dieser Rückübernahme die berüchtigte Spielhölle zu legalisieren.

Von wo genau der Befehl kam, war nicht auszumachen. Nachfragen wollte Hansen nicht, schon gar nicht Widerspruch einlegen oder sich sonstwie hervortun. Besser, er blieb in seiner jetzigen Situation unauffällig und erledigte seine Arbeit.

Die werden mich früh genug ins Gebet nehmen, dachte er. Nach einer erfolgreichen Großaktion wie dieser Razzia stehe ich besser da als vorher. Und wenn Lilo ihren Willen bekommt, wird die Intrige, die sie gegen mich angezettelt hat, verpuffen. So weit ist es nun also gekommen, dass mein Handeln von Lilo Koester bestimmt wird. Wenn man es genau betrachtet, bekommt die Polizei hier ihre Befehle von den Kriminellen. Was sind das nur für eigenartige Zeiten, in denen wir leben?

Er ließ alle verfügbaren Beamten zusammentrommeln, unterrichtete das Bezirksbüro und rief Oberwachtmeister Schenk und zwei weitere höhere Dienstgrade in sein Büro, um die Razzia zu planen. Schenk war begeistert, als er hörte, um was es ging: »Wird Zeit, dass wir diesen betrügerischen Sumpf endlich trocken legen!« Hansen nutzte die Gelegenheit, um Schenk die Befehlsgewalt für die gesamte Aktion zu übertragen. Er selbst, erklärte er, würde sich ganz auf die Festnahme von Friedrich Schüler alias von Schluthen konzentrieren. Sollte etwas schief gehen, hätte er die Möglichkeit, einen nicht unerheblichen Teil der Verantwortung auf Schenk abzuwälzen.

Normalerweise war es nicht seine Art, sich auf derartig hinterhältige Weise abzusichern. Im Gegenteil, bisher war er für alles eingestanden, was er als Revierleiter zu verantworten hatte. Aber in diesem Fall schien es ihm gerechtfertigt. Schenk war nicht gefährdet. Er konnte die besten Zeugnisse vorweisen. Hansen selbst hatte sie ihm geschrieben.

Schenk ging mit großer Begeisterung ans Werk. Er ließ alle vorhandenen Karabiner ausgeben und verteilte an die restlichen Männer Mauser-Pistolen. Dann gliederte er seine Mannschaft in vier Stoßtrupps und erklärte den Unterführern seinen Plan zur Eroberung des Goldenen Füllhorns. Es zahlte sich aus, dass alle Angehörige der Polizei über mindestes sechs Jahre Militärdienst verfügten. Und allen tat es gut, endlich einmal gegen die Parallelgesellschaft der Verbrecher losschlagen zu dürfen, die ihnen mittlerweile wie eine im Untergrund wuchernde Riesenkrake erschien.

Trotz der verfügten allerhöchsten Geheimhaltungsstufe sickerten Informationen über die bevorstehende Razzia nach draußen. Ob aus dem Stadthaus, aus der Davidwache oder dem Bezirksbüro ließ sich später nicht mehr rekonstruieren: Jedenfalls erreichte die Nachricht von der bevorstehenden Polizeimaßnahme den Ort des Geschehens eine Viertelstunde, bevor es losging. Vielleicht hatte ja Lilo Koester selbst die Warnung verbreiten lassen, um sich ihre ehemalige und wohl auch zukünftige Kundschaft gewogen zu halten. Möglicherweise hatte sogar jemand aus dem Stadthaus in weiser Voraussicht gehandelt: Es könnten sich ja angesehene Bürger unter den Besuchern der Spielhölle befinden.

Die bis an die Zähne bewaffneten Polizisten, die durch alle vorhandenen Ein- und Ausgänge von der Reeperbahn, den Seitenstraßen und den Hinterhöfen her in Viererformationen eindrangen, trafen zu ihrer großen Enttäuschung auf keinen Widerstand. Die meisten Gäste waren verschwunden, und das Personal – die Artisten und die Musiker – tat so, als wüsste es nicht, dass es an einem illegalen Ort arbeitet.

Heinrich Hansen wartete ab, bis er den Eindruck hatte, die Aktion sei erfolgreich über die Bühne gegangen, dann überquerte er den Hinterhof und betrat das Goldene Füllhorn auf dem gleichen Weg wie sonst. An der Kellertür standen diesmal keine schwergewichtigen Türsteher, sondern zwei mit Gewehren bewaffnete Polizisten. Eine Empfangsdame im Samtmantel empfing ihn ebenfalls nicht, Hansen musste den Weg durch den Korridor und die Treppe hinauf allein finden. Stattdessen wurde er in der verspiegelten Eingangshalle von zwei Beamten mit gezogenen Mauser-Pistolen begrüßt. Zwei nicht übermäßig verängstigte Garderobenmädchen versuchten, mit ihnen zu schäkern, allerdings vergeblich, jedenfalls so lange Hansen anwesend war.

Die Spiegeltür stand offen, der Flur zum großen Saal war heller beleuchtet als sonst, und hinter der gläsernen Flügeltür erstrahlte der Spielsalon in hellstem Glanz. Überall standen Polizisten um Grüppchen von Gästen oder Bediensteten herum. Keine Musik, kein Tanz, kein Gläserklirren, die Roulettes standen still, bunte Jetons lagen unbeachtet auf dem grünen Filz, Kartenspiele waren nachlässig auf die Spieltische geworfen worden.

Oberwachtmeister Schenk eilte ihm entgegen. »Alles unter Kontrolle, Herr Kommissar«, sagte er stolz. »Wir notieren die Namen der Anwesenden und schicken sie dann nach Hause. Leitendes Personal behalten wir in Gewahrsam.«

»Gut.«

Schenk räusperte sich. »Da ist jemand eingetroffen und verlangt nach ihnen.« Er senkte die Stimme. »Gut informiert. Nannte einen Namen. Musste sie einlassen. Ging nach oben.«

»Wer?«

»Eine Dame.« Schenk deutete durch den Saal auf die gegenüberliegende Galerie.

Sie winkte ihm von der Loge aus zu. Ihr silbriger Umhang glänzte im Licht. Sie trug einen eigenartig gefalteten hohen Hut, der ihrer Silhouette etwas Irreales verlieh.

Hansen zögerte. Schenk blickte ihn verunsichert an. »Hätte ich sie nicht…?«, fragte er. »Ich hatte den Eindruck… besser nicht antasten.«

»Doch, doch. So war es besser. Ich gehe zu ihr hinauf. Machen Sie nur weiter.«

»Zu Befehl.«

Schenk machte auf dem Absatz kehrt. Hansen ging zur Treppe. Er kam nur fünf Schritte weit.

Ein Raunen ging durch den Saal, einzelne Schreckensschreie ertönten. Alle Gesichter wandten sich nach oben.

»Was zum Teufel…« Hansen drehte sich um – wo starrten die alle hin?

Er zuckte zusammen, duckte sich unwillkürlich. Etwas sauste ihm entgegen. Nein, da schwang etwas über ihn hinweg. Ein Mensch am Trapez flog unter der Saalkuppel von einer Seite der Galerie zur anderen direkt auf die Loge zu, in der Lilo Koester stand. Eine gedrungene Figur landete auf der Brüstung, sprang nach vorn, packte die silbrig glänzende Dame und stürzte mit ihr zu Boden. Ein Schreckensschrei aus der Kehle der Angegriffenen schallte etwas verspätet durch den Saal. Von irgendwoher kam ein leises Echo zurück. Man hörte unklare Geräusche, dumpfes Rumpeln, dann richtete sich die Gestalt auf. Es war der gestreifte Affe. Ein Raunen ging durch den Saal: Er sah genauso aus, wie viele ihn beschrieben hatten. Lilo Koester lag regungslos über seiner Schulter. Das haarige Ungeheuer! War das nicht vielleicht doch ein Tier, oder war es ein Mensch? Der Riese drehte sich um, ließ seinen Blick durch den Saal schweifen, schien zu überlegen, ob er sich mit dem Trapez zurückschwingen sollte, drehte sich dann aber um und verschwand im hinteren Bereich der Loge.

Vereinzelte Schreie, Fragen, Gemurmel, das Stimmengewirr schwoll an. Hansen stürzte mit weit ausholenden Schritten auf die Treppe zu, er nahm drei Stufen auf einmal, kam oben völlig außer Atem an. Nach links. Die Logentür stand offen. Wo war das Ungeheuer hin? Geradeaus. Dort weiter! Noch eine Treppe. Nach oben! Ein enger Korridor. Wieder eine Treppe! Dachboden.

Dort! Eine Leiter. Die Luke! Hinauf aufs Dach! Vorsicht, es ist nass und glitschig. Wo ist dieser verdammte Affe? Dort drüben ein Schatten. Los weiter? Es ist zu glatt. Wie schafft es dieser Kerl, sich so sicher über das nasse Dach zu bewegen? Es ist zu dunkel, um einen Weg zu erkennen. Da verschwindet er zwischen den Schornsteinen! Nein, das ist das Ende des Dachs. Jetzt ist er weg. Nach unten geklettert? Ich sehe nichts mehr. Da, ein blitzendes Neonlicht. Nein, dort ist nichts. Vorsicht, ein Absatz. Halt …

Hansen stürzte in die Tiefe.

Er prallte auf ein tiefer gelegenes Dach, fiel auf den Rücken und starrte nach oben. Ein feiner Nieselregen bestäubte sein Gesicht mit winzigen Tropfen wie zum Trost.

In der Ferne eine Stimme: »Herr Kommissar?«

»Hier!« Hansen richtete sich auf. Ihm war nichts passiert. Keine Schmerzen. Nur eine stumpfe Wut, die sich von seinem Magen aus überall im ganzen Körper verteilte. Er fand eine Leiter und kletterte nach oben.

Jemand kam ihm entgegen. »Sie sind weg«, sagte er, und gleichzeitig breitete sich ein Gefühl vollkommener Niedergeschlagenheit in ihm aus.

Durch die Dachluke kletterten weitere Polizisten.

Diese Idioten, dachte Hansen, hätten mal besser aufpassen sollen.

3

Wieder kam die Dienstanweisung per Morsefunk aus dem Stadthaus. Wachtmeister Kelling brachte den Lochstreifen mit sorgenvoller Miene in Hansens Büro.

»Großrazzia St. Pauli – stopp – Plan vier – stopp – Koordination CX – stopp – Zeitpunkt L – stopp – Ziel Berufsverbrecher R-S-Z – stopp –«, las er stockend von einem Notizzettel ab, auf dem er die Morsebotschaft in Druckbuchstaben notiert hatte.

Hansen nickte grimmig. »Da scheint sie ja jemand sehr gern zu haben.«

Kelling blickte ihn verständnislos an. »Mich?«

»Unsinn! Lilo Koester meine ich.«

»Die Koester? Aber was hat denn das hier mit ihr zu tun?«

Hansen zögerte. Warum sollte er diesem gutgläubigen jungen Beamten seine haarsträubende Vermutung auf die Nase binden? Behalte für dich, was andere nicht wissen müssen, entschied er. »Lassen wir das. Ich habe gerade an etwas anderes gedacht. Schreiben Sie mir den Befehl mal auf ein Blatt Papier, aber so, dass ich es lesen kann.«

Kelling setzte sich auf den Stuhl, Hansen reichte ihm einen Bleistift und einen Zettel. Kelling malte saubere Druckbuchstaben und reichte die Meldung an seinen Vorgesetzten.

Hansen warf noch mal einen Blick darauf. »Gut. Wird den Kollegen nicht gefallen. Aber Befehl ist Befehl. Da muss Schenk wieder ran. Auch wenn er sich gestern nicht gerade hervorgetan hat. Sie werden ihm zur Hand gehen.«

»Jawohl, Herr Kommissar.«

»Gut, dann sehen Sie zu, wie Sie damit klarkommen.« Hansen wandte sich zerstreut den Papieren zu, die den Schreibtisch übersäten. Er hatte kein Interesse an diesem Papierkram. Es drängte ihn fort von hier. Seine Gedanken hingen an einem anderen Einsatzplan mit einer ganz anderen Truppe.

»Jawohl, äh ...« Kelling stockte, blickte verlegen an Hansen vorbei.

»Und?«

»Der Kode ... ist mir nicht bekannt ...«

»Fragen Sie Schenk, der weiß Bescheid.«

»Oberwachtmeister Schenk kommt erst in zwei Stunden.«

Hansen seufzte. »Also bitte, Plan vier bedeutet: Aufstellung zum Einsatz vor vier Revierwachen, zwei auf St. Pauli, zwei in Altona. Koordination CX bedeutet, dass die Bezirksleiter Altona-Ost und Wache 14 für Distrikt 2 verantwortlich sind; Zeitpunkt L: 24 Uhr; R-S-Z: Rauschgift, Schmuggler, Zuhälter.«

»Letzteres war mir bekannt«, erklärte Kelling.

»Also dann, machen Sie mir keine Schande. Großrazzia bedeutet, dass wir durch kasernierte Truppen der Ordnungspolizei verstärkt werden. Das sind scharfe Hunde!«

Kelling sprang begeistert auf. »Jawohl!«

»Na, denn man to«, sagte Hansen.

An der Tür angekommen, wandte Kelling sich ruckartig um. Mit schüchternem und gleichzeitig ratlosem Gesichtsausdruck wagte er die Frage: »Verzeihung, Herr Kommissar, und Sie?«

»Vigilanz«, gab Hansen knapp zurück.

»Pardon?«

»Na, Sie drücken sich ja gewählt aus, Kelling. Vigilanz nannten wir es früher, wenn wir uns unerkannt unters Volk gemischt haben.«

»Ach so.«

»Ich bleibe im Hintergrund. Also passen Sie auf, wenn Sie Ihr Schießeisen benutzen.«

Kelling starrte ihn erschrocken an.

»Nur ein Scherz, Kelling. Werde Ihnen nicht in die Quere kommen. Und nun machen Sie schon! Holen Sie Schenk aus dem Bett oder wo er gerade ist!«

»Jawohl, Herr Kommissar!«

Hansen grübelte eine Weile vor sich hin, schüttelte immer wieder den Kopf und entschloss sich nach reiflicher Überlegung, seinen neuen Verbündeten aufzusuchen.

Paul Mahlo empfing ihn in seiner Hoteletage in der Seilerstraße in Morgenrock und Pantoffeln. Man schüttelte sich die Hand. Mahlo ließ sich sogar dazu hinreißen, Hansen kurz den Arm um die Schulter zu legen.

»Auf ein Wort, Herr Kommissar«, sagte er mit gesenkter Stimme.

So viel Vertraulichkeit war Hansen dann doch unbehaglich. »Was ist?«, fragte er unwirsch.

»Ich danke Ihnen.«

»Hat sich erledigt.«

»Nein, nein. Sie missverstehen mich. Nicht, weil Sie mir die Nacht in der Zelle erspart haben, nun ja, das auch, aber … Sie haben mir die Augen geöffnet.«

Hansen mochte Bekenntnisse nicht. Weder von Ganoven noch von Gangstern oder sonstigen kleinen oder großen Berufsverbrechern. Alles Lug und Trug. Nur Geständnisse zu konkreten Taten interessierten ihn.

»Nun machen Sie nicht so ein Gesicht. Es ist ehrlich gemeint. Von Mann zu Mann. Ich meine Ilona. Wir haben uns ausgesprochen. Es ist nun … wie soll ich sagen? Alles in Butter? Na ja, um genau zu sein, wir werden heiraten.« Er schaute Hansen aufmunternd an, als erwarte er mindestens ein Schulterklopfen, wenn nicht gar einen innigen Bruderkuss.

»Na, bravo«, brummte Hansen trocken.

»Leisten Sie uns Gesellschaft. Wir sind gerade beim Frühstücken.«

Mahlo führte Hansen in das überdimensionale Schlafzimmer.

»Bitte entschuldigen Sie die Unordnung.«

Das Doppelbett war zerwühlt. Vor einem niedrigen Tisch saß Ilona auf einem zweisitzigen kleinen Sofa. Ihr Morgenmantel war verrutscht und gab den Blick auf ihre kupferfarbenen schlanken Beine frei. Auf dem Tisch stand ein silbernes Tablett mit Geschirr und feinen Marmeladen. Sie erhob sich, öffnete den Morgenmantel und schlang ihn fester um sich.

»Appetit? Ich lasse Ihnen etwas bringen.« Mahlo hatte die Hand schon am Klingelband.

Hansen schüttelte den Kopf. »Nein, danke.«

Mahlo schob einen Sessel für Hansen heran. Dann setzte er sich zusammen mit Ilona auf das Sofa. Ilona lächelte Hansen an. Er schaute zu Mahlo.

»Was führt Sie zu uns, Herr Kommissar?«

»Dienstliches.«

»O.«

»Dringend.«

»Ilona, Liebes …«

Die Angesprochene erhob sich und verließ den Raum. Ein Hauch von süßlichem Parfüm blieb im Raum.

»Wie sie Sie immer noch ansieht, Herr Kommissar. Ich spüre ein bislang unbekanntes Gefühl … Eifersucht. Es sind Ihre Augen, die machen die Weiber verrückt. Ilona hat's mir gestanden.«

»Lassen wir das, Mahlo.«

Mahlo seufzte. »Gut, kommen wir zur Sache.«

»Großrazzia, heute Abend, das ganze Viertel wird durchgekämmt. Die Altonaer machen auch mit«, erklärte Hansen.

»Dann wird es eng«, sagte Mahlo. »Danke für die Warnung. Werde die wenigen Pferdchen, die ich noch laufen habe, ins Trockene bringen.« Er hielt inne und dachte nach. »Na, sieh mal an! Da scheint ja jemand einen Narren an Lilo Koester gefressen zu haben.« Er grinste seinen Gast auffordernd an, als erwarte er ein Bekenntnis.

Hansen schüttelte den Kopf. »Ich nicht.«

»Wer?«

»Stadthaus, ziemlich weit oben.«

Mahlo schnalzte mit der Zunge. »Hört sich nach Troja an.«

»Wie bitte?«, fragte Hansen irritiert.

»Kennen Sie nicht diese Sage? Die Trojaner raubten die schöne Helena, was die Griechen dazu brachte, einen Krieg anzuzetteln, um die Dame zurückzuerobern.«

»Hab' davon gehört.«

»Fehlt nur noch das trojanische Pferd …« Mahlo winkte ab. »Aber der Vergleich hinkt. Der Affe ist weiß Gott kein Paris. Und keiner von uns beiden hat die Statur eines Zeus. Da müsste man wohl ohnehin im Stadthaus gucken.« Er schaute Hansen auffordernd an.

Der schüttelte den Kopf. »Mehr kann ich nicht sagen.«

Mahlo dachte nach. »Wenn ich es klug anstelle, kann ich mich nach dem Sturm wieder etwas besser ins Spiel bringen.«

Diesen Gedankengang hatte Hansen vorausgesehen. Ihm sollte es nur recht sein, wenn Mahlo verlorenes Terrain wieder gutmachte. Mit ihm konnte man sich arrangieren. »Ein Vakuum könnten wir jedenfalls nicht gebrauchen«, stimmte er zu.

»Sie sind ein gewiefter Taktiker, Herr Kommissar.«

»Friedrich von Schluthen wird sich so schnell nicht aus der Ruhe bringen lassen.«

»Sie meinen, er bleibt ungeschoren?«

»So ohne weiteres ist der nicht zu holen.«

»Denke ich auch. Was haben Sie also vor?«

»Ganz einfach. Sie servieren ihn mir auf dem Silbertablett, das Sie sich ja jetzt wieder leisten können.« Hansen deutete auf den Tisch.

Mahlo dachte nach. »Servieren kann ich ihn vielleicht. Aber runternehmen müssen Sie ihn selbst.«

»Das mache ich dann schon. Danke.« Hansen stand auf. »Beeilen Sie sich. Wir haben nicht viel Zeit.«

Mahlo erhob sich ebenfalls. »Lilo Koester, nicht wahr, Sie kennen Sie noch von früher?«

»Ja.«

»Eine aufregende Frau.«

»Kann sein.«

»Es hat also keinen Sinn, Ihnen mitzuteilen, dass Ilona eine sehr hübsche Kousine hat, die gar nicht weit entfernt von hier ...«

»Nein.«

»Ich dachte es mir. Sie sind ein harter Brocken, Herr Kommissar.«

»Silbertablett, Mahlo. Auf Wiedersehen.«

Paul Mahlo deutete zum Abschied eine Verbeugung an.

4

In einem langen, zerrissenen Mantel hinkte Heinrich Hansen über die Reeperbahn. Gelegentlich strauchelte er, um dann taumelnd weiterzutapsen, ab und zu lehnte er sich gegen eine Hauswand, ein Schaufenster oder einen Laternenpfahl, um zu verschnaufen. Er trug einen verbeulten Hut, ein schmutziges Hemd, darüber eine offen stehende Strickjacke mit Mottenlöchern, eine fadenscheinige Hose. Einem Schuh fehlte ein Teil der Sohle. Sein Gesicht war mit Schmutz beschmiert. Er roch unangenehm. Glücklicherweise wehte ihm ein frischer Westwind ins Gesicht, sodass er sich nicht allzu sehr vor sich selbst ekeln musste.

Anständig gekleidete Passanten machten einen Bogen um ihn, andere abgerissene Gestalten ignorierten ihn, mancher musterte ihn verstohlen und überlegte wohl, ob er hilflos genug war, dass man ihm noch etwas wegnehmen konnte. Seine Klamotten waren allerdings wertlos. Nur die Handschellen und die Mauser-Pistole, die er unter dem heraushängenden Hemd und der Strickjacke verborgen bei sich trug, hätten einem Dieb Freude gemacht. Ein verzweifelter Straßenräuber hätte sich vielleicht sogar über die zerknüllten Geldscheine in Hansens Hosentasche gefreut. Dem Zettel in der anderen Hosentasche hätte so einer wohl keine Beachtung geschenkt. Ein Emissär von Paul Mahlo hatte Hansen diesen Papierschnipsel auf der Wache überreicht. Darauf standen nur drei Worte – untereinander und hinter jedem ein Ausrufezeichen: Hinterzimmer! Grenzgebiet! Fluchttunnel!

In Lampes Guter Stube rümpften die Kokainsüchtigen die Nase, als er am Tresen geräuschvoll sein Bier schlürfte, im Fuchsbau hielten sich die drittklassigen Huren demonstrativ von ihm fern, in der Finkenbude reichte ihm der Wirt das Fläschchen Schnaps nur gegen Vorkasse unter dem Gitter durch, aus dem Leuchtturm schob man ihn unsanft, weil er die Dirnen und Freier in den Nischen hätte stören können.

Heinrich Hansen war zufrieden. Es war wie in alten Zeiten, als er nachts als Vigilant das Milieu erkundet hatte. Er dachte an seinen lange verstorbenen Kollegen Lehmann, der ihn vor zwanzig Jahren in die Welt der Verbrecherkeller eingeführt hatte, und lächelte wehmütig.

Er taumelte dem nächsten Laternenpfahl entgegen und schreckte zurück, als aus dem dunklen Nichts der Seitengassen zwei Trupps uniformierter Polizisten über die Straße rannten, auf den Eingang der Gaststätte Zum Leuchtturm zu. Er sackte zusammen wie ein Betrunkener und hockte sich so neben den Laternenpfahl, dass er das Geschehen mitverfolgen konnte. Die Großrazzia war angelaufen. Seiner Ansicht nach machte sie nicht den geringsten Sinn. Mit derart brachialen Methoden würde man Lilo Koester und ihren Entführer garantiert nicht finden.

Auch die Schmalspurganoven waren auf diese Weise nicht ins Bockshorn zu jagen: Er beobachtete, wie die Gäste des Leuchtturms nun aus vorher vorsorglich geöffneten Fenstern flüchteten. Manche seilten sich aus dem ersten Stock ab. Man war auf solche Fälle vorbereitet. Kaum auf dem Pflaster angekommen, rannten sie los, und die paar Polizisten, die draußen vor dem Lokal geblieben waren, konnten nur eine Hand voll einfangen. Der Transporter, der sich mit aufheulendem Motor vom Nobistor her näherte, würde sich nur langsam mit Verhafteten füllen.

Hansen zog sich am Laternenpfahl hoch, folgte den Flüchtenden in eine düstere Gasse und bog hinter ihnen in einen tief dunklen, schmalen Durchgang ein. Von hier aus konnte man über die Grenze nach Hamburg entkommen oder umgekehrt. Die Polizei hatte das einkalkuliert und erwartete die Flüchtenden am anderen Ende. Nun war doch kein Entkommen mehr. Mit Schlagknüppeln bewaffnet und ausgerüstet mit Taschenlampen, rückten die Altonaer Beamten von hinten und die Hamburger Polizisten von vorn an. Es kam zum Handgemenge, das Geschrei wurde lauter.

Hansen versuchte sich in eine Ecke zu kauern, um das Geschehen mitverfolgen zu können. Ein Polizist bemerkte ihn und zerrte ihn hoch. Obwohl er sich nicht wehrte, hob der Mann den Schlagstock, Hansen duckte sich, der Knüppel sauste auf seine

Schulter herab. Hansen schrie auf und fluchte. Dann rief er: »Ein Jammertal, ein Jammertal!«

Der Beamte stieß ihn von sich.

»Was soll das heißen?«, brüllte er ihn an.

»Im Himmel wie auf Erden! Gnade, Gnade!«, rief Hansen und hob bittend die Hände. Der Polizist gab ihm einen sanften Tritt. »Troll dich!«

»Jammertal« und »Im Himmel wie auf Erden« war die Losung der zivilen Ermittler, um sich zu schützen, wenn sie in den Tumult einer Razzia kamen. Nicht alle Polizisten kannten diese Losung, die für jede Aktion neu ausgegeben wurde. Hansen hatte Glück gehabt, dass er auf einen gut informierten Kollegen getroffen war.

Hansen folgte einigen geduckt an ihm vorbeihuschenden Gestalten. Die hereingebrochene Übermacht der Polizei hatte die Ganoven aufgescheucht wie wilde Tiere. Sie suchten Schutz in den angestammten Schlupflöchern, manche kletterten in Fenster, anderen wurden Türen geöffnet, wieder andere stiegen über Mauern oder Zäune.

Nur noch wenige Schatten waren zu sehen. Neben sich hörte Hansen ein Zischen: »Pst! Hier! Na los doch!« Aus einer niedrigen Tür kam eine Hand und packte ihn am Mantel. Einige andere Ganoven näherten sich. Diesen Durchschlupf kannte die Polizei nicht. Hansen duckte sich und stieg hinein. Hinter ihm drängte jemand nach und schob ihn voran. Es roch muffig. Kurz flammte ein Licht auf. »Hier lang, ihr Idioten, wo wollt ihr denn hin?«

Es ging eine Treppe nach unten, einen Kellerflur entlang, dann eine Leiter nach oben und durch eine Luke. Hansen wurde, kaum dass er sich aufgerappelt hatte, hart am Arm gefasst. »He! Du gehörst nicht hierher!« Er versuchte, die Hand abzuschütteln, schwankte, um seiner Rolle gerecht zu werden, und brummte: »Wieso nicht? Wo bin ich denn?« Es gelang ihm, sich loszureißen. Er schaute sich um. Das Hinterzimmer einer Kneipe, in der Mitte ein Billardtisch, ein paar Stühle, vor der Wand Bänke, verblichene Plakate, hier und da ein gerahmtes Foto, eine Tafel für die Spielergebnisse.

»Grenzfass?«, murmelte er.

Der Ganove mit der Schiebermütze, der ihn festgehalten hatte, sog an seiner krummen Zigarette und lachte, ohne sie aus dem Mund zu nehmen. »Der Bursche kennt sich aus. Aber stinken tut der wie eine Latrine im Hochsommer. Wer bist'n du?«

Die anderen Männer, die hierher geflüchtet waren, kümmerten sich nicht weiter um ihn, sondern hockten sich auf die wenigen Sitzgelegenheiten, pafften ihre Zigaretten, die Hände in den Hosentaschen.

Hansen zuckte mit den Schultern. »Ich hab' Durst.«

»He, Freundchen, Fragen beantworten! Sonst geht's dir schlecht!«

»Was seid'n ihr fürn Klub?«, fragte Hansen.

»Der pariert nicht«, stellte der Fragende verblüfft fest. »Willst'n Sack Ohrfeigen, oder beantwortest du meine Fragen?« Er holte aus.

Irgendeine Erklärung muss ich jetzt abgeben, dachte Hansen und begann: »Ich ...«

Er wurde unterbrochen: »Lass ihn, Ernst, den kenn' ich.«

Ernsts Hand sank nach unten. »Ach?«

»Komm, komm!« Der Mann winkte ihn herrisch beiseite und trat vor Hansen, der weiterhin die Rolle des auf den Boden starrenden, verstockten Betrunkenen spielte. Plötzlich flog sein Hut vom Kopf.

»Na, sieh mal an! Kriminalkommissar Heinrich Hansen von der Davidwache. Und stinkt wie die Pest!«

Hansen sah auf und zuckte überrascht zusammen. »Friedrich?«

Der Angesprochene klackte die Hacken zusammen, hob ein Monokel ans Auge und deutete eine förmliche Verbeugung an. »Baron von Schluthen, wenn ich bitten darf, wiewohl in Räuberzivil, wie Sie bemerkt haben. Habe nichts gegen eine Verbeugung einzuwenden, im Gegenteil, Herr Kommissar! Als kommandierender Angehöriger des Freikorps bin ich ja gewissermaßen Ihr Vorgesetzter.«

»Du redest mal wieder Unsinn, Friedrich.«

»Ist denn das die Möglichkeit? Schleicht sich hier ein und schwingt große Reden!« Friedrich drehte sich auf dem Absatz um und rief einigen Anwesenden Befehle zu: »Seht nach, ob noch mehr von seiner Sorte hier herumlungern! Spitzel und Spione können wir nicht gebrauchen und die Schmiere schon gar nicht.«

Ein paar Männer stiegen durch die Luke nach unten.

»Wenn deine Leute jetzt hier aufkreuzen, hat dein letztes Stündlein geschlagen, Heinrich«, drohte Friedrich.

»Keine Sorge. Bin sozusagen stikum unterwegs, genau wie du.«

Friedrich schüttelte angewidert den Kopf. »Man muss sich ja direkt Sorgen machen um dich, so wie du stinkst.«

Hansen grinste. »Gute Tarnung, hm? Hat doch bestens funktioniert.«

»So gut auch wieder nicht. Ich hab' dich dennoch erkannt.«

»Konnte ja nicht ahnen, dass du hier herumgeisterst.«

Friedrich wollte gar nicht aufhören, den Kopf zu schütteln. »Heinrich, Heinrich, begibst dich in die Höhle des Löwen. Du bist lebensmüde geworden, mein Lieber. Erst hetzt du die Meute auf mich, und dann stiefelst du hier seelenruhig herein. Man könnte meinen, dass du gar keinen Respekt kennst.«

»Hatte ich noch nie vor dir, Friedrich. Aber du liegst übrigens falsch. Die Razzia war nicht meine Idee. Das wurde direkt vom Stadthaus aus angeordnet. Hätte ich nie gemacht. Viel Rauch um nichts.«

»Direkt vom Stadthaus? Sieh an, dann hat es der Herr Oberinspektor also immer noch nicht aufgegeben.«

»Was meinst du damit?«

»Mit dem Abstand von der Straße steigt bei deinen Vorgesetzten offenbar das Bedürfnis, sich dem Milieu wieder anzunähern. Der Herr Oberinspektor ist ein treuer Gast im Harem. Verrückterweise hat er sich aber nicht in das junge Gemüse, sondern in die Haremsmutter verguckt. Und jetzt muss die Polizei von Hamburg und Altona alle Hebel in Bewegung setzen, um sie ihm zu suchen. Cherchez la femme mit polizeilichen Mitteln. Sehr beeindruckend. Sie würde ihm zu Füßen sinken, wenn ich es zulassen würde.«

»Du hast sie also ...«

»Ganz recht.«

»Und der Affe ist dein ...«

»... bester Gefolgsmann, so ist es. Und übrigens auch sehr um Lilos Wohl besorgt. Man fragt sich doch, was diese Frau an sich hat, sie verzaubert die eigenartigsten Männer, vom grobschlächtigen Irren bis zum feinsinnigen Beamten. Was ist nur an ihr?«

»Das musst du doch selbst wissen.«

»Ich?«

»Du bist ihr doch selbst ...«

»... auf den Leim gegangen? O nein, lieber Heinrich! Du vielleicht. Ich nicht. Das Gegenteil ist der Fall, wenn's beliebt. Wäre ja auch noch schöner.«

Hansen starrte seinen Widersacher an. »Du hast sie all die Jahre lang nur benutzt?«

»Wäre doch eigenartig, wenn ich's nicht getan hätte, oder? Sie wollte sich auf Teufel komm raus abrackern, ein Imperium aufbauen. Warum hätte ich sie daran hindern sollen? Wenn sie es doch für mich getan hat. Sie hat ein Lokal nach dem anderen übernommen. Ich hab' ihr unter die Arme gegriffen. Man hat ja seine Erfahrung und seine Leute. Und jetzt, wo sie alles erreicht hat, was sie wollte, und wo ich erreicht habe, was ich wollte, warum sollte ich sie noch weiter an mich binden? Sie wird alt. Frauen sind lästig, wenn sie alt werden. Sie werden herrisch, von ihrem Aussehen gar nicht zu reden. Du weißt das, Heinrich, deswegen hast du nie geheiratet. Unsereins hält sich lieber an die Jungen. Sie fliegen uns zu, stimmt's Heinrich? Denk nur an Ilse Oswald.«

»Schwing du nur große Reden, Friedrich. In Wahrheit bist du doch am Ende. Hast dich hier verkrochen. Dein Imperium wankt. Draußen lauert die gesamte Polizei von Hamburg und Altona.«

»Im Gegenteil, Heinrich, im Gegenteil. St. Pauli gehört mir. Und jetzt hab' ich sogar dich als Geisel.«

»Das wird dir nichts nützen. Niemand weiß, dass ich hier bin. Niemand würde dir glauben.«

Einer der Abgesandten kroch atemlos aus der Luke und rief: »Die Greifer haben das Haus umstellt!«

Friedrich drehte sich auf dem Absatz um. »Na, los! Dann macht euch davon!« Die Männer erhoben sich und traten zur Luke. »Und ihr beiden«, Friedrich deutete auf zwei kräftige Kerle, »nehmt den da mit.«

Hansens Hand glitt unter das Hemd. Er beobachtete gespannt, wie ein Ganove nach dem anderen in der Luke verschwand. Friedrichs Leibgarde. Er konnte es unmöglich mit allen aufnehmen, das wäre Wahnsinn gewesen. Doch kurz darauf waren außer ihm und Friedrich nur noch vier Männer im Raum. Er umfasste den Griff seiner Pistole. Würde Friedrich als Nächstes hinabsteigen? Dann musste er handeln. Aber durfte er riskieren, ihn zu erschießen, wo er nicht einmal wusste, wo Friedrich Lilo versteckt hielt?

Die beiden Männer an der Luke warfen Friedrich einen fragenden Blick zu. Er nickte. Sie stiegen vor ihm in die Öffnung. Friedrich machte sich bereit, ebenfalls hinabzusteigen. Er setzte den Fuß auf die Treppe.

Hansen zog die Pistole und rief: »Halt!«

Friedrich erstarrte. »Was zum Teufel …«

Die Hände der beiden anderen Männer zuckten zu ihren Gürteln, wo sie ihre Revolver stecken hatten.

»Keine Bewegung!«, rief Hansen. »Friedrich! Raus da! Schließ die Luke!«

Friedrich grinste ihn höhnisch an. »Macht ihn fertig!«, stieß er hervor.

Die zwei Männer zogen gleichzeitig die Waffen aus dem Gürtel, Hansen schoss zweimal. Die beiden Männer brachen stöhnend zusammen. Ein Revolver rutschte über den Boden und ihm entgegen.

Hinter sich hörte er ein lautes Rumsen. Es krachte noch einmal, dann spürte er einen heftigen Stoß im Rücken. Der Gangster, der seinen Revolver nicht verloren hatte, schoss im gleichen Moment, als Hansen sich nach der Waffe bückte. Die Kugel schlug an ihm vorbei in die Wand. Hansen ließ sich auf die Holzdielen fallen, und es gelang ihm, die Pistole hochzureißen. Im Liegen zielte er auf Friedrich, der ungläubig auf die Wand hinter Hansen starrte, dorthin, woher das ohrenbetäubende Geräusch kam. Im gleichen Moment, als Hansen abdrückte, stürzte sich Friedrich mit einem Aufschrei nach unten. Die Luke klappte zu. Hansens Kugel jaulte durch den Raum. Er wirbelte herum und sah, wie die Flügeltür zum Gastraum des Grenzfasses aus der Angel flog und eine Horde Polizisten eindrang.

Er hob die Arme. Man erkannte ihn. Er deutete auf die Luke. Sie war verriegelt. Zwei Polizisten brachen sie auf, sie und ein paar weitere Kollegen stiegen in den Keller, folgten dem Gang, fanden einen zweiten und gelangten durch einen langen Tunnelweg im Grenzgang zwischen St. Pauli und Altona an die Oberfläche. Friedrichs Leute hatten ganze Arbeit geleistet: Von hier aus konnte man in alle Himmelsrichtungen flüchten. Sie waren längst über alle Berge.

5

»Sehen Sie mal, was die beiden da drüben gerade essen!« Paul Mahlo deutete zum Nebentisch, an dem zwei auffällig geschminkte Frauen saßen, vor sich je einen tiefen Teller und ein Glas Bier.

»Makkaroni«, sagte Hansen, »Nudeln.«

»Gar nicht schlecht, mein Lieber! Es handelt sich um Spaghetti …« Mahlo machte eine bedeutsame Pause. »… alla puttanesca!« Er lachte vor sich hin.

Hansen schaute ihn verständnislos an. Mahlo winkte den beiden Frauen zu, die ihn kopfnickend grüßten, respektvoll – sie kannten ihn.

»Nudeln auf Hurenart!«, erklärte Mahlo dem begriffsstutzigen Kommissar. Es schien ihn ungeheuer zu amüsieren. Hansen hingegen ärgerte sich über die zudringliche Art des Luden. Ich hätte nicht zustimmen sollen, dass wir uns in der Öffentlichkeit treffen, dachte er. Auf der Wache wäre besser gewesen, aber Mahlo hatte darauf bestanden. »Ich führe Sie aus, ich führe Sie aus!«, hatte er am Telefon erklärt. »Keine Widerrede!« Und wieder musste Hansen diese dünne Linie überschreiten, die das Polizeihandwerk vom Ganoventum trennte. War er bestechlich? Nur in einem Sinn: Er wollte Friedrich ausschalten. Daran war nichts Verwerfliches. Wenn er dazu mit einem »ehrlichen Ganoven« wie Mahlo zusammenarbeiten musste, dann war es das kleinere Übel.

Im Übrigen war er nicht im Dienst. Ein Querschläger aus der eigenen Waffe hatte ihm eine Fleischwunde am Oberschenkel beigebracht. Dr. Wolgast war der Meinung, er müsse ein paar Tage im Bett liegen bleiben. Trotzdem hatte Hansen sich die wenigen Schritte die Davidstraße hinauf in das Restaurant von Francesco Cuneo gequält. An wen hätte er Mahlo denn verweisen sollen? An die Bezirkswache? Die hätten ihn wieder fortgeschickt. Ins Stadthaus? Bestenfalls hätte das wieder zu so einer idiotischen Großrazzia geführt, für die die Polizeiführung neuerdings eine besondere Vorliebe hegte.

Also saß er nun hier, in dieser rustikalen Kneipe, in der es ein bisschen lauter zuging als in anderen Speiselokalen, weil die Wirtsleute aus Italien kamen.

Paul Mahlo war offenbar Stammgast. Ständig schlug ihm jemand freundschaftlich auf die Schultern, die leutseligen Kellner fragten immer wieder, ob er auch zufrieden sei. Manchmal sprachen sie in ihrer Heimatsprache mit ihm, und Mahlo antwortete auf Italienisch, als wäre er einer von ihnen.

»Nudeln auf Hurenart«, wiederholte Mahlo. »Francesco behauptet, er hätte dieses Gericht erfunden. Zu Ehren der Damen aus der Heinrichstraße, die ihn zu ihrem Lieblingswirt erkoren haben.«

»Herbertstraße«, korrigierte Hansen.

»Heißt jetzt so, na und wenn schon.« Mahlo hatte es nicht gern, wenn man ihn korrigierte. »Ich hab' das Gericht aber schon mal in Italien gegessen. In Neapel. Alla puttanesca. Das kennen die da auch. Puttane gibt es überall. Waren Sie mal in Italien?«, fragte Mahlo herablassend – er glaubte, die Antwort schon zu kennen.

»Genua und Palermo«, sagte Hansen.

Mahlo schaute ihn verblüfft an. »Sie erstaunen mich, Herr Kommissar.«

»Ich war bei der Marine. Panzerkreuzer. Vor meiner Zeit bei der Polizei.«

Mahlo hob wichtigtuerisch die Augenbrauen. »Da haben Sie kaum mehr als das Hafenviertel gesehen.«

Hansen nickte.

»Das wundervolle Land kennen Sie nicht. Das köstliche Essen! Wenn es nach mir ginge, würden wir die Italiener einladen, hier überall solche Trattorien aufzumachen. Sagen Sie selbst, Hansen, haben Sie jemals besser gegessen?« Mahlo deutete auf die beiden Teller, die vor ihnen standen. Er aß ein Ragout aus Ochsenbein in Tomatensoße, das er bereits über den grünen Klee gelobt hatte. Hansen fand, dass seine Leber zwar ganz gut schmeckte, aber ihm wäre es lieber gewesen, man hätte Zwiebeln statt Salbeiblätter darüber gegeben. Er zuckte mit den Schultern.

»Und der Wein! Wussten Sie, dass Goethe Italien bereist hat?«

»Der Dichter?«

»Kennen Sie noch einen Goethe? Schuster oder Schreiner Goethe?« Mahlo lachte über seinen Scherz. »Den Geheimrat meine ich! Der Goethe von Schiller! Jedenfalls hat es ihm auch gut dort gefallen.« Er senkte die Stimme. »Erstaunlich fand ich übrigens, dass die Italiener eine ganz eigene Art von Unterwelt besitzen. Muss wohl noch aus dem Mittelalter kommen. Es gibt dort keinen Unterschied zwischen Verbrechern und Polizisten. Man arbeitet zusammen, Hand in Hand. Die sind wie in Zünften organisiert. Das ist auch eine Art, Ordnung zu halten. Sollten wir uns das nicht als Vorbild nehmen?« Er tätschelte Hansens Arm.

Hansen schüttelte energisch den Kopf. »Lassen Sie uns endlich zu unserem Anliegen kommen!«

Mahlo verzog verschmitzt das Gesicht. Lag es daran, dass er schon zu viel Wein getrunken hatte, dass Mahlo so überheblich wirkte? Oder hatte Hansen nur dieses Gefühl von Ausgeliefertsein, weil er seine Beinverletzung spürte?

»Jetzt? Das geht nicht. Wir hatten ein Risotto, wir hatten Fleisch, nun kommt noch ein Dessert, und dann ...«

Hansen sprang auf, beugte sich zu ihm, packte Mahlo an der Weste und zog ihn ein Stückchen über den Tisch. »Schluss mit den Albernheiten! Raus mit der Sprache!« Er stieß ihn zurück auf seinen Stuhl.

Mahlo hüstelte verlegen, wischte sich die Haare aus der Stirn und nestelte an seiner Fliege. »Na, na, Ihnen scheinen ja die italienischen Methoden im Blut zu liegen. Und ich überlegte noch, ob ich Ilona mitnehmen sollte.« Er blickte peinlich berührt um sich. »Das tun Sie aber bitte nicht noch mal.«

Ein Kellner in tadellosem Anzug und mit steifer Gestik nahm die Teller vom Tisch, ein zweiter stellte zwei Schälchen mit heller Creme vor sie hin.

»Erst reden, dann essen!«, sagte Hansen.

Mahlo beugte sich nach vorn und senkte die Stimme. »Das Silbertablett ...«

»Schluss jetzt!«

»Lassen Sie mich doch ausreden. Das Silbertablett, auf dem ich Ihnen den falschen Baron servieren soll ... Es sieht so aus, als wollte er sich selbst servieren.«

»Keine Rätsel, bitte!«

»Wenn Sie mich immer unterbrechen ...«

»Los!«

»Darf ich jetzt ausreden ... Er hat den Trichter.« Mahlo blickte Hansen beifallheischend an.

»Was soll das heißen?«

»Sein großes Ziel. Er wollte diesen Palast haben, nun hat er ihn. Jetzt ist er der unumschränkte Herrscher von St. Pauli ... denkt er.«

»Und wo ist das Silbertablett?«

»Eine Ihrer unangenehmen Eigenschaften, Herr Kommissar, ist Ihre Ungeduld.«

»Eine Ihrer unangenehmen Eigenschaften ist es, um den heißen Brei herumzureden.«

»Unsinn! Was würden Sie machen, wenn Sie Ihr Lebensziel erreicht hätten?«

»Mahlo!«

»Ich rede doch! Also Sie, oder sagen wir mal ich oder jeder andere würde ein Fest feiern, nein?«

»Na und?«

Mahlo seufzte. »Wenn Sie zum unumschränkten Herrscher in ihrem Gebiet geworden sind, wollen Sie Ihre Macht demonstrieren. Das ist doch klar. Na ja, ihr Polizisten macht das nicht, aber ihr seid ja auch nur die Laufburschen der ... Schon gut, ich bleibe beim Thema: Baron von Schluthen, Herrscher der Unterwelt von St. Pauli, will den anderen zeigen, wer er ist. Er lädt sie ein. Es wird ein rauschendes Fest, größer, schöner und wilder, als es der Trichter je erlebt hat.«

»Er ist ja wahnsinnig. Und was soll das?«

»Aus ganz Norddeutschland werden die Leute kommen, um ihm Beifall zu zollen und ihn zu beäugen. Er will mehr. Und das will er ihnen zeigen. Wenn ihr es darauf anlegt, könnte ihr die Crème de la Crème der norddeutschen Verbrecherwelt einkassieren. Apropos Creme ...« Mahlo nahm den Löffel. »Mamma Maria lauert schon hinterm Tresen. Sie will gelobt werden. Sie macht die besten Desserts nördlich der Alpen.« Er probierte, hob den Löffel und grüßte in Richtung der Patronin. Sie rief ihm etwas auf Italienisch zu, Mahlo grinste.

»Übrigens bin ich auch eingeladen«, wandte er sich wieder Hansen zu. »Man fühlt sich direkt geschmeichelt.«

Die ganze norddeutsche Verbrecherwelt? Hansen überlegte. Davon werden wir schön die Finger lassen. Ich will Friedrich. Die anderen reisen sowieso wieder ab. »Wann soll das stattfinden?«

»Probieren Sie Ihre Crema, Herr Kommissar, sonst nimmt Mamma Maria Sie in Beugehaft.«

Hansen nahm einen Löffel von der süßen Creme. Die Patronin strahlte über das ganze Gesicht.

»Nächste Woche, Sonnabend«, sagte Mahlo.

»Hm.«

»Schmeckt Sie nun oder nicht?«

»Gut.«

Mahlo rief etwas auf Italienisch zum Tresen hinüber. Dann legte er den Löffel beiseite, lehnte sich zurück, stöhnte zufrieden und sagte: »Es werden hunderte von Unterweltgestalten zusammenkommen, wenn nicht tausende. Der falsche Baron wird sich nur kurz zeigen, um sich huldigen zu lassen. Schon aus Sicherheitsgründen. Wie, wann und wo genau er in Erscheinung tritt, weiß keiner. Eine große Herausforderung für die Polizei! Und? Wie packen Sie es an, Herr Kommissar?«

Hansen überlegte. »Trojanisches Pferd«, sagte er dann. »Und Sie werden es reiten.«

FÜNFZEHNTES KAPITEL

Mahlos Geschenk

1

Wachtmeister Kelling starrte seinen Chef ungläubig an, als der ihm eröffnete, er müsse innerhalb einer Woche nicht nur seine Kenntnisse im Morsen vervollkommnen, sondern darüber hinaus auch noch lernen, einen Motorwagen zu steuern. Oberwachtmeister Schenk protestierte energisch, als Hansen ihn zum Kellner im großen Konzertsaal des Trichters degradierte. Aber beide fügten sich in ihr Schicksal, ebenso wie der ahnungslose Beamte vom Amt für Bausicherheit: Inspektor Ehrhardt hatte ihn auf Hansens Bitte beauftragt, einige bauliche Veränderungen an den Eingängen des Ballhauses am Millerntor anzuordnen. Der Direktor des Trichters wunderte sich über die neuen Auflagen, beeilte sich aber, sie ausführen zu lassen, denn er wollte alles vermeiden, was den großen Ball des neuen Inhabers gefährden könnte.

Währenddessen kratzte Paul Mahlo sein letztes Bargeld zusammen und besorgte zähneknirschend ein Geschenk für seinen größten Widersacher.

Im Trichter liefen die Vorbereitungen auf Hochtouren. Die besten Artisten, Schauspieler, Sänger, Tänzer und Musiker aus den angesehensten Etablissements von St. Pauli wurden verpflichtet, ein amerikanisches Orchester würde aus Berlin anreisen, und die Mistinguett würde extra aus Paris mit dem Nachtexpress kommen. Sie hatte für sich und ihren Impresario drei Abteile erster Klasse reserviert – eins für sich, eins für ihn und eins fürs Gepäck.

In der Woche der Vorbereitungen suchte Paul Mahlo mehrmals im Schutz der Dunkelheit die Davidwache auf und versuchte, Hansen von seinem Vorhaben abzubringen. Die ersten Gäste aus anderen Städten waren eingetroffen, und manche hatten sich in seinem Hotel einquartiert. Sie hatten Waffen dabei, und manche deponierten sie unter den Betten, was die Zimmermädchen beim Saubermachen in Verlegenheit brachte und Mahlo, der es von seiner Zeit als Anführer des Ludenvereins Bruderliebe gewohnt war, Konflikte nur mit den Fäusten auszutragen, in Angst und Schrecken versetzte.

»Streifen-Paule hat Schiss«, stellte Hansen sachlich fest, als Schenk ihn auf die Besuche des Luden ansprach. »Hat Angst, er könnte in die Schusslinie geraten.«

»Feige sind sie alle, diese Burschen, wenn's mal hart auf hart geht«, kommentierte Schenk.

Hansen selbst hatte auch Muffensausen, aber er redete nicht darüber. Die Aktion, die er sich zurechtgelegt hatte, war nicht von seinen Vorgesetzten genehmigt worden. Als Revierleiter der Davidwache wäre er verpflichtet gewesen, die Bezirkswache in der Eimsbütteler Straße zu unterrichten und im Stadthaus um Genehmigung für das gewagte Unternehmen zu bitten. Ging es gut, würde der Erfolg für sich sprechen, scheiterte die Aktion, würde Hansen die Konsequenzen zu tragen haben.

Er schlief schlecht in diesen Tagen. In der letzten Nacht vor dem Sonnabend, an dem alles entschieden werden sollte, träumte er davon, auf einem hölzernen Pferd nach Troja zu reiten. Die Hufe machten klack, klack, etwas stimmte nicht mit dem Pferd, er schaute nach unten, da war Sand, und die Hufe machten trotzdem klack, klack, und da tauchte auch schon der achteckige Turm von Troja auf, und kaum war er durch das Tor galoppiert, zerbrach das Holzpferd in tausend Stücke und er fiel zu Boden. Lilo eilte herbei und sammelte die Bruchstücke zusammen und schimpfte: »Heinrich, was hast du denn jetzt schon wieder gemacht?« Die Einzelteile des Pferdes galoppierten weiter durch den leeren Saal und machten klack, klack, klack, klack… Es war die große Uhr, man sollte das verdammte Ding abstellen, Herrgott noch mal, er musste doch schlafen!

Am Morgen kam ein beruhigendes Telefonat von Mahlo aus dem Hotel in der Seilerstraße: Den Gästen, die an diesem Abend im Trichter den König der Reeperbahn hochleben lassen sollten, war es untersagt, Waffen mitzubringen. Türsteher an den Eingängen würden dies kontrollieren. Nicht nur Mahlo, auch Hansen fiel ein Stein vom Herzen. Der Gedanke, dass er mit einem Stoßtrupp schlecht ausgerüsteter Polizisten in eine Zusammenkunft von schwer bewaffneten Berufsverbrechern eindringen sollte, hatte ihm Bauchschmerzen bereitet. Er wollte seine Männer nicht sinnlos opfern, er wollte, dass alles möglichst ohne Blutvergießen über die Bühne ging.

Der Sonnabend war ein herrlicher Tag, einer von denen, die der Bezeichnung »goldener Oktober« alle Ehre machten. Blickte man aus dem Fenster des dritten Stocks der Davidwache Richtung Millerntor, sah man, wie sich das warme Licht der Morgensonne über die Bäume des Spielbudenplatzes ergoss und die tiefgelben Herbstblätter aufleuchten ließ. Von Südwest wehte nur eine leichte Brise, am tiefblauen Himmel waren nur wenige weiße Wolken.

Hansen stieg hinunter in sein Büro, ließ sich eine Kanne echten Bohnenkaffee bei Dickmann's holen und ging noch einmal seinen Plan durch. Dann überlegte er, was er tun würde, wenn es schief ging: Man würde ihn seines Postens entheben, vielleicht würde er degradiert werden. Nein, dem würde er zuvorkommen. Er würde freiwillig abtreten und wieder zur See gehen. Wenn man ihm die Wache wegnahm, war er heimatlos. Dann wäre es wieder so wie früher, als er mutterseelenallein in die Welt aufgebrochen war. Aber so weit durfte es nicht kommen!

Gegen Mittag besprach er sich ein letztes Mal mit Schenk und Kelling. Schenk äußerte zum wiederholten Mal seine Bedenken: »Als Kellner bin ich zu nichts nutze. Ich kann doch keine Pistole unter der weißen Jacke tragen, die ist viel zu eng! Darf ich wenigstens diesen hier …?« Er griff in die Hosentasche und holte einen Schlagring hervor. Hansen nickte.

Wachtmeister Kelling hob ein Lederetui in die Höhe. »Ich will dir ja nichts auf die Nase binden, Herr Oberwachtmeister, aber vielleicht ans Bein.«

Schenk runzelte die Stirn, als Kelling vor ihm auf die Knie ging und ihm das Hosenbein hochschob, um das Halfter mit dem Messer festzuschnallen.

Am Nachmittag zog Hansen seine Truppe zusammen. Sechzehn Männer standen ihm zur Verfügung, aufgeteilt in vier Gruppen zu je vier Leuten. Als sie eintrafen, machte Schenk sich auf den Weg zum Trichter, um sich beim Oberkellner des Konzertsaals zu melden und einteilen zu lassen.

Am frühen Abend, als die orangerote Sonne hinter den Häusern versank, steuerte Wachtmeister Kelling, bekleidet mit Ledermütze und Schutzbrille, eine blank polierte, silbrig glänzende sechszylindrige Minerva-Limousine die Glacischaussee am Heiligengeistfeld entlang. Im Fond saßen Heinrich Hansen und Paul Mahlo. Der Zuhälter trug einen Frack. Handschuhe, Zylinder und Spazierstock hatte er sich auf die Oberschenkel gelegt. Seine Beine zitterten leicht. Hansen beobachtete ihn aus dem Augenwinkel und hoffte, dass man ihm seine Aufregung nicht so deutlich ansah.

Kelling bremste ab, schlug das Lenkrad ein. Das Automobil rumpelte über die Bordsteinkante auf den Vorplatz der Feuerwache. Hansen sprang hinaus, öffnete ein Tor, und Kelling fuhr den Wagen in die Garage. Dort wurden sie von zwei Technikern mit allerlei Gerätschaften erwartet.

Während die Fachleute sich daran machten, einen sperrigen Kasten unter dem Armaturenbrett des Motorwagens zu installieren, ging Hansen mit Kelling noch mal alle Einzelheiten durch.

Als die Techniker fertig waren, verabschiedete Hansen sich. Mahlo reichte ihm eine kalte feuchte Hand. »Sie können doch nur gewinnen«, sagte er aufmunternd.

»Von diesem Moment an ja«, entgegnete Mahlo verkniffen. »Ich habe alles gesetzt … auf eine einzige Zahl.«

Hansen klopfte ihm auf die Schulter. »Wenn's zur Schießerei kommt, lassen Sie sich im Wagen auf den Boden fallen. Das Blech ist dick. Da kommt so schnell kein Blei durch.«

»Ihren Humor möchte ich haben.«

Hansen machte sich auf den Weg zurück zur Wache.

Als er bei der Volksoper die Straße überquerte, flammten die ersten Leuchtreklamen auf. Auch die bunten Lichtergirlanden über dem Biergarten des Trichters leuchteten bunt und einladend.

2

Um zweiundzwanzig Uhr wurde die Funkanlage getestet. Kelling morste: »M. nervös – stopp – plant eigene Beerdigung – stopp – Frage Sarg welches Holz – stopp«.

Hansen ließ seinen Funker zurückmelden: »M. besser Heirat mit I. wenn heil raus – stopp – Anstand weniger aufregend – stopp«.

Kelling antwortete: »M. Heirat ja Anstand nein – stopp – Vertrag bleibt Vertrag – stopp – bleibt Frage welches Holz – stopp«.

»Rotbuche«, ließ Hansen antworten.

»Danke – stopp.«

»Bitte – stopp – Ende.«

Hansen klopfte dem Funker auf die Schulter und schaute seine drei Kollegen an, die zusammen mit ihm die vier Einsatzgruppen führen sollten. »Es funktioniert.«

Die Männer nickten schweigend.

Man wartete, schaute auf die Uhr, wartete. Im Wachraum fand der übliche wochenendliche Publikumsverkehr statt. Klagen wurden entgegengenommen, Anzeigen protokolliert, Konflikte geschlichtet. Hier hinten herrschte angespannte Ruhe. Eine halbe Stunde verging.

Hansen mahnte zu Geduld und verabschiedete sich. Am Millerntorplatz wartete er auf der Verkehrsinsel auf die Minerva-Limousine. Als sie sich in gemessenem Tempo näherte, musste er lachen. Das elegante Automobil sah aus wie eine Hochzeitskutsche. Mahlo hatte nicht übertrieben, als er versichert hatte: »Ilona hat eine große Begabung für das Schmücken, Herr Kommissar. Lassen Sie sie nur machen.« Das Ergebnis konnte sich sehen lassen: Ein üppiges Bukett auf der Kühlerhaube, Girlanden, die über das Dach gezogen waren, flatternde Bänder und ein zweites Bukett auf dem Reservereifen im Heck.

Mahlo verzog das Gesicht, als Hansen ihm ein ironisches Kompliment durch die geöffnete Seitenscheibe hindurch zuwarf. »Ich würde jetzt lieber aussteigen.«

»Bleiben Sie drin, das ist sicherer.«

»Ich sagte es schon, Herr Kommissar. Ich mag Ihren Humor nicht.«

Hansen nickte abwesend. War das nicht vielleicht doch alles ein großer Unfug, was er da angeordnet hatte? »Also los jetzt!«, kommandierte er.

Kelling hob eine Hand vom Lenker, grüßte, griff nach der Hupe und ließ sie zweimal tuten. Die Luxuskarosse setzte sich in Bewegung und umrundete die Verkehrsinsel, während Hansen die Straße überquerte. Von der anderen Seite der Reeperbahn beobachtete er, wie die Minerva-Limousine Kurs auf den Garteneingang des Trichters nahm. Zwei bis eben noch unsichtbare Posten versperrten den Weg. Friedrich hatte also vorgesorgt. Die Wächter forderten Mahlo und Kelling auf auszusteigen und durchsuchten sie. Dann prüften sie das Innere des Wagens und ließen die beiden wieder einsteigen, nachdem sie nichts Auffälliges bemerkt hatten. Der Wagen rollte langsam durch das Tor in den Garten, wo die Karosserie unter Lichtergirlanden aufleuchtete.

»Sie sind drin«, murmelte Hansen.

Er drehte sich um und eilte zur Wache.

Der schwierige Teil stand erst noch bevor. Er würde auf Geschehnisse reagieren müssen, die er nicht beeinflussen, ja nicht einmal sehen konnte. Zum verabredeten Zeitpunkt würden Mahlo und Kelling das Geschenk für den König der Reeperbahn in den Ballsaal rollen lassen: Kelling würde Gas geben und das Automobil vorsichtig über die bereitgelegten Holzbohlen durch den Eingang hindurchsteuern, hinein in die große, hohe, festlich dekorierte Konzerthalle. Tische würden aus dem Weg gerückt werden, Frauen würden Überraschungsschreie ausstoßen, Männer würden neiderfüllt aufblicken und die gerade gegriffene Champagnerflasche zurück in den Eiskübel gleiten lassen, Vasen würden umfallen, Porzellan würde zersplittern und die Limousine mit tuckerndem Motor sich langsam auf die Tanzfläche vor der Bühne zubewegen.

Irgendjemand würde schimpfen: Es ist doch noch zu früh! Von Schluthen hat doch noch gar nicht seinen Platz eingenommen, und überhaupt muss die Mistinguett noch singen, wer hat sich denn dieses Durcheinander ausgedacht! Andere würden sich ehrfürchtig dem blitzenden Gefährt nähern. Mahlo würde hoffentlich seine Rolle gut spielen und jovial grinsend seine Kollegen aus der Unterwelt grüßen. Wahrscheinlich würde er es nicht recht lange auf dem Sitz aushalten, sondern aussteigen und sich dann langsam vom Wagen entfernen, um diskret Richtung Ausgang zu verschwinden. Seine größte Angst war, dass er Ilona allein lassen musste. Wer wusste denn, wie die Aktion ausging und ob nicht im Dunkel der Nacht Racheengel auftauchten und sich ihrer bemächtigen wollten? Kelling würde den Chauffeur spielen, vielleicht hupen und den Motor aufheulen lassen, um die Aufmerksamkeit von Wachtmeister Schenk abzulenken, der aus einem Palmenkübel ein Stromkabel heben, es in die Steckdose stecken und dann zum Wagen legen würde. Im Führerhaus würde Kelling den Stecker entgegennehmen und mit der frisch eingebauten Kiste unter dem Armaturenbrett verbinden. Dann würde er seine Hand auf die an einer Speiche des Lenkrads geschraubte Morsetaste legen und die Verbindung herstellen.

Hansen nahm die Stufen zum Wachraum im Eilschritt, stürmte hinein und drängte sich an einer Gruppe lamentierender Touristen vorbei nach hinten zum Funkgerät.

»Noch nichts«, sagte der Funker.

Die anderen drei Beamten saßen mit versteinerten Mienen auf ihren Stühlen. Hansen blieb stehen. Sie trugen Abendgarderobe, genauso wie ihre Untergebenen, die im Mannschaftsraum warteten. Die Davidwache hatte einen Kostümverleih bemühen müssen.

»Kann man überhaupt aus so einem Saal heraus funken?«, meldete sich einer zu Wort.

»Wieso nicht?«, antwortete der Funker.

»Wegen der dicken Wände.«

»Die Wellen gehen durch.«

»Aber dort ist doch Musik …«

»Das spielt keine Rolle.«

»Versteh' nicht, wie das überhaupt funktioniert.«

»Durch Radiowellen …«

»Wo sind die denn?«

»Unsichtbare Strahlen …«

»Wellen oder Strahlen, was denn nun?«

»Beides, es …«

Der Morseapparat fing an zu klappern. Der Funker setzte sich den Kopfhörer auf und lauschte. Gleichzeitig kam ein Lochstreifen aus dem Apparat gekrochen.

»Hier Kelling – stopp – im Saal – stopp – alles nach Plan – stopp – in Position – stopp – Ziel leer – stopp – warten – stopp.«

»Na großartig«, brummte einer der Männer, »dann sag' ihm mal, er soll sich kürzer fassen.«

Der Funker morste zurück. »Zunächst einmal werde ich den Empfang bestätigen.«

»Wie kann er das denn hören? Hat er auch so ein Ding auf dem Kopf?« Der Polizist deutete auf den Kopfhörer des Funkers.

»Er hat einen Lederhelm auf, in den wir die Hörer eingebaut haben. Der Verbindungsdraht geht unter seiner Jacke und dem Hosenbein durch und von dort ins Gerät«, erklärte Hansen.

»Wenn er aussteigt, ist alles aus.«

»Er gehört zum Geschenk. Er bleibt hinterm Steuer.«

»Sehr spaßig. Kriegt ein Ganove einen Polizisten samt Automobil geschenkt.«

»Still!«, sagte der Funker.

»Gibt's was?«

»Nein, aber ich muss mich konzentrieren.«

»Er soll beschreiben, was los ist«, befahl Hansen.

Der Funker betätigte die Morsetaste.

Kurz darauf kamen Signale zurück.

»Musik – stopp – Tanz – stopp – Gesang Französin Mist – stopp stopp.«

»Was ist denn jetzt schief gegangen?«

»Mistinguett ist die Sängerin aus Paris. Ein Höhepunkt des Abends. Es kann nicht mehr lange dauern.«

»PM verschwunden – stopp – Schiss – stopp ...«

»Ist mir nur recht«, brummte Hansen. »Dann steht er wenigstens nicht im Weg rum.«

»... S serviert – stopp – leider nicht mir – stopp ...«

»Witzbold.«

»Bewegung Loge drei – stopp.«

Hansen griff nach dem Plan, der den Grundriss des gesamten Gebäudes zeigte. Darin war auch der Konzertsaal des Trichters detailgenau eingezeichnet mit den Logen auf der Galerie und den entsprechenden Nummern.

»Ende Musik – stopp – Tusch – stopp – Rede – stopp – Redner unbekannt – stopp.«

»Interessiert mich nicht«, brummte Hansen. »Was ist mit Loge drei?«

»Loge drei Vorhang – stopp – «

»Was meint er damit?«

»Loge vier Frauenhand – stopp – «

»Die Räume gehen ineinander über.«
»Männerhand Vorhang auf oder zu – stopp – «
»Verstehe kein Wort mehr.«
»Still!«, zischte der Funker und fuhr fort: »Vorhang auf – stopp – Rede – stopp – «
»Was ist jetzt?«
»Ruhe!«, befahl Hansen.
»Nichts«, sagte der Funker.
Das Gerät schwieg.
»Und was jetzt?«
»Abwarten«, sagte Hansen.
»Er ist entdeckt worden.«
»Abwarten.«
»Still jetzt.«
Die Polizisten schwiegen gespannt.
»Ich frage ihn, was ist.« Der Funker gab seine Anfrage durch. Kelling meldete sich nicht. Der Funker wiederholte seine Nachricht.
Der Morseapparat fing wieder an zu klappern.
»Loge drei und vier – stopp – FS und LK – stopp – man lässt sich feiern – stopp – «
»Es geht los!«, kommandierte Hansen.
Die anderen Beamten wurden aus dem Mannschaftszimmer geholt. Die vier Gruppen formierten sich. Hintereinander durchquerten sie den Wachraum und stiegen die Treppe zum Ausgang hinab.
»Alles nach Plan«, gab Hansen als letzten Hinweis seinen Leuten auf den Weg, dann trennten sie sich, und jede Vierergruppe ging ihren eigenen Weg zum Trichter. Sie würden jeweils einen der vier Eingänge des Ballhauses benutzen. Als große Gruppe wäre es sicher unmöglich, in das Konzerthaus einzudringen. Aber so, wie sie gekleidet waren, und mit dem nötigen Respekt heischenden Auftreten würden sie als geladene Gäste durchgehen, hoffte Hansen. Von Mahlo kannten sie das Kennwort, das zum Eintritt berechtigte.

Er selbst führte seine Leute zum großen Eingang, durch den man zunächst in den Garten gelangte.

Am Tor stellten sich ihnen zwei kräftige Kerle in langen Mänteln entgegen. »Parole«

»Goldlöckchen«, sagte Hansen.

»Na, dann mal reinspaziert, Jungs.«

Sie gingen weiter unter den Lichtergirlanden hindurch zum Haupteingang des Konzertsaals. Dort lagen immer noch die Holzbohlen für die Limousine auf den Stufen. Sie stiegen darüber hinweg und marschierten durch ein Vestibül in den achteckigen Saal, wo gerade ein Tusch ertönte.

Der Ballsaal mit seiner zweistöckigen Galerie und den Säulen und Balkonen hätte in seiner barocken Pracht jedem Opernhaus Ehre gemacht. Er war üppig mit Girlanden geschmückt und in ein Lichtermeer getaucht. Unter der Musikkuppel mit dem glitzernden Sternenhimmel drängten sich die Musiker, an den Tischen saßen hunderte von Gästen in Abendgarderobe, ein riesiges Büfett war aufgebaut worden, Köche standen dahinter, Servierinnen liefen mit Tellern umher, Kellner ließen die Sektkorken knallen und füllten aus schäumenden Flaschen die Gläser. Die Bühnendekoration bestand aus einem riesigen aus Pappmaché gefertigten Modell der Reeperbahn.

Das Orchester setzte ein. Ein dunkelhäutiges Paar bot eine rasend schnelle Stepptanzeinlage dar.

Hansens Blick schweifte nach oben zu den Logen drei und vier. Niemand mehr zu sehen. Er fluchte innerlich. Doch! Da! Am Rand im Schatten stand eine Frau. Lilo? Und hinter ihr eine sehr große Gestalt, man konnte nur die Umrisse erkennen. Der Affe?

Die Steppeinlage ging zu Ende. Hansen schaute sich um. Wo waren seine Leute? Eine Gruppe stand hinter ihm, die anderen drei Gruppen konnte er an den Rändern des Saals ausmachen. Er hatte Augenkontakt zu den Anführern. Was nun?

In der Mitte des Saals stand die prächtige Minerva-Limousine. Kelling saß immer noch darin. Wo war Schenk? Ah da, er servierte gerade. Ein kurzer Blick. Alles klar.

Wieder ein Tusch.

Wir müssen zum Wagen, überlegte Hansen. Aber wann ist der rechte Moment, um loszuschlagen? Wo ist Friedrich? Sind wir doch zu früh gekommen? Kelling hatte noch immer kein Zeichen gegeben.

Ein Mann mit Zylinder kam zum Bühnenrand. Er grüßte die Anwesenden, indem er den Hut hob. Zwei Männer schleppten ein Pult auf die Bühne, stellten es neben ihn. Der Mann baute sich hinter dem Pult auf und begann mit einer Lobrede. Die Worte hätten auf jeden erfolgreichen Geschäftsmann gepasst. Sie waren gut gewählt, eine unterschwellige Ironie schwang mit: ein doppelter Boden, der den Anwesenden nicht verborgen blieb – sie alle waren Schattenexistenzen, Geschäftsleute mit doppelter Moral, die ihren Erfolg dem Einsatz von Gewalt verdankten.

Die Rede war amüsant. Es wurde gelacht.

Hansen kommandierte seine Leute mit Blickkontakt zum Automobil. Als alle vier Gruppen um den Wagen herumstanden, betrat der hoch gepriesene und mit unterschwelligem Neid gefeierte Mann des Abends die Bühne: Friedrich Schüler, der sich Baron von Schluthen nannte.

Der Hochstapler und Betrüger, Schmuggler und Waffenhändler, Räuber und Hehler, Erpresser und Mörder, Lude und Bandenführer – kurzum der erfolgreichste Unternehmer im Hamburg der frühen Zwanzigerjahre und nunmehr unumschränkte Herrscher von St. Pauli – schlenderte lässig zum Redepult, die eine Hand in der Hosentasche, ein Monokel kess vor das linke Auge geklemmt, weiße Handschuhe und Stöckchen mit Goldknauf in Form einer Venus, und hob lächelnd die Arme zum Gruß.

Er ist wirklich gekommen, dachte Hansen verblüfft. Er konnte es kaum glauben: Friedrich von Schluthen wurde ihm auf dem Silbertablett serviert!

Die Menge der anwesenden Verbrecher brach in Beifall aus, Hochrufe zu Ehren des spendablen Gastgebers wurden laut.

Auf ein Kopfnicken von Hansen sprang Kelling vom Fahrersitz, öffnete die Hecktür der Limousine, beugte sich hinein, klappte das Rücksitzpolster hoch und begann die dort verborgenen Karabiner und Pistolen an seine Kollegen zu verteilen.

3

Die Gäste wichen zurück, als sie merkten, dass sich um die Limousine ein bewaffneter Trupp formierte. In der Hand eines Mannes mit weißer Smokingjacke blitzte etwas Metallenes auf. Kelling sprang auf ihn zu und entwand ihm eine zweiläufige Taschenpistole. Der Ganove überließ sie ihm völlig verdattert, seine spontane Bewaffnung war nur ein Reflex gewesen. Das Orchester spielte einen Tusch. Dann wurde es still. Noch nicht alle hatten mitbekommen, was sich in der Mitte des Ballsaals tat. Gemurmel. Hier und da Gelächter. Keine Angstrufe, keine Panik. Diese Leute waren einiges gewöhnt.

Hansen blickte zu Friedrich hinauf. Ihre Augen trafen sich. Friedrich hob die Arme und rief: »Musik!« Dann verschwand er blitzschnell hinter einer Häuserfassade aus Pappmaché.

Das Orchester begann eine Polka. Hansen kommandierte: »Los!«

Die Polizisten brachten ihre Schusswaffen in Anschlag und bahnten sich den Weg durch die zurückweichenden Gäste. Manche machten wütende Gesichter, andere lachten oder trugen hochmütige Mienen zur Schau. Die Polizisten eilten auf die Treppenhäuser zu. Hansens Gruppe, zu der auch Kelling gehörte und der sich jetzt Schenk angeschlossen hatte, sprang auf die Bühne und bahnte sich den Weg durch die Musiker. Notenständer kippten um, Musiker brachten ihre Instrumente in Sicherheit, der Dirigent kam aus dem Takt, die Polka wurde holprig, Misstöne erklangen, die Musik erstarb. Der Dirigent erstarrte mit ausgebreiteten Armen.

Hansens Männer begannen, die Dekoration auf der großen Bühne umzustoßen, um einen besseren Überblick zu haben. »Hinten rum!«, rief Hansen und stürmte voran. Ein Kulissenblock kippte vor ihm um und versperrte ihm den Weg.

Eine Stimme schrie: »Musik! Na los doch, Kapellmeister!« Hansen blickte zur Loge hinauf, wo gestikulierend Friedrich stand. Der Dirigent gab den Takt vor, und die Polka holperte weiter.

Die Polizisten kletterten über die umgekippten Teile der Dekoration, rannten hinter der Bühne eine Treppe hinunter und gelangten in ein enges Treppenhaus. Hansen nahm drei Stufen auf einmal und stürmte ins obere Stockwerk, bog nach rechts durch den von Kristalllüstern beleuchteten Korridor – und stand vier grobschlächtigen Kerlen gegenüber, die sich in Fräcke gezwängt hatten. Sie hielten Revolver in den Händen.

Hansen brüllte: »Achtung!« und warf sich zu Boden, rollte zur Seite und gab einen Schuss ab. Vier Revolver richteten sich auf den Kommissar, doch die Kerle hatten nicht mit den nachkommenden Polizisten gerechnet. Kelling schoss im Laufen und schrie: »Feuer!« Die vier Revolver schwenkten von Hansen weg in Richtung der Angreifer, aber es war zu spät. Fünf Schüsse ertönten, und die Ganoven brachen zusammen. Zwei wurden in der Schulter getroffen, einer am Oberarm, einer im Oberschenkel. Es genügte, sie außer Gefecht zu setzen.

Hansen sprang auf. »Entwaffnen!«, kommandierte er und fasste nach dem Türknauf der Loge, in der er Friedrich vermutete. Die Tür war verschlossen. Er nahm Anlauf und stieß mit der Schulter dagegen. Die Tür hielt stand. Er zielte auf das Schloss. Ein ohrenbetäubender Knall, dann sprang die Tür auf. Im gleichen Moment ertönten Schüsse vom anderen Ende des Korridors. Kelling, der neben Hansen angekommen war, fluchte laut: »Da sind noch mehr!« Er wandte sich um und hob die Pistole. Die anderen Polizisten warfen sich zu Boden und zielten auf die Angreifer.

Hansen betrat die Loge und schob die Tür hinter sich zu. Es war dunkel. Ein Vorhang teilte den hinteren Bereich von den

Sitzen an der Balustrade ab. Hansen suchte den Schlitz und schlüpfte hindurch.

»Heinrich Hansen!«, rief Friedrich ihm entgegen. »Das ist ja mal wieder typisch für dich. Immer grob, immer gewalttätig. Und immer herein, ohne anzuklopfen. Aber du siehst, ich bin bereit, von dir zu lernen.«

Er saß auf der Balustrade, vor ihm Lilo, die er mit dem linken Arm umschlungen hielt und gegen sich presste. Seine rechte Hand hielt ein Messer an ihre Kehle.

Hansen erstarrte. Hinter ihm wurde der Schusswechsel immer heftiger. Lilo trug ein dunkelgrünes Samtkleid. Ihr Gesicht war wachsweiß und vor Angst erstarrt.

Hansen zielte auf Friedrichs Kopf. »Was soll das?«, sagte er mechanisch. »Weg mit dem Messer!«

»Was soll das«, äffte Friedrich ihn nach. »Weg mit der Pistole!«

Hansen senkte die Waffe. »Du wirst es nicht wagen«, sagte er mit gepresster Stimme. »Ich werde …«

»Selbst wenn du mich triffst, werde ich ihr im Fallen noch die Kehle durchschneiden!« In Friedrichs Stimme schwang grenzenloser Hass mit.

»Du hast sie schamlos ausgenutzt, die ganze Zeit, jahrelang, Jahrzehnte! Und nun …« Hansen verschlug es vor Empörung die Stimme.

Friedrichs Monokel fiel herab. »Ganz recht! Aber du übertreibst ein bisschen, mein Lieber. Am Anfang war durchaus Sympathie dabei. Wir waren ein gutes Gespann. Aber nun, wo wir St. Pauli erobert haben, will sie sich die Rosinen herauspicken.« Friedrich lachte verächtlich. »Das gefällt mir nicht. Auch Erpressung gefällt mir nicht. Schon gar nicht, wenn mir mit Beziehungen zu hohen Tieren im Stadthaus gedroht wird«, fügte er zornig hinzu.

Lilo wand sich stöhnend, versuchte, sich loszureißen.

»Ha!« Friedrich presste die Klinge gegen ihren Hals. Ein kleiner Schnitt. Blut. Lilo bäumte sich auf.

»Lilo! Nein! Das Messer!«, rief Hansen.

Friedrich lachte. »Dass du immer noch Angst um sie hast!«, sagte er verächtlich.

»Gib sie frei, und ich lasse dich gehen«, schlug Hansen vor.

»Pah! Deine Versprechen haben noch nie was getaugt, Heinrich!«

Hansen hob erneut die Pistole und zielte auf Friedrichs Kopf. »Ich werde dich abknallen, auf Teufel komm raus.«

»Da kommt der Teufel!«, rief Friedrich triumphierend.

Hansen drückte ab, und im selben Augenblick wurde er von einer riesigen Pranke am Hals gepackt und nach hinten gerissen. Er hörte einen dünnen Schrei aus Lilos Kehle und Friedrichs höhnisches Lachen. Eine eiserne Faust umklammerte seine Hand und presste sie gegen die Balkonbrüstung. Er schrie auf vor Schmerz und ließ die Pistole fallen. Er versuchte sich aufzurichten, spürte einen dumpfen Schlag an der Schläfe und ging vollends zu Boden.

Hansen lag auf dem Bauch und spürte, wie sich das Knie des Angreifers in seinen Rücken bohrte. Er brüllte auf vor Schmerz. Zwei große schwielige Hände packten seinen Kopf und rissen ihn zurück.

»Halt! Nein! Nicht! Aufhören!« Das war Lilos Stimme.

»Mach schon!«, brüllte Friedrich.

»Nein, Otto! Das lässt du bleiben!«, rief Lilo. Die letzten Worte klangen dumpf. Friedrich versuchte, ihr den Mund zuzuhalten. »Los, du verdammter Affe, mach schon!«, schrie Friedrich.

Der Koloss auf Hansens Rücken bewegte sich nicht. Hansen stöhnte. Nur ein Ruck der beiden Pranken, die seinen Kopf nach hinten gedreht hatten, und er wäre tot.

»Lass mich …« Lilos Wutschrei ging in einem Gurgeln unter.

»Still, du Miststück!«, rief Friedrich. Hansen hörte, wie er sie schlug, hörte Lilos Schmerzensschreie.

Sein Kopf fiel zu Boden. Die zentnerschwere Last hob sich von seinem Rücken. Der Klotz stand auf.

»He, du Schwachkopf!«, hörte Hansen Friedrich rufen, dann einen dumpfen Schlag und einen unterdrückten Schmerzensschrei. Zwei Körper fielen zu Boden.

Hansen rappelte sich auf die Knie, versuchte mühsam, das Geschehen vor seinen Augen zu fixieren. Der Koloss mit dem Affengesicht und den haarigen Armen, die aus dem gestreiften Pullover herausragten wie Raubtierpranken, hatte Friedrich gepackt und hielt ihn gegen seinen breiten Brustkorb gepresst. Lilo kroch über den Boden, setzte sich mit dem Rücken zur Balustrade und rang laut keuchend nach Atem.

Hansen richtete sich ächzend auf. Hals, Nacken und Rücken schmerzten fürchterlich. Er hielt sich am Balkon fest.

»Lass ihn, Otto«, sagte Lilo mit schwacher Stimme. »Du darfst ihn nicht … Hier, ich hab' …« Sie hielt die Pistole in die Höhe, die Hansen fallen gelassen hatte.

Der Koloss grunzte und ließ Friedrich fallen. Hansen wollte sich auf ihn stürzen, aber Lilo richtete die Waffe auf ihn: »Halt, Heinrich, keinen Schritt weiter.«

Er blieb überrascht stehen.

Friedrich stand hustend auf und klemmte sich das Monokel vors Auge.

»Willst du ihn etwa …?«, fragte Hansen erstaunt.

»Still!«

Friedrich presste ein hämisches Lachen hervor. »Du siehst, sie liebt mich eben.«

»Halt den Mund, Friedrich!« Lilo richtete die Pistole jetzt auf ihn. Ihre Hand zitterte.

»Das wirst du nie tun«, sagte Friedrich.

»Was weißt du schon!«, zischte sie. »Halt ihn fest, Otto!« Sie nickte dem Koloss zu. Der umschlang Friedrich mit seinen ungeheuer dicken Armen und zog ihn an sich.

Friedrich grinste höhnisch. »Du und dein Affe!«

Der Koloss spannte die Muskeln an. Friedrich stöhnte, bemüht, seinen höhnischen Gesichtsausdruck zu bewahren.

Lilo richtete die Pistole wieder auf Hansen.

Im Korridor wurde immer noch vereinzelt geschossen. Hansen warf einen Blick über die Balustrade. Der Ballsaal hatte sich geleert. Etwa ein Drittel der Gäste verharrte am Rand des Saals oder in der Nähe der Ausgänge. Die Minerva-Limousine stand verlassen vor der Bühne. Die Musiker waren verschwunden, einige Stühle und Notenständer waren bei ihrer Flucht umgekippt.

»Na, was glaubst du, Heinrich? Für wen von uns beiden wird sie sich diesmal entscheiden?«, tönte Friedrich.

Hansen schwieg. Lilos Hand zitterte. Würde sie auf ihn schießen? Im Moment traute er ihr alles zu.

»Na los, Otto!«, sagte Friedrich. »Lass mal locker. Siehst du, der wird mir niemals ein Haar krümmen.«

»Halt ihn fest, Otto! Ganz fest!«, befahl Lilo mit brüchiger Stimme.

Wieder stöhnte Friedrich auf. »Ach Otto, Otto! Glaubst du, sie wird dich jemals erhören?«, sagte Friedrich. Und an Hansen gewandt: »Nun sind wir also zu dritt. Und wer weiß, wie viele da draußen noch herumschwirren, die, von Lilo betört, alles tun würden, was sie befiehlt.«

»Hast du nie getan, und ich auch nicht«, stieß Hansen mürrisch hervor.

»Nein, aber Otto hier ist all seinen Herren untreu geworden, weil er sein Herz an Lilo verloren hat. Ein großes Herz ...« Er verzog das Gesicht, weil der Koloss seine Muskeln anspannte, atmete auf, als der Griff wieder gelockert wurde, und fuhr fort: »Streifen-Paule, dieser großspurige Schwachkopf, hat ihn hergeholt. Wollte ihn als Leibwache haben ...« Friedrich lachte über sein Wortspiel. »Hat sich gedacht, mit so einem gewichtigen Argument kann er uns beeindrucken. Aber wer war beeindruckt? Otto! Hat Lilo gesehen und war ihr verfallen, stimmt's Ot...« Der Koloss packte ihn an der Kehle. Friedrich ächzte, rang nach Luft, sein höhnischer Gesichtsausdruck verschwand, seine Beine knickten ein.

»Aufhören, Otto!«, rief Lilo.

Friedrich atmete tief durch, ehe er fortfuhr: »Also ist er übergelaufen. Ein wunderbares Werkzeug. Wusstest du, dass er als

Fassadenkletterer München unsicher gemacht hat? Er funktioniert großartig. Es muss nur jemand da sein, der ihm sagt, was er tun soll. Als seine Bande aufgeflogen ist, kam er als Einziger davon. Ein herrenloser Affe. Hat ein neues Herrchen gesucht und dann ein Frauchen gefunden. Lilo musste ihm nur ein Wörtchen ins Ohr flüstern, und schon hat er getan, was man von ihm verlangte. Ohne Widerrede. Er spricht nicht. Oder, Lilo, hat er mit dir mal geflüstert, dein Liebling? Hat er jubiliert, wenn du ihm ein neues Opfer ausgesucht hast?«

»Lilo hat ...?«, rief Hansen aus.

»Erstaunt?«, fragte Friedrich. »Hast du ihr nicht zugetraut?«

»Du lügst, Friedrich! Es war alles deine Idee!«, rief Lilo aus.

»Nun glaub' bloß nicht, dass du so einfach davonkommst!«, schrie Friedrich.

»Verräter!«

»Dich kann man gar nicht verraten, Lilo.«

Wie komm ich hier raus?, überlegte Hansen fieberhaft. Im Korridor waren die Schüsse verhallt. Wo bleiben die anderen, verdammt! Wissen die denn nicht, was hier los ist? Anscheinend doch! In einer Loge auf der anderen Seite tauchten zwei von Hansens Leuten auf, hinter ihnen Kelling. Er winkte.

Auch Lilo hatte sie bemerkt. Ruckartig schwenkte sie den Revolver zur Seite und schoss. Die drei Männer warfen sich zu Boden.

»Du kommst nicht gegen sie an, Lilo. Es sind zu viele«, sagte Hansen.

»Sei still! Du bringst mich hier raus.«

»Nein.«

Hansen schaute wieder auf die andere Seite das Ballsaals. Über der Balustrade des gegenüberliegenden Balkons sah er Kellings Gesicht. Im Hintergrund hob sich ein Arm und warf ihm ein Gewehr zu. Kelling fing es auf. Um Himmels willen, dachte Hansen, schieß nicht, bitte!

»Du gehst vor mir her und bringst mich hier raus«, forderte Lilo ihn auf.

Er schüttelte den Kopf.

Friedrich lachte hämisch. »Er geht voraus, und dir verpassen sie von hinten eine Kugel. Oder glaubst du, die schießen einer Dame nicht in den Rücken? Sogar er würde das tun.«

»Du gehst hinter mir«, befahl Lilo.

Friedrich sah sie erstaunt an. »Doppelter Kugelfang, was, Otto?«, kommentierte er dann. »Nur zu! Bis sie dich gefällt haben, sind unsere Bäume schon wieder in den Himmel gewachsen.«

»Vergiss es. Der ganze Trichter ist umstellt«, log Hansen.

Er warf wieder einen Blick auf die gegenüberliegende Seite und sah, wie Kelling sich aufrichtete, den Karabiner im Anschlag.

»Vorsicht, Lilo!«, schrie Hansen unwillkürlich und deutete nach drüben.

Lilo schrak zusammen, ein Schuss aus ihrem Revolver ertönte. Hansen wurde zur Seite geschleudert und sah im Fallen, wie Lilo nach hinten taumelte wie eine willenlose Puppe, ihre Arme ruderten durch die Luft, und sie stürzte zu Boden. Im gleichen Moment brüllte Friedrich auf vor Schmerzen. Hansen klammerte sich an die Balkonbrüstung und sah, wie der Koloss Friedrich wie ein Bündel Reisig zur Seite schleuderte und Lilo packte. Er warf sie sich über die Schulter, sprang erstaunlich leichtfüßig auf die Balustrade, hielt sie mit der einen Hand fest und griff mit der anderen nach einer Halterung an der Wand. Dann kletterte er nach oben.

Als Hansen sich über das Geländer beugte, um nach oben zu sehen, hatte Otto eines der acht halbrunden Oberlichter in der Kuppel erreicht. Glas splitterte, Scherben fielen nach unten. Der Affe und seine Beute verschwanden nach draußen, ohne dass ein weiterer Schuss gefallen wäre. Hansen drehte sich um und schaute zu der anderen Loge hinüber. Kelling stand noch da, das Gewehr im Anschlag. Er hatte es nicht gewagt. Hansen atmete erleichtert aus.

Plötzlich merkte er, dass er sich die linke Schulter hielt. Ein dumpfer Schmerz ging von dort aus. Seine Hand war nass.

Neben ihm richtete sich Friedrich auf und klopfte sich den Staub vom Frack.

»Der hat mir ein paar Rippen angeknackst«, sagte er, noch immer um einen lässigen Ton bemüht. Hansen schaute ihn hasserfüllt an. Friedrich deutete auf seine Schulter. »Siehst du! Sie hat auf dich geschossen. Nicht auf mich.«

Der Schmerz in Hansens Schulter wurde unerträglich. Er stöhnte auf.

»Deine Leute kriegen mich nicht«, sagte Friedrich ruhig. In dem Moment, als Hansen die Pistole sah, die Lilo fallen gelassen hatte, bückte sich Friedrich danach und bekam sie zu fassen. »Komm!« Er richtete die Waffe auf Hansen. »Hände hoch. Du gehst voran.«

Hansen hob die Hände und trat auf ihn zu. Eine Sekunde lang fühlte sich Friedrich zu sicher, überzeugt davon, dass Hansen ihm auf Grund seiner Verletzung nicht mehr gefährlich werden konnte. Eine Sekunde lang schaute er auf die Pistole in seiner Hand. Eine Sekunde genügte Hansen, um sich brüllend auf ihn zu stürzen und ihn an der Gurgel zu packen.

Er riss ihn zu Boden, warf sich auf ihn und schrie, während er seinen Kopf immer wieder auf das Parkett schlug: »Nein, du gehst nicht! Nein, du gehst nicht!«

Oberwachtmeister Schenk stürzte herein und zerrte seinen wütenden Vorgesetzten von seinem Opfer. Ein weiterer Polizist eilte herbei und legte Friedrich Schüler Handschellen an.

Hansen brach zusammen und blieb gegen die Wand gelehnt liegen, bis wenig später Dr. Wolgast mit seinem Arztkoffer kam und sich neben ihn kniete.

4

Hansen stöhnte, als Dr. Wolgast ihn verband.

»Halb so schlimm«, sagte der Arzt. »Ein Fleischfetzen weggerissen, aber der Knochen ist unverletzt. Eine Woche Bettruhe, dann geht's schon wieder.«

»Waren wohl doch mehr Bewaffnete in der Bude, als wir dachten«, brummte Wachtmeister Schenk. »Schrader, Müller und Hilvig hat's erwischt, aber nicht allzu schlimm. Zwei Tote auf der Gegenseite. Fünf Verletzte. Wir haben natürlich besser getroffen.«

Hansen rappelte sich auf und verzog das Gesicht vor Schmerzen. »Wo ist Lilo?«

Wolgast hob beschwichtigend die Hand. »Immer mit der Ruhe!«

»Sie meinen Frau Koester?«, fragte Schenk. »Auf dem Dach.«

Hansen streckte die Hand aus, damit Schenk ihm aufhalf. »Los!«

»Bleiben Sie sitzen, um Himmels willen!«, rief Dr. Wolgast.

»Kelling ist schon oben«, sagte Schenk, in der Hoffnung, seinen Vorgesetzten zu beruhigen. »Der Trichter ist umstellt. Die Gäste sind alle raus. Wir haben Zeit, um den Affen in aller Ruhe zu schnappen. Wird allerdings schwierig, jetzt mitten in der Nacht.«

Hansen versuchte, sich aufzurichten. »Los doch! Helfen Sie mir endlich!«, fuhr er Schenk an.

»Wir brauchen eine Trage«, sagte Dr. Wolgast.

»Gehen Sie mir aus dem Weg!«, rief Hansen.

Der Arzt trat kopfschüttelnd zur Seite, als Hansen sich auf Schenks Schulter stützte und mit ihm die Loge verließ.

»Sie müssen eine Leiter hochklettern, wenn Sie da hinaufwollen«, gab Schenk zu bedenken.

»Und wenn schon.«

Durch ein Oberlicht über dem Billardsaal stiegen sie auf das Dach und liefen zwischen den Schornsteinen auf die trichterförmige Kuppel zu. Hier war es sehr dunkel, und man musste genau darauf achten, wohin man die Füße setzte.

Hansen blieb schwankend stehen. Rechts unten befand sich der Haupteingang mit dem beleuchteten Hofplatz, links blickte er in den von bunten Lampions erhellten Konzertgarten, wo einige Polizisten standen und hinaufstarrten.

Die Trichterkuppel mit den halbrunden Fenstern wurde von den dort angebrachten Lichtergirlanden einigermaßen hell erleuchtet. Giebel, Kanten und Spitzen warfen bizarre geometrische Schattenmuster auf das darunter liegende flache Dach. Die Kuppel ging in eine Art Kirchturmspitze über, im Volksmund auch »Laterne« genannt, und dort oben hielt sich dieser verrückte Kerl an einem Lampenmast des Dachreiters fest. Von hier unten sah dieser Koloss tatsächlich aus wie ein riesiger Affe – unter dem Arm geklemmt eine Puppe: Das war Lilo Koester.

»Das hält er nicht lange durch«, meinte Schenk.

Hansen seufzte. »Wenn er sie fallen lässt ...«

Der Affe schien das Gleiche gedacht zu haben. Er legte sein Opfer auf das schräg abfallende Dach des Türmchens an eine Stelle, wo eine Fahnenstange das Herabrutschen verhinderte.

»Sie ist ohnmächtig«, sagte Schenk. »Ein Glück für sie.«

»Ist sie nicht«, erwiderte Hansen.

Kelling trat zu ihnen. In der Hand hielt er ein Gewehr. Er hob es hoch. »Soll ich?«

»Schießen?« Hansen schüttelte den Kopf.

»Von hier unten ist es unmöglich. Bei dem Winkel ist es Glückssache«, fügte Schenk hinzu.

Hansens Blick wanderte nach oben. »Was passiert, wenn er sie hinabstößt?«

Schenk zuckte mit den Schultern. »Sie rutscht die Dachschräge hinab, bleibt dann da hängen ... oder fällt über den Giebel.«

»Darum kümmern Sie sich!«

»Wie denn?«

»Postieren sie ein paar Männer unterhalb der Stelle und fangen Sie sie auf!«

Schenk wollte gerade protestieren, als eine Lichterkette erlosch. Dem Affen war es gelungen, das Kabel abzureißen.

»Wenn er es schafft, alle Lichter auszumachen, kriegen wir ihn heute Nacht nicht mehr zu fassen. Und wer weiß, was ihm noch alles in den Kopf kommt, wenn es erst mal dunkel dort oben ist!« In Wahrheit hatte Hansen nicht so sehr Angst vor einer unkontrollierten Aktion des Fassadenkletterers als davor, dass eine Meldung über das, was hier passierte, zum Stadthaus durchdrang. Wenn die mitmischten, würde es schwierig werden, die Sache zu einem glimpflichen Ende zu bringen. Nein, er musste handeln. Sofort.

»Schenk, tun Sie, was ich Ihnen gesagt habe!«

Schenk winkte drei Polizisten heran, die inzwischen ebenfalls auf dem Dach angelangt waren.

Hansen deutete hinüber zu dem Aussichtsturm, der neben der Konzertmuschel im Garten nach oben ragte. »Kelling, da drüben steigen Sie hoch. Sehen Sie zu, dass er Sie nicht bemerkt, wenn Sie auf den Balkon kommen. Da haben Sie einen guten Winkel. Machen Sie schnell, bevor die anderen Lichter ausgehen!«

»Aye, aye, Sir«, sagte Kelling und eilte los.

Genau in diesem Moment erlosch die nächste Lichterkette.

»Und die Frau?«, wandte Schenk ein.

»Hab' ich doch gesagt. Die fangen Sie auf.«

Schenk schüttelte den Kopf. »Gucken Sie mal nach oben, Kommissar!«

Hansen hob den Kopf. Der Koloss hatte sich sein Opfer über die Schulter geworfen. Jetzt zerrte er an der nächsten Lichterkette. Auch sie erlosch. Dann rief er etwas. Der Wind trug sein Geschrei davon. Man konnte nichts verstehen. Der Affe bewegte sich weiter um die Trichterspitze herum.

»Kelling darf nicht schießen«, sagte Schenk beschwörend. »Es ist zu dunkel. Er wird die Frau treffen!«

Eine weitere Lichterkette erlosch.

Hansen begriff, dass sein Plan zu gefährlich war. »Rufen Sie ihn zurück.«

Schenk rannte zum Rand des Dachs und schaute nach unten in den Garten. Das Gewehr unterm Arm, rannte Kelling auf den Aussichtsturm zu. Schenk brüllte ihm etwas hinterher, doch Kelling war bereits im Eingang zum Turm verschwunden.

»Schiet!« Schenk starrte wieder nach oben. Der Affe löschte die nächste Reihe der bunten Lampen und schrie unentwegt unverständliches Zeug nach unten.

Kann der überhaupt reden wie ein normaler Mensch?, fragte sich Hansen. Er blickte gespannt zum Balkon des Aussichtsturms. War Kelling schon da oben angekommen?

Schenk kommandierte seine Männer zur Kuppel.

Hansen spürte, wie seine Knie weich wurden. Sein Blick ging am Turm vorbei. Da hinten ragte etwas Schwarzes in den schwarzgrauen, von Wolken erhellten Himmel. Das musste das Bismarck-Denkmal sein. Der Eiserne Kanzler. Hansen taumelte einige Schritte zur Seite und lehnte sich gegen einen Schornstein. Eisern ... Den eisernen Kommissar werden sie mich nie nennen ...

Vor dem erleuchteten Fenster bemerkte er drüben auf dem Balkon des Turms einen Schatten. Er wollte rufen: Stopp! Aufhören! Das kann nicht gut gehen ... Aber ihm fehlte die Kraft.

Wieder ging eine Reihe von Lampen aus. Der Affe und seine Beute waren nun wesentlich schlechter zu erkennen.

Hansens Beine gaben nach, er ging langsam in die Knie, und als er merkte, wie er willenlos zur Seite kippte, hörte er den peitschenden Knall aus Kellings Gewehr, dann ein Rumpeln, das Rufen der Polizisten, Schenks Schrei: »Zurück! Da doch! Nein! Schnell! Ja, gut!«

Es gelang ihm wieder, sich aufzurappeln. Und da tauchte auch schon Schenk in dem Schattenspiel vor ihm auf, neben ihm zwei weiterere Polizisten, und eine dunkle Gestalt mit einem hellen Kopf in ihrer Mitte. Lilo, in Handschellen. Nun stand sie vor ihm, mit erhobenem Haupt, und er konnte sich kaum gerade halten.

»Ihr ist nichts passiert.«

Lilo funkelte ihn an und hob die gefesselten Hände. »Du willst mich doch nicht einsperren?«

»Doch.«

»Das wird dich teuer zu stehen kommen.«

»Und wenn schon.«

»Es wird dein Ende sein. Im Stadthaus ...«

»Ja, ja, ich weiß.«

»Er wird den Befehl geben, dass ihr mich sofort aus eurer stinkenden Zelle rauslassen müsst.«

»Wird er nicht …«

»Du wirst schon sehen!«

»… weil wir dich direkt ins Untersuchungsgefängnis bringen.«

Sie blickte ihn überrascht an.

»Dann sitzt du eine Etage höher. Wird schwierig, dich da einfach so rauszuholen.«

Lilo atmete hörbar ein: »Aber es war doch Friedrich, der das alles …« Sie brach ab, als sie sah, dass Hansen langsam zusammensackte.

»Erzähl das dem Richter«, murmelte er. »Ich bin zu müde.«

»Los, weg mit ihr!« kommandierte Schenk.

»Lassen Sie mich los!«, schrie Lilo. »Ich will einen Arzt!«

Die Polizisten zogen sie fort.

»Sollte sie nicht untersucht werden?«

»Ach was, der ist gar nichts passiert. Als sie runterfiel, haben wir sie aufgefangen. Wie auf Wolken haben wir sie getragen. Aber wie kriegen wir dich bloß wieder vom Dach, Kommissar«, sagte er.

Hansen legte einen Arm um seine Schulter. »Was ist mit dem Affen?«, fragte er ächzend.

»Kelling hat ihn an der Schulter erwischt, ist runtergefallen. Genickbruch, sagt Wolgast.«

Oktober 1923

Nach dem Aufstand

Ein Jahr später tanzten die Mädchen auf den Bühnen St. Paulis immer noch. Aber nun tanzten sie nicht mehr, um sich ein neues Paar Schuhe, einen schicken Wintermantel oder einen modischen Hut kaufen zu können: Sie tanzten ums Überleben. Am 22. Oktober kostete ein Pfund Brot achthundert Millionen Mark. Nur die Schönen, die einen Kavalier fanden, dem es gefiel, Dollarnoten in Dekolleteés oder Strumpfhalter zu stecken, hatten ausgesorgt, denn eine knittrige grüne Banknote aus Amerika war jetzt achtundfünfzig Milliarden wert.

Die Straßenbeleuchtung rund um die Reeperbahn war im Gegensatz zu anderen Gegenden der Stadt nicht eingeschränkt worden. Bunter denn je lockten die Leuchtreklamen die Lasterhaften und die Glücksritter, die Inflationsgewinnler und die Aasgeier, die Gutsituierten und die Gangster an.

Wer in diesem bunt flackernden Zwielicht tätig war, konnte über Nacht reich werden. Die Arbeiter jedoch waren auf der Verliererseite. Ihr Wochenlohn reichte kaum für zwei Mahlzeiten. In den Seitenstraßen der Reeperbahn ging die Angst um. Immer wieder stiegen die Frauen durch die Treppenhäuser und schnüffelten nach Gas. Es gab viele Lebensmüde, und manche brachten es fertig, eine ganze Hausgemeinschaft mit in den Tod zu reißen, nachdem sie den Kopf in den Backofen gelegt hatten. Da fand man es schon anständiger, wenn Verzweifelte sich vom Dach herab aufs Pflaster stürzten oder sich die Mühe machten, bis zum Elbufer hinunterzugehen.

Gewalt und Tod waren allgegenwärtig.

Am 23. Oktober 1923 um fünf Uhr morgens stürmte der frisch beförderte Oberwachtmeister Kelling in den dritten Stock der Davidwache, riss die Tür zu Hansens Dienstwohung auf, eilte mit polternden Stiefelschritten ins Schlafzimmer und rief: »Alarm! Alarm!«

Der Kommissar, der seit längerer Zeit nicht befördert worden war, schlug die Augen auf und blinzelte.

»Kelling, um Himmels willen, was ist denn?«

Der Eindringling stand in der Tür und traute sich nicht weiter. Rote, blaue und grüne Lichtreflexe flackerten über sein Gesicht. Kelling schien einen Moment stumm vor Aufregung, dann stieß er hervor: »Der Aufstand ist losgebrochen!«

Hansen warf die Decke zurück und richtete sich mit einem Ruck auf. »Was! Sind sie schon da?« Er sah zum Fenster. Die Neonlichter zuckten wie immer über die Hauswände.

»Nicht bei uns, Barmbek, Bergedorf, Fischbek …«

»Verdammte Bande!« Hansen sprang aus dem Bett und griff nach Uniformrock und Hose.

»Funkmeldung … die Ordnungspolizei ist ausgerückt …«, berichtete Kelling.

»Na, dann ist es ja gut.«

»Nach Eimsbüttel rüber … Wir bekommen erst später Unterstützung.«

»Die lassen uns allein? Und was ist mit dem Streik im Hafen? Wenn der hier rüberschwappt, dann stehen sie draußen und schießen uns die Bude zusammen.«

»Es ist … es ist Notstand, Herr Kommissar! Nicht wegen des Streiks. Die Kommunisten haben Polizeiwachen überfallen und Waffen erbeutet. Die sind organisiert wie eine Armee. Das ist kein Aufruhr, das ist …«

»… die Revolution«, ergänzte Hansen, während er sich die Jacke zuknöpfte. »Na, dann auf zum letzten Gefecht.«

Kelling sah seinen Revierleiter verstört an. Mit dieser Art Galgenhumor konnte er nichts anfangen.

Im Wachraum gab Hansen den Befehl, alle Beamten, auch jene, die kürzlich in den Ruhestand versetzt worden waren, unverzüglich zu alarmieren. Im Bereitschaftszimmer unterrichtete er die Polizisten der Nachtschicht und ordnete an, sämtliche Schusswaffen herbeizuschaffen. Sechs Wachmänner wurden mit Karabinern ausgestattet und bezogen Posten an den Fenstern im ersten und zweiten Stock. »Unauffällig!«, mahnte Hansen. Solange das Gewimmel auf dem hell erleuchteten Kiez andauerte, war ein Überraschungsangriff unmöglich. Wenn bloß nicht die Leute aus den Häusern kommen und gegen uns marschieren, dachte Hansen.

Er setzte sich neben das Funkgerät und ließ sich von Kelling alle hereinkommenden Meldungen dechiffrieren.

Den ganzen Tag lang tobten heftige Kämpfe zwischen den gut organisierten kommunistischen Arbeitermilizen und der Ordnungspolizei. In Barmbek, Eimsbüttel, Schiffbek und Bergedorf herrschte Bürgerkrieg.

Die ersten Toten wurden gemeldet. In Barmbek gelang es der Polizei nicht, den Widerstand der Aufständischen zu brechen. Mit Einbruch der Dunkelheit versiegten die Kampfhandlungen, ohne dass die Arbeiter kapituliert hätten. In den anderen Stadtteilen war der Widerstand der Kommunisten gebrochen. Auf St. Pauli schien alles ruhig. Hansen atmete auf. Trotzdem blieben alle verfügbaren Männer auf der Wache.

Am nächsten Morgen kam die Meldung durch, ein Kreuzer und zwei Torpedoboote aus Kiel mit Schutzpolizisten an Bord hätten im Hafen festgemacht. Dann ging alles ganz schnell: Im Morgengrauen rückte eine übermächtige Polizeitruppe in Barmbek ein und traf auf keinen nennenswerten Widerstand. Um elf Uhr wurde die Nachricht verbreitet: »Barmbek ist gefallen.«

Um 11.30 Uhr dann die erschreckende Meldung: »Angriff auf Zentralgefängnis! Mauer gesprengt!« Offenbar hatte sich abseits der großen Kämpfe ein kommunistischer Stoßtrupp formiert, der einsitzende Genossen aus der Strafanstalt Fuhlsbüttel befreien wollte. Die Aktion war erfolgreich. Oberwachtmeister Kelling las vor: »Zwölf Kommunisten flüchtig – stopp – Fahndung nach gestohlenem Panzerwagen – stopp – Vorsicht Schusswaffen – stopp – Fluchtrichtung Fischbek – stopp –«.

Im allgemeinen Tumult war die Meldung viel zu spät an die anderen Dienststellen weitergegeben worden. Eine Fahndungsliste mit den Namen und Beschreibungen der Flüchtenden wurde erst am Morgen des 25. Oktober während der Frühbesprechung an die leitenden Beamten verteilt.

Da war es längst zu spät, die Ausbrecher waren abgetaucht.

Hansen ging die Liste durch. Es waren jetzt dreizehn Namen darauf. An oberster Stelle stand: »Anführer des Anschlags: Peter Martens, Berufsrevolutionär, wohnhaft St. Pauli, gesucht wegen Aufruhr, Angriff auf Staatsorgane, Waffenhandel, Körperverletzung, Mitglied der KPD«. Der letzte Eintrag lautete: »Friedrich Schüler, genannt von Schluthen, Hochstapler, Betrüger, Waffenschieber, Rauschgifthändler, verurteilt im Februar 1922 wegen Anstiftung zum Mord zu lebenslänglicher Haft, letzter Wohnsitz Hamburg-St. Pauli«.

Hansen stieß einen lauten Fluch aus, ballte die Faust und hieb auf sein Pult, dass es krachte. Dann sprang er auf und machte sich kommentarlos auf den Weg zurück in sein Revier.

Am Abend des gleichen Tages, pünktlich um achtzehn Uhr, meldete sich Lilo Koester auf der Davidwache. Seit sie nach St. Pauli zurückgekehrt war, musste sie sich täglich auf der Wache melden. Eigentlich war Oberwachtmeister Schenk für ihren Fall zuständig, aber sie verlangte jedes Mal beharrlich den Revierleiter zu sprechen. Lilo war nach den dramatischen Vorgängen auf dem Dach des Trichters zu einer Bewährungsstrafe verurteilt worden. Nach der Verhandlung hatte sie einige Wochen im Krankenhaus und in einem Sanatorium zugebracht; sie trank zu viel und war noch immer gelegentlich aufbrausend, auch wenn sie inzwischen auf den Konsum von Kokain verzichtete.

»Guten Abend, Heinrich«, sagte sie und schob ganz selbstverständlich die Tür der Absperrung zum Wachraum auf.

»Guten Abend, Lilo. Bleib bitte auf der anderen Seite. Deine Unterschrift kannst du auch dort leisten.«

»Darf ich mich da ans Pult setzen? Mir ist nicht ganz wohl.«
»Wenn es sein muss.«
»Hier ist gar kein Tintenfass.«
»Ich werde dir eins holen.«
»Danke, Heinrich.«
»Hier, bitte, da liegt auch ein Federhalter.«
»Hast du das von Friedrich gehört?«
»Was?«
»Dass er … er frei ist …«
»Ausgebrochen, ja.«
»Wird er hierher kommen?«
»Das will ich ihm nicht raten!«
»Ich meine, glaubst du, er könnte kommen …«
»Du musst hier unterschreiben.«
»Ich habe Angst, dass er …«
»Wenn er schlau ist, türmt er mit den anderen nach Moskau.«
»Ja, das wäre gut.«
»Hier hat er nichts mehr zu gewinnen, das weiß er auch.«
»Ja, vielleicht … aber er wird sich rächen wollen.«
»Dann soll er nur kommen. Du musst hier unterschreiben.«
»Nein, Heinrich, ich meine an mir.«
»Was hätte er denn davon?«
»Ich habe ihn doch hintergangen.«
»Lilo! Zuerst hat er dich ausgenutzt!«
»Trotzdem habe ich Angst, Heinrich.«
»Unsinn.«
»Ist es so richtig unterschrieben?«
»Natürlich, das hast du doch schon oft gemacht.«
»Kann ich nicht … Polizeischutz haben?«
»Unmöglich.«
»Aber ich habe doch Angst.«
»Wir haben alle Angst. Inflation, Krise, Bürgerkrieg.«
Lilo schrie: »Vor ihm habe ich Angst!«
Hansen sah, wie ihre Lippen bebten, ihre Hände zitterten.
»Also gut, Kelling soll dich nach Hause bringen.«

Der Wachhabende hob den Kopf. »Kelling hat Schlafpause.«

»Dann halt Schenk.«

»Ist kurz nach Hause gegangen.«

»Zum Donnerwetter, wer ist denn überhaupt noch da?« Hansen blickte sich um. Außer dem Wachhabenden war niemand im Zimmer.

»Sie sind oben im Bereitschaftszimmer«, sagte der Wachhabende müde.

Hansen schaute Lilo an. Zum ersten Mal, seit er sie kannte, machte sie einen wirklich hilflosen Eindruck. Er stand auf.

»Ich bring' dich nach Hause. Los, komm!«

Als sie aus der Davidwache traten, spürte er ihre Hand an seinem Arm. Wenn sie mich doch früher nur ein einziges Mal so gebraucht hätte, dachte er.

Sie überquerten die Reeperbahn und bogen in die Wilhelmstraße ein.

»Vorsicht!«, rief sie und zog ihn zurück, als unvermutet eine Minerva-Limousine aus der Seilerstraße geschossen kam und mit aufheulendem Motor über die Bordsteinkante holperte.

Auf dem Rücksitz saß Paul Mahlo und winkte ihnen zu. In der Hand hielt er eine dicke Zigarre.